MILLENNIUM · I

MÄN SOM HATAR KVINNOR

龙文身的女孩

〔瑞典〕斯蒂格·拉森 著

颜湘如 译

人民文学出版社

PEOPLE'S LITERATURE PUBLISHING HOUSE

著作权合同登记号　图字 01-2017-2962

Stieg Larsson
MÄN SOM HATAR KVINNOR

图书在版编目(CIP)数据

龙文身的女孩/(瑞典)斯蒂格·拉森著;颜湘如译.
—北京:人民文学出版社,2017(2024.1 重印)
(千禧年四部曲)
ISBN 978-7-02-012603-3

Ⅰ.①龙… Ⅱ.①斯… ②颜… Ⅲ.①长篇小说-瑞典-现代 Ⅳ.①I532.45

中国版本图书馆 CIP 数据核字(2017)第 068690 号

责任编辑　叶显林　邱小群　刘佳俊
封面设计　董红红　汪佳诗

出版发行　人民文学出版社
社　　址　北京市朝内大街 166 号
邮政编码　100705

印　　制　上海盛通时代印刷有限公司
经　　销　全国新华书店等

开　　本　890 毫米×1240 毫米　1/32
印　　张　13.75
字　　数　381 千字
版　　次　2010 年 4 月北京第 1 版
印　　次　2024 年 1 月第 5 次印刷

书　　号　978-7-02-012603-3
定　　价　79.00 元

如有印装质量问题,请与本社图书销售中心调换。电话:010-65233595

目录

楔子

十一月的一个星期五

这事每年都会发生，几乎成了惯例，而今天是他八十二岁生日。当花照例送达时，他拆开包装纸，拿起话筒打电话给退休后便搬到达拉纳省锡利扬湖的侦查警司莫瑞尔。他们不只同年，还是同日生，在这种情况下可说是一种讽刺。这位老警官正端着咖啡，坐等电话。

“东西到了。”

“今年是什么花？”

“不知道是哪一种，我得去问人。是白色的。”

“没有信吧，我猜。”

“只有花。框也和去年一样，自己做的。”

“邮戳呢？”

“斯德哥尔摩。”

“笔迹呢？”

“一如往常全部大写。字迹整齐端正。”

说完，话题就这么结束了，两人将近一分钟没交谈。退休警官往后靠坐在厨房椅子上，抽着烟斗。他知道对方已不期望他发表任何可能为本案开启一线曙光的简要评论或锋利问题。那样的日子早已过去，如今两人的对话仿佛一场谜样的仪式，只是这世上除了他们之外，没人有兴趣去解开这个谜。

那花的拉丁学名是 Leptospermum rubinette（属桃金娘科），是一种高约十公分的植物，有石南状的小叶和一朵五瓣白花，花瓣还不到两公分宽。

这植物原产于澳大利亚丛林与高地，多半生长于草丛间，当地人称之为“沙漠雪”。后来，乌普萨拉植物园的人也证实这种植物在瑞典很少见。这位植物学家在报告中写道，该植物与茶树属性相近，常被误认为另一种较常见、主要产于新西兰的同类植物松红梅（Leptospermum scoparium）。她指出两者的差异在于前者花瓣末梢有少许粉红小点，因此花朵略带粉红色调。

“沙漠雪”完全是一种含蓄的花，没有医药特性、无法引发幻觉，不能食用也不能用来制造植物染料。但另一方面，澳大利亚原住民却将艾尔斯岩[1]周遭地区与该区的植物群视为神圣的象征。

那名植物学家说她从未亲眼见过这种植物，但询问同僚后得知哥德堡某处温室曾试图引进，培植者当然可能是业余植物学家。这种植物在瑞典种植困难的原因是它适合生长在干燥气候，而且大半年都得养在室内，种在石灰土壤里很难长得好，还必须从底部浇水，是种需要娇宠的植物。

既是如此罕见的花，要追查样本来源理应不难，但实际上却是不可能的任务，因为既无登记数据也无执照可查。有兴趣去取得种子或植物的人少则数人，多则数百人，也许是朋友间易手，或是从欧洲或澳大利亚某个角落邮购所得。

但这只是每年十一月第一天寄来的一连串故弄玄虚的花之一。这些花都很美，而且大多十分罕见，总是制成压花后贴在水彩纸上，用一个六乘十一寸、样式简单的框裱起来。

这则奇怪的花故事从未见过报，只有少数人知情。三十年前，国家刑事鉴识实验室里的指纹专家、笔迹专家、刑事调查员，以及收件人的一两位亲友，都曾非常缜密地调查这件定期收到花的事。如今这出戏的演员只剩三人：上了年纪的寿星、退休的警探与寄花人。至少前两人已到达一定年纪，因此相关人士的数目不久又会减少。

退休警探是个硬汉。他永远不会忘记自己办的第一宗案子，那次

1 艾尔斯岩（Ayers Rock），位于澳大利亚中部沙漠，是世界上最大的单一岩石。

他不得不逮捕一个喝得醉醺醺又有暴力倾向的变电所工人，以免他伤人。在整个警察生涯中，他曾抓过盗猎者、殴妻者、欺诈犯、偷车贼与酒醉驾驶员，也曾经和窃贼、毒贩、强暴犯，还有一名疯狂炸弹客周旋过。他曾参与侦办九起谋杀或杀人案，其中五起都是凶手主动打电话给警方，充满悔意地坦承杀了自己的妻子或兄弟或其他亲人。另外两起都在几日内侦破。另一起则求助于国家刑警队，花了两年时间才破。

至于第九起案子也算是破得让警方满意，也就是说他们知道凶手是谁，但由于证据太薄弱，公诉检察官决定不予起诉。令侦查警探气馁的是，案子终究因为过了法定追诉期而不了了之。不过总体回顾起来，这段警察生涯还是有声有色。

但他却不满意。

对这位警探来说，“压花案”已令他苦恼多年，这是他最后一宗案子，却因未能侦破而令他十分沮丧。更荒谬的是，无论在不在执勤，他日夜苦思了数千小时，仍无法斩钉截铁地说这的确是一起犯罪事件。

他二人都知道为花裱框的人会戴手套，所以框或玻璃上不会留下指纹。框可能是在世界各地的相馆或文具店买来的，根本无迹可寻。包裹最常从斯德哥尔摩寄出，但也有三次从伦敦、两次从巴黎、两次从哥本哈根、一次从马德里、一次从波恩，甚至有一次从佛罗里达的彭萨科拉，警探还得去查地图才知道。

挂断电话后，八十二岁的寿星盯着那美丽却毫无意义的花呆坐许久，他连花名都还不知道。接着他抬头望向书桌上方的墙面，那里已挂着四十三幅裱框的压花，每排十幅，共有四排，而最后第五排只有四幅。最上方一排第九个位置有个缺口。“沙漠雪”是第四十四号。

他忽然毫无预兆地哭了起来。在将近四十年后忽然情绪溃堤，连他自己也感到讶异。

范耶尔家族族谱

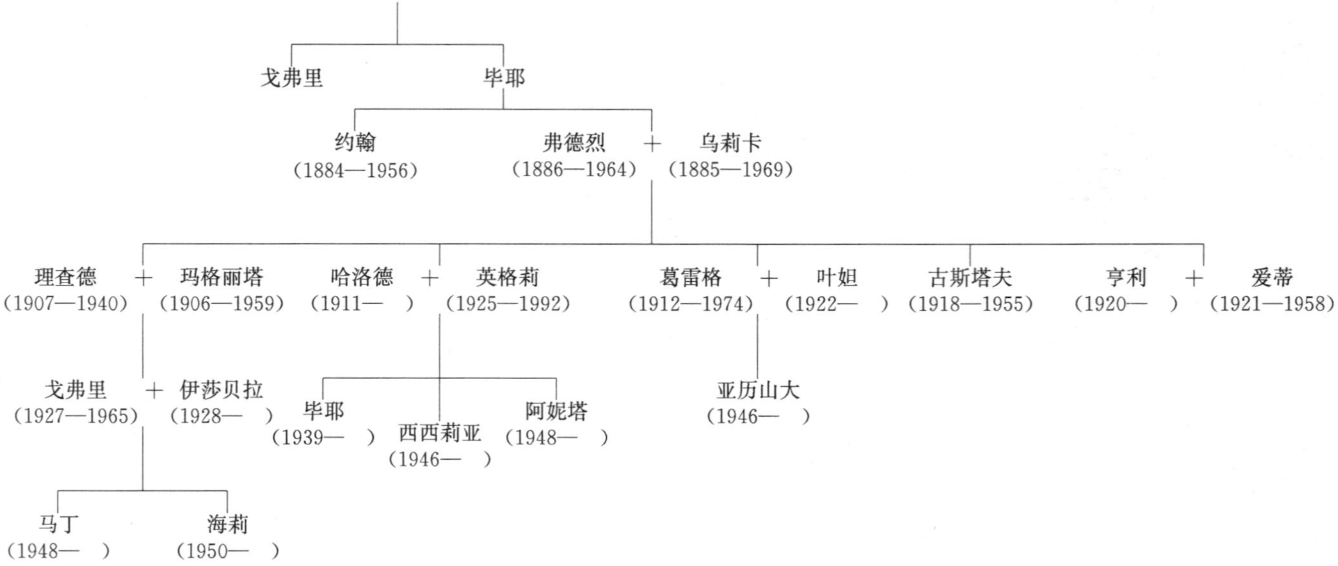

戈弗里
毕耶
约翰
(1884—1956)
弗德烈
(1886—1964)
+
乌莉卡
(1885—1969)
理查德
(1907—1940)
+
玛格丽塔
(1906—1959)
哈洛德
(1911—)
+
英格莉
(1925—1992)
葛雷格
(1912—1974)
+
叶妲
(1922—)
古斯塔夫
(1918—1955)
亨利
(1920—)
+
爱蒂
(1921—1958)
戈弗里
(1927—1965)
+
伊莎贝拉
(1928—)
毕耶
(1939—)
西西莉亚
(1946—)
阿妮塔
(1948—)
亚历山大
(1946—)
马丁
(1948—)
海莉
(1950—)

第一部

动 机

十二月二十日至一月三日

瑞典有百分之十八的女性曾遭男性威胁

第一章

十二月二十日星期五

审判终结，已无扭转的可能，一切能说的都说了，但他始终相信自己会输。判决已于星期五上午十点宣布，现在就看等在地方法院外面走廊的记者们如何分析。

卡尔·麦可·布隆维斯特从门口看见他们，于是放慢脚步。他不想讨论判决结果，但问题是避免不了的，而且他比谁都清楚他们一定会被提问并且必须回答。*身为罪犯便是如此*，他心想。站在麦克风对面，他挺起胸膛，勉强一笑。记者们友善且近乎尴尬地向他打招呼。

“咱们瞧瞧……《瑞典晚报》、《瑞典快报》、TT通讯社、TV4和……你是哪儿的？……喔，《每日新闻》。看来我挺出名的。”布隆维斯特说。

“说几句话吧，小侦探。”出声的是某晚报的记者。

布隆维斯特听到这个绰号，一如往常地按捺住不翻白眼。当他二十三岁，刚开始记者工作的第一个夏天，碰巧撞上一帮在过去两年内成功抢劫了五家银行的劫匪。毫无疑问，每宗案子都是同一伙人干的，他们的特点就是以军事化的精准行动一次同时抢两家银行。劫匪戴着迪士尼卡通人物的面具，依警方的逻辑难免会给他们冠上“唐老鸭党”的称号。报章则为他们另起封号为“熊党”，听起来较邪恶也较贴近事实，因为其中两次作案时，他们都不顾一切地开枪警告并威胁好奇的路人。

他们第六次出动是在假期旺季，目标是东约特兰的一家银行，当时刚好有个当地广播电台的记者在现场。劫匪一离开，他立刻找公共电话以直播方式口述事发经过。

那时布隆维斯特正与女友在她父母位于卡特琳娜霍尔姆的避暑小屋度假。他究竟如何产生联想，就连对警方他也无从解释，只不过当他听到新闻报道，便想起在同一条路上几百米外的避暑小屋里那四名男子。他看过他们在院子里打羽毛球：四名健壮灵活的金发男子穿着短裤、光着上身。他们显然都锻炼过肌肉，而且散发出某种特质让他多看了一眼——也许是因为他们在炽热的阳光下，以一种他认为火力十足的劲道打球吧！

其实没有合理的原因怀疑他们是银行劫匪，但他还是爬到小丘上观察他们的小屋。屋里似乎没人。约莫四十分钟后，一辆沃尔沃开进院子停下，那些年轻人匆匆下车，每个人各拿着一个运动提袋，很可能只是刚游泳回来。但其中一人又回到车旁，从后备厢拿出一样东西并很快用夹克遮住。尽管布隆维斯特距离颇远，仍看得出那是一把旧式 AK4 步枪——他当兵那年这曾是他寸步不离的伙伴。

他打电话报警，随即对小屋展开为期三天的包围，一面有媒体作地毯式的报道，而布隆维斯特就坐在第一排，还从一家晚报拿到令人满意的丰厚报酬。警方则将一截活动房屋拖进布隆维斯特住的小屋院子里，当作总部。

“熊党”的落网使他一炮而红，也开启了他的记者生涯。但成名的负面效应是，另一家晚报忍不住下了这样的标题：“小侦探卡莱·布隆维斯特破案记”。写这篇讽刺报道的是一个年纪较长的专栏女作家，文中提到阿斯特丽德·林格伦书中那个小侦探[1]。更糟的是，报上还刊登了他嘴巴微张、伸出食指指着方向的模糊照片。

尽管布隆维斯特一辈子没用过卡莱这个名字，却惊愕地发现从那时起，同僚们都昵称他为“小侦探”——一个带着嘲弄与挑衅的绰号，虽无恶意却也不全然友善。尽管他很敬重林格伦，也爱看她的书，却很讨厌这个外号。他花了几年时间，在新闻界有了许多更重要的成就后，这个绰号才逐渐被人淡忘，但每当再次听见仍不免生厌。

此时，他勉强保持镇静，微笑着对那名晚报记者说：

---

1 阿斯特丽德·格格伦（Astrid Lindgren，1907—2002），是瑞典著名的儿童文学作家，曾写过《大侦探小卡莱》一书，书中主角是一名少年侦探，名叫卡莱·布隆维斯特，与本书主角姓名卡尔·布隆维斯特极为相似。

“算了吧，自己想点东西写。这对你是家常便饭。”

他口气中并无不快。他们多少认识，那天上午布隆维斯特还没说出最恶毒的批评呢！现场有个记者曾与他共事过。而几年前在某个宴会上，他还差点钓上 TV4 电视台“SHE”节目的那名女记者。

“你今天在里头真是言词激烈，”《每日新闻》的记者说道，显然是个兼职的年轻人。“感觉如何？”

虽然气氛严肃，布隆维斯特和较年长的记者们却都忍俊不禁。他和 TV4 的记者互瞄几眼。感觉如何？笨头笨脑的体育记者就这么将麦克风推到刚跑过终点线、气喘吁吁的运动员面前。

“我只能说很遗憾法院没有作出不同的判决。”他略显愠怒地说。

“坐三个月的牢加上十五万克朗[1]的损害赔偿，判得可不轻。”TV4 的女记者说。

“我会熬过来的。”

“你会向温纳斯壮道歉吗？会跟他握手言和吗？”

“我想不会。”

“那么你还是会说他是个骗子啰？”《每日新闻》的记者说。

法院刚刚才判定布隆维斯特诽谤及毁损资本家汉斯-艾瑞克·温纳斯壮的名誉。审理已终结，他并不打算上诉。那么假如他在法院阶梯上重申自己的主张，会有何结果？布隆维斯特决定不去找出答案。

“我以为我有理由公布我手上的资料，但法院的判决否定了我的想法，我也必须接受司法有其依循的过程。我们编辑部的同仁将先讨论判决结果，再决定该怎么做。我言尽于此。”

“但你应该知道作为记者应该坚持不懈？”TV4 的女记者问道。她面无表情，但布隆维斯特却似乎隐约在她眼中看到一丝失望的否定。

现场记者除了《每日新闻》那个小伙子之外，全都是新闻界老将。对他们而言，他的回答实在不可思议。“我言尽于此。”他又说一

1 克朗（kronor），瑞典货币单位，一克朗约合人民币一元。

遍，但是当其他人都接受了这个说法，TV4 的女记者却仍让他站在法院门口，然后在摄影机前继续提出她的问题。她对他的态度特别和善，而他的回答也清楚得足以满足此刻仍站在她身后的记者们。这篇报道将会成为头条，不过他提醒自己，这毕竟不是媒体界的年度大新闻。记者们一取得他们需要的东西，便各回各的编辑室去了。

他想走一走，但今天是个风势猛烈的十二月天，何况接受采访后他已经觉得冷了。走下法院阶梯时，他看见威廉·博格下了车，一定是记者采访时他就已经坐在那里。他们俩四目交接，接着博格微微一笑。

"光是看你手里拿着那张判决书，就值得来一趟。"

布隆维斯特一语不发。他和博格已经相识十五年，曾一起在某日报担任财经版的菜鸟记者。也许是磁场不合，从那时起便已奠定一辈子的敌意。在布隆维斯特看来，博格是个三流记者，也是个喜欢说无聊笑话并狂妄地批评资深前辈而惹人厌的家伙，而且他似乎特别不喜欢较年长的女记者。他们吵过一次架，后来又吵了几次，不久对彼此的敌视便转变成个人因素。

多年来他们经常遭遇对方，但真正为敌却是九十年代后期的事。起因是布隆维斯特写了一本有关财经报道的书，并大量引用出自博格之手的谬误论述，让博格变成言词浮夸、对许多数据不明就里，却将濒临破产的网络公司吹捧上天的笨蛋。事后两人在索德一家酒吧巧遇，还差点为此动手。后来博格离开报界，进某家公司担任公关，薪水比以前高得多，但更糟的是，这家公司也在企业家温纳斯壮的影响范围内。

他们对视许久后，布隆维斯特才转身走开。专程开车过来，只为了坐在那里嘲笑他，这的确是博格的作风。

这时，四十号公交车在博格的车前煞住，布隆维斯特连忙跳上车逃离现场。他在和平之家广场下车后，一时间无所适从。判决书还握在手上。最后他走向警察局地下停车场入口旁的安娜咖啡馆。

他刚刚点好一杯拿铁咖啡和一块三明治，收音机便传出午间新闻报道。前两则是关于耶路撒冷一起自杀式炸弹袭击事件，以及政府组成委员会调查建筑业界是否有非法牟利的事情。第三则便是有关他的新闻。

今天上午，《千禧年》杂志记者麦可·布隆维斯特因严重诽谤企业家汉斯-艾瑞克·温纳斯壮，被判处入狱服刑九十天。今年年初，布隆维斯特写了一篇报道，引发各界对所谓迈诺斯事件的关注。文中指称温纳斯壮挪用政府预定投资波兰产业的基金进行武器买卖。此外，布隆维斯特也被判支付十五万瑞典克朗的损害赔偿。温纳斯壮的律师柏提·卡纳马克在声明中表示，他的当事人对判决结果十分满意。他还说，这起诽谤案实在令人忍无可忍。

判决书共二十六页，将布隆维斯特严重诽谤商人温纳斯壮的十五条罪名成立的原因一一列出，换算下来他得为每条罪名付出一万克朗、服刑六天，另外还有诉讼费与他自己的律师费。他实在不敢去想这一大笔费用，但也不免想到情况原可能更惨，幸好有另外七项罪名被判无罪。

他读着判决书，胃里竟逐渐感到沉重不适，令他颇感惊讶。一开始打官司他就知道除非奇迹产生，否则他难逃被判刑的命运，因此早已接受这样的结果。他出奇镇定地经历两天庭讯，接下来十一天便等着法院郑重拟出此时握在他手中的判决书，内心没有丝毫起伏。直到现在他才感觉全身不对劲。

他咬了一口三明治，面包似乎在嘴里膨胀，让他几乎难以下咽，便将盘子推到一旁。

这是布隆维斯特第一次成为被告。相对而言，这样的判决只是小事，是轻量级罪行，毕竟不是持枪抢劫、谋杀或强奸；但就财务观点看来却很严重。《千禧年》既非媒体业界的佼佼者，也没有享用不尽的资源，连收支平衡都很难维持，不过这判决倒也没有导致重大灾难。问题是布隆维斯特是《千禧年》的所有人之一，更蠢的是他还是撰稿人兼发行人。十五万克朗的损失赔偿他会自行负担，只是他的积蓄也将一扫而空，而诉讼费则由杂志社负责。只要编预算时多加小心，应该没有问题。

他考虑到也许应该卖掉公寓，但这想法令他心碎。想当初在经济蓬勃的八十年代末期，他坐拥一份稳定的高薪工作，便开始到处寻找一个安定的窝。他一间间看，最后看中贝尔曼路的尽头一间六十五平方米的顶楼公寓。当时前任屋主正在装潢，却忽然获得国外某家网络公司提供的工作机会，便低价卖给了布隆维斯特。

他没有采用原本的设计图，而是自己完成后续工作。他花钱整修了浴室与厨房，但却没有铺拼花地板、立隔间墙、改装成两房公寓，而是将木质地板进行砂磨处理，粗糙墙面作了粉刷，并以伊曼纽尔·伯恩史东的两幅水彩画遮住最丑的补丁墙面。最后呈现的结果是一个开放式的起居空间，卧房区在书架背后，用餐区与客厅则邻接着吧台后侧的小厨房。这间公寓有两个屋顶窗和一个山墙窗，可以越过一大片屋顶眺望斯德哥尔摩最古老的旧城区和骑士湾水域，也能隐约瞥见斯鲁森水闸边的湖水与市政厅一隅。如今他再也负担不起这样的公寓，但他却极度渴望能保留住。

尽管如此，相比于在职场上遭受迎头痛击的事实，公寓不保的问题着实微不足道。这样的损伤得花很长一段时间来弥补——如果弥补得来的话。

这关系到信任问题。在可见的未来，各家编辑对于发表由他署名的报道都会心存疑虑。虽然业界仍有许多朋友愿意相信他只是时运不济，遭遇特殊情况，但他可不能再犯一丁点错误。

其实最令他受伤的还是羞辱感。所有王牌都在他手上，但他还是输给一个穿阿玛尼西装的匪徒之辈，一个卑鄙的股市投机客，一个雅痞，连对方聘用的名律师在整个审判过程也都面带轻蔑笑容。

到底为什么事情会失控到如此地步？

一年半前的仲夏节[1]前夕，温纳斯壮案在一艘三十七英尺长的马拉-30游艇驾驶座中开启端倪时，确实显得大有希望。那是一次偶然的机会，只因为一位目前在郡议会担任公关工作的昔日报社同事想要讨好新女友，鲁莽地租了一艘“大龙虾”游艇，想在斯德哥尔摩群岛间作数日浪漫之旅。那位女友刚从赫斯塔哈玛来到斯德哥尔摩求学，对于出游的邀请先是客气推辞，后来因为男友答应让她姐姐和姐姐的男友同行便接受了。这三个赫斯塔哈玛人都没有航行经验，不幸的是，布隆维斯特的老同事也是热情胜于经验，于是就在出发前三天，他十万火急地打电话来，说服他加入成为第五名、也是唯一懂得航行的成员。

布隆维斯特起初并未将此提议当回事，但他同事保证能让他在群岛间享受几天有美食与良伴的轻松日子，所以他就答应了。只可惜这些承诺不仅没有兑现，这趟出游更是一场出乎他意外的噩梦。他们从布兰多循佛鲁松海峡上行，沿途风景秀丽，但称不上令人惊艳。船行速度大约只有九节，那位新女友却立刻晕船，她姐姐也开始和男友吵架，没有人对学习航行知识流露丝毫兴趣。布隆维斯特很快便明显感受到自己被赋予驾驶之责，其他人只负责提供友善但基本上毫无用处的意见。因此在安索某处海湾度过第一晚之后，他便准备将船停进佛鲁松的码头，然后搭巴士回家，但终究耐不住他们一再哀求又留下来。

第二天中午由于时间够早，还有几个空位，他们便停靠在风景如画的阿鲁尔马岛的游客码头。他们一块准备了点午餐，正要开始吃时，布隆维斯特看见有艘黄色的马拉-30玻璃纤维游艇只靠着主帆滑行进入海湾，船一面优雅地前进，舵手则一面在码头上寻找停靠点。布隆维斯特也环顾了一下四周，发现唯一剩下的空位就在他们

1 仲夏节（Midsummer），可说是瑞典最受欢迎的传统节庆之一，日期就在每年的夏至当天，也是瑞典国定假日。

的“大龙虾”和右侧一艘 H 型游艇之间，马拉 -30 船身狭窄，刚好塞得进来。他站上船尾挥动手臂指着空位，马拉 -30 上的人高举一手致谢后便驶向码头。布隆维斯特注意到那船上只有一人，他甚至懒得重新启动引擎，只听见锚链一阵咔嗒响，数秒后主帆下滑，船上那人则像只被烫伤的猫似的跳来跳去，一面将舵打直掌稳，一面在船头准备绳索。

布隆维斯特爬上游艇扶栏，伸出一手去接船绳。那人最后一次修正路线，非常缓慢地朝“大龙虾”船尾滑行而来。一直到他将船绳抛给布隆维斯特时，他们才认出彼此并露出喜悦的笑容。

“嗨，罗伯。怎么不开引擎？不怕把港里所有的船都刮花了？”

“嗨，麦可，我就觉得你有点面熟。这部烂引擎要是动得了，我也想开啊。两天前在罗德洛加附近就不动了。”

他们隔着扶栏与对方握手。

很久很久以前，在七十年代国王岛中学时期，布隆维斯特和罗伯·林柏曾经是好友，甚至是挚友。但就像许多学生时代的好友一样，各分东西后友情也逐渐变淡。过去二十年间，他们或许碰过六七次面，最后一次大约在七八年前。这回他二人都带着兴味端详彼此。林柏满头乱发、皮肤晒得黝黑，还留了两星期没刮的胡子。

布隆维斯特立刻感觉心情好转许多。当公关友人陪蠢女友到岛的另一头，围着杂货店前的仲夏柱[1]跳舞时，他则带着鲱鱼和烈酒躲在马拉 -30 的驾驶座上和老同学话家常。

当天稍晚，他们决定不再与阿鲁尔马那些恶名昭彰的蚊子对抗，便转移到船舱，一杯接着一杯烈酒下肚后，他们开始揶揄起企业界的道德伦理。林柏中学毕业后就读斯德哥尔摩经济学院，接着进入银行业。布隆维斯特则毕业于斯德哥尔摩新闻学院，工作上投注不少心力

---

1 仲夏柱（Midsummer pole），每年瑞典仲夏节庆典的传统之一，人们多半于前一年冬天砍下一根又高又直的圆木，待仲夏节来临前，钉上多根横杆，并于其上点缀树叶、花圈等装饰，竖立于村庄空旷处。庆典期间人们常会围在仲夏柱旁唱歌跳舞。

揭发银行与商界的贪腐现象。接着他们开始探讨九十年代某些“黄金降落伞”协议[1]中，有哪些部分符合道德伦理，最后林柏不得不承认商业界确实有一两个不道德的混蛋。这时他忽然正色注视布隆维斯特。

“你为什么不写汉斯-艾瑞克·温纳斯壮？”

“我不知道他有什么好写的。”

“挖呀，挖呀，拜托。你对 AIA 计划了解多少？”

“那是九十年代的一种援助计划，目的是帮助前东欧集团国家振兴产业。几年前就结束了。我从来没仔细研究过。”

“AIA（产业辅导小组）的计划有政府作后盾，由瑞典十几家大公司派出代表负责执行。AIA 在政府的担保下，与波兰及波罗的海诸国政府签订了许多计划协议。瑞典工会联盟也加入其中，保证东欧国家只要参考瑞典模式，劳工运动便会更加蓬勃发展。理论上，这项援助计划是以提供协助使其自立为原则，理应能为东欧政权提供经济重建的机会。然而实际上却是这些瑞典公司获得政府补助，成为东欧各国公司的共有人。那个该死的基督教民主党部长力挺 AIA，让他们在波兰的克拉考设立一座造纸厂，为拉脱维亚的里加的某家金属工厂提供新设备，在爱沙尼亚的塔林建水泥厂等等。资金由 AIA 委员会分配，其成员包括来自银行与商界的重量级人物。”

“这么说那些是人民的税金啰？”

“大约有一半来自政府，另一半由银行与企业负责，但绝非无私的运作，银行与企业都打算从中赚取甜头，否则他们何必如此大费周章？”

“这里头到底有多少钱？”

“等等，你先听我说。AIA 接洽的主要都是有意打进东欧市场的瑞典大企业，例如艾波比股份有限公司[2]和斯堪雅建筑集团等重工业

1 “黄金降落伞”协议（golden parachute agreement），即给予企业高阶主管的优厚补偿协议，以保障他们因企业易主或合并所造成的损失。

2 艾波比股份有限公司（ASEA Brown Boveri），是个跨国公司，专长于重电机、能源、自动化等领域。在全球一百多个国家设有分公司或办事处。总公司设于瑞士的苏黎世。

集团，也就是说不是什么投机公司。”

“你的意思是斯堪雅不做投机买卖？他们的总经理不就是因为放任手下炒股票损失了五亿，才被炒鱿鱼吗？还有他们在伦敦和奥斯陆狂炒房地产，你又怎么说？”

“当然，全世界每家公司都会有几个白痴，但你知道我的意思。至少那些公司确实在生产某些东西，称得上是瑞典产业的主力。”

“说了这么多，关温纳斯壮什么事？”

“温纳斯壮是这副牌中的鬼牌，意思是他就这么莫名其妙地出现了。他毫无重工业背景，实在与这些计划八竿子也打不着，但他在股市大赚了一笔又投资一些可靠的公司，可以说是走后门进来的。”

当时布隆维斯特坐在船内，往杯里斟满赖默斯霍尔默白兰地之后向后一靠，试图回忆自己对温纳斯壮极有限的认识。他在诺兰出生长大，并于七十年代在当地开了一家投资公司，赚钱之后便搬到斯德哥尔摩，到了八十年代事业开始飞黄腾达，在伦敦与纽约设立办公室后，公司规模扩大成了温纳斯壮企业集团，并开始与倍意尔电子集团相提并论。他喜欢快速地买卖股票与期权，也借此跻身于各大报的瑞典亿万富豪排行榜之列，不仅在海滨大道上有一栋市区住宅、在瓦姆多岛上有一栋豪华的避暑别墅，还拥有一艘从一位破产的前网球明星手上买来的二十五米游艇。不错，他是个精明鬼，但八十年代正是属于精明鬼和房地产投机商的时代，而温纳斯壮并无惊天动地之举，反而在同侪间始终保持低调。他不像传媒电讯大亨杨·史坦贝克[1]那般浮夸耀眼，也不像艾波比前总裁派西·巴纳维克一天到晚上八卦小报的版面。他告别房地产业，转而大举投资昔日东欧联盟[2]。当九十年代泡沫经济破灭、总经理一个接着一个被迫领取优厚的离职补偿金之际，温纳斯壮的公司却安然渡过难关。“瑞典的一则成功故事！”《金

1 杨·史坦贝克（Jan Stenbeck，1942—2002），将原本以钢铁、伐木为主的旧式家族事业，成功转变为瑞典知名电讯与传媒集团。行事作风大胆，喜欢在他自己开设的餐厅酒吧中举行疯狂派对。

2 东欧联盟（Eastern Bloc），华沙公约组织或经济互助委员会成员国的统称，二战时期东欧之外的同盟国成员（例如中国、古巴、越南、朝鲜等国）有时也会被包含在内。

融时报》的标题写道。

“那是一九九二年的事。”林柏说，“温纳斯壮找上 AIA，说他想提供资金。他提出一项企划案，似乎对投资波兰很有兴趣，标的是建立一座制造食品包装的工厂。”

“你是说罐头工厂？”

“不完全是，但相去不远。我不知道他在 AIA 里有哪些人脉，但他就这样拿走了六千万克朗。”

“越来越有趣了。我来猜猜：后来再也没有人见过那些钱，对吧？”

“错。”林柏露出诡诈的笑容，随即又喝了几口白兰地壮胆。

“接下来便是典型的记账艺术了。温纳斯壮的确在波兰的洛次设立了一家包装工厂，公司名叫迈诺斯。一九九三年间，AIA 收到过几份洋洋洒洒的报告，接着便毫无音讯。一九九四年，迈诺斯毫无预警地宣告破产。”

林柏为了强调这句话，啪一声将空酒杯重重放下。

“AIA 的问题在于对该计划没有标准的报告程序。你还记得吧？当时柏林墙倒塌时，大伙儿是多么乐观。民主政治将得以实现，核战争的威胁解除了，共产党员一夕间成了普通的小资本家。政府希望在东欧努力实践民主，每个资本家也都想搭顺风车，协助打造新欧洲。”

“我倒不知道资本家如此急公好义。”

“相信我，资本家会为此梦遗。俄国与东欧可能是全世界仅次于中国的最大的未开发市场，产业界与政府联手并无问题，尤其是这些公司只需出点微薄资金意思意思。前前后后，AIA 大概吞了纳税人三百亿克朗，这些钱以后应该都得赚回来。形式上，AIA 由政府主导，但企业界的影响力太大，以至于 AIA 委员会实际上是独立运作。”

“你说这么多，重点到底在哪里？”

“耐心一点。计划一开始并没有资金的问题，因为瑞典尚未遭受利率冲击，政府很乐于为 AIA 大力宣传，说这是瑞典为促进东欧民主所尽的最大努力之一。”

“这一切全是保守派政府的作为？”

“别把政治给扯进来。这一切只和钱有关，不管委员会头脑是由社会民主党还是温和派人士指派，结果都一样。所以呢，全速前进就对了。后来外汇问题出现了，接着便有一些新民主党的疯子开始埋怨政府对 AIA 疏于监督——还记得他们吧？其中有个跳梁小丑还把 AIA 和瑞典国际发展合作署搞混，以为这不外乎又是一个该死的行善计划，和援助坦桑尼亚一样。一九九四年，政府派出调查小组。当时有几个计划受到关注，但首先受到调查的计划之一便是迈诺斯。”

“结果温纳斯壮无法说明资金的用途。”

“根本说不清楚。他作了一份漂亮的报告，显示投入迈诺斯的金额约为五千四百万克朗。但后来发现波兰先前遗留下太多庞大的管理问题，现代包装产业在当地实在无法运作。事实上他们的工厂因不敌德国提出的类似计划而一败涂地，德国人正铆足全力想买下整个东欧联盟。”

“你刚才说他拿了六千万克朗。”

“没错，这笔钱成了无息贷款。最初当然认为这些公司会在几年内分期偿还部分金额，但迈诺斯经营失败却怪不得温纳斯壮。因为有政府的保证，免除了温纳斯壮的责任，他只需归还迈诺斯破产时亏损的钱，而且他还可以证明自己也损失了一笔数目相当的钱。”

“你听听看我理解得对不对。政府提供数十亿的人民纳税钱，外交官负责打通门路，企业家拿了钱加入合资，事后获得暴利。换句话说，就是生意嘛！”

“你太愤世嫉俗了。贷款是得还给政府的。”

“你说过是无息贷款，也就是说纳税人缴了钱却什么也得不到。温纳斯壮拿到六千万，投资了五千四百万，那另外的六百万呢？”

“当政府表明将着手调查 AIA 计划时，温纳斯壮开了一张六百万的支票给 AIA 弥补差额。所以事情就解决了，至少法律问题解决了。”

“听起来温纳斯壮似乎让 AIA 亏损了点钱，但比起斯堪雅凭空消失的五亿，或艾波比总裁领取超过十亿克朗的黄金降落伞补偿金之类实在很令人气愤的事，这好像不太值得报道。”布隆维斯特说道，“现在的读者已经十分厌倦关于能力不足的投机商的报道，即使牵涉到公款也一样。还有没有什么内幕？”

“还多着呢！”

“温纳斯壮在波兰的这些交易，你是怎么知道的？”

“九十年代我在瑞典商业银行工作。你猜猜看，给AIA的银行报告是谁写的？”

“原来如此。继续说。”

“AIA拿到温纳斯壮的报告，拟了文件，钱的缺口补齐了。缴回那六百万是很聪明的做法。”

“说重点。”

“可是，亲爱的老兄，这就是重点。AIA对温纳斯壮的报告很满意。一项投资完蛋了，却没有人对管理方式提出批评。我们看过发票、转账单和一大堆单据，所有东西都整理得仔仔细细、清清楚楚。我相信，我老板相信，AIA相信，政府便无话可说。”

“那有何不妥呢？”

“这正是整个事情棘手之处。”林柏审慎认真的神情颇令人吃惊。“因为你是记者，这些全都不能公开。”

“少来了，你总不能透露所有事情后又不许我用。”

“我当然可以。我到目前所说的都是公开数据，你大可以自己去查报告。剩下我还没说的部分，你可以写，但我得是匿名消息来源。”

“没问题，不过在现代语汇中，‘不能公开’代表我私下得知某事却不能写。”

“去你的现代语汇。你想写什么就写什么，只不过我是你的匿名来源。同意吗？”

“当然。”布隆维斯特说。

事后回想起来，当时不该答应的。

“那好。迈诺斯一事发生已超过十年，就在柏林墙倒塌之后。我是调查温纳斯壮的人之一，从头到尾都觉得事有蹊跷。”

“你签他的报告时怎么不说呢？”

“我和老板讨论过，问题是无法明确指出什么。文件单据都没问题，我只好签了。从那以后，每次在媒体上看到温纳斯壮的名字，我就会想到迈诺斯，尤其是因为几年后，在九十年代中期，我的银行和温纳斯壮有些来往，其实是大交易，但结果不太圆满。”

“他骗了你们？”

“不是，没那么明显。我们双方倒是都赚了钱。应该说是……我也不知道该怎么解释，我现在说的是我自己的雇主，我并不想做这种事。可是我脑海中浮现的——就是一般所谓的持续和整体印象——并不正面。温纳斯壮被媒体捧为伟大的财经巨擘，他也因此更加发达。这是他的‘信任资产’。”

“我明白你的意思。”

“我觉得这个人根本是外强中干，甚至也不特别擅长财经。老实说，我认为他对某些议题一窍不通，只不过请到几个聪明绝顶的年轻斗士当顾问罢了。总之，我个人对他实在没有好感。”

“然后呢？”

“几年前，我为其他的事情前往波兰。我们同行团员和几个洛次的投资者一块用餐，而我刚好与市长同桌。我们谈到振兴波兰经济的困境等等，不知怎的我提起了迈诺斯计划。有一瞬间，市长显得十分惊讶，好像从未听过迈诺斯似的。他跟我说那是个一文不值的小生意，一点收获也没有。接着他笑着说——这是原话，我一字未改——如果我们的投资者只有这份能耐，瑞典恐怕撑不久了。你明白我说的吗？”

“那个洛次市长显然是个刻薄的家伙，你还是说下去吧。”

“第二天早上我要开会，其他时间可以自由活动。我一时兴起，便开车到洛次郊外的一个小镇，去瞧瞧关闭的迈诺斯工厂。整个巨大的迈诺斯工厂建筑摇摇欲坠，那是五十年代苏联红军搭建的铁皮仓库。我在工厂一带找到一个略通德语的守卫，听说他有个表亲曾在迈诺斯工作，我们便前往他距离不远的住家找他，由守卫担任翻译。你有兴趣听听他怎么说吗？”

“迫不及待。”

“迈诺斯于一九九二年秋天开厂，员工顶多十五人，大多数是上了年纪的女人，月薪大约一百五十克朗。起初没有机器，所以员工上班时间都在打扫。到了十月初，从葡萄牙运来三架纸箱制造机，全都非常老旧。这些破铜烂铁顶多价值几千克朗，当然也没有备用零件，所以迈诺斯动不动就得停工。”

“现在有点内幕消息的味道出来了。”布隆维斯特说，“迈诺斯都制造些什么？”

“一九九二年一整年加上一九九三上半年，他们生产了简单的洗衣粉纸箱和蛋盒之类的产品，接着开始做纸袋。不过工厂始终没有足够的原料，根本不可能大规模生产。”

“听起来不像是巨额投资。”

“我算给你听。两年的租金应该在一万五千克朗左右，薪资可能顶多只要十五万克朗——这还算慷慨的。机器费用和运费……一辆运送蛋盒的货车……我估计是二十五万。再加上执照费、几趟的往返旅费——好像有个人确实从瑞典来过工厂几次。看来整个营运所需不到两百万。一九九三年夏日某天，领班来到工厂宣布工厂倒闭，不久便来了一辆匈牙利货车把机器载走了。拜拜，迈诺斯。”

审判过程中，布隆维斯特经常想起那个仲夏节前夕。当晚大部分谈话的口气都像是回到学生时代，和同学不伤感情地争执辩论。青少年时期，他们分担过彼此的烦恼，如今长大后几乎变成两类人，几乎已成陌路。闲谈之间，布隆维斯特曾试着回想，却怎么也想不起两人在学校里怎么会成为哥们儿。他记得林柏个性保守，面对女孩特别害羞，长大成人后呢……却是个在银行界力争上游的成功人士。

布隆维斯特很少喝醉，但这番巧遇使一趟凄惨的航程变成一个愉快的夜晚，也因为他们的对话充满学生时期的调调。他起先并未认真看待林柏所说关于温纳斯壮的事，但渐渐地，他的专业直觉被唤醒了。他忽然专注地倾听起来，一些合理的怀疑也随之浮现。

“等等。”他说，“温纳斯壮是顶尖的市场投机商。他给自己赚进了十亿，不是吗？”

“粗略估计，温纳斯壮集团约有两千亿资产。你一定想问：一个亿万富翁何必大费周章去诈骗区区五千万，对吧？”

“应该这么说：他何必以自己和公司的声誉做赌注，去进行如此拙劣的欺诈？”

“欺诈的行为并不那么明显，因为AIA委员会、银行业、政府和国会稽核人员对温纳斯壮的账都毫无异议。”

“这笔金额毕竟小得离谱，不值得冒此风险。”

“当然。但你想想：温纳斯壮集团是个投资公司，凡是能短期获利的，如房地产、有价证券、期权、外汇等等，都属于它的业务范围。温纳斯壮在一九九二年找上AIA时，正是股市即将跌到谷底之际。你还记得一九九二年秋天吗？”

“怎能不记得！十月份利率飙升五倍的时候，我还得缴机动利率的房贷，一整年都要付百分之十九的利息。”

“你说得没错。”林柏说，“那年我自己也是赔惨了。而温纳斯壮也和每个股市玩家一样，面对同样的问题在苦撑。公司有数十亿各式各样被套牢的文件资产，现金却不多。忽然间他们再也不能想借多少就借多少。通常遇到这种情况，你会释出部分资产再想办法重整旗鼓，偏偏在一九九二年，没有人想买房地产。”

“现金流的问题。”

“对极了。而且不只温纳斯壮一人，每个商人……”

“别说商人。你可以随你喜好称呼他们，可是叫他们商人是对这类正当行业的侮辱。”

“好吧。每个投机商都有现金流的问题。我们从这个角度来看：温纳斯壮拿到六千万克朗，虽然还了六百万，却已事隔三年。迈诺斯的实际开销不会超过两百万。光是六千万三年的利息，已经相当可观。其余的就看他怎么投资，可能让AIA的钱加倍，甚至赚了十倍以上，这可就不是什么芝麻绿豆的小事啰。干杯！”

第二章

十二月二十日星期五

德拉根·阿曼斯基出生于克罗地亚，现年五十六岁。他父亲是来自白俄罗斯的亚美尼亚裔犹太人，母亲则是有着希腊血统的波斯尼亚回教徒。他由母亲教养成人，也就是说他长大后便被纳入那个媒体统称为回教徒的庞杂团体。奇怪的是，瑞典移民局却将他登记为塞尔维亚人。从护照可以证明他是瑞典公民，照片上的他一张国字脸，下腭方正，有些刚长出的胡茬儿，两鬓略微花白。他常被称为“阿拉伯人”，但其实一点阿拉伯血统也没有。

他长得有点像美国帮派电影中典型的地头蛇，但事实上他是个能力很强的财务主管，七十年代初刚步入社会，便进入米尔顿安保公司从小会计干起，三十年后，升任为公司的首席执行官兼首席运营官。

进入公司后他渐渐对安保事业着了迷。这就像战争游戏一样，要确认威胁所在、构思反策略，还要随时抢先产业间谍、勒索歹徒与窃贼一步。他起步的契机是因为发现有人利用精心设计的记账方式诈骗公司某位客户，并从十几个人当中指证出幕后主使者。他因而受到拔擢，在公司业务的拓展上扮演关键角色，并成为金融诈欺领域的专家。十五年后他升任首席执行官，带领米尔顿成为瑞典最具竞争力也最受信赖的安保公司。

这家公司有三百八十名全职员工和三百名短期约聘人员，相较于佛克安保公司或瑞典警卫服务公司仍属小规模。阿曼斯基刚进公司时，公司名叫约翰·弗雷德里克·米尔顿公共安保公司，主要客户包括需要巡查员与孔武有力警卫的购物中心。如今在他领导下，公司变成了国际知名的米尔顿安保，并投资添购最先进的科技设备。原本年迈力衰的夜间警卫、制服迷和兼差的大学生，一律由真正的专业人士取代。阿曼斯基请来资深离职警员担任业务主管，又聘请专精于国际恐怖主义的政治学家，以及精通人身保护与工业间谍活动的专家，最重要的则是雇用了一流的电讯技术人员与信息专家。后来公司更从索尔纳搬到位于斯德哥尔摩市中心的斯鲁森附近的现代化新大楼。

到了九十年代初，米尔顿安保已有能力为一群特殊客户提供新的安保水准，其中主要包括中型企业和注重隐私的富人，如一夕致富的摇滚明星、股市投机商、网络新贵等。公司有一部分业务是为国外的瑞典公司提供贴身保镖与安保系统服务，其中又以中东地区为主，目前该地区业务量占全公司营业额的七成。阿曼斯基接手后，公司业绩也从每年四千万克朗增加到二十亿左右。提供安保服务的利润着实不小。

米尔顿的业务可分为三大类："安保咨询"，可协助确认想象或猜测到的威胁；"因应措施"，通常需要装设监视录像机、防盗与火灾警报器、电子锁装置和信息系统；"人身安全维护"，对象可以是个人或公司。过去十年来，最后这类业务整整成长了四十倍。最近又出现一群新客户：就是想寻求保护、不受前男友或前夫或跟踪狂骚扰的富有女子。此外，米尔顿安保也和一些性质相近、信誉良好的欧洲及美国公司签订合作协议。还会为许多来到瑞典的国际访客提供安保服务，其中包括一位预计在特罗尔海坦拍片两个月的美国女星。她的经纪人认为以她的身份地位，偶尔外出到饭店附近散步时，都应该有保镖陪同。

另外还有第四类业务，范围小得多，只需几名员工负责。他们内部称之为"私调"，也就是私人调查。

阿曼斯基对这块业务始终兴致不高，因为不但麻烦还无利可图。从事这类工作的员工需要的不是电讯技术或装设监视设备的知识，而是判断力与经验。如果调查事项是关于信用状况、聘请前的背景调查，或是调查某位员工是否泄漏公司机密或参与非法活动，是可以接受的。像这类案例，私调便算是营业活动中不可或缺的一部分。可是客户却常常牵扯出私人问题，而且可能制造不必要的骚动。*我想知道我女儿在和哪个混蛋交往……我觉得我老婆可能有外遇……这家伙是*

好人，却交了坏朋友……我被人勒索……遇上这种人，阿曼斯基经常是直接拒绝。如果女儿已经成年，就有权利和任何混蛋交往；至于外遇问题，他认为应该由夫妻自行解决。这些调查工作背后隐藏着陷阱，很可能会爆发丑闻，让米尔顿安保吃上官司，因此阿曼斯基对类似的委托始终格外谨慎，更何况实在难以从中获利。

这天早上的主题偏偏就是一桩私人调查案。阿曼斯基拉平裤子的皱褶后，坐到舒适的座椅上往后一靠，带着狐疑的目光瞥向小他三十二岁的女同事莉丝·莎兰德。他想过不下千次：好像再没有人比她更不适合待在一家名气响亮的安保公司。他的不信任可说明智也可说不理智。在阿曼斯基眼中，莎兰德无疑是他在业界多年所遇见最出色的调查员，她为他工作这四年来，从未搞砸过一件案子或交出一份不入流的报告。

相反地，她的报告总是独树一格。阿曼斯基相信她天赋异禀。调查信用状况或警方记录，谁都办得到，但莎兰德很有想象力，总是能带回他意料之外的东西。她是怎么办到的，他从来也没弄懂，有时候甚至觉得她搜集资料的能力根本是魔术。官方档案她已背得滚瓜烂熟，更重要的是她能钻进被调查者的表皮底下，一旦发现任何值得挖掘的秘密，就会像巡弋飞弹一样朝目标前进。

不知为何，她就是有此天分。

凡是被她的雷达侦测到并写入报告的人可就惨了。阿曼斯基永远忘不了有一次在某企业收购案前，他派莎兰德对一名制药工厂的研究员进行例行性的查证。预定一个星期完成的工作，却拖延了好一阵子。四个星期了她毫无动静，提醒了她几次，她也置之不理。最后她提出的报告中附带证明那个被调查的人有恋童癖，曾两度在塔林向一名十三岁的雏妓买春，并且有迹象显示他对当时同居女友的女儿怀有歹念。

有时候莎兰德的某些习性几乎让阿曼斯基感到绝望。就拿恋童癖的案子而言，她没有打电话给阿曼斯基，也没有进办公室找他谈。没有，甚至连报告中可能包含爆炸性数据的事也提都没提，就直接在某天傍晚，阿曼斯基正要下班前放到他桌上。直到当晚夜深之后，他终于能轻松地和妻子在利丁粤岛上的别墅中边看电视边喝酒时，才将报告拿出来看。

这份报告一如平常，标示附注、引述与资料来源，精准到近乎完美。前几页交代了调查对象的背景、教育程度、职业与经济状况。直到第二十四页，莎兰德才丢出塔林之行的炸弹，用她一贯枯燥乏味的语气说出他住在绍伦吐纳，开的是一辆深蓝色的沃尔沃。她在附录中提出详尽的证据数据，其中包括调查对象和那名十三岁少女在一起的照片。照片是在塔林某家旅馆的走廊上拍的，那人的手伸进女孩的毛衣里头。后来莎兰德追踪到这名女孩，还将她的说词录音存证。

这报告所引起的混乱正是阿曼斯基想要避免的。首先，他得吞下几颗医师开给他的溃疡药，然后请客户到公司来开一个不愉快的紧急会议。尽管客户强烈反对，最后他仍不得不将资料交给警方。这意味着米尔顿安保恐怕会被卷入一个纠结的网中，假如莎兰德的证据无法被证实或那个人被判无罪，公司恐怕就得打诽谤诉讼官司。真是一场噩梦。

然而，莎兰德出奇的冷漠还不是最令他头痛的事。米尔顿的形象向来是保守稳定，莎兰德出现在这样的环境中就仿佛船舶展览中出现了一头水牛。阿曼斯基的这名超级调查员是个脸色苍白、像得了厌食症的年轻女子，头发超短，还在鼻子和眉毛上穿洞。她的脖子上刺了一只约两公分长的黄蜂，左臂二头肌和左脚踝处也各有一圈刺青。有时候当她穿无袖背心时，阿曼斯基也会看见她右边肩胛骨上文着一条巨龙。她天生红发，却将头发染得乌黑，整个人看起来就像刚和一群重摇滚乐手狂欢了一个星期。

其实她没有饮食失调的问题，阿曼斯基很确定。相反地，她好像什么垃圾食物都吃，只不过天生瘦削，骨架小，让她看起来像个手小腕细、胸部尚未发育完全的小女孩。她已经二十四岁，有时却像只有十四岁。

她嘴巴大、鼻子小、颧骨高耸，外貌略似亚洲人。她动作迅速轻盈有如蜘蛛一般，用电脑打字时手指像在键盘上飞跃。由于她骨瘦如柴，想当模特儿应该不可能，但倘若上妆得宜，那张脸倒是上得了全世界任何广告牌。偶尔她会涂黑色口红，撇开刺青和鼻子眉毛穿洞不说，她其实……嗯……还算迷人。一种说不明白的魅力。

莎兰德为阿曼斯基工作这件事实在不可思议，因为阿曼斯基平常不可能接触到她这种女人。

她最初是被请来做杂工。专门为老约翰·弗雷德里克·米尔顿处理私人事务的半退休律师霍雷尔·潘格兰告诉阿曼斯基，说这个莎兰德虽然“态度大有问题”，却十分机灵。潘格兰恳请他给她一次机会，阿曼斯基勉强答应了。潘格兰是那种会把拒绝当成激励而再接再厉的人，所以干脆直接答应比较省事。阿曼斯基知道潘格兰致力于照顾问题孩童和其他社会边缘人，但他的判断力毕竟不错。

不料一见到那女孩他便后悔答应雇用她了。她不只是看起来麻烦，在他眼中，她根本就是麻烦的化身。她辍学，没有受过任何高等教育。

前几个月她做全职，算是吧。偶尔出现在办公室时，她会煮咖啡、跑邮局、帮忙影印，但对于传统的上班时间或例行工作却深恶痛绝。另一方面，她还有惹毛其他同事的本领，后来大伙都叫她“有两个脑细胞的女生”——一个用来呼吸，一个用来站立。她从不提自己的事，有同事想和她聊天，见她几乎毫无反应，很快便放弃了。她的态度让人既无法信任，也难以伸出友谊之手，不久她便成了幽灵，并像只流浪猫一样在米尔顿的走廊上游荡。大伙都认为她已无可救药。

经过一个月的麻烦不断，阿曼斯基把她找来，铁了心要请她走人。她静静听着他细数自己的违规事项没有反驳，连眉毛也没抬一下。他下了她“态度不正确”的结论后，正打算告诉她若想进一步发挥才能，最好还是另谋高就，她却在此时打断了他。

“其实如果你只想找个办事奴才，去人力派遣公司找就有了。我可以替你处理任何事、应付任何人，如果你只会叫我分发邮件，那你就是个笨蛋。”

阿曼斯基坐在位子上，又惊又怒，她仍不慌不忙地接着说。

“你有个手下花了三星期去调查一个某家网络公司有意招聘的雅痞，写了一份一文不值的报告，昨天晚上我替他抄的那份烂报告，现在就躺在你桌上。”

阿曼斯基的目光落在报告上，为了改变一下气氛，他开口说道：“你是不能看机密报告的。”

“好像是不行，但是你们公司的保密程序有漏洞。根据你的指示，这种报告他应该亲自抄写，可是他昨天上酒吧前把报告丢给我了。顺带一提，我在员工餐厅里发现他前一份报告。”

“你说什么？”

“别激动，我把它放进他的收件箱了。”

“他把文件保险箱的密码给你了？”阿曼斯基大感愕然。

“倒是没有，只不过他把它连同计算机密码写在一张纸上，放在记事本底下。重点是你们这个糊涂的私家侦探做的私人调查一点用也没有。他忽略了那个家伙背负赌债，而且吸起可卡因活像吸尘器。他也没查出他女友被他打个半死，还得向妇女庇护中心求助。”

阿曼斯基花了几分钟翻阅那份报告。内容的陈述井然有序，表达清晰，也有不少数据来源和调查对象的亲友们的说辞。末了，他抬起双眼说了两个字：“提证。”

“我有多少时间？”

“三天。星期五下午以前，若不能证明你的指控就准备走人。”

三天后，她交出一份资料同样翔实的报告，但那个外表讨喜的年轻雅痞却变成一个不可靠的混蛋。阿曼斯基利用周末将报告反复看了几次，并在星期一花了点时间草草查证她的部分说辞。其实查证前，他就知道她的消息必然正确。

阿曼斯基有点慌乱，也气自己竟如此明显地错看了她。他原以为她很笨，甚至有些智障，怎料一个翘了太多课而毕不了业的女孩，竟能写出文法如此准确的报告，而且还附上详细的观察评论与信息。他实在想不通她是如何获知这些事实的。

他想不出米尔顿安保有哪个员工能取得妇女庇护中心的医师的机密日志。他问她如何办到，她却回答说不想断了她的消息来源。莎兰德显然不想讨论自己的工作方法，不管是对他或其他人都一样。这点让他感到困扰，但他仍忍不住想测试她。

他思考了几天，想起潘格兰送她过来的时候曾说："每个人都应该有一次机会。"他想到从小到大接受的回教教义教导他帮助遭遗弃的人是神赋予他的责任。当然他并不相信神，而且从青少年时期便未再进过清真寺，但他认为莎兰德绝对是个需要帮助的人。过去几十年来，他在这方面做得并不多。

结果他没有炒她鱿鱼，反而找她前来谈话，试图了解是什么原因造成这女孩别扭的个性。他证实自己想得没有错，她的确有严重的情绪问题，但他也同时发现在她阴沉的外表下有着过人的聪明才智。她暴躁易怒、令人厌烦，但出乎意外的是他已经开始喜欢她。

接下来的几个月，阿曼斯基张开羽翼保护莎兰德。老实说，他把照顾她当成一个小小的社工计划。他交给她一些简单的研究工作，试着引导她依程序进行。她会耐心倾听，然后照自己的想法完成任务。阿曼斯基请米尔顿的技术经理给她上一堂信息科技的入门课程。他们并肩坐了一下午之后，经理汇报说她对计算机的认识似乎已超过大多数员工。

不过尽管多次讨论未来的发展、提供公司内部训练，加上各式各样的利诱，莎兰德很明显就是不愿意顺应公司的惯例。这让阿曼斯基很为难。

他不会容许其他任何员工来去自如，在正常的情况下，他也会要求她改不了就离职。但他有预感，若对莎兰德下最后通牒或威胁要炒她鱿鱼，她只会耸耸肩然后走人。

还有一个更严重的问题是，他弄不清自己对这名女子的感觉。她像个搔不着的痒处般令人痛恨，但也令人动心。这无关性欲，至少他觉得不是。通常吸引他的都是身材玲珑有致、嘴唇丰满、能激起他幻想的金发女郎，更何况和他结婚二十多年的芬兰女子蕾娃至今仍非常符合这些条件。他从未对妻子不忠，呃……应该说曾经有那么一件让妻子知道很可能会误会的事。不过他的婚姻很幸福，还有两个和莎兰德年纪相仿的女儿。总之，他对这种远远望去会被误认为瘦弱男生的平胸女孩没兴趣，这不是他喜欢的类型。

即便如此，他还是发现自己曾对莎兰德产生不当幻想，也因此察觉自己对她并非无动于衷。不过阿曼斯基认为莎兰德之所以吸引他是因为她是异类，就像他也可能爱上画中仙子或希腊古瓶。对他而言，莎兰德象征着一种不真实的生活，虽不能分享却令他深深着迷。当然，她也绝不会容许他分享。

有一回，阿曼斯基坐在旧城区大广场的一家咖啡馆里，莎兰德也刚好来此闲逛，并坐在离他不远处。她和另外三名女孩、一名男孩一起，穿着打扮十分类似。阿曼斯基兴味十足地看着她。她似乎和工作时一样内向，但听完其中一个紫发女孩说的事情后，她确实微微露出笑意。

阿曼斯基好奇地想，倘若有一天，他把头发染绿，穿着破牛仔裤和布满涂鸦与铆钉的皮夹克去上班，不知她会作何反应？很可能只会不屑地撇撇嘴吧。

她背对着他坐，一次也没转过身来，显然不知道他也在。她的出现让他感到莫名的心烦意乱。最后他起身正打算偷偷溜走，她忽然转身直盯着他看，就好像自始至终都知道他坐在那里，一直用她的雷达在侦测他。她的注视来得太突然，感觉像一种袭击。于是，他假装没看见便匆匆离开。她也没打招呼，只是用目光尾随他，这他能确定，直到在路口转弯后才终于摆脱那烙在颈背的炙烫目光。

她几乎从来不笑。但一段时间下来，阿曼斯基感觉到她态度软化。说得委婉些，她属于冷面笑匠型，只会偶尔露出扭曲、讽刺的笑容。

她的缺乏情绪反应让阿曼斯基深受刺激，有时候他真想抓住她把她摇醒，强行进入她的保护壳内，赢得她的友谊或至少她的尊敬。

她为他工作九个月以来，他只尝试过一次要和她讨论这些感觉。那是在米尔顿安保的圣诞晚会上，而且那次他喝醉了。倒没有发生什么不该发生的事，他只是试着要让她知道他其实很喜欢她，尤其想向她解释自己觉得有责任保护她，只要她需要任何帮助都可以随时来找他。他甚至想拥抱她。当然，只是纯友谊的拥抱。

她扭着身子挣脱他笨拙的拥抱，离开了晚会现场。之后她便不再出现在办公室也不接手机。她的缺席感觉像是折磨——近乎一种体罚。他找不到人抒发内心的感觉，这也是他头一次清清楚楚体会到她对他有多么强大的破坏力。

三星期后的某天晚上，阿曼斯基为了年终登记账目在公司加班时，莎兰德再度出现。她像鬼魅般静悄悄地飘进他的办公室，他后来才发现她站在门内暗处看着他，也不知道已经站了多久。

“想不想喝杯咖啡？”她问道。然后随手递给他一杯从员工餐厅咖啡机买来的咖啡。他默默地接过杯子，接着见她用脚一踢将门关上，心里既害怕又松了口气。她坐到他办公桌对面，直视他的双眼，然后用一种让人无法一笑置之或闪躲的方式问他：

“德拉根，我吸引你吗？”

阿曼斯基像瘫痪一般坐着，一面拼命想着该如何回答。第一时间他有股冲动想假装受辱。接着他看到她的表情，忽然想到这是她第一次提出这么私人的问题。她是认真的，假如他企图一笑置之，她会视为屈辱。她想和他谈话，而他好奇的是她花了多少时间才鼓起勇气提出这个问题。他慢慢地放下笔，往后靠到椅背上。他终于放轻松。

“你怎么会这么想？”他说。

“因为你看我的眼神，还有你不看我时的模样。还有，有时候你好像想伸手碰我又及时打住。”

他微笑着说：“我想如果我碰你一下，可能会被你咬断指头。”

她没有笑，只是等着。

“莉丝，我是你老板，即使我被你吸引，也绝不会有所行动。”

她还在等着。

“我可以私下告诉你，是的，有时候你确实很吸引我。我说不出所以然，但事情就是这样。也不知道为什么，我就是很喜欢你，但这与肉体无关。”

“那好。因为永远也不会发生。”

阿曼斯基笑了起来。她第一次说出很私密的话，却可能是让男人最沮丧的消息。他努力地寻找适当字句。

“莉丝，你对一个五十几岁的老头没兴趣，这我明白。”

“我对一个五十几岁*又是我老板的*老头没兴趣。”她举起手制止他插嘴。“等等，让我说完。你有时候很笨而且官僚得让人抓狂，不过你其实很有魅力……我也可以感觉到……但你是我老板，我见过你老婆，我又想继续替你工作，如果和你搞婚外情真是最愚蠢的事了。”

阿曼斯基一语不发，甚至几乎不敢呼吸。

“我知道你为我做了什么，我并非不懂得感恩。我很感激你能确实摒除偏见，给我一个机会。可是我不想要你当情夫，而你也不是我父亲。”

过了一会儿，阿曼斯基才无助地叹了口气。“那你到底要我怎么做？”

“我希望继续为你工作。如果你不介意的话。”

他点点头，并尽可能诚实地回答她。“我真的希望你替我工作。但我也希望你对我抱有一点友情和信任。”

她也点点头。

“你不是个会让人想交往的朋友。”她听了似乎脸色略沉，但他又接着说，“我可以理解你不想让任何人打扰你的生活，我也会尽量做到。但我可以继续喜欢你吗？”

莎兰德思考许久后，起身绕过办公桌给他一个拥抱作为回答。他完全惊呆了。直到她放开他以后，他才拉起她的手。

“我们可以当朋友吗？”

她点了一下头。

那是她唯一一次在他面前显露温柔，也是她唯一一次碰他。阿曼斯基一直记得那柔情的一刻。

又经过了四年，她仍未对阿曼斯基透露过任何私生活或背景细节。有一次他将自己学到的“私调”艺术运用在她身上，他也去找潘格兰长谈——他见到他来访似乎并不惊讶，而最终的发现并未增进他对她的信任。对此他始终只字未提，也没有让她知道自己在打探她的生活，反而隐藏起内心的不安并更加提高警觉。

在那怪异的一晚结束前，阿曼斯基和莎兰德达成了协议。未来她将以自由工作者的身份为他做调查计划，无论有没有接案子都能领取一笔微薄的月薪，而每接一件案子还会再按件计酬。她可以按照自己的方式做事，相对地，她也得保证绝不做出可能令他尴尬或让米尔顿安保卷入丑闻的事。

在阿曼斯基看来，这么做对他、对公司、对莎兰德本身都好。他将麻烦的私调部门缩减到只剩一名全职员工，那是个较年长的同事，除了例行公事游刃有余之外，还能处理征信事务。至于复杂或棘手的任务则全交给莎兰德和其他约聘者，后者是独立承接案件，万一出状况，米尔顿安保其实可以不必负责。由于他经常有案子交给她办，因此她收入还不错，原本还可以更好，但莎兰德总是得看心情工作。

阿曼斯基也不勉强她改变，只是不许她见客户。今天的任务却是例外。

这天，莎兰德穿了一件黑 T 恤，上面印着露出獠牙的外星人和“我也是外星人”等字样。下半身的黑裙边缘已经磨损，外头罩上破旧的黑色中长皮外套，再加上铆钉腰带、厚重的马汀大夫靴和红绿相间的横条长筒袜。她脸上的妆色调怪异，显示她可能有色盲。总之，她是特地装扮了一番。

阿曼斯基叹了口气，将目光移到穿着保守、戴着厚眼镜的客人身上。迪奇·弗洛德是个律师，他坚持要见见写报告的员工，并当面问问题。阿曼斯基已经尽可能地以莎兰德感冒、出远门或忙于其他工作等借口推脱，以避免他们碰面，但律师却淡淡地回答说没关系，事情不急，他大可以等个几天。到头来终于避无可避，只得安排这次会面。此刻，看上去已年近七十的弗洛德很明显地看着莎兰德看得出神，而莎兰德也以不带丝毫热情的表情怒目回瞪。

阿曼斯基叹口气后，再次看着她放在他桌上、标示着“卡尔·麦可·布隆维斯特”的讲义夹。这个名字工整地印在封面上，后面还有社会安全号码。他大声念出名字，弗洛德先生这才从着魔的状态中惊醒，转向阿曼斯基。

“好啦，关于布隆维斯特，你能告诉我哪些事？”他问道。

“这位是负责写报告的莎兰德小姐。”阿曼斯基顿了一下才又接着说，他脸上带着微笑，试图增加对方的信心，但口气中却有些心慌道歉的意味。“别看她这么年轻，她可是我们最顶尖的调查员。”

“我绝对相信。”弗洛德的冷淡语调透露出他言不由衷，“说说看她有何发现。”

弗洛德显然不知该如何与莎兰德应对，因此决定对她视而不见，转向阿曼斯基提问。莎兰德嚼着口香糖，吹了个大泡泡，然后没等阿曼斯基回答便说道：“请你问问客户想听长的还是短的版本。”

尴尬地沉默片刻后，弗洛德终于转向莎兰德，为了弥补对她的伤害，便改用长辈的慈祥口吻对她说：

“如果这位小姐能口头总结一下，我将十分感谢。”

有一度她露出令人意想不到的仇视神情，弗洛德不禁感到脊背发凉。但就在一瞬间，她的眼神立刻变得柔和，弗洛德又怀疑是否自己眼花了。她开口时，简直恭敬得有如公仆。

“请容我先声明一点，这次的任务并不特别复杂，只不过工作内容本身的描述有点模糊。你想知道‘所有能挖得出来’有关于他的事，却未明说特别想查哪些事，所以这份报告有点像是他一生的杂录，虽然共有一百九十三页，但有一百二十页都是他写的文章或剪报拷贝。布隆维斯特是公众人物，几乎没有秘密也没什么好隐瞒的。”

“但他毕竟还是有秘密吧？”弗洛德说。

“每个人都有秘密。”她平淡地回答，“只是要去发掘出来罢了。”

“说来听听。”

“布隆维斯特生于一九六〇年一月十八日，现年四十三岁。他生在博尔兰格，但从未住过那里。他出生时，父母库尔特和阿妮塔都在三十五岁左右，现在两人都死了。他父亲是装机器的工人，经常跑来跑去，而母亲呢，据我所知，一直都是家庭主妇。麦可上学以后，全家搬到斯德哥尔摩。他有个小他三岁的妹妹叫安妮卡，是个律师。另外还有一些表兄弟姐妹。你准备替我们倒咖啡吗？”

最后这句话是对阿曼斯基说的。开会前他命人用热水瓶备妥咖啡，此时正仓促地压出三杯咖啡来，一面以手示意莎兰德继续说。

“所以一九六六年，他们住在小埃辛根。布隆维斯特先是在布罗玛上学，后来到国王岛上预备学校。他以优异的成绩毕业——讲义夹里有成绩单拷贝。在预备学校期间，他选修音乐课，还在一个名叫拔靴带的摇滚乐团担任贝斯手，而且乐团曾经推出单曲，一九七九年夏天在广播电台上播过。预备学校毕业后，他到地铁站当收票员，存了点钱之后出国。他离开了一年，多半都在亚洲游荡——印度、泰国，然后又跑到澳大利亚。二十一岁的时候，他开始在斯德哥尔摩上新闻课程，但只上一年便休学入伍，在拉普兰的基律纳当步枪兵。那算是个很糙的单位，但他表现得很不错。退伍后，他完成了新闻学位，之后一直在新闻界工作。你要我说得多详细？”

“说你认为重要的事就好。”

“他有点像是《三只小猪》里那只勤劳猪。到目前为止他都是个杰出的记者。八十年代，他接很多临时工作，先是在外地报社，后来才到斯德哥尔摩。我列了清单。关于‘熊党’的新闻是他的转折点，就是他认出那群银行劫匪。”

“小侦探布隆维斯特。”

“他恨死这个绰号，这倒不难理解。如果有人敢在报纸版面上叫我‘长袜皮皮’[1]，我就把他们打到鼻青脸肿。”

她阴阴地瞥向阿曼斯基，他则心虚地咽了一下口水。他已经不止一次把莎兰德想成长袜皮皮。只见他挥挥手让她继续。

“一项消息来源显示，在那之前他一直想当刑事新闻记者，还曾经在某晚报实习过，后来却是以政治财经报道成名。他起初是签约记者，到八十年代末才在一家晚报找到全职工作。一九九〇年，他离开那家报社，协助创办《千禧年》月刊。那份杂志背后没有任何大出版社撑腰，一开始完全不在状态，如今销售量已经达到每个月卖出两万一千份。他们的办公室在约特路上，离这里只有几条街。”

“左派杂志。”

“这得看你的‘左派’怎么定义。一般大众把《千禧年》视为社会评论杂志，但我猜无政府主义者会觉得它跟《竞技场》、《前沿》一样，属于小中产阶级的烂杂志，而温和的学生团体则很可能认为该杂志的编辑全都是共产党员。没有证据显示布隆维斯特曾经活跃于政治圈，即使在他上预备学校、左倾风潮盛行年间也一样。他在新闻学院埋头苦读时，和一位当时在工会组织中十分活跃的女孩同居，那女孩如今是左翼党的国会代表。他之所以被贴上左派标签，主要应该是因为他当财经记者时，专门调查报道企业界的贪腐情形与可疑交易。他曾经做过一些对大企业家和政客极具破坏性的个人特写——那些人大多是罪有应得——导致许多人辞职，也引发连串的官司诉讼。其中最著名的阿波加案，最后有个保守派政治人物被迫下台，某位前议员也因为盗用公款被判刑一年。揭发罪行实在不能拿来当做判定一个人左倾的标准。”

“我懂你的意思。还有什么吗？”

1 长袜皮皮（Pippi Longstocking），林格伦最受欢迎的作品“长袜皮皮”系列中的主角，她是个满脸雀斑、腿上穿着不同颜色长袜的九岁女孩，她力大如牛、很有正义感，是全世界儿童读者心目中的女英雄。

“他写了两本书，一本关于阿波加案，另一本叫《圣殿骑士团》，三年前出版，是关于财经报道。我没看过这本书，不过从书评看来似乎颇有争议，在媒体引发不少讨论。”

“钱呢？”弗洛德问。

“他不是很有钱，但也饿不死。所得税申报书附在报告里。他银行里大约有二十五万克朗，包括一笔退休基金和一笔储蓄存款。他另外一个账户里约有十万克朗，专门用来支付工作、旅行等费用。他有一间合作公寓，在贝尔曼路，六十五平方米大，房贷已经付清，没有借贷或负债。他还有另一项资产，位于群岛间的沙港。那是一栋二十五平方米的小屋，装潢成夏日水边度假屋，就在全村最美的角落。很显然是他的一位叔伯在四十年代买的，当时一般普通人还有此能力，最后小屋就落到布隆维斯特手中了。他们将家产平分，所以他妹妹分得双亲在小埃辛根的公寓，布隆维斯特分到小屋。我不知道小屋的现值多少——肯定有几百万，但话说回来，他好像没有出售的打算，而且还常去沙港。”

“收入呢？”

“他是《千禧年》的所有人之一，但每个月只领一万二左右的薪水，其余收入则来自撰稿的工作，数目不固定。三年前他忙了一年，约莫赚了四十五万，去年撰稿却只赚进十二万。”

“除了律师费等等，他还得缴十五万的税。”弗洛德说，“我们就假设总金额不低吧。而他入狱期间也会有损失。”

“也就是说他将会变得一文不名。”莎兰德说。

“他诚信如何？”

“这可以说是他的信任资产。他的形象就是坚定捍卫道德、与商界对抗，他也屡次被邀请上电视作评论。”

“现在被判了刑，这项资产恐怕所剩无几了。”弗洛德说。

“我不敢说我百分之百知道一名记者必备的条件，但经过这次挫败，大侦探布隆维斯特要想得到新闻大奖恐怕遥遥无期。这回他笑话可闹大了，”莎兰德说，“我可以发表一点个人意见吧……”

阿曼斯基听到这里睁大了双眼。莎兰德替他工作这么多年，从未针对任何私人调查发表过任何个人意见。她只在乎赤裸裸的事实。

“检视温纳斯壮事件的真相并不在我的任务范围内，但我确实留意了整个审判过程，也不得不承认我真的大吃一惊。整件事都不太对劲，而且实在……以布隆维斯特的作风，根本不可能发表这么离谱的东西。”

莎兰德挠挠脖子。弗洛德表现得很有耐心。阿曼斯基则不确定是自己看错了，或者莎兰德的确不知该如何继续。他所认识的莎兰德从来没有不确定或迟疑过。最后她似乎终于下定决心。

“就当我们私下聊聊……我还没有认真研究过温纳斯壮的案子，但我真觉得布隆维斯特是被人陷害的。我想这件事里头一定有什么和法院判决书所写的截然不同的东西。”

眼前的律师以锐利的眼神打量着莎兰德，阿曼斯基也注意到打从莎兰德开始报告，直到此刻客户才显露出真正感兴趣的神情。他暗暗记下弗洛德对温纳斯壮案有一定程度的兴趣。不对，阿曼斯基立刻转念，弗洛德感兴趣的不是温纳斯壮案，他是在听到莎兰德暗示布隆维斯特可能遭人陷害时才有了反应。

“你这话怎么说呢？”

“这是我个人的猜测，但我敢肯定他上了某人的当。”

“为什么这么说？”

“从布隆维斯特的背景看得出来他是个非常谨慎的记者，他从前揭发的每件丑闻全都有凭有据。有一天我去法院旁听，他好像连努力也不努力就放弃了。这根本与他的性格不符。如果法院说的是事实，就表示他毫无证据便捏造出关于温纳斯壮的报道，然后像个自杀式人体炸弹一样发表出去。这完全不像布隆维斯特的作风。”

“那么你认为发生了什么事？”

“我只能推测。布隆维斯特相信自己的报道，但过程中出了差错，结果发现他得到的消息是错的。也就是说，消息来源是他信任的人，也可能有人故意提供错误情报——这听起来复杂得不可思议。另外也有可能是他受到严重威胁，使得他宁可被当成无能的笨蛋也不想挣扎反击，干脆投降。但我要再强调一次，我纯粹只是推测。”

莎兰德打算继续报告，弗洛德却举起手阻止了她。他静坐着，一面用手指敲打椅子的扶手，片刻后才略显迟疑地再次转向她。

“如果我们决定雇用你去发掘温纳斯壮案的真相……你觉得有多大几率能有所发现？”

“这我不敢说。也许不会有任何发现。”

“但你愿意试试看吗？”

她耸耸肩。“我无权决定。我替阿曼斯基先生工作，我该做什么由他决定。而且也得看你们想找什么样的信息。”

“我这么说好了……这番话应该会保密吧？”阿曼斯基点点头。“我对这件事一无所知，但我能肯定温纳斯壮在其他情况下绝对有背信行为。温纳斯壮案严重地影响到布隆维斯特的人生，我想知道你的猜测有几分准确。”

这番谈话起了意外的转折，阿曼斯基立刻有所警觉。弗洛德是在要求米尔顿安保去刺探一个已经了结的案子。此案也许对布隆维斯特个人造成某种威胁，但如果接受委托，米尔顿恐怕就和温纳斯壮的律师团杠上了。阿曼斯基一想到在这种情况下让莎兰德像颗失控的巡弋飞弹一样乱窜，心里不安到了极点。

他不只是为公司担忧。莎兰德曾明白表示不希望阿曼斯基像个爱操心的继父，自从那次协议后，他便一直避免有类似举动，但事实上他永远不可能不为她操心。有时候他发现自己会拿莎兰德和女儿比较。他自认为是个不会随便干涉女儿生活的好父亲，但假如女儿的行为和莎兰德一样或过着和她一样的生活，他知道自己会无法接受。

他那克罗地亚人——又或许是波斯尼亚人或亚美尼亚人——的内心深处，始终坚信莎兰德的人生正一步步走向毁灭。若有人想对她不利，她正好是完美的受害者，而阿曼斯基就担心哪天早上会被她遇害的消息给惊醒。

“这种调查可能不便宜。”阿曼斯基提醒道，同时想借此衡量弗洛德的认真程度。

“那么就设个上限。”弗洛德说，“我不会强人所难，但诚如你向我保证的，你的同事显然能力很强。”

“莎兰德？”阿曼斯基转向她，扬起一边眉毛询问道。

“我现在手边没工作。”

“那好。不过我希望我们对工作上的限制有共识。你把剩下的报告说完吧。”

“剩下的多半是他的私生活。一九八六年，他娶莫妮卡·阿布哈姆森为妻，同一年生下女儿佩妮拉。他们这段婚姻没有持续太久，一九九一年就离婚了。阿布哈姆森已经再婚，但他们似乎仍维持朋友关系。女儿跟母亲住，和布隆维斯特不常见面。”

弗洛德又要了一点咖啡，随后转向莎兰德。

“你说每个人都有秘密。你发现什么了吗？”

“我是说每个人都有自认为私密、不会到处宣扬的事。布隆维斯特的女人缘显然很不错，他谈过几段感情，还有多次一夜情。但这许多年来，有个人不断出现在他生命中，两人关系并不寻常。”

“怎么不寻常？”

“爱莉卡·贝叶，《千禧年》总编辑，上流社会女子，母亲瑞典人，父亲是具有瑞典居留权的比利时人。爱莉卡和布隆维斯特在新闻学校认识后，便一直分分合合。”

“这也许没什么不寻常。”弗洛德说。

“也许没有。不过爱莉卡的丈夫刚好就是那个小有名气、曾经在公开场合做一大堆恐怖作品的艺术家葛瑞格·贝克曼。”

“这么说她对丈夫不忠啰？”

“贝克曼知道他们的关系。显然是三个关系人都接受这样的情形。女方有时睡在布隆维斯特家，有时睡家里。细节我不知道，但很可能是因此导致布隆维斯特和阿布哈姆森的婚姻破裂。”

第三章

十二月二十日星期五至十二月二十一日星期六

布隆维斯特显然像是冻僵了般地走进编辑室，爱莉卡抬起头，露出狐疑的神色。《千禧年》的办公室位于约特路高级地段的中心，楼下是绿色和平组织。对杂志社而言，房租其实有点太高，但他们全都同意继续租用。

她瞄瞄时钟，五点十分，斯德哥尔摩的天早已黑了。她从午餐时间就开始等他。

“对不起。”他趁她还没开口便说，“判决结果让我有点沉重，所以不太想说话。我在外头走了好久，顺便想想事情。”

“判决结果我听到广播了。TV4 有个女的打电话来，想问我有什么看法。”

“你怎么说？”

“我们得先仔细读过判决书才能发表意见之类的，换句话说，我什么也没说。我还是原来的想法：这是错误策略。我们对媒体太低姿态了，不会获得支持。今晚电视一定会有相关报道。”

布隆维斯特一脸闷闷不乐。

“你还好吗？”

布隆维斯特耸耸肩，一屁股坐到爱莉卡办公室窗边、他最喜爱的扶手椅上。室内的摆设很简单，一张书桌、几个实用书架和便宜的办公家具。所有家具都是从 IKEA[1] 买来的，只有两张舒适奢华的扶手椅和一张小茶几除外——这是符合我教养的特权，她总爱这么说。当她不想挨在办公桌前，便会坐在其中一张扶手椅上阅读，同时把脚压在屁股下面。布隆维斯特俯视着约特路，只见昏暗中路人们行色匆匆。

1　IKEA，宜家家居，瑞典具有独特风格和品牌形象的家居用品零售商。

圣诞采购正进行得如火如荼。

“我想会过去的。”他说，“只是现在感觉自己输得一败涂地。”

“嗯，我可以想象。我们所有人都一样。简恩·达曼今天提早回家了。”

“判决应该让他很丧气吧？”

“反正他本来就不是乐观的人。”

布隆维斯特摇了摇头。过去九个月，达曼担任执行编辑的工作，他上任时刚好开始追查温纳斯壮事件，等于一脚踩进充满危机的编辑部。布隆维斯特试着回想自己和爱莉卡当初雇用他的原因。他有能力，这点毋庸置疑，而且曾经待过TT通讯社、晚报和“回声”广播电台。但他显然不喜欢逆风行船。最近这几年，布隆维斯特经常后悔雇用达曼，因为他看待每件事总是极尽悲观之能事，实在令人沮丧。

“有克里斯特的消息吗？”布隆维斯特问的时候眼睛仍盯着街道。

克里斯特·毛姆是《千禧年》的美术指导兼设计，并且也和布隆维斯特、爱莉卡同为杂志所有人，但现在正和男友出国旅行。

“他打过电话来问候。”

“将来他得接手当发行人。”

“拜托，麦可。身为发行人偶尔总得忍受迎头痛击，这是工作内容的一部分。”

“你说得对，可是文章是我写的，偏偏又登在我发行的杂志上，情况顿时就变得完全不一样了。这牵涉到判断错误的问题。”

爱莉卡感觉一整天内心的烦躁不安眼看就要爆发。开庭前的几个星期里，布隆维斯特就一直显得乌云罩顶，却从未见过他像现在这样如此阴郁颓丧。她绕过办公桌，跨坐到他腿上，两手抱住他的脖子。

“你听我说，麦可。事情是怎么发生的，我们俩都一清二楚。我和你一样有责任。但我们就是得冲过这场风暴。”

“没有什么风暴要冲的。根据媒体的说法，我已经是脑后中弹，我不能继续待在《千禧年》发行人的位子上了。目前最重要的是保住杂志的信誉，是止血。这点你和我一样清楚。”

“如果你以为我会让你一个人背黑锅，那可就枉费我们同事多年，你一点也不了解我。”

“我了解你的行事作风，小莉，你对同事是百分之百忠诚。若是让你选择，你会继续对抗温纳斯壮的律师团直到自己也名誉扫地为止。我们不能那么笨。”

“你自己跳船却让人以为我炒你鱿鱼，这难道就是聪明的做法？”

“《千禧年》若想撑下去，现在全得靠你了。克里斯特很棒，但他只是个懂摄影和平面设计的好人，根本不知道该怎么和那些亿万富翁斗。这种事他做不来。我得先消失一阵子，不再当发行人、记者或老板。温纳斯壮知道我查出他做了些什么，我敢肯定只要我不离开《千禧年》，他就会想办法毁掉我们。”

“那何不孤注一掷，把我们知道的一切全抖出来？”

“我们一点证据也没有，而且现在的我毫无信用可言。我们就接受温纳斯壮赢了这个回合的事实吧！”

“好，我会解雇你。你有什么打算？”

“老实说我需要休息一下，我已经精疲力竭。我要给自己留点时间，其中一部分会在牢里度过。接下来再说吧。”

爱莉卡两条手臂紧紧环抱住他，并将他的头按到自己的胸前。

“今晚想要人陪吗？”她问道。

布隆维斯特点点头。

“好，我也已经告诉贝克曼今晚要在你家过夜。”

街灯从窗边照射进来，成了房里唯一光源。爱莉卡在凌晨两点左右入睡时，布隆维斯特还睁着双眼在暗淡光线中端详她的轮廓。被子褪到她的腰间，他看着她的胸部缓缓起伏，此时内心一片平静，原本纠结在胃里的焦虑之气也化解了。她对他就有这种影响力，向来如此。而他知道自己对她也一样。

二十年了，他暗忖，都那么久了。但他个人倒是很愿意再跟她睡上二十年。至少。他们从来没有认真地试图隐瞒两人的关系，即使各自与他人交往时显得有些尴尬也无所谓。

他们是在就读新闻学院二年级时，在一个餐会上认识的，当晚道别前便互留了电话。两人都知道最后他们一定会发生关系，结果不到一个星期便瞒着各自的伴侣满足了这个欲念。

布隆维斯特很明白他们之间不是那种到最后要一起建立家庭、分担房贷、布置圣诞树、养儿育女的旧式爱情。八十年代，两人都没有其他羁绊时，曾经想过同居。他是想的，但爱莉卡总是在最后一分钟退缩。行不通的，她说如果他们也坠入情网，就可能失去原有的一切。布隆维斯特经常自问还可不可能对其他女人如此迷恋。事实上，他们在一起的感觉太好了，简直像海洛因一样让人上瘾。

有时候他们一天到晚黏在一起，就和夫妻没两样；有时候又会隔几个星期、几个月不见面。但就像戒了酒的酒鬼仍会被烟酒店吸引一样，他们总会再度回到彼此身边。

不过到头来终究行不通。那种关系几乎注定会带来痛苦。他们都曾许过未履行的诺言，也各自有不幸的伴侣，他自己的婚姻之所以破裂就是因为他离不开爱莉卡。他对爱莉卡的感情从未骗瞒过妻子，但莫妮卡以为等他们结婚、女儿出生，那段感情便会结束，而且爱莉卡也几乎在同一时间嫁给贝克曼。布隆维斯特自己也以为会结束，婚后前几年，他和爱莉卡都只为公事见面。后来他们创办了《千禧年》，不到几星期，所有的好意尽皆瓦解，某天傍晚他们就在爱莉卡的办公桌上狂烈做爱。接下来那段时间令布隆维斯特十分苦恼，一方面很想和家人好好生活、看着女儿长大，另一方面又无法抗拒爱莉卡的吸引。一如莎兰德所推测，就是因为他持续外遇才导致妻子离去。

奇怪的是贝克曼竟似乎能接受他们的关系。爱莉卡向来很公开自己对布隆维斯特的感情，后来再度发生关系，她也立刻告诉丈夫。这种情况也许只有艺术家才能容忍，正因为他太沉迷于创作，又或许太沉迷于自我，才会对妻子与其他男人上床一事不感到愤怒。她甚至将假期平分，好跟情夫在沙港的夏日小屋度假两星期。布隆维斯特对贝克曼的评价不高，也始终不了解爱莉卡怎么会爱上他，但却很高兴他能接受让爱莉卡同时爱着两个男人。

布隆维斯特睡不着，到了四点终于放弃。他到厨房，又把法院判决书从头到尾看了一遍。如今判决书在手，他才觉得阿鲁尔马那次重逢几乎决定了他的命运。他永远无法确定林柏将温纳斯壮的诈骗细节告诉他，是纯粹在私密船舱中把酒言欢时随兴透露，或者他确实有意将事件公之于世。

他宁可相信是前者。但林柏有可能因为个人或生意因素想毁掉温纳斯壮，刚好船上来了个有兴趣倾听的记者，他便把握了机会。当时林柏还很清醒地坚持要布隆维斯特把他当成匿名消息来源。从那刻起，林柏可以随心所欲地说，因为他的朋友绝不能透露来源。

假如阿鲁尔马的相遇是预设陷阱，那么林柏的演技未免太高明了。不过他们当天应该确实是巧遇。

林柏不可能知道布隆维斯特有多么瞧不起温纳斯壮那种人。经过多年的观察研究，他暗自深信所有银行和知名企业高管，没一个好东西。

布隆维斯特从未听说过莉丝·莎兰德，幸好也对她当天稍早提出的报告一无所知，不过要是听到她提及他对那群精明鬼的厌恶，以及她说这不能代表他是个左倾的政治激进主义者，想必也会点头称是。麦可并非对政治不感兴趣，但是对政治上的“主义派系”却高度质疑。历年来的国会选举，他只在一九八二年投过一次票，而且是犹豫地支持了社会民主党，因为他实在不敢想象让博曼和费尔丁（或者可能是乌尔斯滕）[1] 分别再当三年的财政部长和首相，会是什么下场，所以他投票给帕尔梅 [2]，不料接踵而来的却是首相遭暗杀以及波佛斯军购丑闻 [3] 与艾伯·卡尔森 [4] 的政治丑闻。

---

1 此三人均为当时瑞典中间偏右的温和派政治人物。

2 帕尔梅（Olof Palme，1927—1986），曾于一九六九与一九八二年两度当选瑞典首相，以捍卫穷苦人民权利为政治主张，一九八六年遇刺身亡。

3 一九八〇年代发生在印度和瑞典之间的军购丑闻。

4 艾伯·卡尔森（Ebbe Carlsson，1947—1992），曾是被刺身亡的帕尔梅首相的亲信。因不满瑞典政府对帕尔梅案的侦办方向，展开私下调查，在瑞典社会引发高度关注。卡尔森后来虽被免除刑责，但帕尔梅案也从此成为悬案。

他对财经新闻同行的蔑视其实是源自他观念中再普通不过的东西：道德感。算式很简单：将数百万元鲁莽虚掷于投机事业的银行总裁就该解聘；玩空壳公司游戏的经营者就该坐牢；出租雅房又私下大敲年轻人竹杠的房东就该暴尸示众。

财经记者的职责应该是调查并揭发那些制造利率危机以及拿小股东的钱去作投机买卖的骗子，还要学那些毫不留情地紧盯部长们与国会议员一言一行的政治记者，严密监控公司的董事会。他始终无法理解为什么有那么多深具影响力的财经记者，把一些金融界的平庸小鬼捧得像摇滚巨星。

这些固执的想法一次又一次让他与同侪产生冲突，其中便包括他的死敌博格。扮演社会评论家的角色也确实让他成为荧幕上的常客，每当有哪位总裁被发现领取数十亿的“黄金降落伞”补偿金时，他总会受邀上节目发表评论。

布隆维斯特想象得到，当天晚上一定有某家报社在编辑室里开香槟庆祝。

关于记者该扮演的角色，爱莉卡与他看法一致。甚至当他们还在就读新闻学院时，便曾经半开玩笑地想象自己抱着这样的使命感创办杂志的情形。

布隆维斯特认为自己不可能找到比爱莉卡更好的老板了。她组织能力强，懂得以温情与信任让员工信服，同时也不畏冲突，必要时可以变得很强悍。最重要的是要决定下一期杂志的内容时，她总会有强烈直觉。她和布隆维斯特经常意见相左，也会作良性辩论，但他们对彼此都有不可动摇的信心，他们二人合作可说是天下无敌。他负责田野调查追新闻，而她则负责包装营销。

《千禧年》是他们共同创造的产物，但若非她找资金的本领一切便不可能实现。他们可说是劳动阶级男与上流社会女的漂亮组合。爱莉卡世代家产雄厚，她率先投入创业基金，然后说服父亲与各方友人为她的计划投资大笔金钱。

布隆维斯特经常好奇地想：爱莉卡为何将希望寄托于《千禧

年》？没错，她是所有人之一，而且还是大股东，也是自己杂志社的总编辑，不但名号响亮，又能主导文章的发表，这是其他工作难以给予的特权。和布隆维斯特不同的是，她从新闻学校毕业后便专注于电视圈。她够强悍、上镜头，在竞争当中能坚持立场，同时也与公家机关建立了良好的人脉关系。如果她继续干下去，必定能在某家电视台爬上主管的位子，薪水也会比她现在付给自己的高得多。

爱莉卡还说服了克里斯特入股。他是个爱出风头的同性恋名人，偶尔会与男友出现在报章上。大家开始对他感兴趣是在他与阿诺·马格努森同居之后。阿诺是皇家戏剧院的演员，因为在一出写实肥皂剧中扮演自己而声名大噪，此后克里斯特与阿诺便成了媒体宠儿。

三十六岁的克里斯特是个很受欢迎的专业摄影师兼设计师，让《千禧年》展现出现代风貌。他自己有间工作室，和《千禧年》办公室在同一层楼，每个月会花一星期为他们做平面设计。

《千禧年》里头包括两名全职员工、一名全职实习生和三名兼职人员。虽然不是赚大钱的生意，但还是能打平，发行量与广告业绩也持续稳定增长。如今，该杂志已经以诚实可靠的编辑风格闻名。

但现在情况很可能发生变化。布隆维斯特读着他和爱莉卡拟定的新闻稿，这篇稿子一送出便很快由TT通讯社转为电讯新闻，此时则已登上《瑞典晚报》的网站。

记者判刑确定　宣布离开《千禧年》

【TT通讯社斯德哥尔摩报道】据《千禧年》杂志总编辑兼主要股东爱莉卡·贝叶表示，记者麦可·布隆维斯特将离开杂志发行人的职位。

布隆维斯特是自愿离开《千禧年》。“这几个月来发生的事已让他心力交瘁，他需要一点时间休息。”贝叶如是说，未来她将接任发行人的工作。

《千禧年》于一九九〇年创刊，布隆维斯特是创始人之一。贝叶认为杂志社不会受到所谓“温纳斯壮事件”的后续效应影响。

下个月杂志会照常出刊，贝叶说。“麦可·布隆维斯特在杂志社的成长过程中扮演了重要的角色，但现在我们要翻开新的一页。”

贝叶表示她认为温纳斯壮事件是一连串不幸事件的结果。对汉斯-艾瑞克·温纳斯壮造成伤害，她感到遗憾。目前无法联络访问到布隆维斯特。

“我实在生气。”新闻稿以电子邮件发出去时，爱莉卡说道，“大部分人都会觉得你是笨蛋，而我是趁机把你踢出去的混蛋。”

“至少我们那些朋友又有新的笑话了。”布隆维斯特想轻松带过，她却丝毫不觉得好笑。

“我没有别的办法，但我总觉得我们做错了。”她说。

“这是唯一的解决之道。如果杂志社垮了，我们多年的辛苦都将付诸流水。广告收入已经损失惨重了。对了，计算机公司那边怎么样？”

她叹了口气：“他们今天早上跟我说下一期不想登了。”

“那家公司温纳斯壮也有不少股份，所以不意外。”

“我们可以再找新客户。温纳斯壮也许有钱有势，但可不是整个瑞典都归他所有，我们自有人脉。”

布隆维斯特伸出手环抱她，将她拉近。

“总有一天我们要把温纳斯壮好好修理一番，震撼整个华尔街。但今天《千禧年》必须先退出舞台。”

“这些我都知道，可是现在我成了贱女人，而你也会因为我们俩假装决裂而深受其害，我实在不喜欢这种感觉。”

“小莉，只要我们彼此信任就还有机会。我们必须随机应变，而现在正是撤退的时候。”

她虽不情愿，仍不得不承认他这番话令人沮丧却也有理。

第四章

十二月二十三日星期一至十二月二十六日星期四

爱莉卡在他家度过周末。他们除了上厕所或找东西吃之外都待在床上，但并不只是做爱而已，还黏在一起好几个小时谈论未来，衡量各种可能与胜算。星期一天一亮，因为是圣诞夜前一天，她便与他吻别，道声改天见，然后驱车回家。

当天，布隆维斯特都在洗盘子、打扫家里，然后走到办公室清理桌子。他并不想与杂志社断绝关系，但他终究说服爱莉卡让他离开一段时间。他可以在家工作。

因为圣诞假期没有上班，同事们都不在。他清掉大叠纸张，把书收进纸箱正打算搬走，电话忽然响起。

“我找麦可·布隆维斯特。”电话另一头传来陌生但充满希望的声音。

“我就是。”

“请恕我如此冒昧地打扰你。我叫迪奇·弗洛德。”布隆维斯特记下姓名与时间，“我是律师，代表我的当事人来找你，他非常想和你谈谈。”

“好呀，那就请你的当事人打电话给我。”

“我的意思是他想和你见个面。”

“好，我们约个时间请他到我办公室来。不过最好能快点，我正在清理东西。”

“我的当事人希望请你到赫德史塔与他见面，搭火车只需要三小时。”

布隆维斯特将手边的文件收纳盒推到一旁。媒体就是有办法吸引这些疯狂至极、自称握有最荒诞离奇的小道消息的人。全世界每间新闻编辑室都会得到UFO研究专家、笔迹专家、精神疗法专家、偏执狂和各种阴谋论者提供的最新消息。

有一次在首相帕尔梅的被谋杀纪念日当天，布隆维斯特到劳工教育协会听作家卡尔·阿瓦·尼尔森演讲。演说内容很严肃，前外长林纳特·伯德斯特朗与帕尔梅的多位好友也都到场聆听。但也来了许多业余调查员，其中一位四十来岁的妇人趁着问答时间抢过麦克风，说话时却将声音压低到几乎听不见。单凭这点便可预知将有有趣的后续发展，果不其然，妇人一开口便说："我知道是谁杀了帕尔梅。"台上的人略带讽刺地建议妇人，若有相关消息最好立刻与帕尔梅案调查小组联系。她却连忙用细不可闻的声音回答："不行，太危险了！"

布隆维斯特不禁怀疑这位弗洛德该不会也是那类预言家，打算向他披露秘密警察在进行思想控制实验的秘密精神病院吧？

"我不上门采访。"他说。

"希望我能说服你破例一次。我的当事人已经八十几岁，让他大老远到斯德哥尔摩来恐怕会太劳累。你若执意如此，我们当然也能作安排，但老实说，最好还是能请你……"

"你的当事人是谁？"

"我想你在工作上应该听过他的名字，亨利·范耶尔。"

布隆维斯特惊讶地往后一靠。亨利·范耶尔——他当然听说过。他是实业家，是曾在锯木厂、矿场、钢铁、金属与纺织等领域风光一时的范耶尔集团前领导人。当年范耶尔确实是个大人物，不但以正直、老派的作风闻名，也是个强风吹不倒的大家长。他是瑞典产业的基石，更和MoDo林业公司的马茨·卡格伦、旧日伊莱克斯家电制造集团的汉斯·卫尔森同为旧派系的原动力。他也可说是这个福利制度完善国家的产业砥柱。

但至今仍为家族企业的范耶尔集团，这二十五年来历经重组、股市危机、利率危机、亚洲的竞争、出口减少等等伤害，在企业群中已是敬陪末座。公司目前由马丁·范耶尔经营，这个名字让布隆维斯特联想到那个矮胖、头发浓密、偶尔会在电视屏幕上一闪而过的男子。他对他所知不多。亨利·范耶尔早已退隐至少二十年了。

“亨利·范耶尔为什么想见我？”

“我担任范耶尔先生的律师多年，但他想做什么得由他自己告诉你。不过我可以告诉你，范耶尔先生想和你谈谈工作的事。”

“工作？我一点也不想进范耶尔公司。你们需要新闻秘书吗？”

“倒也不是。我不知道该怎么解释，只能说范耶尔先生非常渴望见到你，并私下与你商量。”

“你还真会含糊其辞哦？”

“很抱歉。但有没有办法能让你答应去一趟赫德史塔呢？当然了，你的一切开销与合理费用都由我们负担。”

“你来电的时间实在不巧。我现在有很多事要处理，而且……我想你也看到这几天关于我的新闻了。”

“温纳斯壮事件？”弗洛德咯咯一笑，“是的，那确实有一定的娱乐效果。不过老实告诉你，正因为审判闹得沸沸扬扬才让范耶尔先生注意到你。他想雇你完成一项任务，我只负责传达，至于任务内容只有他能向你解释。”

“我很久没接到这么奇怪的电话了。让我考虑考虑。我怎么和你联络？”

布隆维斯特呆坐望着凌乱的桌面。他想不出范耶尔可能给他什么样的工作，不过那位律师确实引发了他的好奇。

他上网搜寻范耶尔公司的信息。它或许敬陪末座，但好像几乎天天都上媒体。他储存了十几份公司分析数据，然后搜寻弗洛德，接着搜寻亨利和马丁·范耶尔。

担任范耶尔企业总裁的马丁似乎做得十分用心。关于弗洛德的数据不多，只知道他是赫德史塔乡村俱乐部的董事，也积极参与扶轮社活动。亨利的名字则只出现在探讨公司背景的文章中，唯一的例外是两年前，《赫德史塔快报》刊登了一篇文章祝贺这位昔日大亨八十大寿，旁边还附上一小张素描。他把这些五十页左右的资料整理好放入讲义夹。最后他终于清空桌子、封起纸箱，然后回家，完全不知道自己还会不会再回来。

莎兰德在乌普兰威斯比的阿普湾疗养院度过圣诞夜。她带了礼物来：一瓶迪奥香水和在海伦百货公司买的英式水果蛋糕。她一边喝咖啡、一边看着这个四十六岁的妇人笨手笨脚地试图拆开蝴蝶结。莎兰德眼中透着温柔，但眼前这个怪妇人是自己母亲的事实始终令她感到惊奇，因为她看不出两人的长相或性格有丝毫相似之处。

她母亲放弃努力，无助地看着包裹。她今天的情况不太好。莎兰德将明摆在桌上的剪刀推过去，母亲这才蓦然清醒。

“你一定觉得我很笨。”

“不，妈，你不笨。可是人生就是不公平。”

“你有没有见到妹妹？”

“很久没见了。”

“她从来没来过。”

“我知道，妈。她也不见我。”

“你有工作吗？”

“有，做得还不错。”

“你住在哪里？我连你住哪都不知道。”

“我住在你伦达路那间旧公寓，已经住了几年。我得替你付房租。”

“等到夏天，我也许可以去看你。”

“好啊，等夏天。”

她母亲终于打开圣诞礼物，闻闻香水味，相当开心。“谢谢你，卡米拉。”她说。

“莉丝，我是莉丝。”

母亲显得有些难为情。莎兰德便提议一块到电视间看电视。

圣诞节前夕，布隆维斯特到前妻莫妮卡与她现任丈夫位于绍伦吐纳的家中去看女儿时，迪士尼电视台正在播放特别节目。他和前妻商量过，决定送佩妮拉一台 iPod——一种比火柴盒大不了多少的 MP3 播放器，可以储存她大量的 CD 歌曲。

他们父女俩一块在她楼上的房间待了一小时。佩妮拉五岁时父母离异，七岁起多了一个新父亲。她约莫每个月见父亲一次，若有一星期的长假也会和他在沙港度过。他们在一起总是相处愉快，但布隆维斯特还是让女儿自己决定想多久见一次面，尤其前妻再婚后更是如此。在她进入青少年初期后，有几年他们几乎中断联系，直到最近这两年她才似乎又比较愿意见他。

她也留意审判的消息，并坚信事情正如父亲所说：他是清白的，只不过无法证明。

佩妮拉告诉他说，她和另一班一个男孩算是在交往，还说她去上教堂，这令他十分惊讶，但并未表示意见。

他们邀请他留下来用餐，但妹妹一家人正在史泰克的高级郊区住宅等他过去。

其实当天上午贝克曼夫妻也请他到索茨霍巴根共度圣诞夜，他婉拒了，因为他相信贝克曼的容忍是有限度的，而他也全然无意去试探这个限度。

最后他去敲了安妮卡·布隆维斯特的门，她现在是贾尼尼太太，和她原籍意大利的丈夫以及两个孩子同住。他到的时候，他们和她丈夫的一大群亲戚正要切圣诞火腿。用餐时，他回答了有关审判的问题，并得到善意却无用的建议。

他妹妹虽是在场所有人当中唯一的律师，却也是唯一没有对判决发表意见的人。她曾在地方法院当书记官，又当了几年的助理检察官之后，才和三名同事在国王岛开设律师事务所。她专攻家庭法，而且布隆维斯特还没来得及注意，这个妹妹就已经开始在报纸上为受虐或受威胁的妇女发声，并上谈话性电视节目宣扬提倡女权运动。

饭后他帮她准备咖啡时，她一手按着哥哥的肩膀问他好不好。他说自己这辈子没有这么低潮过。

“下次找个正牌的律师。”她说。

“在这个案子里恐怕帮助不大。我们还是改天再谈吧，等一切尘埃落定后。”

她抱抱他、亲亲他的脸颊，两人才将圣诞蛋糕和咖啡端出去。接着布隆维斯特道歉离席，借用了厨房的电话打给赫德史塔那名律师，听得出来他身后也十分嘈杂。

“圣诞快乐。”弗洛德说，“我大胆猜测你应该作出决定了吧？”

“我目前没什么计划，又很好奇想多知道一点。如果方便的话，圣诞节一过我就去。”

“好极了，好极了，我太高兴了。请你原谅，我家里来了一群儿孙，吵得我几乎无法思考。明天我再打电话给你确定时间好吗？我怎么联络你呢？”

布隆维斯特尚未出门便已后悔自己的决定，但此时又不好意思去电取消。于是十二月二十六日早上，他搭上了北上列车。他有驾照，却从不觉得有必要买车。

弗洛德说得没错，旅途不长。过了乌普萨拉，便是诺兰地区一连串的沿海工业小镇，赫德史塔是其中又更小的一个，从耶夫勒再往北大约一个小时多一点。

圣诞夜，这里下了场暴风雪，但现在天空已经清朗了，当布隆维斯特在赫德史塔下车时，呼吸到的是冰冷的空气，他立刻发觉自己身上的衣物不足以抵挡诺兰的寒冬。弗洛德认得他，亲切地到月台迎接他，直接带他坐上暖和的奔驰车。赫德史塔镇上正在全力清理积雪，弗洛德小心翼翼地在狭窄街道间穿梭。高高堆起的白雪呈现出与斯德哥尔摩全然不同的景致。这座小镇距离斯德哥尔摩市中心的赛格尔广场也不过三个小时多一点的车程，却仿佛到了外星球。他偷偷瞅律师一眼：一张瘦削的脸，稀疏白发理成小平头，大大的鼻子上架着厚重的眼镜。

“第一次来赫德史塔吗？”弗洛德问。

布隆维斯特点点头。

“这里是个旧工业海港，人口只有两万四，不过大家喜欢住在这里。范耶尔先生住在海泽比，在镇的南边。”

“你也住在这里吗？”

“现在是的。我生在南部的斯科纳，但一九六二年毕业后就开始替范耶尔工作。我是公司法律师，多年下来范耶尔先生和我成了朋友。现在我已正式退休，范耶尔先生是我唯一的客户。当然他也退休了，不太需要我的服务。”

“除了募集身败名裂的记者之外。”

“别看轻自己。你不是第一个输给温纳斯壮的人。”

布隆维斯特转头看着弗洛德，一时不知该如何解读他的回应。

“这次的邀请和温纳斯壮有关吗？”他问。

“没有。”弗洛德说，“不过范耶尔先生和温纳斯壮的交友圈还算接近，他对这场审判也很有兴趣。他想见你，完全是为了另一件事。”

“你不想告诉我的事。”

“应该说是我无权告诉你的事。我们已经安排好让你在范耶尔先生家里过夜，假如你不愿意，也可以替你在镇上的大饭店订房间。”

“我可能会搭下午的车回斯德哥尔摩。”

往海泽比道路上的积雪尚未清除，弗洛德只得循着结冰的辙迹前进。旧城区的房子沿着波的尼亚湾[1]兴建，外围则是较大、较现代化的住家。小镇范围从大陆往外延伸，越过一座桥到一个山丘起伏的小岛。在大陆这端的桥头有一栋小小的白色石砌教堂，对街有一面写着“苏珊桥头咖啡糕饼屋”的旧式霓虹招牌在闪闪发亮。弗洛德大约又开了百来公尺后，左转进入一栋石屋前刚铲过雪的庭院。石屋农舍规模太小称不上庄园，但比起四周其他房舍已经大得多，显然属于主人所有。

“这里是范耶尔农场。”弗洛德说，“一度热闹非凡，如今只剩亨利和一名管家住在这里。屋里有很多客房。”

他们下了车，弗洛德指向北方。

---

1 波的尼亚湾（Gulf of Bothnia），位于瑞典东岸与芬兰西岸之间的海湾。

"依照传统，范耶尔集团的领导人住在这里，可是马丁喜欢现代一点的房子，所以自己在那个岬角上盖了房子。"

布隆维斯特环顾四周，不明白自己哪根筋不对，竟会接受弗洛德的邀请。他于是决定当晚无论如何都要回斯德哥尔摩。门前有一道石阶，但他们还没爬上阶梯门就开了。他在网络上看过亨利·范耶尔的照片，一眼便认出他来。

照片上的他比较年轻，不过以八十二岁的高龄而言，他倒是出奇强健；瘦长结实的身子，饱经风霜、布满皱纹的脸，往后梳的浓密花白头发。他穿着烫得笔直的深色长裤、白衬衫和一件旧了的棕色休闲夹克，留了一道细髭须，还戴着细金边眼镜。

"我是亨利·范耶尔。"他说，"谢谢你答应来见我。"

"你好。你的邀请令人惊讶。"

"快请进，屋里暖和。我已经为你备好客房，要不要先梳洗一下？等一下就要吃晚饭了。这位是安娜·尼格伦，专门负责照顾我。"

布隆维斯特和这位六十多岁、短小壮硕的女人握手致意后，她取过他的外套挂在客厅衣柜里，并让他穿上拖鞋以免脚受凉。

布隆维斯特谢过她后，转头向范耶尔说道："我不一定会留下来用餐，得先看看这到底是哪门子的游戏。"

范耶尔与弗洛德互望一眼。他二人之间有一种布隆维斯特无法理解的默契。

"我想我就不打扰你们了。"弗洛德说，"我还得回家管管孙子，免得他们把屋顶给闹翻了。"

他说着转向布隆维斯特。

"我住在一过桥的右手边，走路只要五分钟，过了糕饼屋第三间面海的屋子就是了。需要我的话，随时可以打电话。"

布隆维斯特把手伸进夹克口袋，按下录音机。他不知道范耶尔想做什么，但有鉴于过去一年温纳斯壮所带来的纷扰与伤害，他必须准确记录下身边发生的一切怪事，而意外受邀到赫德史塔便属于这类事情。

范耶尔拍拍弗洛德的肩膀以示道别，关上前门后才又将注意力转回布隆维斯特身上。

“那么我就开门见山地说了。这不是游戏。我要请你仔细听，然后作出决定。你是记者，我想雇用你完成一项任务。安娜已经在楼上书房备好咖啡了。”

书房呈长方形，约四十平方米大，其中有一面长约十米的书架墙，从地板连到天花板，摆放着形形色色的书：传记类、历史类、工商类，还有 A4 大小的讲义夹。架上的书没有明显的排列顺序，但似乎经常被取阅。对面墙边摆了一张深色橡木桌，桌后墙上挂着许许多多压花，一列列排得整整齐齐。

在书桌前可以透过山墙窗看见桥和教堂。另外还有张沙发和茶几，管家已经在茶几上准备好热水瓶、小面包和糕点。

范耶尔指了指糕点盘请他坐下，但布隆维斯特假装没看见，开始绕起书房来，先是参观书架，然后欣赏墙上的裱框压花。桌面很干净，只放了薄薄的一叠纸。靠桌边有一副银制相框，相片上是一个深色头发、美丽却一脸淘气的女孩。很可能变成危险人物的少女，他暗想。这显然是参加坚信礼[1]的相片，早已年久褪色。

“你还记得她吗，麦可？”范耶尔问道。

“记得她？”

“是啊，你见过她。其实你以前进过这间书房。”

布隆维斯特转过身摇了摇头。

“对，你怎么可能还记得？我认识你父亲库尔特。最初在五六十年代期间，我雇用过他几次，请他来装机器和维修。他很有天分，我曾经想说服他继续读书，成为工程师。一九六三年，赫德史塔的造纸厂换新机器，你在这里待了整个夏天。想找个地方让你们一家人住并不容易，所以最后决定让你们住到马路对面的木屋。从窗口可以

1 天主教七圣礼之一，幼时受洗者成年后再度告白自己的信仰的仪式。

看到。”

范耶尔拿起相片。

“这是海莉·范耶尔，我哥哥理查德的孙女。那年夏天，她经常照顾你。你当时两岁多，快满三岁，也或许已经三岁——我记不得了。她十二岁。”

“抱歉，你说的这一切我完全没印象。”布隆维斯特甚至不确定范耶尔说的是不是事实。

“我明白，但我记得你。你老是在农场上跑来跑去，海莉则紧跟在后。你一跌倒，就会大声哭喊。我记得我曾经送你一个玩具，是我自己小时候玩的一辆黄色金属薄板牵引车。你喜欢得不得了。我想是黄色没错。”

布隆维斯特微微打了个寒噤。黄色牵引车，他确实记得。他年纪稍长后，玩具车还曾摆在他卧室的架子上。

“你记得那个玩具吗？”

“记得。有件事你或许有兴趣知道，那辆牵引车还好好的，就摆在斯德哥尔摩玩具博物馆中。十年前他们在搜集特殊的旧玩具，我就捐出去了。”

“真的吗？”范耶尔开心地笑道，“我让你看一样东西……”

老人走到书架旁，从一个较低的架子上拉出一本相簿。布隆维斯特留意到他弯腰时有点吃力，直起身子时也得扶着书架。他将相簿摊在茶几上。他知道自己要找什么：一张黑白快照，左下角还映出摄影者的身影。前景有个发色浅淡、穿着短裤的小男孩，盯着相机的表情有些焦虑。

“这是你。你父母亲就坐在后面的花园长凳上。海莉被你母亲半遮住，而你父亲左手边的男孩是海莉的哥哥马丁，也就是范耶尔集团今日的领导人。”

布隆维斯特的母亲很明显怀有身孕——他妹妹就快来到人世。他看着照片，内心五味杂陈，范耶尔忙着替他倒咖啡，一面将糕点盘移过去。

“你父亲过世了，我知道。你母亲还在人世吗？”

“她三年前死了。”布隆维斯特说。

“她是个好女人，我对她印象很深刻。”

“但我敢肯定你叫我来绝不是为了怀念你和我父母的往事。”

“的确。要对你说的话我已经琢磨了好几天，现在你真的来了，我却反而不知该如何启齿。我猜你稍微作过调查，应该知道我曾经在瑞典产业界与就业市场上叱咤风云。如今我只是个随时可能死去的老人，就从死亡说起好了，这也许是最好的开头。”

布隆维斯特喝了一口直接用锅子煮出来的地道诺兰式黑咖啡，心下狐疑这话题会如何演变。

“我的髋关节会痛，早已经不能走远路。总有一天你也会发现体力是如何快速流失，不过我既没有生病也不衰老，更没有被死神纠缠，我只是已经到了不得不接受来日无多的年纪。所以我想算算总账，把没做完的事给完成。你明白我的意思吗？”

布隆维斯特点点头。范耶尔说话的声音平稳，他已认定这个老人不衰老也不糊涂。“我很好奇你叫我来的目的。”他又重提。

“因为我想请你帮我关账。”

“为什么是我？你凭什么认为我能帮你？”

“因为我正想着要请人，你的名字就突然出现在新闻当中。我当然知道你是谁，也或许是因为你小时候曾经坐在我的腿上。你别误会。”他挥挥手像要抹去什么似的，“我并不期望你看在往日情分上帮我，我只是刚好有股冲动想找你罢了。”

布隆维斯特友善地笑笑。“我可不记得曾坐在你大腿上。话说回来，你怎么联想得到呢？都已经是六十年代初的事了。”

“你误会了。你父亲在萨林德机械找到工厂领班的工作之后，你们全家便搬到斯德哥尔摩。那份工作是我介绍的，我知道他是个好工人。我和萨林德有生意往来那几年，还经常见到他。我们不是亲密的朋友，但总会闲聊片刻。最后一次见他是在他去世前一年，当时他告诉我你进了新闻学院，他非常引以为傲。后来你因为银行劫匪的新闻出了名，这些年来我一直都在注意你的动向，也读了不少你的文章。事实上，我常看《千禧年》。”

“好，我懂了，可是你究竟要我做什么？”

范耶尔低头看着自己的手，然后啜了口咖啡，好像需要稍作停顿才终于开得了口提出他的要求。

“麦可，在说明之前，我想先和你达成协议。我希望你帮我做两件事，一件是借口，另一件才是我的真正目的。”

“什么样的协议？”

“我要分两部分说一个故事。第一部分关于范耶尔家族，这是借口，也是个冗长而黑暗的故事，我会尽量不加修饰地吐露实情。第二部分是我找你的真正目的。有些内容很可能会让你觉得……疯狂，但我希望你能耐心听完，了解我的要求与我提供的条件之后，再决定你接不接受委托。”

布隆维斯特轻叹一声。范耶尔摆明了不让他搭上下午那班列车。他敢说如果此刻打电话叫弗洛德载他去车站，车子一定会因为天冷而莫名其妙地发动不起来。

这个老人必然是绞尽脑汁要钓他上钩。布隆维斯特有种感觉，从他到达以后所发生的每件事都经过设计：一开始是他幼时曾见过主人的意外消息，接着是相簿中双亲的照片，范耶尔并一再强调他与父亲友好的事实，最后还恭维地表示知道麦可·布隆维斯特是何许人，多年来也一直远远地留意他的表现……这其中无疑有几分真实，但主要还是打心理战。范耶尔善于操控人心——否则他又怎能成为瑞典数一数二的企业领袖？

布隆维斯特下定结论：范耶尔要他做的必定是他一点也不想做的事。现在他只需打听出是什么事，然后拒绝就行了。说不定还来得及赶上下午的列车。

“很抱歉，范耶尔先生。”他说，“我已经到了二十分钟，接下来我只能再给你三十分钟说出事情原委，然后我就要叫出租车回家了。”

这一瞬间，温和大家长的面具滑脱，布隆维斯特瞥见了全盛时期那个冷酷的企业领袖遭受挫折的模样。只见他撇起嘴角露出一抹冷笑。

“我明白。”

“你对我无须拐弯抹角，要我做什么直截了当地说，好让我决定到底做不做。”

“也就是说如果不能在半小时内说服你，就算再给我一个月也没用——你是这么想的吧？”

“差不多。”

“可是我的故事很长、很复杂。”

“长话短说，新闻都是这么做的。剩下二十九分钟。”

范耶尔举起一只手来。“够了，你的意思我懂，但过度夸张绝非上策。我需要找一个能进行调查、能评断是非而且耿直的人。我想你符合条件，这不是恭维。一个好记者必须具备这些特质，而你写的《圣殿骑士团》也让我读得津津有味。我选中你的确是因为我认识你父亲，也知道你是谁。如果我的情报正确，你已经因为温纳斯壮事件离开杂志社，也就是说你目前失业，而且很可能面临经济拮据的窘境。”

“所以你也许可以乘人之危，是吗？”

“也许吧。不过麦可——我可以叫你麦可吧？——我不会骗你。我已经太老了。我说的若不合你意，你大可叫我滚到一边去，那我也只好另外找人了。”

“好，说说看工作内容是什么。”

“你对范耶尔家族了解多少？”

“不多，星期一弗洛德打电话给我之后，我在网络上查到一些数据而已。在你那个时代，范耶尔集团是瑞典最重要的工业公司之一，如今有点没落了。现在的经营者是马丁·范耶尔。其他多少还知道一点，你问这个用意何在？”

“马丁是……他是好人，但基本上他只能掌顺风舵，不适合在面临危机的公司担任领导人。他想现代化、专业化，这种想法很好，但他却无法贯彻，理财能力也不强。二十五年前，范耶尔是华伦伯格集团[1]的劲敌。我们当时在瑞典有四万名员工，如今有许多工作都转到韩国或巴西，员工因而缩减到一万人左右，再过一两年——如果马丁再不加把劲——我们将只剩五千人，而且以小型制造工厂为主，范耶尔集团也将从此走入历史。”

布隆维斯特点头同意。他根据下载的资料，也大致得到同样的结论。

“范耶尔仍是国内少数几个家族企业之一，有三十名家庭成员是小股东。他们一直是公司的支撑力，却也是我们最大的弱点。”范耶尔稍一停顿，接着以更急切的口吻说，“麦可，你待会儿可以提问，但有句话我希望你听进去，那就是我很厌恶大多数的家族成员。他们多半都是小偷、守财奴、恶霸和无能的人。我经营公司三十五年，这期间几乎始终争吵不休。他们是我最大的敌人，比竞争对手或政府都令我头痛。

“我说过我想委托你做两件事。第一件事，我希望你为范耶尔写家族史或传记。简单一点说，也可以称之为我的自传。我会将我所有的日记和数据交给你，你将接触到我最私密的想法，无论挖到什么丑闻你都可以公布。我想这个故事将会使莎士比亚的悲剧变成适合合家观赏的娱乐节目。”

“为什么？”

“你是问为什么我要公开范耶尔家族的不名誉事迹？还是为什么我要请你执笔？”

“两者都有吧。”

“老实告诉你，我并不在乎书将来会不会出版。但我的确认为有必要写下这段故事，万一只有一份，你就直接捐给皇家图书馆。我希望我死后，故事能流传下去。至于动机再简单不过：就是报仇。”

---

1 华伦伯格集团（Wallenberg group），瑞典最具影响力也最富有的家族之一，以银行与工业领域的成就闻名。

“报什么仇？”

“提到我的名字就让人联想到一个信守承诺不食言的人，这点我感到很自豪。我从不玩政治游戏，与工会协商从未遭遇困难，就连埃兰德首相[1]在位时也对我十分礼遇。我认为这是道义问题；我要为数万名员工的生计负责，我关心我的员工。奇怪的是，马丁的个性虽然和我南辕北辙，对待员工的态度却是一样。他也曾努力想把事情做好。只可惜我和马丁是家族中的异类。今天范耶尔公司陷入绝境的原因很多，但关键之一就是我那些亲人的短视近利与贪婪。如果你接受委托，我就会解释他们是如何破坏这家公司的。”

“我也不骗你。”布隆维斯特说，“调查加上写这样一本书需要几个月的时间，我既无动力也无精力。”

“我想我可以说服你。”

“恐怕很难。不过你说有两件事，写书是借口，那么真正目的呢？”

范耶尔再次费力地起身，拿起桌上海莉的照片，放到布隆维斯特面前。

“你写传记的时候，我要你用记者的观察力仔细检视家族成员，另外我也会让你有借口去刺探我们的家族史。我希望你能解开一个谜，这才是你的真正任务。”

“什么谜？”

“海莉是我哥哥理查德的孙女。我们共有五兄弟，生于一九〇七年的理查德是老大，我生于一九二〇年，是老幺。我实在不明白上帝怎能创造出这群孩子这么……”接下来几秒钟，范耶尔仿佛失去头绪，沉浸在自己的思绪中，然后才重新下定决心继续说道，“我来跟你说说我哥哥理查德，就当做是我请你写的家族编年史的一段小实例吧。”

1　埃兰德（Tage Erlander，1901—1985），于一九四六年至一九六九年间担任瑞典首相，他在位期间，是瑞典社会福利制度发展最成功的时期，也是所谓“瑞典模式”开始受到国际瞩目的时刻。

他又替自己倒了咖啡。

“一九二四年，十七岁的理查德是个反犹太人的民族主义狂热分子。他加入瑞典国家社会自由联盟，那是瑞典最早的纳粹团体之一。纳粹党人总会采用‘自由’一词，很不可思议吧？”

范耶尔取出另一本相簿，翻到他要找的那页。“这是理查德，旁边这个是兽医伯格沃·富鲁高，不久就成了所谓‘富鲁高运动’的领导人，那是三十年代初最大的纳粹运动。不过理查德没有跟随他。几年后，他加入瑞典法西斯战斗组织 SFBO，认识了裴尔·英达尔[1]等等令国家蒙羞的人。”

他翻到另一页：理查德着军装。

“他不顾父亲反对入伍服役，在三十年代期间，参加过国内绝大多数的纳粹团体。只要是当时存在的变态阴谋组织，成员名单上一定有他。一九三三年，林霍尔姆运动开启，也就是说，国家社会劳工党[2]成立。你对瑞典的纳粹主义了解多少？”

“我对历史不熟，但看过一些书。”

“一九三九年，第二次世界大战开战，一九四〇年，芬兰爆发冬季战争。有许多林霍尔姆运动人士加入了芬兰志愿军，理查德也是其中之一，当时他在瑞典军中任职上尉。他在一九四〇年二月被杀——就在与苏联签订和平协议前不久——因此成了纳粹运动的殉道之士，还有一个战斗团体以他的名字为名以兹纪念。即使到现在，还有少数笨蛋会在他忌日当天，聚集在斯德哥尔摩墓园悼念他。”

“我懂。”

“一九二六年，他十九岁，和一个名叫玛格丽塔的女人交往，她父亲在法伦教书。他们是在某个政治活动场合认识的，发生关系后，一九二七年生下儿子戈弗里，同年两人结婚。三十年代前半期，我哥哥随军团驻扎在耶夫勒，便将妻儿送到赫德史塔这里来。闲暇时他四

---

1 裴尔·英达尔（Per Engdahl，1909—1994），瑞典极右派政治领袖，倡导法西斯主义并强力支持纳粹，他成立的政治团体是促使瑞典加入二次世界大战的主力。

2 瑞典纳粹法西斯主义政党，创办人即为林霍尔姆（Sven Olof Lindholm）。

处旅行，为纳粹招兵买马。一九三六年他和我父亲大吵一架，致使我父亲宣布与他断绝父子关系。在那之后，理查德只得自谋生路。他和家人搬到斯德哥尔摩，日子过得相当清苦。”

“他没有自己的钱吗？”

“他继承的公司股份被附加条件所限制，不能卖给家族以外的人。然而他们不仅家境困窘，理查德还有暴力倾向。他会殴打妻子、虐待儿子。戈弗里就在父亲的威吓凌虐下长大。理查德死的时候，他十三岁。我想那应该是他长这么大最快乐的一天。我父亲同情这对孤儿寡母，便将他们接到赫德史塔，在当地替玛格丽塔找了间公寓，照料他们的生活起居。

“如果理查德象征家族的黑暗狂热面，戈弗里便是体现了怠惰面。他满十八岁时，我决定接手照顾他——他毕竟是我过世哥哥的儿子，你也别忘了戈弗里和我的年龄差距不大。我只大他七岁，但当时的我已经是公司董事，而且显然将会由我继承父亲的位子，而戈弗里却多少仍被视为外人。”

范耶尔略一沉吟。

“我父亲不太知道该如何与这个孙子相处，所以就由我在公司为他安插工作。这是战后的事。他的确努力想做好分内的事，只是生性懒散。他是个贪图享乐的万人迷，对女人很有一套，有时还会酗酒。我对他的感情很难形容……他并非一无是处，但却一点也不可靠，经常伤透我的心。经年累月下来，他变成了酒鬼，并在一九六五年去世——是意外溺毙。事情发生在海泽比岛另一头，他在那儿盖了间小屋，常常躲在那里喝酒。”

“这么说他是海莉与马丁的父亲啰？”布隆维斯特指着茶几上的相片问道。他不得不承认老人的故事确实引人好奇。

“没错。四十年代末，戈弗里遇见一个在战后来到瑞典的德国女子伊莎贝拉·柯尼。她长得很美——我是说她散发出一种亮丽光彩，很像葛丽泰·嘉宝或英格丽·褒曼。海莉很可能从母亲那里得到的遗传更多一些，你也看到相片了，她才十四岁就是个美人胚。”

布隆维斯特和范耶尔都凝视着影中人。

“我还是继续说吧。伊莎贝拉生于一九二八年，现在还活着。大战爆发时她十一岁，你应该想象得到一个青少年在天天遭受空袭的柏林会有多苦，当她踏上瑞典土地时，肯定像是来到人间天堂。可惜的是她和戈弗里有许多相同的缺点；她很懒惰，一天到晚吃喝玩乐，经常在国内外旅行，毫无责任感。这当然会影响到孩子。马丁出生于一九四八年，海莉一九五〇年。他们的童年一片混乱，母亲老是不见踪影，父亲又是十足的酒鬼。

“到了一九五八年我受够了，决定终止这个恶性循环。当时，戈弗里和伊莎贝拉住在赫德史塔——是我逼他们搬来的。马丁和海莉可以说是被丢在一旁自生自灭。”

范耶尔瞄了一眼时钟。

“我的三十分钟时限快到了，不过故事也快说完了。可以宽限一下吗？”

“继续说吧。”布隆维斯特说。

“那么我就不啰唆了。我没有孩子——这点和我的兄弟以及其他亲戚很不一样，他们似乎一心想让范耶尔家族开枝散叶。戈弗里和伊莎贝拉的确搬来了，但婚姻却触礁。不过短短一年，戈弗里就搬进他的小屋，独居很长一段时间之后，因为天气太冷才又搬回来和伊莎贝拉同住。马丁和海莉由我照顾，我虽从未有过孩子，但在很多方面他们就像是我亲生的一样。

“马丁呢……老实说，他年轻时我曾一度担心他步上父亲的后尘。他个性软弱、内向、忧郁，但也有开朗热情的一面。青少年时期的他曾荒唐过，上大学后就自动改过自新了。他是……不管怎么说，他确实是如今仅存的范耶尔公司的总裁，我想他功不可没。”

“那海莉呢？”

“海莉是我的心肝宝贝。我试图想给她安全感、为她建立自信，我们的互动非常密切。我把她当亲生女儿，后来她跟我比跟她父母更亲。你要知道，海莉是非常特殊的。她很内向——和她哥哥一样——

才十几岁就热衷于宗教，这可是这个家族里绝无仅有。但是她显然天赋异禀，也绝顶聪明，而且道德感与骨气兼具。她十四五岁时，我便确信她将来注定要接掌范耶尔的事业，而不是她哥哥或其他那些围绕在我周遭、才能平庸的表兄弟与侄孙辈，否则至少也会扮演重要角色。”

“结果发生什么事了？”

“现在我们要切入我之所以想雇用你的正题了。我要你找出是哪个家族成员谋杀了海莉，还花了将近四十年的时间企图把我逼疯。”

第五章

十二月二十六日星期四

打从老人开始独白到此刻，布隆维斯特首度感到讶异，不得不请他再说一遍以免自己听错了。剪报当中根本没有涉及任何谋杀事件。

“那是一九六六年九月二十四日的事。海莉十六岁，刚上预备学校二年级。那天是星期六，后来成为我一生中最悲惨的一天。我实在回想太多次，恐怕都能说出当天每分钟发生的事——除了最重要的那件之外。”

他大手一挥。“我许许多多亲戚就聚集在这屋里，为的是令人厌烦的年度聚餐。那是我祖父立下的传统，但往往每次都会变成讨厌的聚会。这项传统在八十年代末告一段落，因为马丁直接宣布所有业务相关话题都将定期开会讨论并投票表决。那是他作过最好的决定。”

“你刚才说海莉被谋害……”

“等等，先让我说完事情经过。我说了，那天是星期六，也是聚会日，赫德史塔运动俱乐部还安排儿童节游行活动。白天里，海莉和几个同学进城去看游行，下午两点刚过便回到海泽比岛。晚餐预定在五点开始，她应该要和家族其他年轻人一起参加。”

范耶尔说到这里，起身走向窗边，并示意布隆维斯特一块过来，然后指着外头说：

“两点十五分，海莉刚回家不久，那桥上发生一桩可怕的意外。出事的是一个叫古斯塔·阿朗松的人，他哥哥是海泽比岛上一块小自耕农地‘东园’的农夫。他上桥之后和一辆油罐车相撞，双方显然都开得太快，原本应该只是小擦撞却酿成大祸。油罐车司机大概是出于本能想闪车，不料撞上桥的护栏，整辆车翻覆，最后横切到桥面另一侧，拖车垂挂在桥的边缘。有一段护栏撞穿油槽，易燃的高温油料开始往外喷。这时候阿朗松被困在车内，痛得大喊。油罐车司机也受了伤，但好不容易从驾驶座爬出来。”

老人又坐回椅子上。

“这桩意外其实与海莉无关，却扮演着非常关键的角色。当下现场乱成一团：桥两端的民众都赶来想要帮忙；由于火灾随时可能一触即发，因此警局发出紧急警报声。警员、救护车、救援小组、消防队、记者全都迅速地陆续抵达，还有许多旁观群众。当然了，他们全都聚集在大陆那端，至于在岛上这端，我们则尽力想把阿朗松拖出损毁的车，但实在非常困难。他根本动弹不得而且受了重伤。

“我们试着徒手把他拖出来，但行不通，只能用切或锯的方法，偏偏又不能冒险擦出任何火花。我们就站在一片油海当中，货车侧翻在旁，万一爆炸，我们全都死定了。要获得大陆方面的援助必须花费很长的时间；货车横卡在桥面，要想爬过去无异于爬过一颗炸弹。”

布隆维斯特总觉得老人正在说一个经过细心演练的故事，特意要吸引他的注意。他是个说故事高手，这点毫无疑问。但话说回来，故事究竟会如何发展？

“这桩意外的重点是桥面有二十四小时不能通行。直到星期日傍晚抽出最后一滴油之后，才能用吊车将油罐车吊起，桥也才开放通行。在这二十四小时当中，海泽比岛几乎可以说完全对外隔绝，若想到对岸大陆只能搭消防艇，那是专门载人从这头的游艇码头到教堂底下的旧码头去的。有好几个小时，消防艇都只供救难人员使用，直到星期六夜深之后才开始载运受困的岛民。你明白这意味着什么吗？”

“我猜海莉在这岛上出事了。”布隆维斯特说，“而嫌疑人就是被困在这里的一些人。有点像是小岛密室悬案，对吧？”

范耶尔露出讽刺的微笑。“麦可，你可知道你说得多有道理！就连我都爱看多萝西·塞耶斯的推理小说。既定的事实包括：海莉在两点十分左右回到岛上；如果把小孩和未婚宾客算进来，一整天总共大约有四十个亲戚到达，再加上仆人和居民，这里或者农场共有六十四人。其中有些打算留下过夜的人都正在邻近农场或客房里整理行李。

“海莉原本住在马路对面的屋子里，但因为戈弗里和伊莎贝拉情绪都不稳定，那孩子的心情明显受到影响，学业成绩也退步，所以一九六四年她十四岁时，我便让她搬来和我同住。这么做很可能正中伊莎贝拉下怀，让她不必再尽母亲之责。这两年来，海莉都住在这里，所以那天她是回这里来。我们知道她在院子碰见哈洛德聊了几句——他是我另一个哥哥。后来她上楼到这个房间跟我打招呼，她说有话跟我讲。当时有几个亲戚跟我在一起，我脱不了身，但她似乎很心急，于是我答应她一忙完就到她房间去。她从那扇门离开，之后我再也没见到她。约莫一分钟后，桥上便出车祸，接下来的骚动把我们那天的计划全打乱了。”

“她是怎么死的？”

“事情有点复杂，我得按顺序说。意外发生后，大伙立刻放下手边的事跑到现场去。我呢……我想我负起了指挥之责，接下来的几个小时一直忙得不可开交。海莉也马上赶到桥边——有几个人看见她，但由于有爆炸的危险，所以我指示凡是没有参与救阿朗松的人都不许靠近。最后只剩下五个人，其中包括我和我哥哥哈洛德、我的一名工人马纽斯·尼尔森、一个锯木厂工人希斯汀·诺兰德——他家就在渔港旁，另外还有个名叫约克·阿朗松的人，年仅十六岁，本来应该打发他走，但他是卡在车里的古斯塔的侄子。

“两点四十分左右，海莉在这屋的厨房里。她喝了一杯牛奶，和厨子阿斯特丽德闲聊片刻，还一块透过窗户看着桥下的混乱场面。

“两点五十五分，海莉穿过院子，伊莎贝拉看到她。大约一分钟后，她遇上海泽比的牧师奥图·法尔克。当时的牧师住所就在今天马丁的别墅所在地，因此牧师住在桥的这一头。车祸发生时，他因为感冒正躺在床上养病；他没见到惨剧，不过接到电话通知后，正要前往桥边。海莉半路将他拦下，显然想说些什么，但他挥挥手没有多加理会便匆匆离去。法尔克是最后见到她活着的人。”

“她怎么死的？”布隆维斯特追问道。

“我不知道。”范耶尔神情痛苦地说，“我们直到五点才把阿朗松弄出车外——顺带一提，他没死，不过情况不太好。六点过后，火灾威胁才被视为解除。岛的对外交通仍然中断，但情况已渐渐恢复平静。一直到八点左右，我们终于坐下来吃那顿延误许久的晚餐时，才发现海莉不见了。我叫海莉的一个表姐妹到她房间叫她，她回来却说找不到人。我也没多想，以为她出去散步或是没人告诉她要吃晚饭了。整个晚上，我还得和亲戚们进行各式各样的讨论与争辩，所以直到隔天早上伊莎贝拉去找她，我们才发现没人知道海莉在哪里，而且从前一天起就没人见过她。”他将两只手臂伸展开来，“从那天起，她便消失得无影无踪。”

“消失？”布隆维斯特重复他的话。

“这么多年来，我们始终找不到她的一丁点下落。”

“可是如果她是像你所说的失踪了，你也不能确定她被杀。”

“我明白你反驳的理由，我也有过同样想法。当一个人无故失踪，可能发生的情况有四种。她也许是自己离开，躲起来了。她也许是发生意外死了。她也许自杀了。还有她也许被害了。这几个可能性我全都评估过。”

“而你相信海莉是遭人杀害。为什么？”

“因为这是唯一合理的结论。”范耶尔举起一根手指，“从一开始我就希望她是离家出走，但随着日子一天天过去，我们都明白这不是事实。你想想，一个被保护得如此周全的十六岁女孩，就算她再能干，又怎能独力谋生？她怎能一直躲着不被发现？她的钱从哪来？即使找到工作，也需要社会安全卡和联络地址啊！”

接着他举起两根手指。

“我第二个想法是她出了什么意外。帮我个忙好吗？到书桌旁边打开最上层抽屉，里面有张地图。”

布隆维斯特照他的吩咐，将地图摊开在茶几上。海泽比岛的地形呈不规则状，长约二十公里，最宽处约十公里。岛上大多为林地覆盖，住家都集中在桥边和游艇码头附近。岛的另一边有块小自耕农地“东园”，不幸的阿朗松就是从那儿开车出来的。

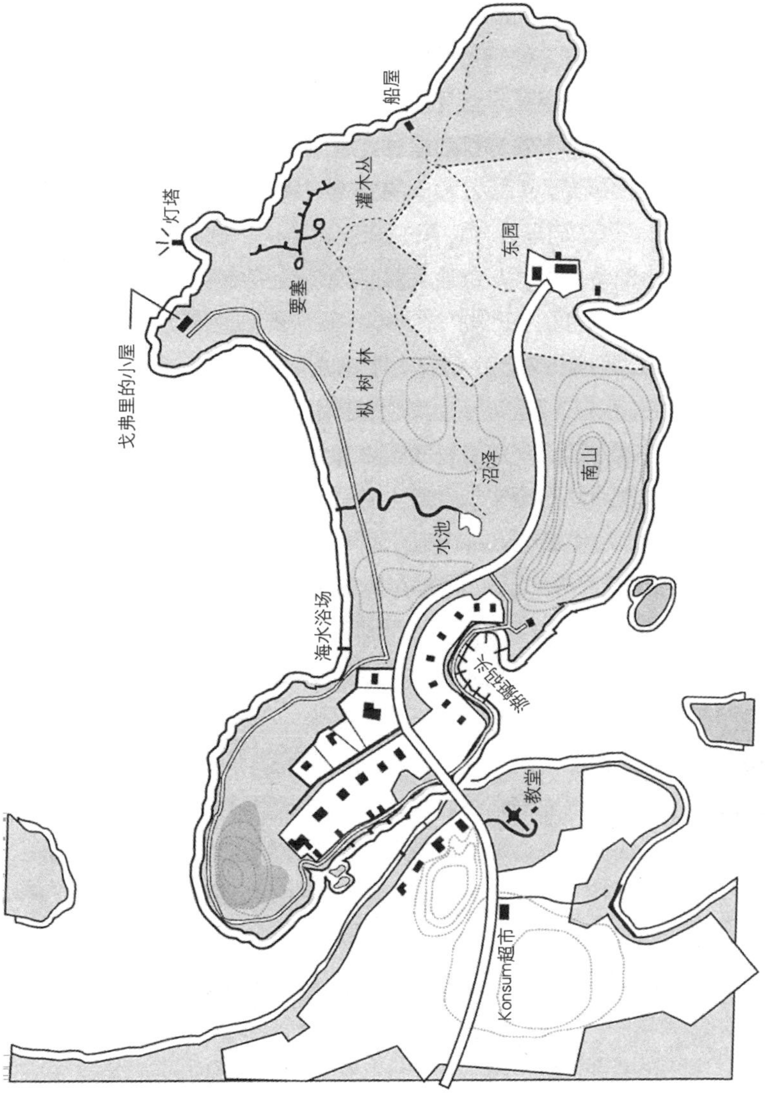
戈弗里的小屋
灯塔
要塞
灌木丛
船屋
东园
松树林
沼泽
南山
水池
海水浴场
教堂
Konsum超市

“别忘了，她不可能离开岛上。”范耶尔说，“在海泽比岛也和在其他任何地方一样，她当然可能死于意外。也许遭到雷击，但当天没有雷雨；也许被马踢死、落井淹死或是跌落岩缝。在这里无疑有数百种意外的死法，其中大多我都想过。”

他举起三根指头。

“但就是有个问题，即使是第三个可能——那女孩毫无迹象地自杀了。地方就这么大，总该能找到她的尸体。”

范耶尔一拳打在地图上。

“她失踪后那几天，我们在岛上来来回回找遍每个角落。一群男人涉过每条沟渠，寻遍每寸田野、悬崖和每棵连根拔起的树，所有屋子、烟囱、水井、谷仓和隐秘阁楼也都没放过。”

老人的视线从布隆维斯特身上转开，凝视着漆黑的窗外，说话声音变得更低、更私密。

“我找了她整个秋天，即使在搜索队停止搜索、所有人都放弃之后，我也没停过。每当我不用工作时，就会在岛上走来走去四处寻找。冬天到了，她依旧毫无消息。春天里我继续找，找到后来自己都觉得荒谬。到了夏天，我雇了三个有经验的樵夫，带着狗再从头仔细搜索一次。他们把岛上每寸土地都翻过来了。那时我才开始想到她也许被杀害了，所以他们也找过坟墓。就这样整整忙了三个月，还是找不到海莉的丝毫踪迹。她就像是凭空消失一般。”

“我能想到许多可能性。”布隆维斯特大胆说道。

“你说说看。”

“她可能是意外或故意淹死了。这里是个岛，水能湮灭大多数事物。”

“没错，但可能性不高。你倒想想：如果海莉出事溺毙，理应发生在村子邻近的范围。而且你别忘了，桥上引起的骚动是海泽比岛几十年来最轰动的大事，一个正常而好奇的十六岁少女是不会在这种时候到岛的另一头去散步的。

“但更重要的是，”他说，“这里的海流不强，当时那个季节吹的又是北风或东北风，若有人或物落水也会流到大陆那侧的海滩上，那里可几乎到处都是房子。你别以为我们没想到这点。只要是她可能落水的地方，我们全都打捞过，我甚至从赫德史塔的潜水俱乐部雇来几个年轻人，他们利用整个夏天仔细搜寻了海湾底部和沿海地区……我很确定她没有落水，否则早已找到了。”

“可是难道她不会在其他地方出事吗？没错，桥面封锁了，但离大陆毕竟不远，她有可能游泳或划船过去。”

“那时已经九月底，海水那么冷，海莉实在不太可能在一片闹哄哄当中下水游泳。就算她心血来潮想游到大陆上，也会有人看见并吸引众多人注意。桥上有数十双眼睛，大陆那头也有两三百人在水边围观。”

“那划桨船呢？”

“不会。当天海泽比岛上不多不少正好十三条船，大多数游艇都已经收上岸。在度假屋旁的游艇码头上有两艘彼得松船还在水里，另外有七艘划桨船，其中有五艘已经拉上岸。牧师住所下方有一艘划桨船在岸上，一艘在水里。‘东园’那边则有一艘划桨船和一艘汽艇。这些船我们全都清查了，都还在原位完全没有移动过。假如她划船过去后逃跑，船应该会留在对岸。”

范耶尔举起第四根手指。

“所以最后只剩下一个合理的可能性，那就是海莉是被迫失踪。有人杀死她之后毁尸灭迹。”

莎兰德利用圣诞节那天上午读了布隆维斯特那本关于财经报道并引发争议的著作——《圣殿骑士团：财经报道警示录》。克里斯特·毛姆以斯德哥尔摩证券交易所的相片为此书设计了十分新潮的封面。克里斯特用的是 Photoshop 图像处理软件，乍看之下还没注意到那栋建筑飘浮在空中。用这样的封面为书的内容定调，手法确实高明。

莎兰德能看出布隆维斯特是个好作家。他的笔法直接且吸引人，即便是对错综复杂的财经报道毫无所知的人，看了书之后也会有收获。他书写的语气尖锐苛刻，但最重要的是具有说服力。

第一章开门见山，有点宣战的味道。过去二十年间，瑞典财经记者成了一群自以为是、毫无批判思考能力的无能马屁精。他之所以下此结论，是因为有太多财经记者一次又一次毫无异议地直接引述各公司总裁与股市投机客的发言，即使该讯息根本是误导或错误也无所谓。这些记者若非过于天真容易受骗——那么理应被分配其他采访任务——就是故意违背记者的职责。布隆维斯特声称自己经常因为被称为财经记者感到羞耻，在他眼里，这些人根本不配当记者，而他却可能被当成同一伙人。

他将财经记者与刑事记者或海外特派记者所付出的努力作了比较。他在书中描述当司法记者报道谋杀审判过程时，若将检察官的论据奉为圣旨，既不对照被告的主张也不访问被害家属，便断言可能如何或不可能如何，将会引起多大的公愤。布隆维斯特认为对于财经记者也应采取同样标准。

接着他举出一连串例证来支持自己的论点。其中有一章，他以极大篇幅探讨六家日报以及《财经杂志》、《工业日报》与电视节目《A经济》对于某家知名网络公司的报道。他首先引述并摘录记者们所说、所写，然后与实际情况加以比较。在描述该公司的发展时，他一再列出尽职的记者应该要问、但所有财经记者都没有提出的简单问题。高招！

另一个章节谈到瑞典电信公司[1]的股票上市——这是全书最戏谑、讽刺的部分，有几名财经作家还遭到指名批判，而布隆维斯特似乎对威廉·博格尤其严厉。在接近尾声的某一章中，作者比较了瑞典与国外财经记者的水平。他描述伦敦的《金融时报》《经济学家》与德国部分财经报的记者，在自己国家报道相关新闻时何等专业。比较的结果自然对瑞典记者不利。至于最后一章则是概略提出如何弥补这种悲哀情形的建议。书末结论呼应了序文：

1 瑞典电信公司（Telia）为北欧最大的电子通讯公司，其业务甚至扩及波罗的海与欧亚诸国。

假如国会记者不分青红皂白，不管国会强行通过多么荒谬的提案都毫无异议地予以支持，又或是政治记者也同样缺乏判断力，该记者若非被解雇也至少会被转往其他部门，以免造成太大的损害。然而在财经新闻界，记者严密调查、客观报道的正常职责却似乎并不适用，受表扬的反而是最成功的恶棍。这不只决定了瑞典的未来，也破坏了其他记者的专业形象与民众仅剩的信任。

莎兰德完全可以理解商业刊物《报人》、某些财经报纸，以及各日报的头版与财经版何以会有如此激烈的讨论。尽管书中只有少数记者被指名道姓，但莎兰德猜想所涉领域并不大，书中提到各报社时所影射的人是谁，恐怕每个人都心知肚明。布隆维斯特为自己制造了一些劲敌，这点也反映在温纳斯壮案判决后不少幸灾乐祸的评论中。

她合上书看着书背的照片。布隆维斯特的额前不经意地掉下一绺暗金色头发，仿佛被风吹乱，也可能是克里斯特设计出来的（这个可能性比较大）。他带着讽刺的微笑望着相机，表情似乎刻意显得天真、迷人。很好看的男人。马上就要锒铛入狱三个月。

“嗨，小侦探布隆维斯特，”她自言自语道：“你自以为很了不起哦？”

午餐时间，莎兰德启动笔记本电脑并打开邮箱写电子邮件。她打了一行字：“你有时间吗？”署名黄蜂，发送到 Plague_xyz_666@hotmail.com 的地址。为了安全起见，她还以 PGP 系统加密。

接着她换上黑色牛仔裤、厚重冬靴、暖和的 POLO 牌衬衫、深色呢绒夹克，搭配针织手套、帽子和围巾。她取下眉毛环和鼻环，涂上淡粉红色的口红，在浴室里照了照镜子，看起来就像一般周末出门溜达的女人，她觉得这身乔装打扮很适合深入敌营刺探军情。她从辛肯斯达姆搭地铁到东毛姆斯广场站，然后徒步走向海滨大道。她沿着分隔带闲晃，一面留意着建筑物的门牌号码，当发现她要找的建筑并停下凝望时，几乎已经来到尤尔戈登桥。她走过街道，站在距离临街大门几公尺外等候。

她发现，会在圣诞节第二天冷飕飕的天气里出门散步的人都是沿着堤岸走，人行道这边的人很少。

她等了将近半小时才看到一位老妇人拄着拐杖从尤尔戈登方向走来。老妇人停下脚步，以狐疑的眼神打量莎兰德，莎兰德则报以和善的笑容。拄拐杖的妇人也向她招呼致意，但似乎一面在回想自己上次何时见过这名年轻女子。莎兰德转过身，朝反方向走了几步，好像等某人等得不耐烦而来回踱步。当她再转身时，妇人已经到达门边，慢慢地按着大门密码。莎兰德轻易便看见她按的是“一二六〇”。

她又等了五分钟才走向大门，按下密码后，门“咔哒”一声开了。她探身瞧瞧楼梯井，瞄到一个监视录像器但未多加理会；和米尔顿安保公司用的是同一款，只有在大楼的盗窃或攻击警报器响起时才会启动。再往里头走，一部古老电梯左边又有另一道上锁的门；她试了“一二六〇”，门果然开了，通往地下室和垃圾间。*真随便，太随便了*。她花三分钟检视地下室，找到一个未上锁的洗衣间和一个回收间。接着她用从米尔顿锁匠那儿“借来”的撬锁工具打开一扇锁住的门，里头似乎是大楼管理委员会开会的地方。地下室后侧是娱乐室。最后终于找到她要找的：大楼的小电气室。她检查电表、保险丝、接线箱之后，拿出香烟盒大小的佳能数码相机，拍了三张照片。

出去以前，她顺便扫视了一下电梯旁的住户名单，看到顶楼公寓的住户姓氏：温纳斯壮。

随后她走出大楼，很快地走进国立博物馆，到附属咖啡厅喝点咖啡暖身。约莫半小时后她回到自己位于索德的公寓住处。

Plague_xyz_666@hotmail.com 回信了。她用 PGP 程序译码后，只有很简单的答复：20。

第六章

十二月二十六日星期四

布隆维斯特设定的时限早已超过许久。四点半了，要赶搭下午的列车已然无望，但仍有机会搭上九点半的夜车。他站在窗边揉着脖子，一面望向桥另一端的闪亮耀眼的教堂。范耶尔让他看了一本剪贴簿，里头搜集了地方报纸和全国性媒体的文章。知名企业家族的女孩失踪，这消息在媒体上炒了一阵子。但由于始终没找到人，调查也毫无进展，媒体的兴趣便逐渐淡了。尽管事涉名门，经过三十六年后，海莉·范耶尔的事件早已被遗忘。六十年代末文章中的猜测，似乎偏向于她溺毙后流出外海——虽是悲剧，却可能发生在任何家庭。

范耶尔的故事让布隆维斯特听得入神，但当老人告退上洗手间时，他心里又产生怀疑。老人还没说完，而布隆维斯特最后还是答应把故事全部听完。

“你觉得她出了什么事？”等范耶尔回到书房后，他问道。

“正常来说，一年到头都住在海泽比岛上的大约只有二十五人，但因为家庭聚会之故，当天这里出现了六十几个人。这其中差不多有二十至二十五人可以除外。我相信剩下的人当中，有人——而且非常可能是家族里的人——杀害了海莉藏起尸体。”

“对这点我有十几点疑义。”

“说来听听。”

“首先，就算有人掩藏她的尸体，假如搜索工作像你说的那么彻底，也应该会被发现。”

“说实话，搜索的范围比我说得还要广。一直到后来我开始觉得海莉可能遭人杀害，才发觉凶手有几个毁尸灭迹的方法。我无法证明，但至少不无可能。”

“说说看。”

“海莉是在当天下午三点左右失踪。两点五十五分前后，正赶往桥边的法尔克牧师还见到她。几乎就在同一时间，地方报的一名摄影记者也来到现场，并在接下来一个小时内拍了许许多多车祸的照片。我们——我是说警察——检视过所有照片，证实海莉并不在其中；但城里的每个人，除了幼童之外，都至少上过一张照片。”

范耶尔又拿出一本相簿放到桌上。

“这些就是那天拍的相片。第一张拍的是赫德史塔的儿童节游行，同一个摄影记者在下午一点十五分左右拍的，相片中有海莉。”

这张照片是从某栋建筑物二楼拍摄的，除了街景还有刚刚通过的游行队伍——载着小丑的卡车和穿着清凉的女孩。人行道上挤满围观群众。范耶尔指着人群中的一人。

“那是海莉。这大概是她失踪前两个小时，她和几个同学进城去了。这也是她最后一张照片。不过还有一张更有趣。”

范耶尔一页页地翻开。相簿里大概有一百八十张（六卷）相片拍的是桥上的车祸场面。在听了那么多描述后，乍看到清晰的黑白影像竟有点不适应。这位摄影记者很专业，成功地捕捉到事故现场的混乱情景。有大量照片针对的是人们在翻覆的油罐车旁的一举一动。布隆维斯特马上就认出比现在年轻许多、全身被高温油料浸湿的范耶尔，正比手画脚地指挥着。

“这是我哥哥哈洛德。”老人指着一个穿着无袖上衣的男子，只见他弯腰指向阿朗松撞毁的车内，“我哥哥哈洛德的个性也许不讨人喜欢，但我想他应该没有嫌疑。除了一段非常短的时间他不得不跑回农场上换鞋子之外，他整个下午都待在桥上。”

范耶尔又翻了几页，一个影像接着一个影像。油罐车。水边围观者。阿朗松的车。广角拍摄。长镜头特写。

“有趣的相片在这里。”范耶尔说，“据我们推断，这是在三点四十至三点四十五分之间拍的，也就是海莉遇见法尔克后四十五分钟左右。看看那栋屋子，二楼中间那扇窗。那是海莉的房间。前一张照片里，窗子还关着，这时却是打开的。”

“肯定有人进了海莉的房间。”

“我问过每个人；谁也不承认自己去开过窗。”

“也就是说，要不是海莉自己开的，而她那时候也还活着，就是有人说谎。可是凶手为什么要进她的房间开窗？又为什么会有人为此说谎？”

范耶尔摇摇头。没有解释。

“海莉在三点左右或刚过不久失踪。从这些照片大概能知道某些人当时在哪里，所以才能将一部分人从嫌疑名单中删除。同样的，我也可以断定当时不在照片中的人必须列入名单。”

“我刚才问你尸体是怎么被移走的，你还没有回答。我敢肯定你一定有合理的解释。莫非是某种老掉牙的幻术？”

“的确有几种方式非常可行。三点左右凶手下手。他或她应该没有使用任何凶器，否则便会追踪到血迹。我猜海莉是被勒毙，而且可能就在这里——在墙背后的院子，在摄影记者视线不能及、从房子也看不见的死角。那里有一条连接牧师住所与我们家的小路——那是最后有人见到她的地方。现在那里整理成小花坛和草地，但在六十年代却是碎石铺地的停车场。因此凶手只需打开车的后备厢，把海莉放进去。第二天搜索岛上时，谁也没想到发生命案，所以将重点放在海岸边、建筑物和最靠近村子的树林。”

“这么说来，没有人检查车子的后备厢啰？”

“到了第二天傍晚，凶手便能随意开车过桥，把尸体藏到别处。”

“还当着所有搜索人员的面。若真是如此，那他可就是个冷血的混蛋。”

范耶尔不由得露出苦笑。“范耶尔家族里倒是有不少人很符合你这句形容词。”

六点用晚餐时他们仍边吃边谈。安娜准备了烤兔肉搭配红醋栗果酱和马铃薯，范耶尔还请客人喝香醇的红酒。布隆维斯特还有充裕的时间可以赶上末班车，他心想也该作个总结了。

“你告诉我的这个故事确实很吸引人，但我还是不知道你为什么要说给我听。”

“我说过了。我想找出杀害海莉的家伙，而且我想雇你来做这件事。”

“为什么？”

范耶尔放下刀叉。“麦可，这三十六年来我天天想着海莉的遭遇，都快把自己逼疯了。而且我花在这上头的时间愈来愈多。”

他顿时不再出声，取下眼镜，盯着镜片上某个看不见的污点。随后他抬起双眼，看着布隆维斯特。

“我也不瞒你了，海莉的失踪正是我逐渐退出公司经营的原因。我失去了所有动力。我知道凶手就在周遭，忧虑与查明真相的意图开始影响我的工作，最糟的是这个重担不但没有随着时间减轻，反而与日俱增。一九七〇年左右，有一段时间我就是不想任何人来烦我。那时马丁加入董事会，被迫要渐渐接手我的职务。我在一九七六年退休，由马丁接任总裁。我仍保有董事席次，但过了五十岁之后便很少管事。过去这三十六年来，我无时无刻不想着海莉的失踪。你也许会觉得我有点鬼迷心窍——至少我的亲戚大多都这么想。”

“那是件可怕的事。”

“不只可怕，还毁了我一生。随着日子一天天过去，我这种感觉也更加强烈。你了解你自己吗？”

“应该了解吧。”

“我也是。我忘不了那件事，不过这些年来我的动机变了。起先很可能是悲伤，我想找到她，至少希望有机会埋葬她。那是为了给海莉讨个公道。”

“起了什么变化呢？”

“现在我比较想做的是找出那个卑鄙家伙。但奇怪的是我愈老愈投入，这简直变成我的嗜好了。”

“嗜好？”

“是啊，这么说没错。当警方的调查工作逐渐松懈，我仍继续坚持。我试着要以科学方法有系统地进行，搜集了所有可能找得到的资料，例如照片、警方笔录等，还问了每个人当天所做的每件事，并一一记录下来。所以我可以说花了大半辈子在搜集那一天的信息。”

“我想你应该知道事情已经过了三十六年，凶手也许已经去世入土了。”

“我不这么想。”

布隆维斯特听到他坚定的语气，吃惊地扬起眉毛。

“我们先吃完饭，然后回楼上去。在结束我的故事以前，还有一个细节，也是最令人困惑的一点。”

莎兰德将自动挡的丰田花冠停在松德比贝里的通勤火车站旁。这辆丰田是向米尔顿安保的汽车调度中心借用的，其实并未按规矩申请，不过阿曼斯基也从未明白禁止她使用公司车。迟早有一天，她心想，我得给自己买辆车。其实她自己有一辆二手的川崎 125，夏天用的，冬天里摩托车就锁在地下室。

她走到霍克林塔大道，六点整按下门铃。几秒钟后，面街的门开了，她爬了两层楼又去按一户史文森家的门铃。她不知道史文森是谁，也不知道这间公寓是否真住了这样一个人。

“嗨，‘瘟疫’。”她说。

“‘黄蜂’。你只有在你有需要的时候才会出现。”

公寓里一如往常地昏暗；只有一盏灯的灯光从用作办公室的卧室渗到走廊。这个比莎兰德大三岁的男子身高一米八九，体重一百五十二公斤，而身高只有一米五四、体重四十二公斤的她，总觉得在瘟疫旁边像个侏儒。闷不透风的屋里有股霉味。

“就是因为你从来不洗澡，瘟疫。这里闻起来像猴子笼似的。哪天你要是决定出门，我再告诉你上哪买便宜肥皂，昆萨姆连锁超市有。”

他只淡淡一笑，没说什么，然后示意她跟他进厨房。他重重坐到餐桌旁的椅子上，没有开灯，唯一的亮光是从窗户透进来的街灯光线。

“我是说我也不是什么贤妻良母，但至少我会把长蛆的牛奶罐全部绑起来丢到外面去。”

“我在领残障辅助金。”他说，“我是社会低能儿。”

“所以政府才会给你一个地方住，然后把你忘了。你就不怕邻居去向督察人员投诉？到时候你说不定会被送到疯人院去。”

“你有东西给我吗？”

莎兰德拉开夹克口袋的拉链，交给他五千克朗。

“我只能给这么多。这是我自己的钱，我实在没办法替你申请助理费。”

“你想要什么？”

“你两个月前说的电子环。拿到了吗？”

他笑着将一个盒子放到桌上。

“示范一下怎么用。”

接下来的几分钟她洗耳恭听，然后加以测试。“瘟疫”或许是对社会适应不良的低能儿，但他绝对是个天才。

范耶尔等候着布隆维斯特的注意力再次集中过来。后者看看手表说：“有个令人困惑的细节？”

范耶尔说：“我生于十一月一日。海莉八岁时送给我一样生日礼物，是裱了框的压花。”

范耶尔绕过书桌指向第一朵花。蓝钟花。裱框手法并不熟练。

“这是第一朵，一九五八年收到的。”接着他指向下一朵。“一九五九年。”毛茛。“一九六〇年。”雏菊。“后来变成惯例。她会在夏天裱框好，留到我生日再送我。我总会把礼物挂在这间房间的墙上。一九六六年她失踪，惯例也中断了。”

范耶尔指着一排框的缺口。布隆维斯特忽然感觉颈背的寒毛直竖。墙上挂满了压花。

“一九六七年，她失踪后的次年，我生日那天收到这朵花，是紫罗兰。”

“花是怎么送来的？”

“用包装纸包着放进气泡袋，从斯德哥尔摩寄来的。没有寄件人地址，没有留言。”

“你是说……”布隆维斯特举起手往外扫了一下。

“正是。每年生日，真可恶！你知道那是什么感觉吗？那是冲着我来的，就好像凶手有意折磨我。我一想到可能有人想对付我而抓走海莉，就担心得要命。她和我的关系特殊，我也把她当女儿看待，这并不是秘密。”

“那么你希望我怎么做？”布隆维斯特问道。

莎兰德将丰田花冠开回米尔顿的地下停车场后，决定到楼上办公室上洗手间。她使用卡片锁开门，搭电梯直接上三楼，没有经过警卫值班的二楼大门。她上完厕所，从浓缩咖啡机倒了一杯咖啡喝。这台机器是阿曼斯基经过很长一段时间，终于认清莎兰德绝不会因为他对她的期望而煮咖啡的事实之后才买的。接着她走进自己的办公室，将皮夹克搭在椅背上。

这个办公室是一间长三米、宽两米的玻璃隔间，里头有一台老式的戴尔台式电脑、一部电话、一张办公椅、一个金属废纸篓和一面书架。书架上摆放着各式各样的电话簿和三本空白笔记本。桌子的两个抽屉里放了一些圆珠笔、回形针和一本笔记本。窗台上放着一盆植物，叶子已发黄枯萎。莎兰德若有所思地盯着植物看，仿佛头一次见到，然后狠下心把它丢进废纸篓。

她在办公室里几乎无事可做，一年来不到六七次，而且通常是她需要独处以便准备马上要交出去的报告的时候。阿曼斯基坚持要分配一间办公室给她，原因是虽然她是聘用人员，但这样做才能让她对公司有归属感。她却怀疑阿曼斯基想借此机会监视她，管她闲事。起初她被分配到的办公室在走廊另一头，空间较大，得和一位同事共享。但因为她从不出现，阿曼斯基终于让她搬到走廊尽头这间舒适隐秘的小房间。

莎兰德拿出电子环定定地看着，一面沉思，一面咬着下嘴唇。

此时已过十一点，整个楼层只剩她一人。她忽然感觉无聊到极点。

过了一会儿，她起身朝走廊另一端走去，试图打开阿曼斯基办公室的门。锁着。她四下看了看。十二月二十六日午夜时分有人出现在走廊上的几率，几乎微乎其微。于是，她拿出几年前特别复制的公司卡片锁将门打开。

阿曼斯基的办公室十分宽敞：办公桌前面有几张访客椅，角落还摆了一张八人会议桌。收拾得整整齐齐、无懈可击。她已经很久没进这里打探，但如今既然来了……她在桌前待了好一会儿，了解有关追踪公司内部间谍的进度、哪名同事被派到某家遭窃集团做卧底，以及公司采取什么秘密措施保护一个担心自己的孩子遭亲生父亲绑架遇难的客户。

全部看完之后，她将资料准确放回原位，锁上阿曼斯基办公室的门之后走路回家。她对这一天很满意。

“我不知道我们能不能查明真相，但在踏入棺材以前不作最后一次努力我不甘心。”老人说，“我只是希望委托你再把所有证据理一次。”

“这太疯狂了。”布隆维斯特说。

“为什么疯狂？”

“我听得够多了，亨利，我了解你的伤痛，但我不得不说实话。你要我做的事只不过是浪费我的时间和你的金钱。警察与老练的调查员拥有的资源比我多得多，他们这么多年来无法破解的谜你却要我设法破解。你要我破的是一个将近四十年前犯下的案子。我怎么可能做得到？”

“我们还没谈到费用。”范耶尔说。

“不必谈了。”

“我不能强迫你，但不妨听听我出的价。弗洛德已经拟好合约。细节可以再商议，不过内容很简单，你只需要签名就行了。”

“亨利，这太荒谬了。我真的不认为自己有能力解开海莉失踪的谜团。”

“根据合约内容，你不必解开，我只要你尽力。如果失败，那是神的旨意，假如你不相信有神，那就是命。”

布隆维斯特叹了口气。他对这趟海泽比之行愈来愈感到不舒坦，很想尽早结束，但还是起了怜悯心。

“好吧，你说说看。”

“我要你住在海泽比这里工作一年。我要你把海莉失踪的调查报告一一重新看过。我要你用新的观点检视一切。我要你确确实实像个进行调查的记者一样质疑所有的旧结论。我要你找出我和警方和其他调查员可能疏漏的地方。”

“你这是要我暂时搁下生活和事业，花一年时间全心投入一件根本是浪费时间的事。”

范耶尔微笑着说：“关于你的事业，目前应该可以说是处于暂停状态吧？”

布隆维斯特无言以对。

“我想买下你一年的生活，给你一个工作，而且你一辈子再也得不到比这工作更好的酬劳。我每个月会付你二十万克朗，也就是说，假如你答应留下来一整年，就能拿到两百四十万克朗。”

布隆维斯特大感惊讶。

“我并不抱幻想。你成功的可能性小之又小，但万一你真的解开谜底，那么我会再给你一倍的赏金，也就是四百八十万克朗。我们就慷慨一点算个整数五百万吧！”

范耶尔往后一靠，偏着头又说：

“我可以把钱汇进全世界任何一个你指定的银行账户，或者你也可以拿行李箱装现金，就看你想不想诚实报税了。”

“这实在……实在不合理。”布隆维斯特结巴地说。

“为什么？”范耶尔平静地说，“我虽然八十多岁了，但脑子还清楚得很。我拥有庞大的私人财产，想怎么花就怎么花。我没有孩子，更不想把钱留给我所鄙视的亲戚。我已经写好最后的遗嘱，要将我大多数的财富捐给世界自然基金会。我身边的一些人将会获得一笔巨额款项——包括安娜在内。”

布隆维斯特摇了摇头。

“请试着理解我。”范耶尔说，“我已是行将就木的人。这世上我唯一想要的一样东西，就是这个纠缠我大半辈子的问题的答案。我并不奢望能找到答案，但我的确有能力作最后一搏。这样不合理吗？这是我欠海莉的，也是我欠自己的。”

“你将会白白付给我几百万克朗。我只要签下合约，然后跷起二郎腿闲晃一年就行了。”

“你不但不会这么做，反而还会比以前更拼命。”

“你怎么能这么肯定？”

“因为我能给你一样你最渴望得到却又用钱买不到的东西。”

“那会是什么？”

范耶尔眼睛微微一眯。

“我可以给你温纳斯壮。我可以证明他是个骗子。三十五年前他刚好和我一起创业，我可以将他的人头双手奉上。解开谜底，那么你在法院的胜诉将成为年度大新闻。”

第七章

一月三日星期五

爱莉卡将咖啡杯放到桌上，站在窗边眺望旧城区。此时是上午九点。所有积雪都被新年的雨水冲走了。

“我一直很喜欢这里的景观，”她说，“我很愿意为这样的公寓放弃住在索茨霍巴根。”

“你有钥匙呀，随时可以从你那高级住宅区搬过来。”布隆维斯特说着把行李箱合上，放到前门旁边。

爱莉卡转身以不可置信的眼神看着他。“你不会是认真的吧，麦可，”她说，“我们正面临前所未有的危机，而你却打包要去住在乔塔赫提。”

“是赫德史塔。搭火车只要几个小时，而且又不是住一辈子。”

“你还不如去乌兰巴托呢！这样看起来好像夹着尾巴逃跑，你不觉得吗？”

“我就是。何况我还得坐一阵子牢。”

克里斯特坐在沙发上，却坐立难安，这是《千禧年》创办以来，他头一次看到爱莉卡和布隆维斯特产生如此大的分歧。过去这许多年来，他们始终形影不离，偶尔会有激烈冲突，但向来是为了公事，而且每次总会将问题解决，互相拥抱后回到各自岗位，或上床。去年秋天情况便不妙，如今两人之间更像是出现了一道鸿沟。克里斯特不禁怀疑《千禧年》是否已开始迈向结束。

“我没得选择。”布隆维斯特说，“我们都没得选择。”

他给自己倒了咖啡后到餐桌旁坐下。爱莉卡摇摇头，坐到他对面。

“你怎么想呢，克里斯特？”

他早已料到会有此一问，正担心自己迟早得表明立场。他是第三位合伙人，但大家都知道布隆维斯特和爱莉卡才是《千禧年》的代表。他们只有在争执不下时才会询问他的意见。

“老实说，”克里斯特开口道，“我怎么想不重要，这点你们俩都心知肚明。”

他说完随即闭嘴。他喜欢摄影，喜欢做平面设计，虽然从不自认为是艺术家，却知道自己是个很棒的设计师。但换个角度看，他对谋略与政策决定却是一筹莫展。

爱莉卡与布隆维斯特隔着桌子互望；女的冷静又愤怒，男的则是埋头思考。

这不是争吵，克里斯特心想，这是离婚。

“好，我再重申一次我的状况。”布隆维斯特说，“这绝不代表我放弃了《千禧年》，我们为它花费太多时间与精力了。”

“可是从现在起你不进办公室，我和克里斯特就得扛起担子，你难道不明白你这是在自我放逐？”

“这是第二个原因，我需要休息一下，爱莉卡。我已经动不了了，精疲力竭了。在赫德史塔领薪休假，也许正是我需要的。”

“这整件事实在愚蠢到家了，麦可。你还不如到马戏团找份差事。”

“我知道，但我将能坐享两百四十万年薪，而且不会浪费时间。这是第三个原因。和温纳斯壮的第一回合结束，他打败了我。第二回合已经开始，他会设法让《千禧年》永世不得翻身，因为他知道只要杂志社存在一天，社里的员工总会知道他在搞什么鬼。”

“我知道他在做什么，从过去这半年每个月的广告业绩就能看出来。”

“所以我才不得不离开办公室，我就像一块不断朝他挥动的红布，一牵扯到我他就起疑，所以只要我在这里多待一天，他就会不断找麻烦。现在我们得好好准备第三回合。若想有些微机会打败温纳斯壮，就必须先撤退，然后想出一整套新策略。我们得找到能够痛击他的利器，而那就是我这一年的工作。”

“这些我都懂。”爱莉卡说，“那你就去放个长假，出国去，在沙滩躺上一个月。去体验体验西班牙布拉瓦海岸的美好生活，轻松一下，去沙港看海。”

“那么我回来的时候一切都不会有改变。除非我离职平息温纳斯壮的怒火，否则他还是会压垮《千禧年》。这你也知道。若想以其他方法制止他，唯一能做的就是找到他的把柄加以利用。”

“你认为你能在赫德史塔找到吗？”

“我查过剪报了。一九六九年至一九七二年，温纳斯壮确实在范耶尔公司工作，他属于管理阶层，负责策略性的人事安排。他离开得很仓促。我们怎能排除他有把柄握在范耶尔手上的可能性呢？”

“可是就算是他在三十年前做过的事，如今也很难举证了。”

“范耶尔答应要把他所知道的一五一十说出来。他整颗心都挂着那个失踪的女孩，这似乎是他唯一感兴趣的事，假如他必须为此毁掉温纳斯壮，我想他八成会做。我们当然不能忽视这次机会——他可是第一个愿意公开指证温纳斯壮的人。”

“即便你找到铁证证明温纳斯壮掐死那个女孩，拿回来也不能用。已经太久了，闹上法院他还是会大胜。”

“我脑海中也曾闪过同样念头，但是不对：女孩失踪时，他正在斯德哥尔摩经济学院发奋用功，与范耶尔集团并无关联。”布隆维斯特略一停顿。“爱莉卡，我不是要离开《千禧年》，但重点是要表现出离开的样子。你和克里斯特必须继续经营杂志，如果可以……如果有机会……与温纳斯壮停战就停战吧。但假如我留在编辑部，就无法停战。”

“没错，这种情况确实讨厌，但我想你去赫德史塔也于事无补。”

“你有更好的办法吗？”

爱莉卡耸耸肩说：“我们现在应该开始寻求网民，从头调查来龙去脉。这次一定要做好。”

“小莉，那则报道已经没救了。”

爱莉卡气馁地双手抱头。再开口时，她起先并不想与布隆维斯特的目光交汇。

“我实在快被你气疯了！不是因为你写的报道毫无根据——我要负的责任和你一样多；也不是因为你要辞去发行人职务——以目前的情况这是聪明的决定；我可以配合让外人以为是我们之间闹分裂或权力斗争——你想让温纳斯壮以为我是个没有危险性的花瓶，你才是真正的威胁，这我能了解。”她说到这里稍停片刻，然后直视他的双眼，“但我觉得你错了。温纳斯壮不会上当的，他还会继续摧毁《千禧年》。唯一的差别就是从今天起，我必须孤军奋斗，而你也知道现在编辑部更需要你。没错，我也想向温纳斯壮宣战，但我会这么生气是因为你弃船潜逃得太突然，你竟然在这情况最紧急的时候丢下我一人在风雨中飘摇。”

布隆维斯特伸出手轻抚她的头发。

“你不是一个人，你背后还有克里斯特和其他所有员工。”

“不包括达曼。顺便一提，我觉得你雇用他是雇用错了。他是有能力，但他带来的伤害比好处多，我不信任他。整个秋天你陷在困境中，他却到处显得欢天喜地。我不知道他是希望能取代你的职位，或者只是其他员工和他不对劲。”

“你说得恐怕都没错。”布隆维斯特坦承。

“那我该怎么做？炒他鱿鱼？”

“爱莉卡，你是总编辑，也是杂志社的资深合伙人。如果你认为有必要，就炒他鱿鱼吧！”

“我们从未解雇过任何人，麦可。现在你连这个决定都要丢给我。早上进办公室再也没有乐趣可言了。”

这时候克里斯特忽然起身，吓了两人一跳。

“如果要赶那班火车，现在该动身了。”爱莉卡正想开口反驳，他却举起手制止，“等等，爱莉卡，你刚才问我怎么想。老实说，我觉得情况烂透了，但假如事情如同麦可所说——他就要碰壁了——那么为了他好，他的确有必要离开。这是我们欠他的。”

他们俩诧异地瞪着克里斯特，他却尴尬地回看布隆维斯特。

“你们都知道你们两个才是《千禧年》的支柱。我是合伙人，你们一直对我很好，我也很爱这份杂志，不过我这美术指导的位子很容易就能找到人取代。但你们既然要问我的意见，我就说了。至于达曼方面，我同意你们说的。爱莉卡，如果你想炒他鱿鱼，就由我来开口，只要有可信的理由就行了。麦可现在离开，当然非常可惜，但我想我们别无他法。麦可，我载你到车站。爱莉卡和我会坚守城池等你回来。”

“我担心的是麦可永远不会回来了。”爱莉卡轻轻地说。

阿曼斯基下午一点半打电话来，吵醒了莎兰德。

“怎么了？”她还昏昏沉沉没睡醒，嘴里好像有股柏油的味道。

“麦可·布隆维斯特。我刚刚和我们的客户弗洛德律师通过话。”

“所以呢？”

“他打电话来说不必再调查温纳斯壮了。”

“不必了？可是我才刚刚着手。”

“弗洛德没兴趣了。”

“就这样？”

“他有决定权。”

“都谈好价钱了。”

“你花了多少时间？”

莎兰德想了一想。“整整三天。”

“我们达成协议的最高金额是四万克朗。我会开一张一万元的发票，给你一半，以三天的时间计算，这笔钱应该够了。他得付钱，因为这一切是他起的头。”

“那我搜集到的资料怎么办？”

“有什么特别的东西吗？”

“没有。”

“弗洛德没有要求看报告。可以归档，以免他又跑回来。或者也可以销毁。下星期我会再派新工作给你。”

阿曼斯基挂电话后，莎兰德握着话筒坐了一会儿。她走到客厅的工作角落，看着钉在墙上的摘记和堆在桌上的纸张。她找到的多半是剪报和网络下载的文章。她拿起纸张便往书桌抽屉里丢。

她不由地皱起眉头。布隆维斯特在法庭上的怪异行为其实是有趣的挑战，何况她一展开任务便不喜欢半途而废。每个人都有秘密，只是要去发掘出来罢了。

第二部

后果分析

一月三日至三月十七日

瑞典有百分之四十六的女性曾遭男人暴力对待

第八章

一月三日星期五至一月五日星期天

布隆维斯特再次在赫德史塔下火车时，天空粉蓝，空气冰冷。车站墙上的温度计指着零下十八度，他穿错步行鞋了。与上次不同的是，弗洛德并未开着暖气车来接人。布隆维斯特只告诉他们抵达日期，却未告知车班时间。他本打算搭巴士前往海泽比，但拖着两只沉重行李加上一个肩背包实在费力，因此便穿越广场到出租车招呼站。

圣诞到新年期间，整个诺兰海岸区下了不少雪，从铆雪机所铲出的一堆堆白雪看来，赫德史塔的道路清洁队应该是全员出动了。出租车司机名叫胡森，车窗上贴了他的登记证。当布隆维斯特问起前几天是否气候恶劣，他点了点头，以浓厚的诺兰口音说这是数十年来最大的一场暴风雪，并深切后悔没有到希腊去过圣诞假期。

布隆维斯特指引司机开到范耶尔刚铲过雪的庭院，将行李卸到圆石路面后，目送出租车掉头驶向赫德史塔。这时候他忽然感到孤独不安。

他听见身后有开门声。只见范耶尔裹着厚厚的毛皮大衣，穿着厚重皮靴，还戴着附耳罩的帽子。而布隆维斯特只穿着牛仔裤和一件薄薄的皮夹克。

“你若打算住在这里，这个时期就得学着穿暖和一点。”他们握了握手，“你确定不要待在主屋吗？不要？我想最好还是赶紧把你安顿到新居去。”

他与范耶尔、弗洛德谈定的条件之一，就是得让他有自己的生活空间，可以自行料理家务、来去自如。范耶尔带着布隆维斯特朝着桥的方向往回走，接着在桥尽头附近，打开另一个刚铲过雪的庭院大门，里头有间小木屋。屋子没上锁。他们走进简朴的门厅后，布隆维斯特总算松了口气放下行李。

“这里是我们所谓的接待宾馆。要待久一点的客人，通常会安排住在这里。一九六三年，你和你父母便住在这儿。这是全村最老的建筑之一，但已经重新装修过。今天早上我已吩咐管理员尼尔森生了火。”

屋内有一间大厨房和两间较小的房间，共约五十平方米，其中厨房便占了大半而且相当现代化，除了电炉还有个小冰箱。面对前门的墙边摆了一个旧铁炉，稍早确实已点了火。

“除非天气酷寒，否则用不上壁炉。门厅有个柴箱，柴房在屋后。这栋屋子今年秋天没人住过。通常开电暖器便已足够，只是要小心别在上头挂衣物，以免引起火灾。”

布隆维斯特四处瞧瞧看看。屋子三面采光，坐在餐桌前还能看到大约三十公尺外的桥。厨房的陈设包括三个大橱柜、几张餐椅、一条旧板凳和一个书报架。摆在最上面的是一九六七年出刊的《目击》杂志。角落里有张小桌子可以当书桌。

有两扇窄门各通往较小的房间。右边最靠外墙那间几乎只是个小隔间，除了书桌、椅子各一之外，墙边还有几个书架。另一间夹在门厅与小工作室之间，是个很小的卧房，里面有一张狭窄的双人床、一个床头柜和一个衣橱，墙上悬挂了几张风景画。屋里的家具和壁纸都已老旧褪色，却散发着干净清新的气味。有人用肥皂水刷洗过地板。卧室还有另一扇门与门厅相连，那儿有一间由储藏室改装成的淋浴间。

“用水可能会有问题。”范耶尔说，“虽然今天早上检查过了，但水管埋得不深，如果继续这么冷下去，可能会结冰。门厅里有个水桶，必要时就上我们那儿取水吧。”

“我需要电话。”布隆维斯特说。

“已经预约了，工人后天就会来装。这里如何？你若改变心意，随时欢迎你搬回主屋。”

“这样可以了。”布隆维斯特回答。

“好极了。离天黑大约还有一小时，我们出去走走顺便让你熟悉一下环境好吗？建议你最好穿上厚袜和靴子。前门旁边就有。”布隆维斯特听取他的建议，并决定隔天去买长内衣和一双好的冬鞋。

老人一开始先介绍对街邻居根纳·尼尔森，他是范耶尔的助理，范耶尔总是称呼他“管理员”。不过布隆维斯特很快便发现他应该是海泽比岛上所有建筑的总监督，而赫德史塔也有几间屋子由他负责。

“他父亲是马纽斯·尼尔森，我在六十年代的管理员，也是帮忙处理桥上意外事故的人之一。马纽斯退休了，现在住在赫德史塔。根纳和妻子海伦住在这里，孩子们都搬出去了。”

范耶尔停顿一下整理思绪，接着说道：“麦可，你来到这里的正式说法是为了替我写自传，这样你才能有借口查探所有黑暗角落、提出问题。至于真正的任务只有你、我和弗洛德知情。”

“我了解。我也要再重申一次：我想我无法解开这个谜底。”

“我只要求你尽力。但在其他人面前说话要小心。根纳今年五十六岁，也就是说海莉失踪时他十九岁。有个问题我一直没有得到解答——海莉与根纳处得不错，我想他们之间应该有某种纯真浪漫的情愫。总之根纳对她颇有好感。不过她失踪当天，根纳人在赫德史塔，和其他人一起被困在大陆那边。由于和海莉关系特殊，他受到特别仔细的盘问，让他感到很不舒服。他整天都和朋友在一起，直到傍晚才回到这里来。警方查证了他的不在场证明，完全没问题。”

“我想你八成列出了岛上所有人的名单，以及他们当天所做的事。”

“没错。我们接着走吧。”

他们在小丘上的十字路口停下，范耶尔指着如今用来停泊游艇的旧渔港。

“海泽比岛上所有土地都属范耶尔家族所有——或者说得明确些，是属于我所有，只有‘东园’的农地和村里的几栋屋子例外。渔港那边的几间小屋是私人所有，不过都是避暑木屋，冬天里多半空着，除了最远的那间之外——你可以看到烟囱在冒烟。”

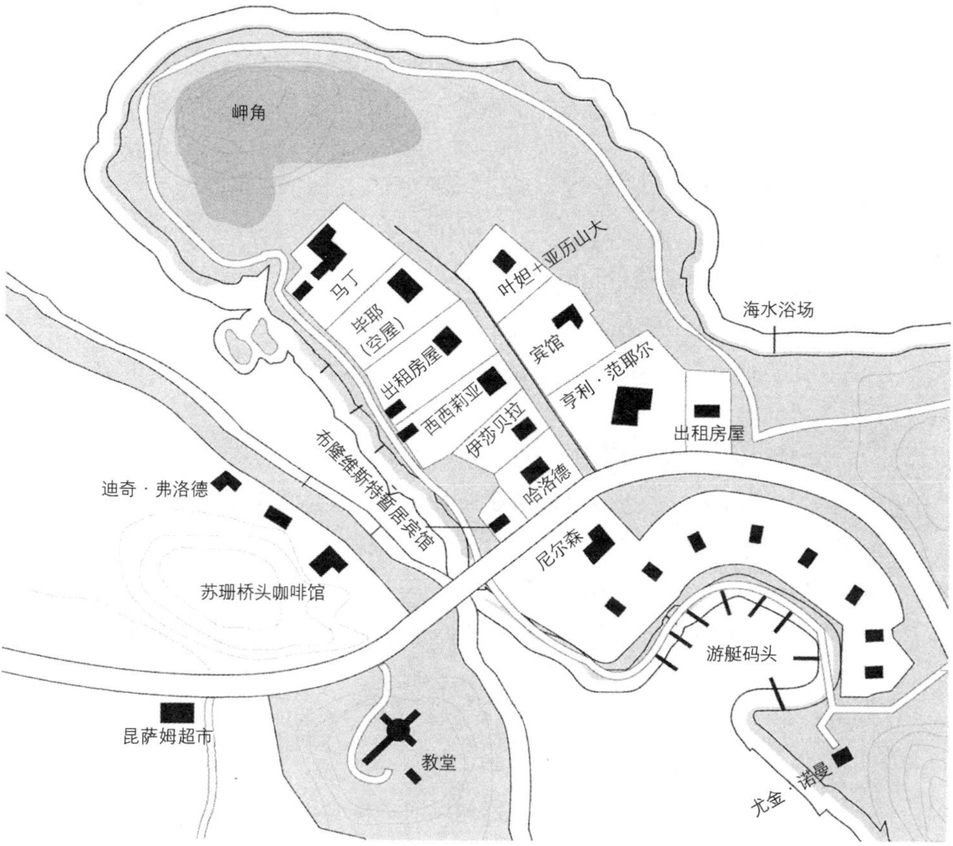
岬角
马丁
毕耶
（空屋）
出租房屋
西西莉亚
叶妲＋亚历山大
宾馆
亨利 · 范耶尔
出租房屋
海水浴场
伊莎贝拉
哈洛德
布隆维斯特暂居宾馆
迪奇 · 弗洛德
苏珊桥头咖啡馆
尼尔森
游艇码头
昆萨姆超市
教堂
尤金 · 诺曼

布隆维斯特看见烟袅袅升起。此时的他感到寒意彻骨。

“那间破旧屋子总有风灌进去，但一年到头都有人住。尤金·诺曼就住在里头。他已经将近八十岁，是个蹩脚画家。我觉得他的作品没什么价值，但他却是挺有名的风景画家。你可以说他是村里非有不可的怪人。”

范耶尔带领布隆维斯特往岬角端走去，并一栋栋地介绍沿路住家。村中道路西侧有六栋建筑，东侧有四栋。第一间离布隆维斯特住的宾馆与范耶尔主屋最近，属于亨利的哥哥哈洛德所有，是一栋两层楼的长方形石砌建筑，乍看之下似乎无人居住。窗帘合拢，门前小径也没有打扫，堆着五十公分深的积雪。再一细看，却可看见从路边拖行到门口的脚印。

“哈洛德是个孤僻的人。我和他从未正眼看过对方，除了因公司事务起争执外——他也是股东——我们这六十年来几乎没说过话。他已经九十二岁，是我四个哥哥当中唯一还活着的。细节我稍后再告诉你，不过他受过医药专业训练，大半辈子都在乌普萨拉执业，直到七十岁才搬回海泽比。”

“你们彼此不喜欢，却又比邻而居。”

“我很讨厌他，也宁可他留在乌普萨拉，可是屋子是他的。我说话像个无赖，是吧？”

“像个不喜欢自己兄弟的人。”

“我一生中的前二十五年都在为哈洛德这种人辩解，因为我们是家人。后来我发现有血缘关系不一定会有爱，我实在没有理由替哈洛德说话。”

下一间的屋主是伊莎贝拉，海莉的母亲。

“她今年就满七十五了，还是和以前一样时髦、虚荣。她也是村里唯一会和哈洛德交谈、偶尔去探视他的人，不过他们并没有太多共通点。”

“她和海莉的关系如何？”

“问得好。女性也得列入嫌疑人名单。我说过她大多时候都丢着孩子不管，我虽然不能肯定，但我想她只是没有责任感，并非坏心眼的人。她和海莉从未亲近过，却也不是敌对状态。伊莎贝拉也许很固执难应付，但偶尔脑筋却不太清醒。你见到她就会明白了。”

伊莎贝拉的邻居是哈洛德的女儿西西莉亚。

“她结过一次婚，住在赫德史塔，但约莫二十年前离开丈夫。我是屋主，是我提议让她搬进来。她是老师，在许多方面都与她父亲大相径庭。我可以再补充一点，她只有在必要时才会和父亲说话。”

“她几岁？”

“一九四六年出生，所以海莉失踪时她二十岁。没错，当天她也是岛上的宾客之一。西西莉亚或许看似不懂事，其实她比大多数人都机灵，别太小看她。如果有人察觉你的目的，那一定就是她。所有亲戚当中，她可以说是我最看重的人之一。”

“意思是说你并不怀疑她啰？”

“我没这么说。我希望你毫无拘束地思考整件事情，不要管我怎么想、怎么认为。”

最靠近西西莉亚住处的房子也属亨利名下，但出租给一对老夫妻，他们曾是范耶尔集团管理团队的成员，在八十年代搬到海泽比岛，因此与海莉的失踪无关。下一栋的屋主是西西莉亚的哥哥毕耶·范耶尔。自从毕耶搬到赫德史塔的现代化住家后，屋子已经空下多年。

道路两旁的住屋多半是二十世纪初坚固的石造建筑。最后一间风格却不同，是一栋由建筑师设计、白砖搭配黑窗框的现代住宅。地点很棒，布隆维斯特看得出来屋顶上必然有美景可赏，向东面海，往北则可眺望赫德史塔。

“那是马丁住的地方，就是海莉的哥哥，范耶尔公司的总裁。这里原本是牧师的住所，七十年代惨遭火灾之后，马丁在一九七八年接任总裁时盖了这栋房子。”

住在道路东侧最后一栋房子的是亨利的哥哥葛雷格的遗孀——叶妲·范耶尔和她儿子亚历山大。

“叶妲体弱多病，患有风湿症。亚历山大手上握有范耶尔公司的少数股份，不过他自己也经营一些事业，包括餐厅等等。通常他每年都会在加勒比海的巴巴多斯岛待上几个月，因为在当地投资了不少观光事业。”

在叶妲和亨利住处之间有一块土地，上头有两栋较小的空屋，专门用来接待亲朋好友。亨利家另一边是另一个退休职员与妻子的私人住宅，冬天里空着，因为夫妻俩去了西班牙。

他们又回到十字路口，行程也告一段落。暮色开始降临。布隆维斯特主动开口。

“亨利，我会做你请我来做的事，我会替你写自传，也会顺应你的要求，尽可能仔细而严谨地看完所有关于海莉的资料。但我希望你能明白，我并不是私家侦探。”

“我没有抱任何期望。”

“那就好。”

“我是夜猫子。”范耶尔说，“所以午餐过后，你随时可以来找我。我会在这里为你安排一间工作室，你随时可以来用。”

“不用了，谢谢。宾馆里已经有工作室，我在那儿就行了。”

“随你高兴吧。”

“如果需要找你谈话，我们可以在你的工作室谈，但我不会今晚就开始向你丢问题。”

“我明白。”老人似乎给人一种胆怯的错觉。

“要看完这些文件得花上几星期。我们由两方面着手。我们每天见面几个小时，关于自传所需的资料，我要拜访你。当我开始对海莉的事有疑问想和你讨论时，我会告诉你。”

“听起来很合理。”

“我希望工作能完全自由，也不会设定工作时数。”

“该怎么做，你自己决定。”

“我想你也知道我得入狱服刑几个月。不知道确切时间，但我不打算上诉，所以很可能就是今年的某段时间。”

范耶尔皱起眉头。“那不行，若遇上这个问题就得想办法解决。你总可以要求缓刑吧？”

“如果狱方允许，手边数据又充足，也许可以在狱中写你的书。还有一件事：我仍然是《千禧年》的所有人之一，而杂志社至今仍未渡过危机。万一出什么事需要我回斯德哥尔摩，我就得放下手边的事跑一趟。”

“我不是把你当农奴看待。我要你彻底完成我交付的任务，但你当然可以设定自己的时间表，以你认为适当的方法做事。如果需要休息一下，也不必客气，但若是让我发现你没有在工作，就视同违约。”

范耶尔的目光移向远方桥面。他身形瘦削，布隆维斯特觉得此时的他仿佛一尊忧郁的稻草人。

“说起《千禧年》，我们应该来谈谈它目前面临什么样的危机，以及我是否能帮得上忙。”

“你能帮上最大的忙，就是现在立刻将温纳斯壮的人头端到我面前。”

“不，我不打算这么做。”老人冷冷看着布隆维斯特，“你之所以接下这份工作，完全是因为我答应揭发温纳斯壮，如果我现在把数据给你，你可能随时喊停。一年之后，我再把数据给你。”

“亨利，请原谅我这么说，但我可不确定一年后你还活着。”

范耶尔叹了口气，若有所思地望向渔港。

“说得对。我会跟弗洛德商量一下，看看有无解决之道。不过有关《千禧年》，我或许能帮上其他忙。据我了解，广告商已经开始抽手。”

“广告商是眼下的问题，不过危机还不只如此。主要是信心问题。如果没人想买杂志，不管有多少广告商都没用。”

“这点我明白。我虽已隐身幕后，但毕竟仍是一家颇具规模的大公司的董事。我们总得做广告宣传。这件事以后再谈吧。你想不想吃晚餐……”

“不了。我想先整理东西、添购一点必需品，顺便到处看看。明天我要去赫德史塔买些冬天衣物。”

“好主意。”

“我希望你将有关海莉的档案搬到我那儿去。”

“处理这些东西要……”

“非常小心，我知道。”

布隆维斯特回到宾馆，进屋时牙齿不停打战。窗外的温度计指着零下十五度。和范耶尔散步了将近二十分钟，他第一次觉得这么冷。

他花了一小时将屋子收拾成未来一年的家的模样，衣服收进卧室衣橱，盥洗用具放进浴室陈列柜。第二件行李其实是个有滚轮的大箱子，他从里头拿出书、CD、一架 CD 播放机、笔记本、一台三洋录音机、一台全友扫描仪、一台手提喷墨打印机、一架美能达数码相机，以及其他许多他认为流放一年必备的物品。

他将书与 CD 连同两个存放有关温纳斯壮资料的讲义夹放到工作室的书架上。那些数据已经没有用，但他就是丢不开。他总得想办法将那两本讲义夹变成日后继续发展事业的基石。

最后他打开肩背包，将笔记本电脑放到工作室的书桌上，然后停下来，怯怯地环顾四周。住在乡下果然好处多多：宽带网络线没地方插，甚至没有电话插座可以连接调制解调器。

布隆维斯特用手机打给瑞典电信公司。经过一番周折后，对方总算找到范耶尔为宾馆申请电话的记录。他想知道这线路能不能使用 ADSL，对方告知通过海泽比的中继站是可以的，不过需要几天时间。

布隆维斯特整理好的时候已经下午四点多。他穿上一双厚袜和借来的靴子，并多穿了一件毛衣。出了前门他忽然定住，屋主没把钥匙给他，而依据他大都市居民的直觉，又很不愿意不锁门。他走回厨房，一一打开抽屉。最后发现食品储藏柜的钉子上挂了一把钥匙。

气温又降了两度。他快步过桥，爬上小丘，经过教堂。昆萨姆超市就在三百公尺外，十分便利。他塞了满满两大袋的用品，搬回家后又再次过桥。这回他进了苏珊桥头咖啡馆。站在柜台后面的女人五十来岁年纪，他问她是不是苏珊，然后自我介绍说往后肯定会是常客。这个时间店里只有他一个客人，他点了三明治又买了一个面包以后，苏珊替他倒了杯咖啡。他从报架上拿了一份《赫德史塔快报》，坐到可以看见桥和教堂的桌边，教堂外的灯已亮起，看起来有如圣诞卡片。大约四分钟之后他才开始看报。唯一有趣的是一则简短新闻，报道当地一名政治人物毕耶·范耶尔（自由党）准备投资赫德史塔一个IT 高科技发展中心的消息。麦可一直坐到六点咖啡馆关门才走。

七点半，他打电话给爱莉卡，却无人接听。他坐在厨房板凳上，试着阅读小说，根据书的封底介绍，这是一名伸张女权的少女初试啼声的佳作。小说描述作者在一趟巴黎之旅中，如何试图掌控自己的性生活。布隆维斯特不禁暗想：如果他以高中生口吻写一本关于他自己性生活的小说，也能算是女权主义者吗？恐怕不行。他买这本书是因为出版社将这名首度写作的小说家喻为“新生代的卡琳娜·莱柏[1]”。他很快便确定无论就风格或内容而论，这都不是事实。他将书搁置一旁，转而看起五十年代中期《记录》杂志里的卡西迪牛仔[2]故事。

每半小时都会听到教堂传来简短、隐晦的钟声。对街管理员住家的窗口亮着灯，却看不到屋内有人。哈洛德的屋子是暗的。九点左右，一辆车驶过桥面，消失在岬角那头。到了午夜，教堂外的灯熄了。这显然是海泽比在一月初某星期五晚上所能提供的所有娱乐。四下里静得可怕。

他又打一次电话给爱莉卡，电话转到语音信箱请他留言。他留了话，然后关灯上床。他入睡前最后一个念头是：继续待在海泽比，他恐怕会发疯。

在一片死寂中醒过来，感觉很奇怪。布隆维斯特在瞬间从熟睡进

---

1 卡琳娜·莱柏（Carina Rydberg），瑞典知名女作家，作品经常带有自传色彩。

2 卡西迪牛仔（Hopalong Cassidy），美国作家莫佛德（Clarence E.Mulford）于一九〇四年创造出来的一个牛仔英雄角色。

入完全警觉的状态，然后静静躺着，倾听着。房里很冷。他转头看看放在床边凳子上的手表——七点零八分，他向来不是早起的人，平常若没有至少两个闹钟，他很难起得了床。今天他却是自动醒来，甚至不觉得累。

他装了些水准备煮咖啡，然后进淋浴间。他忽然觉得自己的状况很有趣。小侦探布隆维斯特——深入穷乡僻壤办案。

老旧的莲蓬头只要稍微一碰，水就会从滚烫变得冰冷。厨房餐桌上没有早报。奶油硬邦邦。放餐具的抽屉里没有乳酪刀。外头仍一片漆黑。温度计指着零下二十一度。今天是星期六。

前往赫德史塔的巴士站位于昆萨姆超市对面，布隆维斯特打算在流放的第一天实行进城购物的计划。他在火车站旁下车后，进城里转了一圈，路上顺道买了厚重的冬靴、两件长衬衣、几件法兰绒衬衫、冬天穿的中长外套、一顶暖帽和有衬里的手套。在电器行里，他找到一台附有室内天线的小型手提电视。店员向他保证在海泽比至少可以收看到公共电视频道 SVT，他也向店员保证，如果收不到，一定会来退费。

他顺便去图书馆办了张图书证，借了两本伊丽莎白·乔治的推理小说。他买了笔和笔记本，也买了一个软背包放他新买的东西。

最后他买了一包烟。他早在十年前便戒烟，但偶尔会破戒。他直接将烟塞进外套口袋，没有打开。他的最后一站是眼镜行，除了买隐形眼镜药水，还订购新眼镜。

下午两点，他已经回到海泽比，正在撕新衣的标签时，忽然听到前院大门的开门声。一个约莫五十来岁的金发女人跨进门槛后敲着敞开的厨房门，手上端着一盘海绵蛋糕。

"你好，我只是想来自我介绍一下。我叫海伦·尼尔森，就住在对街。听说我们要当邻居了。"

他们握过手后，他也自我介绍。

"我知道，我在电视上看过你。以后晚上这里就能看见灯火了，真好。"

布隆维斯特煮了点咖啡。她起先说不用，后来还是坐到餐桌旁，并偷偷瞄一眼窗外。

“亨利和我丈夫来了，好像带了几箱东西要给你。”

范耶尔和尼尔森推着手推车停在外头，布隆维斯特连忙迎出去，帮忙将四个纸箱搬进屋内，放到火炉旁的地板上。布隆维斯特拿出咖啡杯，然后将海伦送来的蛋糕分切成块。

尼尔森夫妇十分和善。他们对于布隆维斯特来到赫德史塔的原因似乎并不好奇——他为范耶尔工作显然已是理由充分。布隆维斯特观察尼尔森夫妻和范耶尔之间的互动，发现他们主仆之间的关系很轻松自然，毫无隔阂。他们谈起了村子，和当初建造布隆维斯特住的这间宾馆的人。当范耶尔一时想不起来时，尼尔森夫妻便会提醒他。另外他还说了一段有趣的往事：有天晚上尼尔森回家时，看见住在桥另一头的傻子正想砸破宾馆窗户，竟然走过去问那个呆头呆脑的窃贼，为什么不从没上锁的大门进去。尼尔森不太有信心地检视布隆维斯特的小电视，并邀请他想看哪个节目的话就上他们家来。

尼尔森夫妇离开后，范耶尔又多停留片刻。他想最好还是让布隆维斯特自己翻阅档案，若有任何问题再到他的住处去。

再次落单后，布隆维斯特将纸箱搬进工作室，然后列出清单。

范耶尔调查哥哥孙女的失踪案已长达三十六年。布隆维斯特不知道这究竟是一种不健康的偏执心理，或者经过这么多年，已经发展成一个脑力游戏。但很明显地，这位老家长是以业余考古学家一丝不苟的方式在进行这项工作——所有的数据足以填满七公尺长的架子。

其中最大部分是警方调查报告的复印件，分装在二十六个讲义夹里。一宗普通的人口失踪案竟能搜集到如此完整的资料，实在令人难以置信。范耶尔无疑具有足够的影响力，能让赫德史塔警方持续追踪所有可信与不可信的线索。

其他还有剪贴簿、相簿、地图、关于赫德史塔与范耶尔公司的文章、海莉的日记（但页数不多）、她的课本、医疗诊断书。另外还有十六本以A4纸张装订而成、每本约一百页的簿子，是范耶尔自己的调查笔记，他在里头以工整的字体记录自己的推测、理论与不相干的想法。布隆维斯特快速地翻阅。里头的文字带有一种文学气息，他觉得这些可能是从其他更多笔记本中誊写下来的。有十个讲义夹装了有关范耶尔家族成员的资料，内容是用打字机打的，是这许多年来范耶尔对自己亲人的调查所累积的成果。

七点左右，他听到前门有猫大声地喵喵叫。一开门，一只红棕色的猫很快从他脚边溜入温暖的室内。

"真聪明。"他说。

猫在宾馆内到处嗅嗅闻闻。麦可在碟子里倒了点牛奶，这个不速之客随即舔得干干净净，然后跳上厨房板凳蜷缩起来。它就这么待下了。

布隆维斯特对于数据涵盖的范围有了清楚概念并一一整理上架时，已经过了十点。他煮了一壶咖啡，又做了两个三明治。他已经一整天没好好吃过一餐，但竟也毫无食欲。他喂猫吃了一片香肠和一点肝酱香肠。喝完咖啡后，他从外套口袋掏出香烟，撕开包装。

他查看一下手机。爱莉卡没来电。他又试了一次，还是语音信箱。

布隆维斯特首先采取的步骤之一，便是扫描他向范耶尔借来的海泽比岛地图，然后趁着记忆犹新，顺手写下每栋屋子的住户姓名。范耶尔大家族成员实在太多，要想弄清楚谁是谁还得花点时间。

近午夜时，他穿上厚衣新鞋走到桥的另一头，转上岔路沿着教堂下方的海湾走。海湾和旧港内已经结冰，但望向远处可以看见一长条颜色较深、未结冰的海水。他站在那里时，教堂外的灯熄灭了，四周一片漆黑。空气凛寒，天上星斗密布。

刹那间，布隆维斯特感到沮丧。他这辈子恐怕都无法理解自己怎么会让范耶尔说服，接下这项任务。爱莉卡说得对：他应该在斯德哥尔摩——也许在她床上——计划如何对付温纳斯壮。但对此他也不感兴趣，他甚至毫无概念该从何着手计划反制策略。

此刻若是白天，他会直接上范耶尔住处取消合约，然后回家。但从教堂旁边的高地，可以看出范耶尔主屋已经熄灯且悄然无声。从教堂可以看到岛上所有屋子。哈洛德的屋里没有灯光，但西西莉亚的家却是亮的，还有马丁位于岬角边的别墅和那间出租房子也一样。在游艇码头处，画家的破旧木屋也亮着灯，还有少许的煤屑烟尘从烟囱冒出。另外尚未熄灯的还有咖啡馆顶楼，布隆维斯特不禁暗想苏珊是否住在那里，又是否独自一人。

星期日清晨，宾馆内响起不可思议的嘈杂声将他惊醒。过了一会儿，他才想起自己身在何处，也才发现那是教堂召唤教区信徒作晨祷的钟声。已将近十一点。他继续躺在床上，直到听见门口传来急促的喵呜声，才下床开门放猫出去。

到了中午，他已经淋浴过也吃了早餐。他毅然决然走进工作室，取下第一本警方调查报告的讲义夹。这时他又犹豫了。从山形墙的窗口可以看到苏珊桥头咖啡馆。于是他将讲义夹塞进肩背包，穿上外出服。到了咖啡馆，发现里头挤满客人，他内心一直狐疑的问题终于获得解答：在海泽比这种鸟不生蛋的地方，咖啡馆怎么生存？苏珊专做上教堂的人的生意，或许也会为丧礼与其他集会场合供应咖啡与糕点。

他没有进去，转而在外头散散步。昆萨姆超市星期天没有营业，他又继续往赫德史塔方向走几百公尺，在一间加油站买了报纸。他在海泽比晃了一个小时，让自己多熟悉桥头前的城区。过了昆萨姆超市，离教堂最近的地区是城中心，较老旧的建筑——布隆维斯特猜测这些两层楼石材建筑应该建于一九一〇年代或二〇年代——形成一条短短的大街。进城道路北侧多为维护妥善的公寓建筑，住的都是有小孩的家庭。海岸边和教堂南侧则多半是独立住宅。海泽比看起来应该是赫德史塔的高层决策者与公务员居住的相当富裕的地区。

当他回到桥头，咖啡馆的突袭人潮已经减少，不过苏珊还在收拾桌上碗盘。

“周日尖峰吗？”他招呼着问。

苏珊边点头边将一绺发丝塞到耳后。“嗨，麦可。”

“你记得我的名字呀！”

“很难忘得了。”她说，“我一直留意电视上你打官司的新闻。”

“新闻总得塞点什么东西。”他喃喃地说，同时不自觉地走到角落里一张可以看见桥的桌边坐下。当他与苏珊目光交会时，她微微一笑。

三点时，苏珊说咖啡馆要打烊了。教堂的人潮散去后，只进出了几个客人。布隆维斯特把第一本警方调查报告看了五分之一多一点。他将笔记本塞进背包，很快地过桥回家。

猫在阶梯上等候。他环顾四周，不知这是谁家的猫。不过他还是让猫进门，至少可以跟他做个伴。

他又打了一次电话给爱莉卡，还是没人接，她显然怒气未消。他其实可以直接打办公室或家里电话，但到底已经留了够多留言。于是他给自己煮了咖啡，把猫赶到厨房板凳另一头，然后坐到餐桌前摊开讲义夹。

他看得很仔细、很慢，以免漏失任何细节。傍晚时分，当他合上讲义夹，自己的笔记本上也写满了好几页，全是一些提示与疑问，希望能在后面的讲义夹中找到答案。数据全都按时间顺序排列。他看不出是范耶尔重新整理过，或是警方原本便采用这种方式。

第一页是一份手写报告的复印件，上头标示着“赫德史塔警察紧急服务中心”。受理报案的警员签名时写的是“D.O. 吕廷耶”，布隆维斯特推断“D.O.”应该是“执勤警员”的意思。报案人是范耶尔，住址和电话号码都做了记录。日期是一九六六年九月二十三日星期日，上午十一点十四分。内容很简洁：

亨利·范耶尔来电，指称哥哥的女儿（？），出生于一九五〇年一月十五日的海莉·乌莉卡·范耶尔（十六岁），自星期六下午便从海泽比岛上的住家失踪。报案者表示十分忧心。

上午十一点二十分记下的备忘录写着：已经派出 P-014（警车？巡逻车？领船员？）前往现场。

另一段文字写于十一点三十五分，字迹比吕廷耶潦草：马格努森警员报告，通往海泽比岛的桥梁依然封锁。以船运送。边上的签名无法辨识。

下午十二点十四分，吕廷耶又回来了：海泽比岛上的马格努森警员以电话证实，十六岁的海莉·范耶尔自星期六中午过后不久便失踪。家人十分担忧。认为她昨晚没有回自己床上睡觉。由于桥面封锁，不可能离开岛上。家中无人知道海·范的行踪。

下午十二点十九分：G.M. 以电话报告现场情况。

最后一段记录于下午一点四十二分：G.M. 抵达海泽比岛现场；将会接手。

下一页披露缩写“G.M.”指的是警探古斯塔夫·莫瑞尔，他搭船抵达海泽比岛后接手指挥，同时为海莉失踪案准备正式的报告。莫瑞尔的报告与一开始使用一些不必要的缩写的备忘录不同，不仅是以打字机完成，而且内容翔实易懂。接下来几页记述他们采取的措施，其客观性与丰富细节令布隆维斯特十分惊讶。

莫瑞尔首先面谈的对象是亨利和海莉的母亲伊莎贝拉。接着便轮流与乌莉卡、哈洛德、葛雷格、海莉的哥哥马丁，以及阿妮塔谈话。布隆维斯特得到一个结论：这些面谈顺序是依对象的重要性而定，愈后面愈不重要。

乌莉卡是亨利的母亲，地位显然与皇太后不相上下。乌莉卡住在范耶尔的宅院，无法提供任何信息。前一晚她早早便上床，而且已经几天没见到海莉。她坚持要见莫瑞尔警探似乎纯粹只是为了表达自己的意见，要他立刻采取行动。

哈洛德在名单上排第二位。海莉从赫德史塔的节庆活动回来以后，他只匆匆看到她一眼，不过自从桥上出车祸，他便未再见到她，也不知道她会在哪里。

亨利与哈洛德的兄弟葛雷格声称，曾见到失踪的十六岁女孩在当天稍早去过赫德史塔后，来到亨利的书房要求与亨利说话。葛雷格声称自己并未与她交谈，只是打个招呼。他不知道她会上哪去，但认为很可能是她一时疏忽，没有告诉任何人便去找朋友，应该很快就会回来了。当被问及以当时的情况她如何离开岛上，他却没有回答。

马丁的面谈十分仓促。他当时就读乌普萨拉预备学校的最后一年，就住在哈洛德的家中。哈洛德的车坐不下，因此他搭火车回到海泽比，由于抵达时间太晚，被桥上的意外事故困在另一头，直到深夜才搭船上岛。警探与他面谈是希望他妹妹或许向他吐露过心事，或是暗示过打算离家出走。问题一出，海莉的母亲立刻表达抗议，但当时莫瑞尔警探或许认为海莉离家出走应该是最好的结果。但马丁从暑假便不曾和妹妹说话，无法提供有利的信息。

哈洛德的女儿阿妮塔被误列为海莉的“堂姐”。她在斯德哥尔摩大学读一年级，暑假在海泽比度过。她和海莉年龄相仿，两人几乎无话不谈。她说她和父亲在星期六来到岛上，很期待和海莉见面，却还没有机会去找她。阿妮塔声称自己很不安，海莉不是个会不告而别的人。亨利和伊莎贝拉也证实她的说法。

莫瑞尔警探面谈范耶尔家人之际，已经吩咐马格努森和柏曼警员——〇一四巡逻小队——趁着天还亮，组织第一支搜索队。桥上还不能通车，所以请求支持有困难。第一支搜索队大约三十人，都是当时可以参与的人，男男女女各个年龄层不拘。当天下午搜索的范围包括游艇码头的空屋、岬角与海湾的海岸线、离村子最近的林区，和游艇码头后方一座名叫南山的山丘。之所以搜山是因为有人推测，海莉可能会爬到上面以便更清楚地看到桥上场景。另外还派出巡警到岛上另一端的“东园”与戈弗里的小屋查探，因为海莉偶尔会上那儿去。

但搜索并无结果，直到晚上十点，天黑许久之后他们才收队。夜里的气温降到了冰点。

下午，莫瑞尔警探将亨利为他在范耶尔产业管理处一楼所腾出的会客室，设为调查总部。他采取了几项措施。

他在伊莎贝拉陪同下，检视海莉的房间，想看看有什么东西不见了，例如衣物或行李箱等等，那就表示海莉可能离家出走。有一段记录稍微透露伊莎贝拉的帮助并不大，她对女儿的穿着打扮似乎也不熟悉。她经常穿牛仔裤，可是看起来都一样，不是吗？海莉的皮包放在桌上，里头有身份证、一个放了九克朗五十欧尔[1]的皮夹、一把梳子、一面镜子和一条手帕。仔细检查过后，海莉的房间便上了锁。

莫瑞尔传唤了更多人来面谈，除了家人还有员工。面谈内容都记录得非常详细。

当第一支搜索队的成员开始带回令人沮丧的消息后，警探决定展开更有系统的搜寻工作。当天晚上到深夜，莫瑞尔不断寻求支持，他多方联系，其中包括请求赫德史塔徒步越野俱乐部的会长协助召集搜索队志愿者。到了午夜，他获知有五十三人——多半是初级组人士——会在翌日上午七点到达范耶尔宅邸。亨利从纸厂找来一部分早班员工，约五十人，还替所有人准备食物与饮料。

布隆维斯特可以清楚地想象那几天在范耶尔宅院里上演的情景。前几个小时肯定因为桥上事故而混乱不已——因为无法招来支持人力，也因为大家多少都认为这两起不幸事件发生在同一地点且几乎是同一时间，当中必定有所牵连。当油罐车被拖走后，莫瑞尔警探走到桥上，以便确认海莉没有在意外的转折下成为车下亡魂。布隆维斯特发现这是警探唯一不合理的举动，因为车祸发生后，确实有人在岛上看到失踪的女孩。

经过慌乱的二十四小时后，他们对于情况可能忽然出现好结局愈来愈不抱希望，反倒是逐渐出现两种理论。尽管悄悄离岛确实很困难，莫瑞尔仍不肯忽视她离家出走的可能性。他决定发出全面通告寻

1 欧尔（öre），瑞典货币单位。

找海莉，并下令赫德史塔的巡警仔细留意这名失踪女孩。此外他也派出一名刑事组同仁去讯问巴士司机与火车站工作人员，看看有没有任何人见过她。

一再收到否定的报告后，海莉遭遇不幸的可能性开始升高。最后这个理论便主导了接下来几天的调查工作。

据布隆维斯特看来，在她失踪两天后，大型搜索队的工作进行得很有效率。组织搜索行动的是有过类似经验的警员与消防队员。海泽比岛上的确有一些几乎无法到达的地点，但毕竟只是小小的区域，一天下来便已完成全岛的地毯式搜索。一艘警船和两艘志愿加入的彼得松游艇也尽可能地搜寻环岛水域。

第二天，搜索行动依然继续，但人力减少了。这次出动巡警再次扫视特别崎岖难行的路段，和一个被称为“要塞”的地区——这是第二次世界大战期间兴建的一群小型防御工事，如今已弃置。当天他们也找过小洞穴、井、蔬菜储藏窖、附属建筑物和村里的阁楼。

搜索行动于女孩失踪第三天停止时，正式记录内容透露出沮丧的意味。莫瑞尔当然还不知道，其实当时他的调查已经到了尽头，后来再也没有突破。他很困惑，也努力地想找出下一步该怎么做，或是该到什么地方搜索。海莉仿佛从人间蒸发，而亨利也从此开始了长年的磨难。

第九章

一月六日星期一至一月八日星期三

布隆维斯特看资料看到三更半夜，主显节[1]这天很晚才起床。范耶尔的屋外停了一辆海蓝色新款沃尔沃。就在布隆维斯特伸手握住门把的同时，有个男人也正好开门出来，两人几乎撞在一起。那人似乎在赶时间。

“有什么事吗？”

“我找亨利·范耶尔。”布隆维斯特说。

那人眼睛一亮，随即面带微笑伸出手来。“你想必就是来帮亨利整理家族史的麦可·布隆维斯特，对吧？”

他们互相握了手。看来范耶尔已经开始散播布隆维斯特为何来此的“官方”说法了。那人相当肥胖——无疑是长坐办公室与会议室的结果——但布隆维斯特一眼就看出相似之处，他的脸和海莉十分相像。

“我是马丁·范耶尔，”那人说道，“欢迎来到赫德史塔。”

“谢谢。”

“前不久我在电视上看过你。”

“好像每个人都在电视上看过我。”

“温纳斯壮……在这屋里不太受欢迎。”

“亨利提起过。我还等着听后半段的故事。”

“他几天前跟我说聘请了你。”马丁笑着说，“他说你很可能是因为温纳斯壮才接下这份工作。”

布隆维斯特略一犹豫后决定说出实情：“那是一个重要原因。不过老实说，我需要暂时离开斯德哥尔摩，而赫德史塔就在适当时机跳

1　主显节（Epiphany Day），纪念耶稣基督向外邦人（东方贤士）显现的日子，为每年一月六日。

出来了。至少我是这么想。我无法假装那件官司没有发生过。而且无论如何，我都得入狱服刑。”

马丁点点头，表情忽然转为严肃。“你能上诉吗？”

“这么做一点好处也没有。”

马丁瞄一眼手表。

“我今晚得到斯德哥尔摩，所以非快点走不行。我过几天就回来，到时候再请你过来吃饭。我真的很想听听那场官司究竟是怎么回事。亨利在楼上，你就进去吧。”

范耶尔坐在工作室的沙发上，茶几上摆了《赫德史塔快报》《工商日报》《瑞典日报》和两份全国性的晚报。

“我在外头遇见马丁了。”

“他正赶着去拯救帝国。”范耶尔说，“要咖啡吗？”

“好的，谢谢。”布隆维斯特坐下来，一面狐疑范耶尔似乎很开心。

“报上提到你了。”

范耶尔将其中一份晚报推过来，翻开那一页的标题是“媒体短路”。执笔的是一名专栏作家，曾任职于《财经杂志》，一向以幸灾乐祸地嘲笑每个热衷于某议题或是惹祸上身者而闻名。女权主义者、反种族主义者和环保斗士，一个也跑不了。这位作家似乎并没有自己拥护的单一信念。如今在温纳斯壮案结束几个星期后，他开始向布隆维斯特开炮，将他形容成一个大白痴，而爱莉卡则是个中看不中用的媒体花瓶。

有谣言传闻：尽管《千禧年》的总编辑是个穿迷你裙、会在电视上闹别扭的女权主义者，杂志社却已濒临瓦解。几年来，该杂志的存续全仰赖编辑们成功营销的形象——年轻记者采取调查式的报道，揭露商界丑闻。这套宣传伎俩对于信仰无政府主义、一心想听到这类讯息的年轻人或许有效，上了地方法院却靠不住。小侦探布隆维斯特最近已经体会到了。

布隆维斯特打开手机，看爱莉卡有没有来电。没有留言。范耶尔一言不发地等着。布隆维斯特察觉到老人是想让他打破沉默。

“他是个笨蛋。”布隆维斯特说。

范耶尔笑了，却又说：“也许吧，但他却没有被法院判刑。”

“没错，而且永远不会。他从未说过什么有创意的话，老是搭着顺风车，然后用最苛刻又不至于惹祸上身的言词对人落井下石。”

“这些年来我树立了不少敌人。要说真正学到什么教训，就是绝不打必败无疑的仗。不过，也绝不能让任何侮辱你的人逍遥自在。等待时机，等你有力量的时候加以反击——即使你已无须反击也一样。”

“谢谢你分享你的智慧，亨利。现在我想听你谈谈你的家族。”他将录音机放在两人中间的桌上，按下录音键。

“你想知道什么？”

“我已经看过第一本讲义夹，关于失踪与搜索的资料，但里头提到太多范耶尔家的人，我需要你帮忙一一介绍说明。”

莎兰德站在空荡荡的走廊，眼睛直盯着“毕尔曼律师”的铜制门牌将近十分钟后，才按了门铃。大门的锁“咔嗒”一声开了。

今天是星期二。他们第二次会面，她有不好的感觉。

她并不怕毕尔曼——莎兰德几乎没有怕过任何人、任何事。但话说回来，这个新监护人令她感到不安。他前一任的潘格兰律师温文有礼又和善，和他完全不同类型。但三个月前，潘格兰中风，尼斯·艾瑞克·毕尔曼便根据某种官僚作业顺序接收了她。

莎兰德接受社会与精神病监护十二年，其中两年在儿童诊所时，光是一个简单的问题：“你今天好吗？”她就从未给过相同答案。

她满十三岁时，法院根据少年保护法，判决将她关进乌普萨拉的圣史蒂芬儿童精神病院。这项判决主要是基于她情绪不稳，可能对同学甚至她自己施暴产生危险。

每当老师或任何相关工作人员试图和这个女孩谈论她的感觉、感情生活或健康状况，她总是沉着脸不说话，眼睛死盯着地板、天花板和墙壁，令人备感受挫。她会交叉手臂，拒绝接受任何心理测验。她对于一切针对她所进行的评估、衡量、制图、分析或教育的反抗也反映在学校功课上——校方可以将她带进教室，也可以把她绑在椅子上，却无法阻止她不听课、不拿笔作笔记。她完成九年义务教育，却没有拿到证书。

正因如此，就连要诊断她的精神缺陷都有莫大困难。总而言之，莉丝·莎兰德就是个难应付的人。

她满十三岁那年，法院也决定指派一名受托人来维护她的利益与资产，直到她成年为止。这名受托人便是潘格兰律师，尽管一开始相当艰难，他却做到了精神科医师与其他医师办不到的事。渐渐地，他不但赢得女孩一定程度的信任，也获得些许温暖。

十五岁时，医师们多少认同了她没有危险的暴力倾向，也没有急切伤害自己的迹象。她的家庭被归类为不健全家庭，又没有其他亲戚可以照料她，因此法院判决莎兰德理应从乌普萨拉的儿童精神病院释放，并透过寄养家庭慢慢重返社会。

这段历程并不轻松。她在第一个寄养家庭只待了两星期就逃走了，接下来第二个、第三个也很快便半途而废。那个时候，潘格兰把她找来严肃地谈话，他直言不讳地说，如果她再继续这样，就会再度被送进精神病院。这个威胁奏效了，于是她接受了第四个寄养家庭——一对住在斯德哥尔摩郊区米索玛克兰森的老夫妻。

然而这并不表示她行为收敛了。十七岁时，莎兰德曾四次遭警方逮捕，两次因烂醉而被送到急诊室，还有一次很明显地嗑药。其中有一次她被发现衣冠不整、烂醉如泥地倒在车后座，车子停在梅拉斯特兰南路上，车上还有个年纪大她许多，但同样醉得不省人事的男人。

她最后一次被捕是在十八岁生日的三星期前，当时她完全清醒地在旧城区地铁站内踢一名男乘客的头。她被指控伤害他人。莎兰德声称那个人摸她，并有目击者证实她的说词，检察官便决定不予起诉。

但鉴于她的背景，地方法院下令执行精神评鉴。由于她仍依惯例拒绝回答任何问题，也不配合检验，国家健康福利部咨询的医师们只得根据“对患者的观察”作出评断。倘若面对的是一个交叉双手、嘟出下唇坐在椅子上、一言不发的年轻女子，又能观察出什么结果来呢？因此唯一作出的判断就是她肯定有某种情绪障碍，而且不能置之不理。这份医疗与法律报告建议患者接受封闭的精神疗养院照护。社会福利部门某副部长也表示支持精神病学专家们的结论。

至于她的个人记录，专家们最后的诊断是滥用酒精与药物风险极高，且缺乏自觉。当时她的档案记录簿里充斥着内向、受社会压抑、缺乏同情心、自我依恋、病态与反社会行为、合作困难、无法同化学习等等字眼。凡是看过莎兰德档案记录簿的人都可能认定她有严重的智障。还有另一个事实也对她不利，社会福利部门的街头巡逻人员有几次看见她“和不同的男人”在玛利亚广场附近厮混。有一回，她在丹托伦登公园被拦下搜身，当时也是和一个年纪大上许多的男人在一起。社会福利人员担心莎兰德可能是或者有可能成为妓女。

当地方法院——决定她未来的机构——开庭判决此案时，结果似乎早成定论。她明显是个问题儿童，法院除了接受精神病专家与社工人员的建议之外，不太可能作出其他判决。

举行听证会当天早上，莎兰德被人从儿童精神病院——自从旧城区事件后她便被关在这里——带到法院。她觉得自己像个集中营的囚犯：没有希望活过那一天。她在法庭上第一个见到的是潘格兰，过了一会儿她才发觉他并非以受托人的身份出席，而是她的代理律师。

出乎她意外的是，他很坚决地站在她这边，并强力抗议住院的决定。她并未扬起眉毛之类地显露自己的惊讶，但却仔细倾听他说的每一句话。潘格兰反诘当初签名建议将莎兰德关进医院的耶斯伯·罗德曼医师，两个小时下来的表现令人喝彩。他仔仔细细研究了医师评鉴的每项细节，进而要求医师解释每项陈述的科学根据。结果发现，由于患者不肯接受任何测试，医师所下的断论其实全凭臆测。

听证会最后，潘格兰暗示：强制住院大概不只违反国会对于类似情形的决议，本案例更可能成为政治与媒体报复的议题。所以，为大家着想，最好另外找出适当的解决之道。在协商此种状况时使用这样的言语并不寻常，法院的人员都显得紧张而局促不安。

最后结果也是采取折中方案。法院判定莎兰德确实有情绪障碍，但情况尚不需强制住院。另一方面，法院也将社会福利部主任对于设置监护人的建议纳入考虑。庭长带着不怀好意的笑容转向一直担任她的受托人的潘格兰，问他是否愿意承担监护之责。庭长显然认为潘格兰会退缩，试图将责任推给他人。不料他却说自己很乐意担任莎兰德小姐的监护人，但有一个条件："就是莎兰德小姐必须愿意信任我，并接纳我为她的监护人。"

他转身面向她。一整天来来回回的言词交锋，让莎兰德脑子有点混沌。在此之前，谁也没问过她的意见。她看着潘格兰许久，然后点了一下头。

潘格兰是法律专家和旧派社工的奇特混合体。最初，他是社会福利部指派的代表，后来几乎一辈子都与问题少年为伍。这个监护对象确实是他所接触过最难应付的一个，但他二人之间终究产生了一种勉强的敬意，几近于友情。

他们的关系持续了十一年，从她十三岁生日直到去年圣诞节前几个星期。他们每个月都会约定见面，那天潘格兰没出现，所以她上他家去找他。

虽然可以听见屋里有声响，他却没来开门，她便顺着排水管爬上四楼阳台。她看见他躺在门厅地板上，意识清醒但无法说话或移动。她叫了救护车，陪他到索德医院途中，她渐渐因为惊慌而胃绞痛。整整三天，她几乎都待在加护病房外的走廊，像只忠犬似的注视每个进出那扇门的医师护士。她失魂落魄地在走廊上来回地走，一有医生靠近便直盯着看。终于有个医生——她始终不知道他的名字——带她到一个房间，向她解释情况的严重性。潘格兰先生因严重脑出血病况危急，恐怕不会再恢复意识。他才六十四岁。她没有哭也没有表情变化，只是站起来，走出医院，再也没有回去。

五星期后，监护局召唤莎兰德与新的监护人作首次会面。她的第一个冲动是不予理会，但潘格兰已经让她深深意识到每个举动都会有所影响。她学会了分析后果，因此得到的结论是：脱离目前困境最简单的方法就是表现得似乎很在意监护局的意见，以便让他们满意。

于是十二月，调查布隆维斯特期间她抽了个空，来到毕尔曼位于圣艾瑞克广场的办公室，一名年纪较长、代表监护局的女人便在这里将莎兰德厚厚的档案交给毕尔曼律师。女人和善地询问莎兰德的近况，见对方以闷不吭声作为响应，她似乎很满意。约莫半小时后，她便独自离去，将莎兰德留给毕尔曼律师处置。

莎兰德确定自己不喜欢毕尔曼。她趁着律师翻阅她的档案时偷偷研究过了。年纪五十多岁。高个。星期二、五打网球。金发。头发渐稀。下巴有个小凹洞。胡戈波士刮胡水。蓝色西装。红领带加上金色领带夹，还有刻着姓名缩写 NEB 的装饰袖扣。金属框眼镜。灰色眼珠。从茶几上的杂志分析，他的兴趣是打猎与射击。

认识潘格兰这些年来，他总会请她喝咖啡、和她闲聊。无论再怎么逃离寄养家庭或逃学，他也从未失控发过脾气。唯一真正惹恼他的一次，就是她在旧城区遭到那个人渣性骚扰后，被控伤害罪。*你知道自己做了什么吗？你伤害了另一个人呀，莉丝。*他的口气就像个年迈的老师，而她也耐心地将他责骂的每一句话当成耳旁风。

毕尔曼没有时间聊八卦。他马上就总结出：潘格兰并未遵守监护规定尽己之责，因为他显然允许这个莎兰德女孩负责自己的家用与财务。毕尔曼一开口就像审问似的：*你赚多少钱？我要你给我一份你的财务状况记录。你平常都和谁在一起？房租都有按时缴吗？喝酒吗？潘格兰同意你在脸上穿那些环吗？有没有注意卫生？*

去你妈的。

就在“天大恶行”发生后，潘格兰成了她的受托人。他坚持每个月至少见一面，有时候更频繁。她搬回伦达路后，他们更几乎成了邻居。他住在霍恩斯路，只隔着几条街，偶尔在路上巧遇还会相约到“吉飞”或附近其他咖啡馆喝咖啡。潘格兰从未试图强迫她，只是曾经找过她几次，替她买过一些生日小礼物。他说过只要她愿意，随时都能上他家去，但她几乎没有利用过这项特权。不过自从她搬到索德，每年圣诞夜去看过母亲后，她总会和他一起过节。他们会吃圣诞火腿、下棋。她其实对下棋没有太大兴趣，但学会规则后便未曾输过。潘格兰是个鳏夫，莎兰德则认为自己有责任怜悯他，以免他一人孤单过节。

她觉得自己亏欠他，而她向来不喜欢欠人。

先前是潘格兰将她母亲位于伦达路的公寓转租出去，后来因为莎兰德自己需要住的地方才收回。这间公寓约四十九平方米，破旧失修，但毕竟有个可以遮风挡雨的屋顶。

如今潘格兰走了，联系既有社会的另一条线也断了。毕尔曼是个截然不同的人。她绝不可能到他家过圣诞夜。他采取的第一步是设立新规定来管理她在瑞典商业银行的户头。以前潘格兰从不介意改变监护权规定，以便让她处理自己的财务。她自己付账单，也可以按自己的意思使用存款。

圣诞节前一个礼拜与毕尔曼会面之前，她已经作好准备；一到了那儿，她便试着解释前一任监护人很信任她，而她也不曾令他失望过。潘格兰一向让她自己管自己的事，并不干涉她的生活。

“那是问题之一。”毕尔曼敲着她的档案簿说，然后便长篇大论地谈起关于监护权的规定与政府法规。

“他很放任你，对吧？真不知道他怎能不受罚。”

因为他是个疯狂的社会民主主义者，一辈子都与问题少年为伍。

“我已经不是小孩。”莎兰德如此响应，仿佛这样的解释已经足够。

“对，你不是小孩。但我被指派为你的监护人，只要我还担任这个角色，在法律与经济上就得对你负责。”

他用她的名字开了一个新账户，她得向米尔顿的人事处报备，今后就使用这个户头。往日的美好时光结束了。从今天起，毕尔曼会替她付账单，并且每个月给她一个额度。他表示希望她能提供所有消费的收据，而她每星期可以拿到一千四百克朗——“买食物、买衣服、看电影等等”。

莎兰德每年赚的钱超过十六万克朗，如果全职工作，接下阿曼斯基分配给她的所有任务，收入甚至能加倍。可是她的花费很少，不需要太多钱。公寓的费用大约是每个月两千克朗，尽管收入不丰，储蓄存款账户里却也有九万克朗。只不过以后无法取用了。

“这么做是因为我要负责管你的钱。”他说，“你得为未来存点钱，不过别担心，这一切我会照料。”

我从十岁就开始照料自己了，你这讨厌鬼！

“就社交观点看来，你的情况还不错，不必住院治疗，不过这个社会对你有责任。”

他详细地询问有关米尔顿安保派给她的工作的性质，她出于直觉说了谎。她所描述的其实是她进米尔顿最初几个星期的工作内容，毕尔曼认为她只是煮煮咖啡、整理信件——很适合有点迟钝的人做的工作——因而显得满意。

她不知道自己为何撒谎，但这肯定是明智的抉择。

布隆维斯特和范耶尔待在一起五小时后，当晚大部分时间加上星期二一整天都在整理自己的笔记，将家谱串连成容易理解的完整故事。此时呈现的家族史与他们公开显现的形象天差地别，每个家族都有一些不可外扬的丑事，但范耶尔家却有一箩筐。

布隆维斯特还得多次提醒自己真正的任务不是为范耶尔家族写传记，而是查出海莉的遭遇。范耶尔的传记纯粹只是为了迎合一般大众的口味。一年后，他将得到那笔荒谬的酬劳——他已经在弗洛德拟订的合约上签了名。他希望真正的收获会是范耶尔自称拥有的关于温纳斯壮的资料。但听了范耶尔的讲述，他开始觉得这一年的时间不一定会白白浪费。一本关于范耶尔家族的书价值匪浅。很简单，这个故事太棒了。

他从未想过自己也许能找出杀害海莉的凶手——假设她确实被害，而不是死于某件怪异事故。范耶尔认为一个十六岁女孩根本不可能自行离家出走，还在政府官僚全面监督下躲了三十六年，这点布隆维斯特也赞同。但是他也不排除海莉逃家的可能性，也许去了斯德哥尔摩，后来才出事——吸毒、卖淫、被强暴，或是单纯出意外。

至于范耶尔则深信海莉遭到谋害，而且是亲人下的手——有可能与他人连手。他会这么想是因为海莉是在岛上对外交通中断、所有目光都集中在车祸事故那几小时的混乱时刻失踪的。

爱莉卡说得对，如果他来是为了破解一桩谋杀悬案，接受这件任务的确太不合常理。但布隆维斯特渐渐发现海莉的命运在家族中扮演着关键角色，尤其对亨利而言。不管范耶尔是对是错，他对亲人的指控在家族史中都象征着重大意义。这项指控已经公开三十余年，不仅家族聚会的气氛受影响，也导致怨怼与仇恨，进而动摇公司的根本。因此海莉失踪的探究除了会自成一个章节之外，也为资料相当丰富的整个家族史串起一条红线。无论他的主要任务是在海莉或撰写家族编年史，都可以从详细列出人物表为起点，这也是他那天与范耶尔第一次长谈的用意。

该家族包括所有四等亲与六等亲的孩子在内共约上百人，由于人数实在太多，他不得不在电脑里建立一个数据库。他使用的是NotePad程序，这是两名皇家技术学院成员所发明的极富价值的产品之一，只需付一小笔费用便能在网络上使用的共享软件。对于进行调查工作的记者而言，很少有这么好用的程序。每个家庭成员在数据库中都有自己的档案。

他们的族谱可追溯到十六世纪初，当时的姓氏为范耶尔萨。据范耶尔说，这个名字可能源自于荷兰姓氏范·赫尔史塔；若真是如此，族系便可追溯到更久远的十二世纪。

在近代时期，该家族来自法国北部，于十九世纪初随着让·巴蒂斯特·贝尔纳多特国王来到瑞典。亚历山大·范耶尔萨是名士兵，本身并不认识国王，但因带领驻军表现杰出而扬名。一八一八年，他受封赏获得海泽比地产。范耶尔萨自己也有钱，在诺兰买下了大片林地。他的儿子亚德利安出生于法国，但应父亲要求脱离了巴黎的沙龙生活，远走诺兰这个偏远地区的海泽比，负责管理这块产业。他开始利用从欧洲引进的新方法从事农林业，建立了纸浆厂与纸厂，赫德史塔便在工厂周围发展成形。

亚历山大的孙子名叫亨利，他将姓氏缩短为范耶尔，开展对俄贸易，并创立一支小小的商船队，于十九世纪中叶来往于波罗的海诸国、德国与钢铁业发达的英国。老亨利多方发展家族事业，打造出规模不算太大的矿产业，以及几家诺兰地区最早的金属业公司。他有两个儿子，毕耶与戈弗里，范耶尔宗族的雄厚财力便是由他二人打下基础。

“你了解旧有的继承法吗？”范耶尔曾如是问。

“不了解。”

“我也不太清楚。据家族传说，毕耶和戈弗里争得你死我活——他们在家族事业中争权夺利，已经成了传奇。在许多方面，权力斗争威胁到公司的存续，因此就在临终前，他们的父亲决定建立一个制度，让家庭所有成员都能继承到一部分事业——也就是股份。他确实用心良苦，然而最后却导致无法从外面引进有能力的人才与可能的合伙人，反而使得整个董事会全都是家族成员。”

“到今天仍是如此？”

“一点也没错。如果有家族成员想卖掉股份，也只能卖给自己人。现在，每年的股东会上有百分之五十的家族成员。马丁持有的股份超过百分之十，我卖了一部分给马丁和其他人后还有百分之五。我哥哥哈洛德持有百分之七，但出席股东会的人多半只持有百分之一或百分之零点五。”

“好像中古世纪一样。”

“很荒谬。也就是说，假如今天马丁想施行某种政策，就得耗费时间去游说，以便争取至少百分之二十至百分之二十五的股东支持。这是结盟、派系与阴谋的拼凑结果。”

范耶尔继续讲述历史：

“戈弗里于一九〇一年去世，没有子嗣。不，很抱歉，他其实有四个女儿，但在当时，女人并不算数。她们也有股份，但获利的却是家中的男性。一直到二十世纪后女人有了投票权，她们才得以参加股东会。”

“非常开放。”

“不必语带讥讽，当时时代不同。总之……戈弗里的兄弟毕耶有三个儿子：约翰、弗德烈和耶迪恩，全都生于十九世纪末。耶迪恩可以略去不提；他卖掉自己的股份移民到美洲去了。那里至今仍有一个家族支系。不过约翰与弗德烈让公司成了现代化的范耶尔企业。”

范耶尔拿出一本相簿，一面说一面指相片给布隆维斯特看。一九〇〇年代初的相片中，有两个下巴坚毅、头发梳得油亮的男子，毫无笑意地瞪视着镜头。

“约翰是家族里的天才。他受过工程师训练，有几项新发明取得专利，致力于发展制造业。钢铁成了公司的根基，但业务仍扩展到其他领域，如纺织等等。约翰死于一九五六年，有三个女儿：苏菲亚、梅莉与英格莉，她们是第一批自动获许参加公司股东会的女性。

“另一个兄弟弗德烈是我父亲。他是个商人兼产业领导人，是他将约翰的发明转化为收入。我父亲在一九六四年过世，虽然在五十年代便已将日常的运作交给我处理，但他生前始终积极参与公司的管理。

“和上一代恰恰相反的是，约翰只有女儿，”范耶尔指着几个头戴宽边帽、手撑阳伞的大胸脯女子的照片，对布隆维斯特说，“而我父亲弗德烈只有儿子。我们共有五兄弟：理查德、哈洛德、葛雷格、古斯塔夫和我。”

布隆维斯特将几张A4纸黏在一起，画出他们的族谱。凡是一九六六年来到海泽比岛参加家庭聚会的人，他都在名字底下画线，至少理论上这些人可能和海莉的失踪有关。

范耶尔家族成员一览表

弗德烈·范耶尔(1886—1964) 妻**乌莉卡**(1885—1969)	**约翰·范耶尔**(1884—1956) 妻叶妲(1888—1960)
理查德(1907—1940) 妻玛格丽塔(1906—1959)	**苏菲亚**(1909—1977) 夫**欧克·休格兰**(1906—1967)
戈弗里(1927—1965) 妻**伊莎贝拉**(1928—　) 马丁(1948—　) 海莉(1950—?)	**马纽斯·休格兰**(1929—1994) **莎拉·休格兰**(1931—　) 艾瑞克·休格兰(1951—　) 霍坎·休格兰(1955—　)
哈洛德(1911—) 妻**英格莉**(1925—1992) **毕耶**(1939—) **西西莉亚**(1946—) **阿妮塔**(1948—)	**梅莉**(1911—1988) 夫**亚戈特·金德**(1904—1987) **欧希安·金德**(1930—　) 妻**阿涅丝**(1933—　) **雅各·金德**(1952—　)
葛雷格(1912—1974) 妻**叶妲**(1922—) **亚历山大**(1946—)	**英格莉**(1916—1990) 夫**哈利·卡尔曼**(1912—1984) **玛莉亚·卡尔曼**(1948—　) **根纳·卡尔曼**(1944—　)
古斯塔夫(1918—1955) 未婚，无子	
亨利(1920—　) 妻爱蒂(1921—1958) 无子	

他剔除了十二岁以下的孩童——总得画出一条界线。略加思索后，他也剔除了范耶尔。假如这位大家长与哥哥的孙女失踪有关，那么他过去三十六年来的行为应该属于精神病的范畴。范耶尔的母亲在一九六六年已经八十一岁，照理说也可排除在外。剩下的二十三人，据范耶尔的说法，都应该列为“嫌疑犯”。其中有七人已经去世，还有几人也已经十分年迈。

范耶尔坚信海莉的失踪与某个家族成员有关，布隆维斯特却不想附和他的想法。嫌疑犯名单中必须再加入其他人。

弗洛德自一九六二年春天开始担任范耶尔的律师。而除了家人之外，海莉失踪时有哪些仆人？无论有无不在场证明，当年十九岁的根纳·尼尔森和他父亲马纽斯都很有可能出现在海泽比岛，此外还有画家诺曼和牧师法尔克。法尔克已婚吗？“东园”的农夫阿朗松和儿子约克就住在岛上，在海莉成长过程中关系也够密切，他们之间关系如何？阿朗松当时还有婚姻关系吗？当时有无其他人住在农场上？

布隆维斯特将所有人名写下后，名单增至四十人。此时凌晨三点半，温度计指着零下二十一度。他好怀念贝尔曼路家中的床。

瑞典电信公司的工人将他吵醒。到了十一点，线路接通了，他也不再感觉工作上绊手绊脚。不过，他自己的电话却依旧静默无声。他开始有点赌气，不打算打进办公室。

他打开电子信箱，很快看完上星期收到的将近三百五十封邮件。他留下十来封，其他全是垃圾信和他订阅的邮购目录。第一封信来自demokrat88@yahoo.com：希望笼子里有人逼你吹喇叭你他妈的猪。他将信件存入“理性批评”的档案夹。

他写信到erika.berger@millennium.se：“嗨，小莉。只想告诉你现在网络通了，等你气消之后可以找到我。海泽比是个朴实的地方，很值得一游。M”午餐时间到了，他把笔记本电脑放进包里，走到苏珊桥头咖啡馆，一如往常坐到角落那张桌子。苏珊为他送来咖啡和三明治，同时好奇地瞥了一眼他的计算机，并问他在做什么。布隆维斯特第一次使用他的"官方"说法。他们互相开了几句玩笑。苏珊不断怂恿他，如果想听真话，一定得来找她。

"我替范耶尔工作了三十五年，他们内部的八卦我多半都知道。"她说完便装模作样地晃进厨房。

孩子、孙子，加上曾孙——后者也就不用包括进来了——弗德烈与约翰兄弟俩直到今日共有大约五十名子孙活在世上。这家人似乎都很长寿：弗德烈活到七十八岁，而哥哥约翰则活到七十二。弗德烈的儿子当中，如今尚在人世的哈洛德已经九十二岁，亨利也已八十二。

唯一的例外是三十七岁时死于肺病的古斯塔夫。范耶尔曾解释说，古斯塔夫向来体弱多病且独来独往，几乎从未真正融入家族过。他未曾结婚，也没有孩子。

至于其他早逝的人则都不是死于疾病。理查德在冬季战争中丧命时，年仅三十四岁。海莉的父亲戈弗里在她失踪前一年溺毙，而海莉本身也只有十六岁。布隆维斯特记下这个家族支系的怪异巧合——祖父、父亲与女儿皆遭遇不幸。理查德唯一存活的后代马丁，如今已五十五岁却仍未婚。不过范耶尔解释说，这个侄子其实有个女伴住在赫德史塔。

布隆维斯特在族谱中写下两点。第一，范耶尔家族中无人离婚或再婚，即使配偶早逝也一样。他不知道就统计数据而言，这种情形是否常见。西西莉亚与丈夫分居多年，但显然仍维持婚姻关系。

另一个特点是：弗德烈的后代，包括亨利在内，都在公司扮演领导角色，主要也都住在赫德史塔或邻近地区，而全都生女儿的约翰那一支，则都在婚后散居于斯德哥尔摩、马尔默、哥德堡或国外，只有在暑假或较重要的聚会时才会来到赫德史塔。英格莉是唯一例外，她儿子根纳·卡尔曼就住在赫德史塔，是《赫德史塔快报》的总编辑。

范耶尔以私家侦探的思维判断，凶手谋杀海莉的潜在动机也许能从公司的结构看出，还有他早先也一直不讳言海莉对他的重要性；凶手的动机也许是想伤害范耶尔本身，也可能是海莉发现有关公司的敏感消息，因而对某人造成威胁。这些全都只是臆测；然而，他也借此指出十三个他认为可能涉及利害关系的人。

布隆维斯特前一天与范耶尔的交谈也将另一点解释清楚了。从一开始，老人提起家中许多成员时，口气便充满轻蔑与中伤，这让布隆维斯特觉得很奇怪。他怀疑是老人对家族成员的猜疑扭曲了他对海莉失踪案的判断，但如今他逐渐了解范耶尔进行评估时冷静得惊人。

在他眼前浮现的是一个在社会上、财务上十分成功，但在其他普通层面却明显失常的家族。

范耶尔的父亲是个冷酷无情的人，他生下小孩之后便将教养与照料生活之责交给妻子。孩子们满十六岁以前，只有在特殊的家庭聚会上才能偶尔见到父亲，他虽要求他们出席，却又对他们视而不见。范耶尔不记得父亲曾以任何方式表达过爱意，反倒是经常数落他没有能力，并以激烈言词批评他。父亲极少体罚，因为不需要。后来他由于在范耶尔企业表现杰出才终于获得父亲重视。

长兄理查德很叛逆。在某次争执过后——至于争执的原因，家人从未提及——这孩子便搬到乌普萨拉就学。范耶尔先前已经提过他的纳粹生涯便是在此播下种子，最后更将他带往芬兰战区。但他却没说另外两个兄弟的一生也颇为类似。

一九三〇年，哈洛德与葛雷格也跟随理查德来到乌普萨拉。他二人十分亲近，不过范耶尔无法确定他们和理查德在一起的时间有多少。这几个兄弟很明显都加入了英达尔的法西斯运动“新瑞典”。哈洛德忠诚地追随英达尔多年，首先加入瑞典国家联盟，接着是瑞典在野团体，最后则是战后的“新瑞典运动”。直到英达尔于九十年代去世之前，哈洛德始终是成员之一，有几段时期他甚至是蛰伏的瑞典法西斯运动的主要捐款人之一。

哈洛德在乌普萨拉研读医学，而且几乎是马上就进入沉迷于种族卫生与种族生物学的圈子。他有一度在瑞典种族生物学研究所工作，身为医师的他更是积极推动让族群中不受欢迎的分子绝育的运动。

引述，亨利·范耶尔，卡带二，〇二九五〇：

哈洛德甚至不只如此。一九三七年，他与人合著一本名为《人民的新欧洲》的书——谢天谢地，他用的是笔名。我直到七十年代才知道这件事。我手边有一本，你可以看看。这肯定是以瑞典文出版的书中最令人作呕的一本。哈洛德不仅主张绝育，还主张安乐死——亦即主动将不符合他审美品位与他心目中完美的瑞典人种形象的人杀死。换句话说，他以完美的学术文章、并涵盖所有必要的医学论据，恳求进行一场大屠杀，除掉那些条件不合格的人。不要让萨米人[1]扩散，他们受到蒙古人影响。心理不健全的人会将死视为一种解放，对吧？解放女人、游民、吉卜赛人和犹太人——你可以想象一下。在我哥哥的幻想中，波兰的奥斯维辛集中营若是在达拉纳省就好了。

战后，葛雷格当上中学教师，后来还成为赫德史塔预备学校校长。范耶尔以为他在战后已不属于任何党派，并放弃了纳粹主义。葛雷格在一九七四年死后，范耶尔翻阅他的信件，才知道哥哥在五十年代加入了在政界没有影响力却怪异至极的秘密团体北欧民族党，而且直到死前都还是党员。

引述，亨利·范耶尔，卡带二，〇四一六七：

所以说，我的三个哥哥都是政治疯子。在其他方面又有多病态呢？

在范耶尔眼中，多病的古斯塔夫是唯一值得给予几分认同的哥

1 北欧地区的原住民。

哥，他在一九五五年因肺病去世。古斯塔夫一向不热衷政治，而且似乎略带有厌世的艺术家气质，对于生意或到范耶尔公司工作毫无兴趣。

布隆维斯特问范耶尔："现在只剩你和哈洛德了。他为什么要搬回海泽比？"

"他一九七九年就搬回家了。那栋房子是他的。"

"和你痛恨的兄弟住得这么近，感觉想必很怪。"

"我并不恨我哥哥。若真要说的话，我可能是同情他。他根本是个白痴，而且是他对我有恨。"

"他恨你？"

"正是。我想这是他回来的原因，那么他就能在有生之年离我很近地恨我了。"

"他为什么恨你？"

"因为我结婚了。"

"我想这点你得作个解释。"

最初，范耶尔与哥哥们失去了联系。所有兄弟当中只有他显露出做生意的天赋，他是父亲最后的希望。他对政治不感兴趣，因此避开了乌普萨拉，转而到斯德哥尔摩念经济学。满十八岁后，每次休假与暑假期间他都会到范耶尔企业的某个办公室工作，或是与集团中某家公司的管理阶层一起工作。他逐渐熟悉了家族事业中所有复杂纠葛的关系。

一九四一年六月十日，当时正值全面开战，范耶尔被派到德国，前往范耶尔企业位于汉堡的分公司视察六星期。当年他才二十一岁，便由范耶尔企业的德国代理人，一个名叫荷曼·罗巴哈的公司老臣，负责陪伴指引他。

"我不会拿所有细节向你疲劳轰炸，不过我去的时候，希特勒与斯大林仍是好友，因此还没有东战线。所有人仍相信希特勒所向无敌。当时有一种……既乐观又绝望的感觉，这样说应该没错。五十多年后，那种心情仍难以用言语形容。你别误会，我不是纳粹，而在我看来，希特勒就像轻歌剧里的荒谬角色。但在当时，汉堡的平民百姓无不对未来持乐观态度，你几乎无法不受影响。尽管战争愈来愈接近，我在汉堡时也经历过几次空袭，但民众似乎认为那只是暂时的动乱，不久和平便将降临，希特勒也将建立他的‘新欧洲’。大家宁可相信希特勒是神。文宣中似乎有这样的意味。”

范耶尔打开众多相簿之一。

“这就是罗巴哈。他于一九四四年失踪，可能是在某次空袭中被炸死了，我们一直不知道他的下落。我在汉堡那几星期，和他渐渐熟络。我和他与他的家人住在汉堡一处高级住宅区的豪华公寓里，每天都待在一起。他和我一样不是纳粹，但为了方便起见入了党。他的党证为范耶尔企业开启大门、制造生意机会，而做生意正是我们的目标。我们为他们的火车制造货车厢——我一直在想，不知道我们的车厢有没有去过波兰。我们出售布料让他们做制服，出售真空管让他们做无线电接收机——不过老实说，我们并不知道这些商品的真正用途。罗巴哈知道如何争取合约，他这个人很有趣、性情又好。完美的纳粹人。后来我慢慢发现他也有一个拼命想隐瞒的秘密。

“一九四一年六月二十二日一早，罗巴哈来敲我的房门。我的房间与他妻子的卧室相邻，他以手势示意我静静地穿好衣服跟他走。我们下楼后，坐在吸烟室里。罗巴哈整夜没睡，一直在听收音机，我这才察觉事态严重。‘红胡子行动’已经展开，德国在仲夏节前夕侵略了苏联。”范耶尔无力地摆摆手。“罗巴哈取出两只杯子，替我们俩各倒一大杯烈酒。他显然受到震撼。当我问他这代表什么时，他有先见之明地回答说，这代表德国和纳粹完了。我只是半信半疑——毕竟希特勒看似无人能敌——但罗巴哈和我为德国的衰败干了一杯。然后他便将注意力转向现实面。”

布隆维斯特点点头，表示他还在听着。

“首先，他无法联络我父亲征求指示，但他主动决定缩短我访德的行程，送我回家。其次，他请我帮他一个忙。”

范耶尔指着一幅泛黄的画像，画中有个露出四分之三侧面的深发色女子。

“罗巴哈结婚四十年，但在一九一九年遇见一名年纪小他一半、充满野性美的女子之后，便陷入疯狂热恋。她是个贫穷、单纯的缝纫女工。罗巴哈追求她，而且也和其他许多有钱男人一样，可以将她安置在离他办公室不远的公寓。她成了他的情妇。一九二一年，她生下一个女儿，取名为爱蒂。”

“富有的老男人，贫穷的年轻女子，和一个爱的结晶——这在四十年代应该不至于引发丑闻。”布隆维斯特说。

“对极了。只可惜有一点：那个女人是犹太人，因此罗巴哈在纳粹德国有一个犹太女儿。他成了他们所谓的‘种族叛徒’。”

“啊……这样的情况确实不同。后来怎么样了？”

“爱蒂的母亲在一九三九年被发现，后来失踪了，我们只能猜测她的下场。他们当然知道她有个女儿尚未列入流放名单，而专门负责追踪逃亡的犹太人的盖世太保们也正在寻找她。一九四一年夏天，我抵达汉堡那个星期，他们不知怎么从爱蒂的母亲追查到罗巴哈，因而传唤他去面谈。他承认他们的关系，也承认有个女儿，但声称自己已经十年未与女儿联系，不知道她人在何处。”

“那么他女儿在哪儿呢？”

“我在罗巴哈的家中天天与她碰面。一个甜美又安静的二十岁女孩，她替我打扫房间，也帮忙准备餐点。到一九三七年，对犹太人的迫害已经持续数年，爱蒂的母亲哀求罗巴哈伸出援手。他也确实帮忙了——罗巴哈对这个私生女的爱并不亚于婚生子女。他把她藏在他所能想到的最不可能的地方——就在众人眼皮底下。他替她伪造文件，请她来帮忙家务。”

“他妻子知道她是谁吗？”

“不，她似乎毫不知情。就这样平安地度过四年后，罗巴哈觉得危险已逐渐逼近。盖世太保迟早会找上门来。于是他将女儿找来，并向我介绍她的真实身份。她很害羞，甚至不敢直视我。她肯定大半夜都没睡，等着被召唤。罗巴哈请求我救她一命。”

“怎么救？”

“他全都安排好了。我原本还要再待三星期，然后搭夜车到哥本哈根，再转搭渡轮过海峡——即使在战时，这样的旅程也相当安全。就在我们交谈过后两天，范耶尔企业名下的一艘货船即将从汉堡启程前往瑞典。罗巴哈希望我改搭这艘货轮，立刻离开德国。我改变行程的计划必须经过维安部门许可，那只是形式上的手续，没有问题。但罗巴哈希望我上那艘货轮。”

“应该是和爱蒂一起吧？”

“爱蒂是偷渡上船，船上有三百个装机器的板条箱，她被藏在其中一个里头。船还在德国水域时，她万一被发现，我得负责保护她，防止船长做出任何蠢事。等到离德国有相当距离了，再放她出来。”

“听起来很可怕。”

“我觉得很简单，却没想到这趟旅程竟变成一场噩梦。船长名叫奥斯卡·葛拉纳，奉命照顾雇主这个傲慢的小继承人让他老大不高兴。我们在六月初的晚上九点左右离开汉堡，船正要驶出内港时忽然响起空袭警报。英军突然轰炸，这是我经历过最大规模的一次，主要目标当然就是港口。但我们幸运地脱险，后来有一具引擎出现故障，又在布满水雷的水域中度过暴风雨的惊魂夜，才在第二天下午抵达卡尔斯克鲁纳。你很可能会问我那个女孩后来怎么样了。”

“我大概猜到了。”

“想当然，我父亲大发雷霆，因为这番愚蠢的冒险行动可能让我失去一切，而女孩也可能随时被逐出瑞典。然而我已经像罗巴哈爱上她母亲一样，无可救药地爱上了她。我向她求婚，并向父亲发出最后通牒：要么他答应我们结婚，要么他另外再去找个笨小子继承家业。他屈服了。”

“可是她死了？”

“对，一九五八年，实在太年轻了。她有先天性心脏病，结果我无法生育小孩。这也是我哥哥恨我的原因。”

“因为你娶了她？”

“因为——套他的话说——我娶了一个肮脏的犹太妓女。”

“可是他是个疯子。”

“这句话说得实在太好了。”

第十章

一月九日星期四至一月三十一日星期五

据《赫德史塔快报》报道，布隆维斯特在此地度过的第一个月是有史以来最冷的，或者（据范耶尔说）至少是自一九四二年战时的冬天以来最冷的。在海泽比只待了一星期，他便学会所有关于长衬衣、毛袜与双层T恤的知识。

月中有几天温度降到零下三十七度，让他过得很凄惨，即便是在拉普兰的基律纳服兵役那段时间，也从未有过如此经验。

有天早上，水管冻结了。尼尔森给他两大桶水以便煮饭和清洗，但天气实在冷得令人动弹不得。窗户内侧结出冰花，而不管他放多少木柴进火炉，还是觉得冷。每天他都得花很长时间到屋子旁边的棚子里劈柴。

有时候他几乎就要掉泪，还会随兴想着搭上第一班南下列车。不过他终究只会再多添一件毛衣，全身裹着毛毯坐在餐桌旁，喝咖啡、看旧日的警方报告。

接着气候起了转变，气温稳定上升到凉爽的零下十度。

布隆维斯特开始慢慢认识海泽比的人。马丁果然信守承诺，邀请他去吃了一顿麋鹿肉排，他的女性友人也和他们一块用餐。伊娃是个热情、善于交际又有趣的女人。布隆维斯特觉得她非常迷人。她是牙医，住在赫德史塔，但周末则在马丁家度过。布隆维斯特渐渐得知他们已经相识多年，却是在中年过后才开始交往。他们显然都认为没有结婚的必要。

“她其实是我的牙医。”马丁笑着说。

“我实在不想嫁进这个疯狂的家庭。”伊娃深情地拍拍马丁的膝盖。

马丁的别墅以黑、白与铬黄色调装潢，其中有一些昂贵的设计师作品，内行的克里斯特看了一定喜欢。厨房的设备可说符合专业厨师的标准。客厅里有一组高级音响，还有一系列包括汤米·多西和约翰·柯川[1]的爵士唱片收藏。马丁多的是钱，他的住处既豪华又实用，但也缺少人气。墙上的艺术品都是复制品和海报，就像宜家家居卖的那种。至于书架——至少在布隆维斯特看得到的部分——则摆了瑞典百科全书和一些大本精装书，后者应该是旁人想不出更好的主意而送给他的圣诞礼物。总之，他只能看出马丁生活中两项个人兴趣：音乐与烹饪。他那三千片左右的黑胶唱片显示其一，而从马丁腰带上方便便大腹则可窥见其二。

这个人本身综合了单纯、敏锐与和善的特质，无须高明的分析技巧便可推断这名公司总裁是个问题人物。聆听《突尼斯之夜》时，他们正谈论到范耶尔企业，马丁也毫不隐瞒公司正在生死边缘挣扎的事实。虽然认识不深，他想必知道今晚的客人是财经记者，如此公开讨论公司内部的问题似乎失之轻率。也许他认为，既然布隆维斯特替叔叔工作，也算是家里一分子；而且他的看法和前任总裁一样，公司落得今天这步田地，只能怪家族成员自己。然而，对于家人无可救药的荒唐行径，他似乎又感到有趣。伊娃点点头，但未发表个人意见。在这方面他们显然已经达成共识。

马丁接受了布隆维斯特受雇撰写家族史的说法，并询问他进行得如何。布隆维斯特面露微笑地说，令他最感困扰的就是记住所有亲戚的名字，还问能否找个适当时机过来作一次访谈。他曾两度试图将话题转移到老人对于海莉的失踪念念不忘上。亨利一定也拿自己的推论

1 汤米·多西（Tommy Dorsey）与约翰·柯川（John Coltrane），两人均是摇滚爵士乐派的大师，前者演奏的乐器是伸缩喇叭，后者演奏的是萨克斯风。

来烦过海莉的哥哥，而马丁也一定了解，如果布隆维斯特要写范耶尔家族，就不可能忽视有一名成员离奇失踪的事实。但马丁却无意谈论这件事。

当晚聚餐就在喝了几轮伏特加之后，在凌晨两点结束。布隆维斯特滑行三百公尺回到宾馆时，已经醉醺醺。这是个愉快的夜晚。

布隆维斯特来到海泽比第二个星期的某天下午，有人来敲门。他将刚刚打开的第六本警方报告讲义夹放到一旁，关上工作室的门之后才去开门，出现在眼前的是一个全身裹得暖暖的金发女子。

“嗨。我只是想来打个招呼。我是西西莉亚·范耶尔。”

两人握过手后，他取出咖啡杯。哈洛德的女儿西西莉亚显得很开放、很有魅力。布隆维斯特记得范耶尔说过欣赏她的话，还说她虽然住在父亲隔壁，却不与他交谈。他们寒暄片刻后，她才提及自己造访的原因。

“我听说你在写一本关于我们家族的书，”她说，“这个主意我不太喜欢。我想看看你是什么样的人。”

“是这样的，我是亨利雇来的，这可以说是他的故事。”

“而我们的好亨利对家人的态度却不怎么中立。”

布隆维斯特打量着她，不确定她所指为何。“你反对写一本有关范耶尔家族的书吗？”

“我没有这么说，何况我怎么想不重要。不过你现在想必已经发觉到，身为这个家族的成员并不是件容易的事。”

布隆维斯特并不知道范耶尔说了什么，也不知道西西莉亚对他的任务了解多少。他双手一摊。

“我和你叔叔订立了撰写家族史的契约。他对家族的成员有一些十分有趣的观点，但我会严守分寸，只写经过证实的事。”

西西莉亚露出冷冷的微笑。“我想知道的是：出书的时候我得流亡或移民吗？”

“我想不会。”布隆维斯特说，“大家会有能力分辨善与恶。”

“例如我父亲？”

“你那个有名的纳粹父亲？”布隆维斯特说。

西西莉亚眼珠子往上一翻。“我父亲疯了。我一年只见他几次面。”

“你为什么不想见他？”

“在你开始提出一堆问题之前，先等等……你打算引述我说的任何一句话吗？或者我可以继续和你正常交谈？”

“我的工作是将亚历山大·范耶尔萨随同贝尔纳多特来到瑞典以后直到今日的一切写成书，书中会涵盖数十年间的事业帝国，也会探讨如今帝国为何陷入困境，并提及存在于家族中的仇恨。如此综观整个家族史，难免有些家丑会外扬，但这并不意味我将着手丑化某人。比方说，我见过马丁，我觉得他是个非常好的人，我在书中也会照实描述。”

西西莉亚没有搭腔。

“我对你的了解是你是个老师……”

“其实更糟——我是赫德史塔预备学校的校长。”

“抱歉。我知道你叔叔很喜欢你，你结过婚但分居了……大概就是这些。所以请你多和我谈谈，别担心我引述你的话。我想我很快就会找一天去敲你的门，到时候便是正式访谈，你可以选择是否回答我的问题。”

“那么我说的话可以……所谓的‘不列入记录’啰？”

“当然。”

“现在的谈话不列入记录？”

“当然，这毕竟是联谊性质的造访。”

“好，那么我可以问你一件事吗？”

“请说。”

“这本书里头关于海莉的篇幅有多少？”

布隆维斯特咬咬嘴唇，尽量漫不经心地回答：“老实说，我也不知道。可能一个章节吧。至少这桩悲剧在你叔叔心里烙下了阴影。”

“你不是来调查她失踪的事？”

“你怎么会这么想呢？”

“因为尼尔森推了四个大纸箱过来，那些可能是亨利这许多年来私下调查的资料。我去看过海莉以前的房间，亨利一向把数据放在那里，但现在不见了。”

西西莉亚并不笨。

“这事你得去问亨利，不是问我。”布隆维斯特说，“不过想必你也不会惊讶，亨利确实说了许多关于海莉失踪的事，看看他搜集的资料，我想应该挺有趣的。”

西西莉亚再度向他投以毫无笑意的微笑。“有时候我真怀疑我父亲和我叔叔到底谁比较疯。我听他讲述海莉失踪的事情少说有一千遍了。”

“你觉得她出了什么事？”

“这是访谈的问题吗？”

“不是。”他笑了笑说道，“我只是好奇。”

“我好奇的是你该不会也是个疯子。你是轻易就相信亨利的信念，或者其实是你煽动他的？”

“你认为亨利是个疯子？”

“别误会我的意思。他是我所认识最亲切、最体贴的人之一，我非常喜欢他。可是独独这件事，他就是鬼迷心窍。”

“但海莉确实失踪了。”

“我对这整件事实在厌烦透顶。它已经毒害我们的生活数十年，到现在还没结束。”她猛然起身穿上毛皮大衣。“我得走了，你这个人给人的感觉还不错，马丁也这么想，不过他的判断不一定可靠。随时欢迎你到我那儿喝咖啡，晚上我几乎都在家。”

“谢谢。”布隆维斯特说道，“你还没有回答我那个非访谈的问题。”

她走到门边停下来，回答时没有看他：

“我不知道。我觉得那只是个意外，如果真找出答案，我们恐怕都会对事情如此单纯感到惊讶。”

她转身对他微微一笑——第一次带着和善的笑意——然后便离开了。

尽管与西西莉亚首次会面堪称愉快，与伊莎贝拉的第一次碰面却不然。海莉的母亲正如亨利提出的警告一样：她确实是个气质高雅的女性，隐约让他联想到罗琳·白考儿[1]。某天早上，布隆维斯特在上苏珊的咖啡馆途中与她巧遇，她很纤瘦，穿着黑色波斯羊皮大衣，搭配同款无边帽，拄着一根黑拐杖，看起来有如老化的吸血鬼——依旧美得惊人，却也仿佛毒蛇。伊莎贝拉显然是刚散步完正要回家。她在交叉路口喊住他。

“喂，年轻人。过来。”

那命令的口气不太可能听错。布隆维斯特四下看了看，最后断定被叫唤的人正是他，于是便走了过去。

“我是伊莎贝拉·范耶尔。”女人说道。

“你好，我叫麦可·布隆维斯特。”他说着伸手想和她握手，她却视而不见。

“你就是那个到处打听我们家务事的人？”

“如果你的意思是说，我是不是和亨利签订合约，协助他撰写有关范耶尔家族史的人，那么我是。”

“那与你无关。”

“你指的是什么？是亨利找我签合约的事，或者我接受合约的事？”

“我的意思你清楚得很。我不喜欢有人到处刺探我的生活。”

“我不会到处刺探你的生活。至于其他的事，你得去找亨利谈。”

伊莎贝拉举起手杖，顶住布隆维斯特的胸膛。她并未太用力，但

1 罗琳·白考儿（Lauren Bacall，1924— ），美国知名女演员，发迹于五十年代，曾与亨佛莱·鲍嘉（Humphrey Bogart）结婚十二年。代表作有《愿嫁金龟婿》《东方快车谋杀案》等，一向以典雅聪明、具勇气的女性典范形象著称。

他因为吃惊而倒退一步。

“我要你离我远一点。”她说完转过身，步伐蹒跚地朝住处走去。布隆维斯特继续站在原地，就好像刚刚遇见一个活生生的漫画人物似的。他抬起头，看见范耶尔站在工作室窗口，手里拿着一个杯子，讽刺地举杯向他致意。

第一个月，布隆维斯特只出过一趟门到锡利扬湖畔。他借了弗洛德的奔驰车，驶过白雪遍地的景区，与警探莫瑞尔共度了一个下午。布隆维斯特曾试着从警方的报告中构思对莫瑞尔的印象，结果他所见到的却是个身形瘦长、行动轻柔、说话更是缓慢的老者。

布隆维斯特随身带着笔记本，里面写了十个问题，主要都是翻阅警方报告时冒出的想法。莫瑞尔以老师教学般的方式回答每个问题。最后布隆维斯特将笔记搁到一旁，解释说这些问题只是他前来造访的借口，他其实只想和老警探聊聊天，同时问一个重要问题：调查当中有没有任何一件事没有写进报告？或者老警探有没有任何直觉愿意与他分享？

因为莫瑞尔也和范耶尔一样，花了三十六年思索这桩悬案，布隆维斯特预期的是对方会有所抗拒——因为他是新人，一来到此地便开始在莫瑞尔已经迷路的灌木丛中任意践踏。不过莫瑞尔没有表现出丝毫敌意。他熟练地装填烟斗，点燃后才回答。

“没错，我确实有我自己的想法。只不过十分模糊，瞬间即逝，几乎无法诉诸言语。”

“你认为发生了什么事？”

“我想海莉是他杀。这点亨利和我有同样想法，这是唯一合理的解释。但我们始终没有查出可能的动机。我认为她是因为某种特定原因被杀——不是什么疯狂行为或强暴之类的。如果知道动机，就能知道是谁杀了她。”莫瑞尔打住后沉思片刻，“这起谋杀可能是临时起意的，我的意思是，有人趁着意外发生后人来人往的混乱情形，抓住机会杀人，然后藏起尸体，等到后来我们在找她的时候再将尸体移走。”

“也就是说他是个非常冷血的人。”

“这其中有个细节……海莉去过亨利的房间想找他说话。事后回想，我觉得她此举怪异——她明知道当时一堆亲戚在场让他忙得不可开交。我认为海莉活着对某人造成严重威胁，她有事情要告诉亨利，而凶手知道她即将……怎么说呢，泄密。”

“当时亨利正忙着应付几名亲戚？”

“房间里除了亨利还有四个人：他哥哥葛雷格、一个堂姐的儿子名叫马纽斯·休格兰，以及哈洛德的两个孩子毕耶和西西莉亚。不过这并没有提供任何线索。假设海莉察觉有人侵占公司公款——当然，这纯粹是假设，她可能已经获知好几个月，甚至曾经和当事人谈论过。她也许想勒索这名男子，也可能为他感到难过，为检举他感到不安。她可能突然之间作出决定，并告知凶手，于是凶手绝望之余便杀了她。”

“你认为是个男的？”

“书上说杀人犯多半是男性。不过范耶尔家族中有几个女人是地道的祸首，这倒也是真的。”

“我见过伊莎贝拉了。”

“她就是其中之一，但还有其他人。西西莉亚有时也非常刻薄。你见过莎拉·休格兰了吗？”

布隆维斯特摇摇头。

“她是亨利的堂姐苏菲亚·范耶尔的女儿，而且真是个不讨喜、不体谅人的女士。不过她当时住在马尔默，就我所探查到的事实，她并无杀人动机。”

“这么说她不在名单之列。”

“问题是无论我们如何牵强附会、如何左思右想，就是想不出动机。这才是重点。”

“你在这个案子上费了很大工夫。你记不记得有哪条线索是没有追踪到底的？”

莫瑞尔咯咯一笑。“没有。我花费无数时间调查此案，就我记忆所及，没有一条线索不是追到底却仍徒劳无功的。即使在我升官调离赫德史塔之后也一样。”

“调离？”

“是的，我并不是赫德史塔人。我是在一九六三到一九六八年间在那里任职，后来升为警司便调到耶夫勒警局直到退休。但即使到了耶夫勒，我还是继续追查。”

“我想亨利应该从未放弃过。”

“确实如此，但那不是主要原因。关于海莉这个谜，至今依然令我着迷。我是说……是这样的：每名警员都会有自己未解的谜团。我还记得我在赫德史塔的时候，年纪较大的同事们常在饭厅里谈论蕾贝卡的案子。尤其有个名叫托腾森的警察——他已经去世多年——更是年复一年不断回头追查那个案件。只要他有空或放假，只要当地的地痞流氓稍有一刻平静，他就会拿出资料研究。”

“也是关于失踪女孩的案子吗？”

莫瑞尔有点惊讶。接着他发现布隆维斯特只是想在两者间寻找关联，这才露出微笑。

“不是，我不是因为这样才提起的。我想说的是警察的灵魂。蕾贝卡案发生时，海莉都还没出生呢，案子也早已过了追诉期。约莫在四十年代，有个女孩在赫德史塔遭到攻击、强暴后被杀害。这并不是特别不寻常。每个警员在自己的职业生涯中，总会碰到类似的刑案，但我说的是那些你挥之不去、调查时又感到焦躁不安的案子。这女孩死得很惨。凶手将她捆绑后，把她的头压进壁炉里还在冒烟的灰烬中。我们无法确知那可怜的女孩过了多久才死去，她又忍受了多大的痛楚。”

“太可怕了！”

“是呀。简直有虐待狂。她被发现后，托腾森是第一个抵达现场的警探。尽管从斯德哥尔摩请来多位专家，命案始终没有侦破，而他也一直放不下这个案子。”

“我可以理解。”

“海莉就是我的蕾贝卡，我们不知道她是怎么死的，甚至无法证明这是一起谋杀案。但我始终无法放手。”他停下来想了一下，“刑警也许是世上最孤独的行业。被害人的朋友会难过、绝望，但迟早——几星期或几个月过后——会回到原来的生活。最亲近的家人花的时间会长一点，但大多数人多少都能从悲伤与绝望中复原。可是未破的凶杀案却会不断折磨人，到最后只剩一个人夜以继日地想着受害者：那就是负责调查的警员。”

范耶尔家还有另外三人住在海泽比岛上。亚历山大住在一栋翻新的木屋里，他是葛雷格的儿子，生于一九四六年。范耶尔告诉布隆维斯特，亚历山大目前在西印度群岛尽情享受自己最喜爱的休闲活动：玩游艇、消磨时间，完全无所事事。当年亚历山大二十岁，那一天他也在。

亚历山大与母亲叶妲同住，她现年八十岁，是葛雷格的遗孀。布隆维斯特从未见过她，她多半都躺在病榻上。

第三名家人是哈洛德。第一个月期间，布隆维斯特连一眼也没看见过他。哈洛德的住家离布隆维斯特的木屋最近，所有窗户都挂着黑色窗帘，显得阴沉不祥。布隆维斯特有时经过屋前，仿佛看到窗帘略有波动。有一回他深夜正要上床时，发现楼上某个房间发出微光。窗帘中间有个缝隙。于是他就在黑暗中站在自家厨房窗口，对着那灯火看了二十多分钟，直到受够了才抖着身子上床。到了早上，窗帘又恢复原样。

哈洛德好像一尊隐形却又无所不在的幽灵，以不现身的方式影响着全村的生活。在布隆维斯特的想象中，哈洛德愈来愈像《魔戒》中那个邪恶的咕噜，躲在窗帘后面窥伺四周，并在自己构筑的洞穴中从事不为人知的勾当。

每天都会有一名家庭护理人员（通常是年长妇人）从桥的另一头来探视哈洛德。她会带着几袋食品杂货，跋涉过厚厚的积雪来到他门前。当布隆维斯特问起哈洛德，尼尔森只是摇摇头。他说自己曾主动想帮他铲雪，哈洛德却不想让任何人踏入他的宅院。只有一次，那是哈洛德回到海泽比岛的第一年冬天，尼尔森开着拖拉机清除所有车道的积雪时，也顺便进去清院子的雪。不料哈洛德以惊人的速度冲出屋外，不断地吼叫、比手画脚，直到尼尔森离去方休。

可惜的是尼尔森无法清除布隆维斯特院子里的雪，因为大门太窄，拖拉机进不去，只能以人工的方式铲雪了。

元月中旬，布隆维斯特请律师查一查他何时得去服那三个月的刑期。他很想尽快了结此事。没想到入狱比他想象的还容易。经过短短几星期的讨论，法院下令布隆维斯特在三月十七日，到厄斯特松德外围、安全管理松散的鲁洛克监狱报到。律师安慰他说刑期很可能会缩短。

“那好。”布隆维斯特回答的语气并无太多兴奋。

他坐在厨房餐桌旁抚摸着猫，这只猫现在每隔几天就会到布隆维斯特家过夜。他从尼尔森夫妻那儿得知猫的名字叫乔文，没有特定的饲主，只是在各家之间转来转去。

布隆维斯特几乎每天下午会和他的雇主碰面，偶尔简单聊几句，偶尔则静静地坐上几个小时。

对话内容经常是布隆维斯特提出一个理论，然后范耶尔加以否决。布隆维斯特尽量想和自己的任务保持一定距离，但有时候却发现自己无可救药地沉迷于女孩失踪的谜团中。

布隆维斯特向爱莉卡保证自己也会想出向温纳斯壮宣战的对策，可是来赫德史塔都一个月了，他还没打开过将他送上法院被告席的档案。相反地，他会刻意将事情搁置一旁，因为每当一想到温纳斯壮和自己的处境，他便会陷入沮丧与倦怠。他不知道自己是否也和那个老人一样，就要疯了。他的专业声誉已毁，而复原的方式就是躲到穷乡僻壤的小镇上追逐鬼魅。

范耶尔看得出来布隆维斯特有些时候有点失衡。到了一月底，老人作出一个连他自己也感到诧异的决定。他拿起电话，拨到斯德哥尔摩。对话持续了二十分钟，主要都在谈论布隆维斯特。

爱莉卡几乎花了一整个月才平息愤怒。一月底某天晚上九点半，她打了电话给他。

“你真的打算待在那里吗？”她劈头就问。这通电话来得太突然，布隆维斯特一下子竟答不出话来。接着他露出微笑，把身上的毯子裹得更紧。

“嗨，小莉。你应该也来试试。”

“为什么？住在那种鸟不生蛋的地方有什么好？”

“我刚刚用冰水刷牙，补牙的地方好痛。”

“那也只能怪你自己。不过斯德哥尔摩这里也冷得要命。”

“说说最糟的事吧。”

“我们的固定广告商丢了三分之二，没有人想挺身直言，不过……”

“我知道。把跳槽者的名单列出来，总有一天我们要好好写篇报道。”

“麦可……我算过了，如果再不找新的广告商，秋天以前就得关门大吉。就这么简单。”

“事情会有转机的。”

电话那头传来她无力的笑声。

“你躲在拉普兰地狱里头，没有资格说这话。”

“爱莉卡，我……”

“我知道，又是该做的事就得做那套鬼话，你什么都不用说。没回你的简讯是我不好，对不起。我们重新来过好吗？我能不能去那里找你？”

“随时欢迎。”

“我需要带步枪和射狼的子弹吗？”

“不需要。到时候再雇几个拉普兰人、猎犬队，备好所有装备。

你什么时候来？”

“星期五晚上，好吗？”

除了铲过雪的门前小径之外，整个院子覆盖着大约三尺厚的雪。布隆维斯特以批判的眼神盯着铲子好一会儿之后，走过去问尼尔森能不能把爱莉卡的宝马车停在他家。没有问题，他们大大的车库里还有位子，甚至有引擎加热器。

爱莉卡开了一下午车，六点左右抵达。他们小心地互望数秒，然后才彼此拥抱许久。

天黑后除了有灯光照明的教堂外，没什么可看，而昆萨姆超市和苏珊桥头咖啡馆也都正要关门，因此他们赶回家去。布隆维斯特煮晚餐时，爱莉卡在屋里转转瞧瞧，一会儿对五十年代留存至今的体育期刊《记录》发表评论，一会儿又翻阅他工作室里的档案看得入迷。

晚餐吃的是白酱羔羊薄片加马铃薯，配红酒。布隆维斯特试图继续他们稍早的话题，但爱莉卡无心谈论《千禧年》。结果两个小时下来，他们谈的全是布隆维斯特在这里做些什么、和范耶尔处得如何。稍晚，他们去看了床够不够他们俩一块睡。

莎兰德与毕尔曼律师的第三次会面时间重新安排，最后敲定在星期五下午五点。前两次出面招呼她的是一个散发麝香味的中年女秘书，今天她不在。毕尔曼身上略带酒味。他挥挥手，示意莎兰德坐到访客椅上，然后心不在焉地翻阅桌上文件，过了好一会儿才似乎惊觉她的存在。

接下来又是一场审问。这回他询问关于莎兰德的性生活——一个她根本不想和任何人讨论的问题。

会谈过后她知道自己处理得不好。起初她拒绝回答问题，律师解读成她是害羞、迟钝，或有所隐瞒，因此逼迫她回答。莎兰德知道他不会放弃，于是开始给他一些简短、不带任何色彩，而且应该符合她的心理学特征描述的答案。她提到“马纽斯”——据她描述，是个与她同年、书呆子似的计算机工程师，对她很绅士，会带她去看电影，有时会上她的床。“马纽斯”并不存在，是她边说边杜撰出来的，但毕尔曼却以此为借口一点一滴勾勒出她的性生活模式。你多久发生性关系？偶尔。谁主动，是你还是他？我。会用保险套吗？当然会——她听说过艾滋病。你最喜欢什么体位？嗯，通常是仰躺。你喜欢口交吗？呃，等一下……你曾经肛交过吗？

“没有，屁股被插进去的感觉不太好——不过这关你屁事？”

这是她唯一一次发火。她眼睛始终盯着地板，以免泄漏她的怒气。当她再次抬头时，他隔着桌子对她咧开嘴笑。离开他的办公室时，她直觉得恶心。潘格兰再怎么样也不可能问这种问题。但话说回来，只要她想找人谈谈，他一直都在，虽然她从未找过他。

毕尔曼已经渐渐变成一个“大问题”了。

第十一章

二月一日星期六至二月十八日星期二

趁着星期六的短暂白昼，布隆维斯特和爱莉卡经由游艇码头沿路散步到“东园”。他已经在海泽比岛住了一个月，却从未在岛上散步；冰冻的气温加上常见的暴风雪着实让他却步。不过星期六出了太阳，气候温和，仿佛是爱莉卡带来了一丝春天气息。锄过雪的道路两旁，堆着一公尺高的雪。他们一离开避暑小屋区，便进入浓密的枞树林。布隆维斯特这才惊觉小屋群对面的南山，要比从村子里看起来更高不可攀得多。他想到海莉小时候不知在这儿玩耍过多少次，但随即转念不再想她。几公里后，树林被一道围墙阻隔，这里便是“东园”农地的起点，远远可以看见一栋白色木造建筑和整整齐齐围成四方形的红色农仓。他们掉头循原路往回走。

经过主屋宅院的车道时，范耶尔敲着楼上窗户，不断作势要他们上楼。布隆维斯特和爱莉卡对望一眼。

“你想见那个企业传奇人物吗？”布隆维斯特问。

“他会不会咬人？”

“星期六不会。”

范耶尔站在工作室门口迎接他们。

“你一定就是贝叶小姐，我认得出来。”他说，“麦可完全没提起你要来海泽比。”

无论面对多么不可思议的人物，爱莉卡都能立刻与他们建立友好关系，这是她最了不起的专长之一。布隆维斯特曾见过她对一群五岁小男孩施展魔力，才短短十分钟，他们便准备抛弃自己的母亲。八十多岁的男人似乎也不例外。两分钟过后，爱莉卡与范耶尔已经将布隆维斯特晾在一旁，自顾自地聊开了。他们仿佛从小就认识似的——当然了，是从爱莉卡小时候。

爱莉卡一开始便大胆地责备范耶尔将她的发行人引诱到这片乡间。老人则回答，据他从各方新闻报道得知，其实是她解雇了他。即使她没有那么做，现在应该也是裁撤编辑部冗员的好时机。在这种情况下，范耶尔说道，过一段乡野生活对小布隆维斯特是有好处的。

他们俩花了五分钟，用最不堪的字眼讨论布隆维斯特的缺点，后者往后一靠，假装受辱生气。可是当爱莉卡说了一句双关语，可能暗示他当记者失败也可能隐讽他的性能力时，他不由得皱起眉头，范耶尔则是仰头大笑。

布隆维斯特十分吃惊。他从未见到范耶尔如此自然放松。此时他忽然发现年轻五十岁——或甚至三十岁——的范耶尔，必定是个魅力十足的花花公子。他始终没有再婚。他一定也遇过不少女人，但将近半个世纪以来他始终保持单身。

布隆维斯特啜了一口咖啡后，再次竖起耳朵，这才发觉话题已经转趋严肃，与《千禧年》有关。

"麦可跟我说你们的杂志社现在有麻烦。"爱莉卡瞥了布隆维斯特一眼，"不，他没有提到内部运作，不过除非是又聋又瞎，否则谁也看得出你们的杂志面临困境，就和范耶尔企业一样。"

"我有信心我们能挽救局势。"爱莉卡说。

"我很怀疑。"范耶尔说。

"为什么？"

"咱们瞧瞧——你们有多少员工？六个？一本印刷量两万一千份的月刊，制造成本、薪资开销、办公室……收入大概需要一千万。这笔钱当中广告收入该占几成，我想我很清楚。"

"所以呢？"

"所以温纳斯壮是个心胸狭窄、有仇必报的混蛋，他可不会轻易忘记最近让他丢脸的事。过去半年来，你们少了多少广告商？"

爱莉卡以谨慎的表情看着范耶尔。布隆维斯特发现自己竟是屏息以待。从前他和老人提到《千禧年》的未来时，若非言词戏谑便是就布隆维斯特能否完成赫德史塔的任务来讨论杂志社的境况。但范耶尔此刻是针对爱莉卡发言，是老板对老板。他们之间有些暗号是布隆维斯特无法理解的，这或许是因为他基本上是个来自诺兰劳工阶级的穷小子，而爱莉卡则是拥有显赫国际族谱的上流阶层女子。

“我可以再要一点咖啡吗？”爱莉卡问道。范耶尔立刻替她倒了一杯。“好吧，你做足了准备工作。我们的确快垮了。”

“还能撑多久？”

“我们有六个月的时间可以使情况转好，顶多八个月。我们的资金不够，没法撑得更久。”

老人望着窗外的神情让人难以捉摸。教堂依旧矗立在原地。

“你们知道我曾经办过报吗？”他再次对着两人说。

布隆维斯特和爱莉卡都摇摇头，范耶尔又笑了，但带点悲伤。

“我们拥有诺兰地区六家日报，那是五六十年代的事。是我父亲的主意，他认为有媒体撑腰，在政治上应该有利。即使到现在，我们也仍是《赫德史塔快报》的所有人之一。毕耶担任董事长，哈洛德的儿子。”他最后补充一句，好让布隆维斯特了解。

“他也是地方上的政治人物。”布隆维斯特说。

“马丁也是董事，他可以牵制毕耶。”

“你为什么放弃你拥有的报社？”布隆维斯特问。

“六十年代公司重整。发行报纸是兴趣多于获利，需要缩减预算时，便成了第一项出售的资产。但我知道经营出版业的情况……我能不能问你一个私人问题？”

这句话是对爱莉卡说的。

“我还没有问麦可，如果你不愿意回答，可以不回答。我想知道你们是怎么落到这步田地，你们究竟有没有内幕？”

这回轮到布隆维斯特露出不可捉摸的神情。爱莉卡只略一迟疑便说：“我们有内幕，但是完全不同的另一个。”

范耶尔点点头，像是完全明白爱莉卡的意思。布隆维斯特却不明白。

“我不想谈这件事。”布隆维斯特立刻中止话题，“我做了调查、写了报道，所有必要的资料我都有，可是后来全出了错。”

“你写的每个字都有根据？”

“是的。”

范耶尔的声音忽然变得尖锐。“我不能假装了解你们到底是怎么走进这个地雷区，但我只记得六十年代的《快递》报似乎有过类似的报道——兰达尔案，不知道你们年轻人听说过没有。你们的消息来源也是个渲染狂吗？”他摇了摇头，转向爱莉卡平静地说道，“我过去曾是报纸发行人，将来也可以是。如果多一名合伙人，你意下如何？”

这个问题来得有如晴天霹雳，但爱莉卡似乎一点也不讶异。

“你说说看。”她说。

“你会在赫德史塔待多久？”范耶尔问。

“我明天就回家。”

“你——当然还有麦可——能不能卖我老人家一个面子，今晚和我一起吃顿饭？七点行吗？”

“可以，我们很乐意。可是你没有回答我的问题。你为什么想当《千禧年》的合伙人？”

“我不是回避问题，只是觉得可以边吃晚饭边谈。我得先和律师讨论后，才能提出具体的条件。不过简单地说，我有钱可以投资。如果杂志存活下来，重新开始赚钱，我也能获利。如果不然——也罢，我一生中还有过更重大的损失。”

布隆维斯特正打算开口，爱莉卡却用手按住他的膝盖。

“麦可和我为了能完全独立自主，都非常努力。”

“胡说，谁也无法完全独立自主。但我并不想接管杂志社，杂志内容我也不在乎。那个混账史坦贝克[1]靠着发行《现代时报》尝尽

---

1 即第一章中涉及的杨·史坦贝克，瑞典知名传媒集团 Kinnevik 的董事长，靠着跨足电信与媒体事业跻身瑞典富豪行列。《现代时报》即为 Kinnevik 旗下“现代时报集团”（Modern Times Group）发行的报纸。

甜头，我又为什么不能给《千禧年》撑腰？何况这还是一份很棒的杂志。”

“你这么做和温纳斯壮有关吗？”布隆维斯特问。

范耶尔微微一笑。“麦可，我已经八十多岁了。有些事我后悔没去做，有些人我后悔没有多斗一斗。但关于这件事——”他又转向爱莉卡，“这种投资至少得有个条件。”

“请说。”爱莉卡说。

“麦可·布隆维斯特必须重任发行人。”

“不行。”布隆维斯特悍然拒绝。

“当然可以。”范耶尔的口气同样强硬，“我们若发布新闻稿说范耶尔集团即将入主《千禧年》，而你也将重任发行人，温纳斯壮肯定会气得中风。这绝对是我们所能送出最清楚的讯息——每个人都会了解这不是接手，编辑方向也不会改变。光是这样就足以让那些有意缩手的广告商重新考虑。温纳斯壮并非全能，他也有敌人，有些没有和你们合作过的公司也会考虑刊登广告。”

“这到底是怎么回事？”爱莉卡一关上前门，布隆维斯特便质问道。

“应该就是所谓交易前的试探吧。”她说，“你怎么没跟我说范耶尔这么可爱？”

布隆维斯特往她跟前一站：“小莉，你根本早就知道这次谈话的内容。”

“喂，小白脸，现在才三点，吃晚饭前我想先好好作乐一番。”

布隆维斯特气极了，但他从来无法对爱莉卡生气太久。

她穿上黑色洋装、齐腰短外衣，和一双顺手塞进小行李箱的无带低跟鞋。她坚持要布隆维斯特穿短外衣、打领带。他穿了黑色长裤、灰色衬衫，打了深色领带，搭上灰色运动大衣。当他们准时去敲范耶尔的门，赫然发现弗洛德和马丁也都是座上宾。每个人都穿着外套、打着领带，只有范耶尔除外。

“八十多岁的好处就是谁也不能批评你的穿着。”他说道。他打了蝴蝶领结，穿的是棕色羊毛衫。

一顿饭吃下来，爱莉卡始终兴致高昂。

最后当他们转移到有壁炉的客厅，倒上白兰地后，谈话语气才变得严肃。他们谈了大约两小时，终于敲定协商的大致内容。

弗洛德会设立一家完全属于亨利·范耶尔的公司，董事会成员包括亨利、马丁和弗洛德。在四年期间，这家公司将会投资一笔金额，填补《千禧年》的收支缺口。钱将来自范耶尔的个人资产，而范耶尔也将因此在杂志社董事会上占有重要地位。这项协议有效期限为四年，但两年后《千禧年》可以提出终结，只不过提前终结契约得付出昂贵代价，因为只有归还范耶尔投资的总金额才可能买回他的股份。

倘若范耶尔过世，在契约剩余的有效期限内，将由马丁代行他在《千禧年》的董事职务。如果到期后马丁希望继续参与，届时可由他自行决定。他对于报复温纳斯壮的计划似乎颇感兴趣，布隆维斯特不禁再次好奇他二人之间究竟有何恩怨。

马丁又为他们斟了酒。范耶尔特意倾身向前，低声对布隆维斯特说这项新安排对于他们之间的协议毫无影响，到了年底他便可以重新担任全职的发行人。

他们同时还决定：为了尽可能制造媒体效应，公司重组的消息应该选在三月中，布隆维斯特入监服刑的同一天发布。将公司重组与一个十分负面的事件结合在一起，就公关角度而言，是个拙劣的错误，只会使诋毁布隆维斯特的人感到惊愕，也让范耶尔的新角色获得高度关注。不过大家也都清楚看出其中的逻辑——这么做显示了《千禧年》编辑部上空飘扬的黄色瘟疫旗已经降下，杂志社已找到愿意采取强硬措施的后台。范耶尔企业或许正面临危机，但它毕竟仍是知名企业，必要时还有能力起身对抗。

整段对话都是在爱莉卡代表一方，亨利与马丁代表另一方的情形下进行讨论。没有人问过布隆维斯特的意见。

当天深夜，布隆维斯特将头枕在爱莉卡胸前，直视她的双眼。

“这项协议，你和亨利讨论多久了？”

“大约一个星期。”她笑着说。

“克里斯特也同意？”

“当然。”

“你为什么没告诉我？”

“我到底为什么要和你商量？你辞掉发行人的职位，丢下编辑同仁和董事，然后跑来住在森林里。”

“所以就活该被当成白痴对待。”

“没错，”她说，“你就是活该。”

“你真的生我的气了。”

“麦可，你离开以后，我感受到前所未有的愤怒、孤单无助、遭受背叛。我从来没有这么气你过。”她用力抓起他的头发，将他往床上推去。

星期天爱莉卡离开海泽比时，布隆维斯特还在生范耶尔的气，因此尽量不想遇见他或他家其他成员。于是星期一，他搭了巴士到赫德史塔，在城里晃了一下午，逛图书馆，进一家糕饼店喝咖啡。晚上他上电影院看先前一直没时间看的《魔戒》。他觉得半兽人很天真、很单纯，与人类不同。

这趟出游的终点站是赫德史塔的麦当劳，然后他赶搭最后一班巴士回海泽比。他煮了咖啡，拿出一本讲义夹，坐到餐桌旁，一直看到凌晨四点。

布隆维斯特看的数据文件愈多，许多关于调查的问题便愈显得奇怪。这些问题并不是他自己的革命性发现，而是长期以来——尤其是闲暇时间——一直萦绕在警探莫瑞尔心中的问题。

在人生的最后一年当中，海莉变了。这种改变或许可以解释成每个人在青少年时期，多少都会经历的转变。海莉渐渐长大。然而，同学、老师与几位亲人却都作证说她变得内向、沉默寡言。

两年前，这个原本活泼的少女开始和周遭每个人保持距离。在学校里，她还是会和朋友在一起，只不过——根据某位友人形容——表现得有点“不带感情”。这句话让莫瑞尔感到不寻常而记录下来，并进而问了更多问题。他得到的解释是海莉不再谈论她自己、不再闲聊八卦，也不再向朋友倾吐心事。

海莉是个如一般孩子所定义的基督徒——上主日学、晚祷、参加坚信礼。最后一年期间，她似乎变得更虔诚，除了读《圣经》还定期上教会。可是她并未去找海泽比岛上的牧师、也是范耶尔家族的友人法尔克，反而在春天里，转向赫德史塔一间五旬节教会求助。但她对五旬节教会的热衷并未持续太久，短短两个月后，她便离开教会，开始读起关于天主教信仰的书籍。

是青少年对宗教的迷恋吗？也许吧，但范耶尔家族中从未有人有明显的宗教信仰，因此难以判定她是受到何种刺激。她信仰上帝的原因当然也可以解释为她父亲在前一年溺毙。莫瑞尔最后下的结论是：海莉的生活中发生了一件令她困扰或影响她的事。他和范耶尔一样，投注大量的时间与海莉的朋友谈话，试图找出她可能透露秘密的对象。

其中有一丝希望寄托在哈洛德的女儿阿妮塔身上。她比海莉年长两岁，一九六六年在海泽比岛上过暑假，大家都觉得她们俩很要好。可是阿妮塔并无可靠的信息可提供。那年夏天，她们一块进进出出，一块游泳、散步，一块讨论电影、流行乐团与书籍。有时候阿妮塔去学开车，海莉也会跟着去。有一回，她们从家里偷了一瓶酒，尽情地喝了个醉。她们俩也曾在岛上最顶端戈弗里的小屋内待了几个星期。

关于海莉内心的想法与感受始终无法获悉。但布隆维斯特却留意到报告中有一矛盾之处：关于她心境变得孤僻的讯息主要来自她的同学与部分家人，至于阿妮塔则根本不觉得她内向。他特别记下来，以便找时间与范耶尔讨论。

另外有一个问题比较具体，莫瑞尔投注的精力也多出许多，那就是海莉的记事本中有一页内容颇令人吃惊。这本册子装订得很美，是她失踪前一年收到的圣诞礼物。海莉在前半部逐日记下约会、学校考试、家庭作业等等事件。此外还有大半篇幅可供写日记，但海莉写得很零散。一开始她倒是有心，一月里写了许多短文记录自己在圣诞假期间遇到的人和看过的几部电影。后来便未再写私人的事情，直到学期末她似乎——这端赖于如何解释日记内容——开始暗恋某个始终未提及姓名的男孩。

真正令人不解的是记录电话那几页。她依照字母顺序，整齐清楚地列出亲戚、同学、部分老师、几名五旬节教会成员与其他明显属于她交友圈的人的姓名与电话。但就在电话簿最后一页——那是空白页，没有特定的字母顺序——有五个名字和电话，三个女性名字和两个缩写：

玛格达——三二〇一六
莎拉——三二一〇九
R.J.——三〇一一二
R.L.——三二〇二七
玛丽——三二〇一八

“三二”开头是六十年代赫德史塔的电话号码，“三〇”开头则是离赫德史塔不远的诺宾的号码。问题是当莫瑞尔与海莉的各个友人联系时，竟无人知道这些人是谁。

第一个号码主人是“玛格达”，起初似乎有点希望。他们追踪到位于公园路十二号一家缝纫用品店，号码登记在玛戈特·隆德马克名下，她母亲的名字正是玛格达，偶尔会到店里帮忙。但玛格达已经六十九岁，并不知道海莉是谁，也没有迹象显示海莉曾来过店里或买过店里的东西。她对裁缝不感兴趣。

第二个“莎拉”的号码属于一个托瑞生家庭。这家人住在铁道另一边的威茨坦，成员包括安德斯、莫妮卡和两个还未上学的小孩约纳斯和彼得。这个家中并无叫莎拉的人，他们也不认识海莉，只是看过媒体报道她失踪的事。海莉与托瑞生家之间唯一薄弱的联系就是安德斯是屋顶工人，几星期前曾到海莉的学校铺设屋瓦。因此理论上他们也许碰过面，但认真想起来实在不太可能。

追查另外三个号码也同样没有结果。注明“R.L.”的号码三二〇二七确实属于一个名叫罗斯玛丽·拉森——缩写 R.L.——的人，不幸的是她早在几年前去世了。

一九六六至一九六七年冬天，莫瑞尔警探花费极大精力，试图找出海莉写下这些名字与号码的原因。

有一个可能性是她用个人的暗号写下电话号码，所以莫瑞尔试着去忖度一个少女的心思。由于“三二”系列的号码明显代表赫德史塔，他便开始重组剩下的三个号码。但无论用“三二六〇一”或“三二一六〇”都找不到玛格达。继续玩着数字游戏的莫瑞尔发现，只要对数字玩够多花样，迟早会找出某些和海莉的关联。例如，他将“三二〇一六”的后三个数字各加上一，得到“三二一二七”——这是弗洛德在赫德史塔的办公室电话。然而这样的关联毫无意义，何况他一直没有想出一个能同时适用五个号码的密码。

莫瑞尔开始扩大调查。例如，这些数字可不可能是车牌号码？在六十年代，车牌号码包括两个代表所属郡的字母代码，外加五个数字。结果还是一条死胡同。

接下来警探将注意力转到名字上头。他取得了赫德史塔所有名叫玛丽、玛格达、莎拉以及名字缩写为 R.L. 与 R.J. 的人的名单，共有三百零七人，其中二十九人确实和海莉有所关联。例如，她班上有个男孩叫罗兰·雅各布森，缩写 R.J.。他们两人不熟，自从海莉上预备学校后便未曾联络。而且与电话号码并无关联。

记事本中的电话号码之谜至今未解。

莎兰德第四次与毕尔曼律师见面并未事先约定，而是不得不与他联系。

二月第二个星期，莎兰德的手提电脑在一次意外中弄坏了，意外发生得毫没来由，让她气得直想杀人。当时她骑摩托车到米尔顿开会，把车停在停车场的一根柱子后面。当她将背包放在地上，给车子上锁时，一辆深红色的萨博开始倒车出来。她背对着那辆车，但听到背包里喀喇一声。那名驾驶丝毫没有察觉，不知情地开上车道出口。

背包里装的是她那台二〇〇二年一月制造，拥有二十五 G 硬盘和四二〇兆内存，并配备十四寸屏幕的白色苹果 600 笔记本电脑。她买的时候，这是苹果最新款的笔记本电脑。莎兰德的电脑总会升级到最新、甚至最昂贵的配备——电脑设备是她消费清单中唯一一项大宗。

打开背包时，可以看到电脑盖板裂了。她接上电源转换器，试图启动电脑，却连一点死前的嘎嘎声也没有。她把电脑送到布兰契尔卡路上的提米麦耶稣计算机维修店，希望至少救回硬盘里的一点东西。把弄了一会之后，提米摇摇头。

“对不起，没救了。”他说：“准备办一场风光的葬礼吧。”

失去电脑很令她沮丧，但损失并不重大。莎兰德拥有它的这一年来，与它维持极良好的关系。所有文件她都有备份，家里也还有一台比较老旧的苹果台式电脑，和一台五年的东芝笔记本电脑可以使用。但她需要一台快速、现代化的机器。

她的目标当然是挑最好的机型：新款苹果 Power Book G4/1.0 GHz，铝壳，配备具有单指令多数据极速引擎的 Power PC 7451 处理器、九六〇兆内存和六十 G 的硬盘。此外还有蓝牙装置和内置的 CD 与 DVD 刻录机。

最棒的是它有笔记本电脑里首度出现的十八寸屏幕，除了 NVIDIA 绘图处理器之外，分辨率更高达 1440 × 900 像素，震撼了个人电脑拥护者，也让市场上其他所有商品望尘莫及。

就硬件而言，这可说是手提电脑中的劳斯莱斯，不过真正吸引莎兰德非买它不可的原因，却单纯只是因为键盘有背光，即使在漆黑之中仍可看到字母。就这么简单。以前怎么从来没有人想到?

她对它一见钟情。

价格三万八千克朗，含税。

这才是问题所在。

她也不管三七二十一，便向麦耶稣下了订单。她的电脑商品都在那儿买的，所以店家给了她合理的折扣。她计算了一下。损坏的电脑保险费可以支付一大半金额，但新电脑的价格较高，还要一笔保费，因此仍短缺一万八千克朗。她在家里一个咖啡罐里藏了一万克朗，但也仅此而已。尽管心里暗骂毕尔曼，她还是咬牙打电话给监护人，想向他解释说她需要钱应付一笔意外支出。毕尔曼的秘书说他当天没有时间见她，莎兰德则回说只要花他二十秒开一张一万克朗的支票。最后秘书要她当天晚上七点半到他的办公室来。

布隆维斯特或许没有调查刑案的经验，但他觉得莫瑞尔警探的调查作业非常慎重。看完警方的报告后，该看范耶尔自己做的笔记了，其中仍不断出现莫瑞尔的名字。他们后来成了朋友，布隆维斯特不禁好奇莫瑞尔是否也和那位企业龙头一样沉迷。

依他看来，莫瑞尔不太可能遗漏什么。警方的报告中不会发现解谜之钥。所有想象得到的问题都问过了，所有线索——其中有些甚至荒谬而牵强——也都追查了。他没有仔细看过报告中的每字每句，但愈深入了解，后续的线索与情报便似乎愈模糊不清。在他之前那位专业的调查人员与其经验丰富的团队即使漏失了什么，他也不可能发现，如今面对问题的他又该采取什么方法?最后他想到唯一合理可行的路，就是试着找出相关人士的心理动机。

首先得问问和海莉本身有关的问题。她是谁?

下午五点刚过不久，布隆维斯特从厨房窗口看见西西莉亚家的楼上亮起一盏灯。晚上七点半电视新闻刚开播时，他去敲了她家的门。她穿着浴袍来应门，还用黄色浴巾裹着湿湿的头发。布隆维斯特立刻道歉说不该打扰她并作势离去，却见她挥挥手请他进客厅。她按下咖啡壶开关，然后上楼去了。几分钟后，等她再次下楼时，已经换上牛仔裤和法兰绒格纹衫。

“我都开始怀疑你永远不打算来了呢！”

“我应该先打个电话，但因为看到你的灯亮着，一时心血来潮就来了。”

“我曾经看到你的灯亮一整夜，你也经常半夜出去散步。你是夜猫子？”

布隆维斯特耸耸肩。“来了这里就变这样了。”他看着几本堆在餐桌边缘的教科书，问道，“你还在教书？”

“没有，我是校长，没有时间。但我以前教过历史、宗教和社会学。我还剩几年的时间。”

“还剩？”

她微笑道：“我今年五十六岁，不久就要退休。”

“你一点也不像五十几岁的人，倒像是四十几岁。”

“嘴巴真甜。你多大呢？”

“四十出头。”布隆维斯特带着浅笑说。

“不久前才不过二十岁，时间过得真快。人生嘛，就是这样。”

西西莉亚倒咖啡后，问他饿不饿。他说吃过饭了，倒也不全是假话。他没有下厨，只吃三明治，不过他不饿。

“那你过来干吗？问我问题的时候到了吗？”

“老实说……我不是过来问问题的。我大概只是想来打个招呼。”

她笑了笑。“你被判入狱，搬到海泽比，一头栽进亨利最大嗜好的资料中，晚上不睡觉，在酷寒的夜里外出散步许久……我还漏了什么吗？”

“我的人生正走向毁灭。”

“周末来找你的那个女人是谁？”

“爱莉卡……《千禧年》的总编辑。”

“你的女朋友？”

“不算是。她结婚了。我应该算是朋友兼备用情夫。”

西西莉亚放声大笑。

“什么事这么好笑？”

“你的用词。备用情夫。我喜欢这个说法。”

布隆维斯特对西西莉亚有了好感。

“我自己也可以找个备用情夫。”她说。

她踢掉拖鞋，一脚跷到他的膝盖上。布隆维斯特不由自主便将手放在她脚上，开始抚摸她的脚踝。他犹豫了一下——他可以感觉到自己正一步步踏进不可预知的境地，但他仍试探地用大拇指开始按摩她的脚底。

“我也结婚了。”她说。

“我知道，范耶尔家族里没有人离婚。”

“我已经快二十年没见过我丈夫。”

“怎么了？”

“这不关你的事。我也应该有……三年没有发生性关系了。”

“真令我惊讶。”

“为什么？这是供需的问题。我对男朋友或已婚男人或同居人没兴趣，我还是一个人最好。那我去跟谁做爱？学校里的老师吗？我认为不行。学生吗？正好为那些上了年纪的长舌妇提供有趣的话题。而且大家都眼睁睁盯着姓范耶尔的人。而在这海泽比岛上除了亲戚就是结了婚的人。”

她弯身向前，亲亲他的颈子。

“我有没有吓着你？”

“没有，不过我不知道这样好不好。我在替你叔叔工作。”

“我是绝对不会说出去的。但说实话，亨利很可能不会反对。”

她跨坐在他腿上，亲吻他的嘴。她的头发还没干，闻得到洗发精的香味。他笨拙地解开她法兰绒衬衫的扣子，往下拉到肩膀处。她没有戴胸罩。当他吻她的胸部时，她用力贴了上去。

毕尔曼绕过办公桌，拿银行的账户明细给她看——那里头的每一分钱她都一清二楚，只不过现在无法任意使用。他站在她身后，冷不防地便开始摩挲她的颈背，其中一只手还从她的左肩划过她胸前。他把手放在她右边胸部上，然后静止不动。见她无意反抗，便顺势捏了几下。莎兰德没有动，她可以感觉到他的气息喷在她脖子上，一面则打量着他桌上的拆信刀；她空出的手可以拿得到。

不过她什么也没做。这些年来，她从潘格兰那儿只学到一件事，那就是冲动行事会惹麻烦，而麻烦可能导致令人不快的后果。她做事一定三思而后行。

一开始的性侵害——在法律上定义为对于无独立自主能力者进行性骚扰与剥削，理论上可以让毕尔曼关上两年——只持续了几秒钟。但这足以跨越界线，无法回头。对莎兰德而言，这是敌方在展示武力——代表着撇开他们之间小心定义的法律关系不谈，她仍得任凭他处置，毫无反击之力。几秒钟后，他们四目交接，他的嘴唇微微张开，她看见他脸上的欲望。莎兰德自己却面无表情。

毕尔曼回到桌子另一边，坐到他那张舒适的皮椅上。

“我不能随你的意思给你钱。”他说，“你为什么需要这么贵的计算机？要打电玩，还有很多便宜的款式可以选。”

“我想像以前一样自己管钱。”

毕尔曼对她投以怜悯的眼光。

“这得先看看情形。首先你得学着圆融一点，和别人好好相处。”

毕尔曼若能知道她毫无表情的双眼背后的思维，恐怕就不太笑得出来了。

“我想我们俩会成为好朋友。”他说，“我们要能彼此信任。”

见她没有回应，他又说：“你已经是个大人了，莉丝。”

她点点头。

“过来。”他说着伸出一只手。

莎兰德瞪了拆信刀几秒钟后，才起身朝他走去。他拉起她的手压住他的胯下，她可以透过深色斜纹呢长裤感觉到他的性器。

“如果你对我好，我也会对你好。”

他用另一只手钩住她的脖子，拉她跪下，让她的脸正对着他的裤裆。

“这事你以前做过吧？”他边说边拉下拉链。他身上的味道好像刚刚用肥皂和水清洗过。

莎兰德将头别开，试图起身，但他很用力地压制她。论力气，她比不过他；她四十公斤而他九十五。他用两手抓住她的头，将她的脸转过来，两人视线交汇。

“如果你对我好，我也会对你好。”他又重复一遍，“如果你惹麻烦，我可以让你在精神病院关一辈子。你希望这样吗？”

她没有搭腔。

“你希望这样吗？”他再说了一遍。

她摇摇头。

他等着她低头，并视之为屈服，然后将她拉近。莎兰德张开嘴，将那东西含进口中。他仍紧抓着她的脖子，粗暴地扯着她靠上来。他又撞又压了整整十分钟，她一直觉得作呕，当最后射精时，他抓得她好紧，让她几乎窒息。

他让她进办公室的洗手间。莎兰德全身发抖，一面擦脸，一面试着洗掉毛线衫上的污渍。她嚼了一点牙膏，想消除口中的味道。回到办公室时，律师正无动于衷地坐在办公桌前研究文件。

“坐下，莉丝。”他头也不抬地说。她坐下来。最后他看着她露出笑容。

“你已经长大了，对吧，莉丝？”

她点点头。

“那么你也得会玩大人的游戏。”他用对小孩说话的口气说道。她没有回答。他微微皱一下眉头。

“我想你最好不要把我们的游戏告诉任何人。你想想看，谁会相信你？有一些文件数据注明你‘精神异常’。你要和我对质，你认为谁说的话会比较有分量？”

他见她仍不答话便叹了口气。她这样静静地坐在那里看着他，实在令他恼火——不过他克制住了。

“你和我，我们会成为好朋友。”他说，“你今天来见我，做得很对。你随时都能来找我。”

“我需要一万元买电脑。”她说得清清楚楚，就像是持续之前中断的话题。

毕尔曼扬起眉毛。迟钝的贱人。她真是他妈的智障。他递出支票，是趁她在洗手间时开的。这比嫖妓划算，用她自己的钱来付。他露出傲慢的笑容，莎兰德拿过支票便即离去。

第十二章

二月十九日星期三

假如莎兰德是个普通公民，她很可能一离开毕尔曼的办公室便立刻上警局指控他强暴。她脖子上的瘀青，还有身体和衣服上所残留的精液经过DNA鉴定，都能定他的罪。即使律师宣称是她想要的或她引诱的或强暴犯惯用的其他借口，他也会因为违反太多监护规定，而立刻被剥夺对她的监护权。检举的结果，莎兰德可能会被指派一名精通性侵罪的律师，接下来便可能谈论到真正的核心问题——也就是她为什么会被判定为法定失能。

自一九八九年起，“法定失能”一词便不再适用于成人。

社会福利保护机制可分为两个层级：一是受托，一是监护。

当有人因各种理由无法照理日常生活、付账单，或妥善照顾自己的健康时，受托人便会主动出面协助。指定的受托人通常是亲戚或好友。如果当事人没有亲近的人，便由社会福利机关指派。受托可以说是比较和缓的监护形式，受托的当事人——亦即被判定失能者——仍可管理自己的资产，也可与受托人协商作出决定。

监护则是进行较为严格的控制，当事人无权管理自己的金钱，在许多事情上也无权作决定。书面文字明确写道：监护人得以接管当事人的所有法定权力。

在瑞典，大约有四千人受到监护，而最常见的理由是罹患精神病，或精神病加上严重酗酒或吸毒。还有一小群人是因为患了痴呆症。许多受监护的人都十分年轻——顶多三十五岁。莎兰德便是其中之一。

剥夺一个人对自己生活的控制权——亦即对银行户头的控制权——是民主政治对人权，尤其是年轻人的人权最大的侵害之一。因此监护权的问题有可能成为敏感的政治议题，因而受到严格的法律保护并由监护局控管。这个局隶属郡政府，并受国会监察专员监督。

大多时候，监护局都是在困难的情况下执行任务。但由于该局处理的议题敏感，因此上媒体的申诉或丑闻事件少之又少。

偶尔有一些报告指控受托人或监护人侵吞基金，或卖掉当事人的共管式公寓中饱私囊。这些案例之所以不多，可能有两个原因：或许该局将工作做得很令人满意，也或许当事人没有机会申诉，也没有可靠的渠道让媒体或当局听到他们的声音。

监护局理应每年进行核查，看看有无任何足以撤销监护权的理由。由于莎兰德始终不肯接受精神疾病检查——她甚至不肯礼貌地向老师道早安——有关当局自然从未找到改变决定的理由。于是她只能一直维持现状，年复一年地受监护权约束。

然而，法律明文规定监护权的行使“须视个案而定”。潘格兰将此解读为莎兰德可以照顾自己的金钱和生活。他小心翼翼地按照有关单位的要求，每个月交报告，每年还会总评一次。在其他方面，他对待莎兰德与一般正常人无异，也不会干涉她生活方式与交友的选择。他认为不管是他或社会都无权决定这个年轻女孩应不应该穿鼻环，或应不应该在脖子上刺青。他面对地方法院态度仍是如此固执，正是他们能处得来的原因之一。

只要潘格兰还担任她的监护人，莎兰德从来不太注意自己的法律地位。

莎兰德和一般正常人不同。她对法律的认识很粗浅——这门学科她始终没机会深入研究，对警察的信任更几乎等于零。对她而言，警察是多年来不断地逮捕她、羞辱她的敌对势力。她最后一次和警察打交道是在前一年五月，从约特路正要回米尔顿安保公司的路上。冷不防地，她眼前出现一个戴着防护面罩的防暴警察。她虽然没有任何挑衅行为，对方还是拿警棍打她的肩膀。她第一个自然反应就是用手上的可乐瓶，展开猛烈反击，警察则趁着还没被她打伤前转身跑了。后来她才知道“还我街道”团体正在那条路稍远处示威游行。

她想都没想过要进警局向那些戴面罩的禽兽报案，指控毕尔曼性侵扰。何况，她该怎么说呢？毕尔曼摸她的胸部？任何一个警员都会看看她，然后认定以她那么小的胸部，这种事实在不可能发生。就算真的发生了，她也应该因为有人看得起她而感到自豪。至于替他口交的部分——诚如他所提出的警告，他们俩得对质，而以她的经验看来，其他人的话总是比她的有分量。所以不能找警察。

她离开毕尔曼的办公室后，回家冲了个澡，吃了两个乳酪酸黄瓜三明治，然后坐到客厅那张破旧又凹凸不平的沙发上细细思索。

一般人可能会认为她当时没有反应就是她自己的错——说不定这也再次显示她太不正常，以至于连被强暴也无法引发适当的情绪反应。

她的交友圈不大，也没有任何住在郊区、受到保护的中产阶级友人。但在莎兰德满十八岁时，她所认识的女孩当中没有一个不曾被强迫进行某种性行为。这些性侵扰多半来自稍微年长的男友，他们会用某种程度的蛮力让自己得逞。据莎兰德所知，这些事故导致的结局只有哭泣与暴怒，从未牵扯上警方的笔录。

在她的世界里，这是世事的自然法则。身为女孩的她是合法的猎物，尤其她又穿着破旧的黑皮夹克，眉毛上穿洞，身上刺青，而且毫无社会地位。

发牢骚埋怨也没用。

但话说回来，毕尔曼律师也不能不受点教训。莎兰德从未忘记过任何不公之事，而以她的个性是绝不会原谅的。

但她的法律地位很麻烦。她打从有记忆以来，就被视为顽劣且具有无来由的暴力倾向。她档案簿中的第一篇报告来自小学学校护士的记录。莎兰德因为殴打同学，还推他去撞外套挂钩害他流血，而被送回家去。现在想起那个被害者她还觉得气恼——一个名叫戴维·古斯塔夫森的小胖子，老爱捉弄她，拿东西丢她，长大想必也是个霸王。那时候她不知道什么叫“骚扰”，但当她第二天回到学校，男孩便威胁要报复。于是她猛然向他挥出右拳，且因手中握着高尔夫球力道更猛——结果他流了更多血，而她的档案簿也多记上一笔。

学校里社交互动的规则总是令她感到迷惑。她只管自己的事，从不干涉周遭任何人做什么。可是偏偏就有人不肯放过她。

上中学之后，她有几次因为和同学打架被送回家。她班上比她壮得多的男孩很快就记取教训，知道和那个瘦巴巴的女孩打架恐怕占不到便宜。和班上其他女孩不同的是，她从不退缩，也会毫不犹豫地用拳头或任何手边可取得的武器保护自己。她随时随地都是一副宁可被打死也不受任何委屈的样子。

而且她有仇必报。

有一回，莎兰德和一个高大、强壮许多的男孩打了起来，体型上她完全吃亏。起初男孩只是好玩地将她推倒在地几次，后来见她企图反击便打她耳光，但一点效果也没有。尽管他壮得多，这个蠢女孩仍不断攻击他，过了一会儿连他的同学也开始意识到不能让他们俩再打下去了。很明显地，她根本无力对抗，因此下场惨不忍睹。最后男孩一拳打中她的脸，她嘴唇裂开、眼冒金星。他们就把她丢在体育馆后面的地上。她在家休息两天，第三天早上她拿了一支球棒，一见到殴打她的男孩便朝他的耳朵挥击。结果她被叫到校长室，校长决定以伤害罪向警方报案，后来还展开特殊的社会福利调查。

她的同学觉得她疯了，便将她当疯子对待，老师们对她也几乎不感到同情。她一直不多话，在老师眼中她成了一个从不举手发问、老师提问时也经常不回答的学生。谁也不知道她是不知道答案，或有其他原因，总之是反映在成绩上了。她无疑是有问题，但尽管老师们开会时经常讨论到她，却是谁也不想为这个顽劣的女孩负责。于是到头来老师们便对她视而不见，让她阴沉静默地坐在一旁。

她转到另一所中学时，连一个可以道别的朋友都没有。一个不受喜爱、行为怪异的女孩。

后来，当她即将进入青春期时，"天大恶行"发生了，这事她并不愿意多想。最后一次爆发设立了范例，使得小学的档案簿内容再次被拿出来评估。此后她就被法律认定为……疯子。一个怪胎。莎兰德根本不需要任何文件证明就知道自己与众不同。不过只要潘格兰担任她的监护人一天，她对这些事便不感到困扰；如果有必要，她可以将他玩弄于股掌间。

如今出现这个毕尔曼，她受监护的事实恐怕会成为她生活上麻烦的负担。无论她找谁，都会遇到陷阱，万一她打输这场仗怎么办？她会被送进精神病院吗？会被关起来吗？其实别无选择。

当晚稍晚，当西西莉亚和布隆维斯特两腿交缠静静地躺在一起，西西莉亚的胸部就贴在他身侧时，她抬头看着他说道：

“谢谢你。已经好久了，而且你也不错。”

他微微一笑。虽然幼稚，但这种恭维总是听得舒服。

“很意外，但我很享受。”

“我很乐意再来一遍。”西西莉亚说，“如果你想的话。”

他看着她。

“你该不会是想要一个情夫吧？”

“一个备用情夫。”西西莉亚回答，“不过你得回家睡觉，我不希望我早上醒来还没做运动、化妆之前看见你在这里。你最好也不要告诉村里的人我们的事。”

“我怎么可能！”布隆维斯特说。

“我尤其不希望让伊莎贝拉知道。她这个人很麻烦。”

“却住得离你最近……我遇过她。”

“是呀，幸好从她家看不到我的前门。麦可，请保守秘密。”

“我会的。”

“谢谢你。你喝酒吗？”

“偶尔。”

“我好想来一点水果味的杜松子酒，你要吗？”

“好啊。”

她用床单裹住身子下楼。当她端着一壶冰水、两杯杜松子酒和柠檬回来时，布隆维斯特正光着身子站在她的书架前浏览。他们干了一杯。

“你为什么会过来？”她问道。

“没什么特别原因。我只是……”

“你本来坐在家里，翻阅亨利的调查资料，然后忽然跑过来。就算不是绝顶聪明的人也知道你在想什么。”

“你看过那些资料吗？”

“一部分。我整个成年生活都和它同在。只要和亨利在一起，就不可能不受海莉失踪疑案的影响。”

“这的确是个会让人入迷的案子。我认为这是发生在一座岛上的所谓密室悬案。所有的调查似乎都不依循正常逻辑。每个问题都没有答案，每条线索最后都变成死胡同。”

“这种事会让人沉溺其中。”

“那天你也在岛上。”

“对，我在，也目击到整个骚乱的情形。当时我在斯德哥尔摩读书，那个周末我要是待在家里就好了。”

“她到底是个什么样的人？大家对她的看法似乎天差地别。”

“这是不列入记录还是……”

“不列入记录。”

“我完全不知道海莉心里在想什么。你想问的肯定是她的最后一年吧？她一下是个疯疯癫癫的宗教狂，一下又浓妆艳抹、穿上紧身毛线衫去上学。她显然非常不快乐。但我说了，我当时不住在这里，只是从别人口中听说。”

“问题的起因何在？”

“八成是戈弗里和伊莎贝拉。他们的婚姻根本是胡闹，不是狂欢作乐就是争吵。倒不会打架——戈弗里不是会打人的人，他甚至有点怕伊莎贝拉。她发起脾气来很可怕。大约在六十年代初，戈弗里便几乎长年住在他的小屋里，而伊莎贝拉则从来不去。有时候他会出现在村里，活像个流浪汉。后来他清醒了，再次穿得整整齐齐，想把自己的工作做好。”

“难道没有人想帮海莉吗？”

“就是亨利呀！最后她搬进他家。不过你别忘了他还忙着扮演大企业家的角色。他经常出远门，没有太多时间陪海莉和马丁。这些情形我不太清楚，因为我本来在乌普萨拉，后来又到斯德哥尔摩。告诉你吧，我有哈洛德这个父亲，童年也不好过。事后想想，我发现问题在于海莉从未向任何人吐露心事。她很努力地做表面功夫，假装他们是个幸福的大家庭。”

“否认心理。”

“没错。但她父亲淹死后她就变了，她无法再假装没事。在此之前她都……我不知道该如何解释：非常有天分而早熟，但整体说来还是个相当平凡的青少年。在那最后一年，她依然表现杰出，所有考试成绩顶尖等等，但却像是没有灵魂一样。”

“她父亲是怎么淹死的？”

“原因再简单不过了，从小屋底下的划桨船上落水。他的裤裆开着，血液里的酒精浓度高得离谱，不用想也知道事情是怎么发生的。是马丁发现的。”

“这个我不知道。”

“真有趣，马丁竟然成了一个真的很不错的人。如果你在三十五年前问我，我会说这家里需要接受心理治疗的人是他。”

“为什么？”

“海莉并不是唯一受折磨的人。许多年来，马丁都非常安静内向，甚至到孤僻的地步。这两个孩子都过得很辛苦。其实我们都一样。我和我父亲也有问题——我想你应该知道他是十足的疯子。我妹妹阿妮塔有同样问题，我的堂兄弟亚历山大也是。范耶尔家族里的年轻人都不好过。”

“你妹妹后来怎么样了？”

“她现在住在伦敦。她七十年代到那儿在一家瑞典旅行社工作，就住了下来。她嫁人不久便分手，一直没有把那个人介绍给家人认识。现在她是英国航空的资深经理。我和她处得不错，但不常联络，也大概每两年才见一次面。她从未来过赫德史塔。”

“为什么？”

“有个发疯的父亲，这个理由还不够吗？”

“可是你留下了。”

“是呀，还有我哥哥毕耶。”

“那个政治人物。”

“你在嘲笑我吗？毕耶的年纪比我和阿妮塔都大，我们一直不是很亲近。在他自己看来，他是个重要得不得了的政治人物，只要保守派能赢，他就有机会进入国会，说不定还能入阁。事实上，他只是瑞典乡下一个平庸的地方议员，而且这很可能就是他职业生涯的高峰与终点了。”

“范耶尔家族有一点让我觉得很有趣，就是你们都彼此看不起。”

“不完全是，我就很喜欢马丁和亨利。而且尽管很少见面，我和妹妹也一直相处愉快。我很讨厌伊莎贝拉，也受不了亚历山大，更从未和我父亲说过话。所以大概是一半一半吧。毕耶呢……应该算是个自以为是的笨蛋，人倒不坏。不过我懂你的意思。我想应该这么说：身为范耶尔家族的人，很早就懂得说出心里话。我们的确是想什么说什么。”

“可不是嘛，我发现你们全都很直截了当。”布隆维斯特伸手去摸她的胸部，“我才来不到十五分钟，你就进攻了。”

“老实说，我第一次见到你就对你的床上功夫很好奇。试试准没错。”

莎兰德生平第一次强烈感觉到需要征询他人意见。问题是征询某人意见就得吐露心事，也就等于要泄露她的秘密。该找谁呢？她实在不善于与他人建立关系。

将电话簿默想一遍后，严格说来有十个人可以视为熟人。

她可以找“瘟疫”，他多少一直都存在她的生活当中。但他绝对不是朋友，也是最不可能帮得了她的人。他不行。

莎兰德的性生活并不像她让毕尔曼误以为的那么单纯，而且发生性关系一向（或至少大多时候）都是由她设定条件、采取主动。自十五岁起，她的性伴侣已超过五十人，平均大约每年五人，这对一个将性爱视为愉悦消遣的单身女孩而言并不算过分。可是这些逢场做爱多半发生在两年的时间里，当时正是她即将成年之前的混乱时期。

莎兰德曾有一度面临重大的抉择关头，却茫茫然不知该如何掌控自己的生活——因为她的未来可能只是另一连串关于毒品、酒精与精神病院强制收容的档案数据。当她满二十岁，开始在米尔顿安保工作后，她觉得自己已略微冷静下来，并掌握住自己的生活。

她觉得再也不必去讨好任何在酒馆里请她喝三杯啤酒的人，也不再因为和某个喝醉酒、名字也记不得的人回家而有丝毫成就感。过去一年间，她只有过一个固定的性伴侣，几乎已称不上性生活复杂——她青少年末期的档案数据曾如此标注。

她发生性行为的对象多半是一群行为放荡的友人之一，她和他们其实不算是一伙人，但因为认识席拉·诺伦而被他们接纳。

她是在青少年末期结识席拉，当时由于拗不过潘格兰的坚持，她正试着要完成成人教育学校的学业。席拉一头枣红色头发、黑色挑染，穿着黑色皮裤，穿了鼻环，腰带上的铆钉和莎兰德一样多。上第一堂课时，她们俩猜疑地彼此互瞪。

莎兰德也不知道为什么，她们就开始混在一块了。莎兰德不是好相处的人，尤其在那几年，但席拉不管她的沉默，硬是拉着她上酒吧。透过席拉介绍，她成了“邪恶手指”[1]的一员，这原本是安斯基得四名热爱硬式摇滚的少女所组成的郊区乐团。十年后，她们成了一群每星期二聚在“磨坊”酒吧，一面大喝啤酒一面骂男生是废物，并谈论女权主义、五芒星、音乐与政治的朋友。她们也并未辜负这个团名。

莎兰德发觉自己很难融入其中，也很少发表意见，但她们都能接

1 一种摇滚手势，又称“魔鬼之角”。

受这样的她。她可以随兴来去，整晚默默坐着喝自己的啤酒也无所谓。她们还会邀她参加生日宴会和圣诞甜酒派对，只不过她通常都没去。

在她和“邪恶手指”来往的五年期间，其他女孩都起了变化：头发颜色变得比较不鲜艳刺眼，买衣服也较常上 H&M 而非 Myrorna 二手成衣店。她们或是读书或是工作，还有一个当了母亲。莎兰德觉得只有自己毫无改变，这或许也能解释成她一直滞留在原地。

不过她们还是可以玩得很高兴。如果说有什么地方能让她有归属感，那就是和“邪恶手指”在一起，此外还连带那些与女孩们为友的男生。

“邪恶手指”会倾听，也会为她挺身而出，但她们不知道她被地方法院判定为“精神异常”。她不希望她们以误解的眼光看待自己。她们不行。

除此之外，她的电话簿上一个昔日同窗都没有。她没有任何人脉或支持团体或政治渠道。那么她该找谁诉说她的问题呢？

也许有一个人。对于该不该向阿曼斯基吐露，她慎重考虑了许久。他说过只要她需要任何协助，可以马上找他。她很确定他是真心的。

阿曼斯基也抚摸过她一次，但他很友善、没有恶意，不是为了展示权力。但她却不太愿意找他帮忙。他是她的老板，这么一来她就欠他一份人情。莎兰德不经意地想到，如果她的监护人是阿曼斯基而非毕尔曼，自己的人生又会变成什么样子。这个主意倒也不错，只不过阿曼斯基可能会太当一回事，以至于过度关注而让她喘不过气。他呀……也许行吧。

虽然她很清楚妇女庇护中心的功能，却从未想过前去求助。在她眼里，庇护中心是为受害者成立的，而她从不认为自己是受害者。因此她仅剩的选择便是一如既往——自己的问题靠自己解决。这样绝对可行。

看来毕尔曼律师的未来堪虑。

第十三章

二月二十日星期四至三月七日星期五

二月最后一个星期，莎兰德当起自己的客户，以出生于一九五〇年的毕尔曼为第一优先特案。她几乎每天花十六小时进行私人调查，其精密程度前所未有。她利用了她所能取得的所有档案与公开资料，调查他的亲友圈，检视他的财务状况，并详细列出他的教育与职业的每项细节。

结果颇令人丧气。

他是律师，是律师公会的会员，写过一篇有关财经法、相当冗长又极度沉闷的学术论文。他的声誉毫无瑕疵。毕尔曼律师从未遭到谴责。他只被人向律师公会举报过一次——大约十年前，他被指控在一宗房地产秘密交易中居中牵线，但他最后证明了自己的清白。他的财务状况良好；毕尔曼十分富有，至少拥有一千万克朗的资产。他缴的税比应缴的还多，是绿色和平组织与国际特赦组织的会员，还会捐款给心肺学会。他鲜少上媒体，但曾有几次联名声援第三世界政治犯。他住在欧登广场附近乌普兰路上的一栋三房两厅公寓，同时担任该栋共管式公寓委员会的秘书。他已经离婚，没有小孩。

莎兰德将重心放在他的前妻伊莲娜身上。她出生于波兰，但一生都住在瑞典。她在一家康复中心工作，离婚后嫁给毕尔曼昔日的同事，日子似乎过得很幸福。没有什么有利的信息。毕尔曼的婚姻持续了十四年，离婚进行得很平和。

毕尔曼一直在为惹上官司的年轻人担任监督者，在成为莎兰德的监护人之前，曾经当过四名年轻人的受托人。这些人全都未成年，当事人成年后，法院便判决终止受托任务。其中有一位当事人还会向毕尔曼请教法律问题，因此他们之间似乎也不存在敌意。即使毕尔曼一直有计划地剥削受监护人，也找不出任何迹象，不管莎兰德探索得多么深入，仍找不到他做坏事的蛛丝马迹。那四个人都已经各自与男女朋友建立起自己的生活，他们都有工作、有住处，还有各种现金卡。

她给四个当事人都打了电话，自称是社会福利部门的秘书，想要调查由受托人照顾的孩子日后的生活与其他孩子比较起来如何。当然了，每个人的回答都会匿名。她设计了十个问题，然后通过电话进行问卷调查。其中有几个问题是让受访者针对受托作业的效果表达自己的看法，看看他们对于自己的受托人有无任何意见，结果谁对他都没有坏评语。

莎兰德结束搜索后，将所有数据放进一个超市纸袋中，连同二十袋旧报纸一起放到门外。她似乎是动不了毕尔曼。他的过去毫无可利用之处。她非常确定他是个卑鄙、粗鲁的家伙，却找不到一点证据。

现在该考虑另一个选项了。做完所有分析之后，仅剩的一个可能性愈来愈吸引人——至少看起来是真正可行的选择。最简单的就是让毕尔曼从此从她的生活中消失。心脏病突发。问题落幕。但症结在于即便是令人作呕的五十五岁男人，也不会如她所愿地心脏病发。

不过这种事可以想想办法。

布隆维斯特与西西莉亚·范耶尔校长的暧昧关系持续得极为隐秘。她有三项原则：她不想让任何人知道他们见面；她希望在她有心情、打电话给他的时候，他才过去；而且她不想让他过夜。

她的热情令他意外而惊讶。当他们在苏珊店里巧遇时，她表现得友善但也冷漠地保持距离。而当他们进到她的房里，她则是热情奔放。

布隆维斯特并不想刺探她的私生活，但范耶尔请他来就是为了刺探家族中每个人的私生活。他感到烦恼的同时也很好奇。有一天，他向范耶尔询问她的丈夫是谁，他们又发生了什么事。他提问的时候，他们正在谈论亚历山大和毕耶的背景。

“西西莉亚？我想她和海莉没有关系。”

“跟我说说她的背景。”

“她毕业以后搬回这里开始教书，认识一个名叫耶瑞·卡尔森的人，不幸的是他是范耶尔企业的员工。他们结了婚。我以为他们过得很快乐——至少一开始。但几年后，我开始察觉事情并不如预期。他会虐待她。就像一般听到的故事——他打老婆，而老婆还是一味袒护他。终于有一天他下手太重，她受了重伤被送到医院。我帮了一点忙，她便搬到海泽比岛上来，之后再也不肯见她丈夫。我当然也解雇了他。”

“但他们并未离婚？”

“这得看你怎么定义离婚。我不知道她为什么还不申请离婚，但她一直不想再婚，所以应该没有太大差别。”

“这个卡尔森……会不会有关系呢？”

“……和海莉？不会，一九六六年他不在赫德史塔，也还不是公司员工。”

“喔。”

“麦可，我很喜欢西西莉亚。她或许是个难应付的人，不过她是我们家族里头的好人之一。”

莎兰德花了一星期准备毕尔曼的死。她考虑了也否定了许多方法，最后缩减到剩下几个可供选择的实际方案。不可冲动行事。

唯一要满足的条件只有一个。无论毕尔曼怎么死，都绝不能牵扯到她身上。她认为警方进行调查会找上她是理所当然，因为只要检视毕尔曼的职责，迟早都会发现她的名字。但他从以前到现在有那么多当事人，她只是其中一个，也只见过他四次，何况不会有任何迹象显示他的死与任何当事人有关。他还有前女友、亲戚、泛泛之交、同事等等。甚至也有一般所谓的“随机暴力”，也就是作案者与受害人并不相识。

即使她的名字出现，也不过是个档案数据上注明有心智缺陷、无助的、失能的女孩，所以最好让毕尔曼的死因错综复杂，那么罪犯就不可能是一个智障女孩了。

她排除了用枪的可能。取得枪支并不难，可是警方追查武器的功力很惊人。

她想到用刀子，这在每家五金行都买得到，不过最后还是否决了。就算她毫无预警地出现，将刀子插入他背后，也不能保证他会立刻死亡而不发出一点声响，说不定还死不了。更糟的是他可能会挣扎而引起注意，还有她的衣服可能沾上血迹，成了对她不利的证据。

她也想到用炸弹之类的，却又觉得太复杂。制造炸药本身不是问题——网络上随便都找得到制造致命武器的方法，难就难在要找到一个不会误伤路人的地方放置炸弹。而且，这也同样不能保证他一定会死。

这时电话响了。

“喂，莉丝。我德拉根。有个工作给你。”

“我没时间。”

“这很重要。”

“我在忙。”

她挂上话筒。

最后她选定下毒。这个决定令她吃惊，但仔细想想十分完美。

莎兰德在网络上搜索了好几天，选择极多，其中一项是科学界认定最毒的物质之一——氢化氰，又称为氢氰酸。

氢氰酸是特定化学工业使用的元素，其中包括制造染料。只需几毫克便足以致人于死，若在蓄水池中倒入一公升，便可歼灭一个中型都市。

这种致命物质当然会受到严格管控。但在一般厨房，却几乎能无限量地制造，只需准备少数实验器材和几样原料即可，前者花上几百克朗买一个儿童用化学工具箱便可取得，而后者则可由一般家庭用品获得。至于制造方法可以上网去找。

另一个选择是尼古丁。一条香烟便可抽取出足够的分量，然后加热制成带有黏性的糖浆。还有一种更好的物质是硫酸烟碱，制作过程较为复杂一些，但具有可经皮肤吸收的特性，她只需戴上橡胶手套、注满水枪，往毕尔曼脸上喷，不到二十秒钟他就会昏迷，几分钟内必死无疑。

莎兰德一直不知道竟有这么多家用品能变成致命武器。经过几天的研究后，她确信要想迅速解决监护人，在技术上不会有障碍。

但有两个问题：毕尔曼的死本身不会还给她生活自主权，而且难保他的继任者会更好。分析后果。

她需要的是控制她的监护人进而控制自己处境的方法。她在客厅的破沙发上坐了一整晚，不断想象整个情况。到了深夜，她打消了毒害的念头，另外拼凑新计划。

这个选择实在不吸引人，因为她得让毕尔曼再攻击她一遍。不过若是付诸实行，她就会赢。

至少，她是这么认为。

到了二月底，布隆维斯特已养成一种惯性，使得海泽比的生活变得一成不变。每天早上九点起床，吃早餐，工作到中午。这段时间他会往脑子里塞一些新数据。然后不管天气如何，都会出去散步一小时。下午继续工作，或是在家或是在苏珊店里，或是消化整理早上看过的东西或是写几段范耶尔的自传内容。三点到六点，通常是自由时间。他会去买东西、洗衣服、上赫德史塔。七点左右，去找范耶尔问白天里想到的问题。十点回到家，继续阅读至凌晨一两点。他很有系统地浏览范耶尔的数据。

整理自传的工作进行得很顺利。他已经写了一百二十页的家族史草稿，且已写到一九二〇年代。接下来他得放慢速度，开始字斟句酌。

他通过赫德史塔图书馆预订一些关于当年纳粹主义的书，例如海伦·洛夫[1]的博士论文《反万字与瓦萨徽章》，探讨的是德国与瑞典纳粹党人采用的象征符号。他又写了四十页关于范耶尔与兄弟们的草

1 海伦·洛夫（Heléne Lööw），历史学博士，专研瑞典右翼极端主义。

稿，并以范耶尔作为故事中心主轴。关于当时公司的运作方式，他也列出了需要寻找数据的主题。他还发现范耶尔家族与资本家伊瓦·克吕格[1]的王国有很密切的关系——这又是另一个需要探索的平行故事。他预估大约还要写三百页。根据原定计划，他希望能在九月一日前让范耶尔看到最后定稿，那么他便能在秋天进行校订。

阅读、倾听了这么多，布隆维斯特在海莉的案子上却毫无进展。无论他对档案细节再怎么绞尽脑汁，也找不出一点讯息能够推翻调查报告。

二月底的某星期六晚上，他和范耶尔交谈时顺便报告自己是如何停滞不前。老人耐心听着布隆维斯特一一道出他所遇到的瓶颈。

“这世上没有完美的犯罪。”范耶尔说：“我敢说我们一定遗漏了什么。”

“我们还不能肯定有犯罪这件事。”

“继续努力，”范耶尔说，“完成你的工作。”

“这实在没有意义。”

“也许吧。可是别放弃。”

布隆维斯特叹了口气。

“电话号码。”他最后说道。

“是。”

“一定有什么含意。”

“我同意。”

“海莉写下这些号码应该有其用意。”

“对。”

“可是我们无法解读。”

“是啊。”

“或者我们解读错误。”

1 伊瓦·克吕格（Ivar Kreuger，1880—1932），两次世界大战之间欧洲最有影响力的商人，控制了全世界三分之二的火柴产量，人称“火柴之王”。

“没错。”

“那些不是电话号码，而是代表某种意思。”

“也许。”

麦可又叹了口气，然后回家继续读数据。

毕尔曼再次接到莎兰德的电话说她需要钱时，觉得松了口气。之前她以工作为借口，延后他们最近一次预定的会面，他心里隐约感到一丝不安。难道她要变成无法驾驭的问题孩子吗？但因为她错过那次会面，没拿到零用钱，迟早都得来见他。他实在忍不住担心她会和外人说起他们之间的事。

这个女孩非好好监督不可，得让她明白是谁在做主。于是他告诉她这次改在他位于欧登广场的家中会面，而不在办公室。莎兰德听了之后，在电话另一头静默了好一会儿，最后终于同意。她原本计划在他办公室与他碰面，就和上次一样，如今却被迫到她不熟悉的场地去见他。会面时间定在星期五晚上。他跟她说了大门密码，她在八点半按了他家门铃，比原定时间晚了半小时，她需要利用这段时间在黑暗的楼梯间把计划重新想一遍、考虑替代方案、让自己狠下心来，同时鼓起足够的勇气。

八点，布隆维斯特将电脑关机，穿上外出服，留下工作室的灯没关。外头的天空群星闪耀，但夜寒逼人。他快速爬上山坡，经过范耶尔的屋子，走上通往“东园”的路。过了范耶尔的住处后他左转，循着较难走的海滨小径。亮灯的浮筒在水面上明灭不定，赫德史塔也在黑暗中闪烁着美丽的灯火。他需要呼吸点新鲜空气，但最主要还是想避开伊莎贝拉监视的目光。在离马丁的屋子不远处，他又重新回到大路上，抵达西西莉亚门前时刚过八点半。他们直接进她的卧室。

他们每星期幽会一两次。西西莉亚不仅成了他在这个放逐之地的情妇，也成了他开始信赖的对象。和她谈论海莉要比和她叔叔谈论更有收获。

计划几乎一开始就出错了。

毕尔曼打开公寓门的时候穿着浴袍。他不高兴她迟到，粗鲁地挥手让她进去。她穿着黑色牛仔裤、黑色T恤，当然还有黑色夹克。脚上一双黑靴，还背了个小背包，背带横过胸前。

“你连时间也不会看吗？”毕尔曼说。莎兰德没有回答。她四下张望了一下，由于先前研究过都市规划局的建筑平面图档案，公寓的格局与她料想的差不多。家具全是淡色系的桦木与山毛榉。

“来吧。”毕尔曼的口气转为温和。他搂住她的肩膀，带引她走过一条廊道进入公寓内部。闲聊也省了。他打开卧室的门，莎兰德得提供什么服务是再明显不过。

她很快地扫视一圈。单身汉的室内陈设。一张双人床，高高的不锈钢床架。一个低矮的抽屉柜，兼作床头柜。光线昏暗的床头灯。衣橱的一侧有面镜子。一张藤椅和小桌放在门旁的角落。他牵起她的手，拉她到床边。

“告诉我这次为什么需要钱。又要买电脑产品？”

“食物。”她说。

“对呀，我真笨。上次会面你没来。”他用手扶着她的下巴，抬起她的脸，以便看着她的眼睛，“你还好吗？”

她耸耸肩。

“我上次说的话你考虑过了没？”

“什么话？”

“莉丝，别装傻。我希望我们成为好朋友，互相帮助。”

她没有出声。毕尔曼真想赏她一巴掌，为她注入一点生气，但还是强忍下来。

“你喜欢我们上次的成人游戏吗？”

“不喜欢。”

他不禁扬起眉毛。

“莉丝，别傻了。”

“我需要钱买食物。”

“我们上次不是说了吗？如果你对我好，我也会对你好。可是你如果只想惹麻烦……”他用力捏住她的下巴，但她使劲地扭开。

“我要我的钱。你要我做什么？”

“你知道我要什么。”他抓住她的肩膀，将她推向床边。

“等等。”莎兰德迟疑地说。她用认命的眼神看看他，然后敷衍似的点点头。她脱下背包和铆钉夹克，环顾四周后，将夹克披在椅子上，背包放在圆桌上，迟疑地朝床边走了几步。接着她忽然停下来，似乎胆怯了。毕尔曼靠上前来。

“等等。”她又说了一次，口气听起来像是想和他说理，“我不希望每次需要钱的时候就得替你吹喇叭。”

毕尔曼听了脸色骤变，用力甩她一个耳光。莎兰德眼睛睁得大大的，但还来不及反应，便被他抓住肩膀往床上摔。这样的暴力让她始料未及。她正试图转身，他却将她压在床上并跨坐到她身上。

和上次一样，她的体力不如他，唯一可能的反击就是试着抓伤他的眼睛或使用某种武器。但如此一来，她的计划便全泡汤了。该死！T 恤被扯破时她暗咒道。她恐惧而清楚地意识到自己已是无能为力。

她听见他打开床边的抽屉，接着是一阵金属的“哐啷”声。起先她不知道是怎么回事，随后便看到自己的手腕被手铐铐住。他拉起她的手臂，将手铐绕过一根床柱后再铐上她另一只手。没多久他便扯下她的靴子和牛仔裤，接着脱掉她的内裤拿在手中。

“你要学着信任我，莉丝。”他说，“我现在要教你怎么玩这种成人游戏。如果你不好好对我，就会受到惩罚。你若对我好，我们就是朋友。”

他再次跨骑在她身上。

“你不喜欢肛交是吗？”

莎兰德张嘴想要尖叫。他一把抓起她的头发，将内裤塞入她嘴里。她感觉到他不知用什么缠住她的脚踝，将她的腿分开后绑起来，她于是彻底无助地躺在那里。她听到他在房里走来走去，但因 T 恤蒙住眼睛看不见。就这样过了几分钟，她几乎无法呼吸。随后他不知用什么猛然插入她的肛门，让她感到一阵钻心刺骨的痛。

西西莉亚依然规定布隆维斯特不能过夜。凌晨两点过后不久，他开始穿衣服，而她则裸身躺在床上微笑地看着他。

“我喜欢你，麦可。我喜欢有你作伴。”

“我也喜欢你。”

她将他拉回床上，脱去他刚穿上的衬衫。他又多待了一小时。

稍后当他经过范耶尔的屋子时，他很确定看到楼上某扇窗子的窗帘动了一下。

莎兰德终于可以穿上衣服。那是星期六早晨四点。她拾起皮夹克和背包，蹒跚地走向前门，毕尔曼已经冲过澡，穿着整齐地在那儿等她。他给了她一张两千五百克朗的支票。

“我开车送你回去。”他开门说道。

她跨过门槛，走出公寓，转身看着他。她的身子看起来好脆弱，脸因为哭泣而肿胀，当他们的目光交会时，他几乎畏缩了一下。他这辈子从未见过如此赤裸裸、如此炽烈的恨意。莎兰德的模样正如档案簿中所写的一样精神错乱。

“不用了。”她说，声音轻得几乎听不见，“我可以自己回去。”

他一只手按着她的肩。

“真的吗？”

她点点头。他的手抓得更用力。

“别忘了我们的约定，下星期六你还要再来。”

她又点点头。顺从地。他这才放手。

第十四章

三月八日星期六至三月十七日星期一

莎兰德在床上躺了一星期，下腹疼痛、肛门出血，但还有较不明显却更难痊愈的伤痕。这次的经历与第一次在办公室的强暴截然不同；这已不再只是压迫与羞辱，而是彻底的暴行。

她完全误判了毕尔曼，但此时醒悟已经太迟。

她本以为他只是个喜欢高高在上的权力感的男人，没想到他根本是个性虐待狂。大半个晚上，他都用手铐铐着她。有几次她以为他想杀了她，还有一次他用枕头捂住她的脸，让她几乎晕过去。

她没有哭。

除了因为肉体的疼痛之外，她没有掉一滴泪。离开公寓后，她举步维艰地走到欧登广场的出租车招呼站，又举步维艰地爬上自家公寓的楼梯。她冲了澡，洗去生殖器的血渍，然后吞下两颗罗眠乐安眠药配上五百毫升的开水，摇摇晃晃倒到床上，拉起羽绒被盖住头脸。

她醒来已是星期日近午，脑中一片空白，头、肌肉和下腹仍持续疼痛。她起床后喝了两杯克菲尔发酵乳，吃了个苹果。然后又吞了两颗安眠药，回到床上。

她一直赖到星期二才下床，出去买了一大盒比利考盘比萨，塞两块进微波炉，又用保温瓶装了咖啡。当天晚上她都在上网，搜寻关于性虐待狂心理学的文章与论文。

她找到美国某妇女团体发表的一篇文章，作者声称性虐待狂是以一种近乎直觉的精准度选择“关系对象”；主动上门者是最佳的受虐对象，因为她不认为自己有任何选择。性虐待狂专挑那些必须依赖他人的人下手。

毕尔曼选择了她作为牺牲品。

这让她稍微了解到别人如何看待她。

星期五，第二次强暴的一周后，她从自家公寓走到霍恩斯杜尔区的一家刺青店。她事先预约了，店里没有其他客人。店主认得她，向她点了点头。

她挑了一个小而简单的细环图案，请师傅帮她刺在脚踝上。她指了一下。

“那里的皮肤非常细，会很痛。”师傅说。

“没关系。”莎兰德说着脱下牛仔裤，将脚举高。

“好吧，细环。你已经有很多刺青了，真的还要再纹？”

“这是提醒用的。”

星期六下午两点，布隆维斯特在苏珊关门后离开咖啡馆，早上的时间都在打字，将笔记打进笔记本电脑里。他走到昆萨姆超市买了些食物和香烟之后才回家。他找到一样当地的特产：香肠炒马铃薯和甜菜——这道菜他一向不太喜欢，但不知为何似乎特别适合在乡间小屋里食用。

晚上七点左右，他站在厨房窗边沉思。西西莉亚没有来电。当天下午他碰巧遇见她上咖啡馆买面包，但她却自顾自地想着心事。今晚她应该不会打来了。他瞄瞄那台几乎未曾使用过的小电视，最后决定坐到厨房板凳上，翻开苏·葛拉芙顿的推理小说。

莎兰德依照约定回到毕尔曼位于欧登广场的公寓。他带着礼貌而殷勤的笑容请她进去。

“你今天好吗，亲爱的莉丝？”

她没有回答。他伸手搂住她的肩膀。

“我想上次大概太过分了些，”他说，“你看起来有点无精打采。”

见她嘴角微微一翘，他顿时感到一阵心惊。*这个女孩不太正常，我得记住。*他心想不知她能否改变立场。

“要进卧室了吗？”莎兰德问。

话说回来，说不定她还求之不得呢……今天我得温和一点，建立

她的信任感。他已经把手铐从抽屉柜取出。直到他们来到床边，毕尔曼才发现不对劲。

今天是她带领他到床边，而不是由他主导。他停下来困惑地看着她从夹克口袋掏出一样东西，他原以为是手机。这时他看见她的眼神。

“说晚安。”她说。

她将电击棒插到他的左腋下，发射出七万五千伏特的电力。当他的双脚开始无法支撑时，她用肩膀撑住他，然后用尽全身力气将他推撞到床上。

西西莉亚觉得有些微醺。她决定不打电话给布隆维斯特。他们的关系已经发展成一出荒谬的闺房闹剧，为了避人耳目，他得蹑手蹑脚地绕远路来她家，而她则扮演一个无法自制的相思病少女。她过去这几个星期的行为实在鲁莽。

问题是我太喜欢他了，她暗忖。到头来他会让我受伤。她坐了好久，心想若是布隆维斯特没来海泽比就好了。

她开了一瓶葡萄酒，孤单地喝下两杯。她打开电视看新闻节目，希望留意一下世界局势，但很快便对“布什总统为何必须炸毁伊拉克”的理性评论感到厌倦。于是她转而坐到客厅沙发，拿起耶勒·塔玛所写关于“激光人”[1]的著作，但看不到几页便不得不将书放下。那让她立刻联想到自己的父亲。他脑子里究竟有些什么幻想？

他们最后一次真正见面是在一九八四年，他带着她和毕耶去赫德史塔北部猎野兔。毕耶去试他刚买的新猎犬——一只瑞典猎狐犬。哈洛德当时七十三岁，她则尽最大努力接受他的疯狂行径，尽管这行径让她的童年成为梦魇，并影响她整个成年生活。

当时是西西莉亚一生中最脆弱的时刻。她刚刚在三个月前结束婚姻。家庭暴力……多么平凡无奇的字眼，展现在她身上的却是永无休

1 瑞典一名连环杀人犯，起初以装有激光瞄准器的来复枪犯案，因而得此外号。

止的虐待。打头、推撞、情绪性的恐吓，还有被打倒在厨房地板上。她丈夫总是莫名其妙地发作，攻击行为也没有严重到让她真正受伤。她已习以为常。

直到有一天她出手反击，终于使他彻底失控，最后竟朝她投掷剪刀并插入她的肩胛骨。

他既懊悔又惊慌，连忙开车送她到医院。他编造一起离奇的意外事故，但还是被急诊室所有医护人员一眼看穿。她感到羞耻。他们替她缝了十二针，要求她住院两天。然后叔叔来接她，载她回他家去。此后她再也没有和丈夫说过话。

在那个阳光普照的秋日里，哈洛德心情不错，近乎和善。但深入林区后，他忽然毫无预警地开始破口大骂，以极尽羞辱的言词批评她的道德观与性生活，还大吼说这种贱货难怪留不住男人。

她哥哥似乎没有察觉到父亲的每字每句都像鞭子抽在她身上一般，反倒还大笑起来，伸手勾住父亲，然后说一些类似*你也知道女人就是这样*的话语，以他自己的方式来化解紧张气氛。他愉快地朝西西莉亚眨眨眼，同时建议哈洛德藏身到地势较高处。

有那么一刹那，冻结的瞬间，西西莉亚看着父兄，并发现自己手上拿着上膛的猎枪。她闭上双眼。当时除了举枪连发两枪之外，似乎别无选择。她想把他们俩都杀了。但她没有这么做，而是把枪放到脚边，转身走回停车处，然后丢下他们独自开车回家。打从那天起，她便不再让父亲进她家门，也从未去过他家。

你毁了我的一生，西西莉亚暗想。*我还只是个孩子的时候，你就毁了我的一生。*

八点半，她拨了电话给布隆维斯特。

毕尔曼十分痛苦。他的肌肉无用武之地，整个身体仿佛麻痹了。他记不得自己是否失去意识，但确实心神混乱。他慢慢能再次控制身体时，发现自己赤裸地躺在床上，手腕上铐着手铐，双脚很不舒服地张开着。身体遭电击处留下刺痛的烧灼痕迹。

莎兰德拉过藤椅，穿着靴子的脚跷到床上，一面抽烟一面耐心等着。毕尔曼想跟她说话，却发现嘴巴被封住。他掉转过头，看见抽屉全被拉出来丢在地上，里面的东西散落一地。

“我找到你的玩具了。”莎兰德说着举起一条皮鞭，同时拨弄着地上一堆假阳具、马具和橡胶面具。“这是什么玩意？”她拿起一个巨大肛塞，“别，别说话，我也听不到。你上星期就是在我身上用这个？你只要点头就行了。”她弯身向前期待着他的回答。

毕尔曼感到一阵惊恐的寒意直透胸口，不由得失去镇定，扯动手铐。她占了上风。不可能！当莎兰德俯身将肛塞置于他两股之间时，他全然无力反抗。“你是个性虐待狂是吗？”她用一种就事论事的口吻说。“你喜欢把东西硬塞到人的身体里，是吗？”她直视他的双眼，脸上毫无表情，“不用润滑剂的是吗？”

莎兰德粗暴地扒开他的屁股，将肛塞用力塞进该塞的地方，痛得毕尔曼隔着胶带高声嚎叫。

“别再哼哼唧唧了。”莎兰德模仿他的声音说，“如果你抱怨，我就要惩罚你。”

她站起来走到床的另一边。他只能无助地目视……这又是干什么呀？莎兰德把客厅那台三十二寸的电视给推了进来，DVD 播放器放在地上。她望着他，鞭子仍拿在手上。

“你全神贯注吗？别说话，只要点头。你听到我说的话吗？”他点点头。

“很好。”她弯身拿起自己的背包，“你认得这个吗？”他点点头。“这是我上星期来的时候带的背包，很实用，我从米尔顿安保借来的。”她拉开底部的拉链。“这是数码录像机。你有没有看过 TV3 的《透视内幕》节目？这就是那些下流记者用隐藏式摄影机拍摄时用的玩意。”她说完又拉上拉链。

“你一定觉得奇怪，镜头在哪里？这正是它最厉害的地方。广角光纤镜头，就像纽扣一样，藏在肩带扣环内。你也许还记得在你开始摸我以前，我把背包放在桌上。因为要对准床。”

她拿起一张 DVD 放进播放器，然后把藤椅转过来面向屏幕。她又点了根烟，按下遥控器。毕尔曼看见自己为莎兰德开门。

你连时间也不会看吗?

她让他看完整片光盘，总共九十分钟，结束时的画面正好是赤身裸体的律师毕尔曼坐靠着床架，一边喝酒一边看着双手反绑、身子蜷曲的莎兰德。

她关上电视，也不看他，就这样整整坐了十分钟。毕尔曼一动也不敢动。接着她起身走进浴室。回来以后又坐回椅子上。声音粗得有如砂纸。

“上星期我犯了个错误。”她说，“我以为你又要让我替你吹喇叭，替你做实在很恶心，但还不至于恶心到做不到。我以为能轻易拿到证据证明你是个龌龊的老家伙。我错看了你。我没想到你竟然这么变态！”

“我就实话实说吧。”她说，“这段录像证明你强暴一个心智有障碍的二十四岁女生，而且你还是她的监护人。你不知道当情况紧急的时候，我会有多大的心智障碍。凡是看到这段录像的人都会发现你不但变态，还是个有性虐待狂的疯子。这是我第二次，但愿也是最后一次看这段录像。很有教育意义，不是吗？我想将来要进精神病院的人应该是你，不是我。到现在为止，你都听懂了吗？”

她等着。他没有反应，但看得出他在发抖。她抓起鞭子，往他的性器上一抽。

“你听懂了吗？”她问得更大声。他终于点头。

“很好，那就都清楚了。”

她将椅子拉近，以便直视他的眼睛。

“你觉得我们应该怎么解决这个问题？”他无法给她答案，“你有什么好主意吗？”由于他没有反应，她便伸手抓住他的阴囊往外扯，直到他痛得整个脸扭曲变形才松手。“你有什么好主意吗？”她又问一次。这回他摇摇头。

“很好，如果你以后再敢有什么主意，我会气得抓狂。”

她往后一靠，将香烟丢在地毯上踩熄。“接下来是这样的。下星期，等你把你屁股里头那个超大号橡皮塞放出来以后，就去通知我的银行，说我——而且只有我——可以使用我的户头。这样听懂了吗？”毕尔曼点点头。

“好孩子。以后你再也别找我，只有在我认为必要的时候我们才见面。你现在受禁制令约束，不许接近我。”他连连点头。她不打算杀我。

“如果你还企图要找我，这张光盘的拷贝将会出现在斯德哥尔摩的每个新闻编辑部。懂吗？”

他点点头。我得拿到那张光盘。

“你每年得替我写一份福利报告交给监护局，你要说我的生活完全正常，说我有固定工作，说我能维持自己的生计，说你认为我的行为毫无异常之处。好吗？”

他点点头。

“还有你每个月要准备一份报告，捏造我们会面的情形。你要详细说明我是多么积极向上，我的情况有多好，还要寄一份副本给我。懂吗？”他又点头。莎兰德心不在焉地看着他额头上冒出的汗珠。

“大约一年或两年后，你要主动与地方法院的法官协商，撤销对我的监护权。提出申请时，就用你伪造的会面报告做根据。你要找到一个精神科医师，愿意宣誓说我完全正常。你要努力去做。你一定要尽一切力量让法院宣判我不是失能者。”

他点点头。

“你知道你为什么要尽力吗？因为你有一个很好的理由。如果你办不到，我就会将这个片子公之于世。”

他仔细听着莎兰德所说的一字一句，眼中燃烧着怒火。他决定要让她后悔让他活下来。我非让你付出代价不可，你这婊子。迟早我会让你死得很惨。但他面对每个问题，依旧点头如捣蒜。

“如果你企图来找我，结果也一样。”她做出割喉的动作，“到时候你就得跟你的高级生活、你的好名声和你海外账户里那几百万存款说再见了。”

一听她提到钱，他不禁睁大双眼。她怎么会知道……

她微微一笑，又抽出一根烟。

“我要你给我这间公寓和你办公室的钥匙。”他皱起眉头。她却俯身向前，露出甜美的笑容。

“将来换我来控制你的生活。在你最意想不到的时候，很可能是躺在床上睡觉的时候，我就会拿着这个出现在你的卧室。”她说着举起电击棒，“我会随时注意你。如果被我发现你又找其他女孩——不管她是不是自愿——甚至只要是和任何女人……”莎兰德又做出割喉手势。

“万一我死了……万一我出意外，被车撞死之类的……录像的拷贝会自动寄到各家报社，外加一份关于你是个什么样的监护人的报告。”

“还有一件事，”她再度向前贴近，两人的脸只距离几公分，“如果你敢再碰我，我会杀了你。我保证。”

毕尔曼绝对相信她。她的眼神透露出她绝非虚张声势。

“千万要记住我是个疯子，好吗？”

他点了点头。

她若有所思地看着他，说道：“我不认为我们会成为好朋友。现在你躺在那里，暗自庆幸我笨到让你继续活下去。你虽然是我的俘虏，却还自以为握有掌控权，因为你以为我若不杀你，也就只能让你走。所以你充满希望，觉得你应该马上就能再次压制我。我说得对吗？”

他摇摇头，而且真的开始觉得很难过。

“我要送你一样东西，好让你永远记得我们的约定。”

她对着他撇撇嘴角，然后爬上床跪在他双脚之间。毕尔曼不知道她想做什么，但恐惧感油然而生。

接着他看到她手中拿着一根针。

他的头猛力地前后晃动，试图将身子扭开，但她用一脚的膝盖压住他的胯下并作出警告。

“静静躺着别动，因为这是我第一次使用这件工具。”

她持续了两个小时，动作结束时，他已经不再啜泣，几乎像是处于麻木状态。

她爬下床后，歪着头，以鉴定的目光看着自己的手艺。她的艺术天分实在有限。那些字母看起来顶多像是印象派。她用了红色和蓝色墨水。用大写字母分成五行盖满他的肚子，从乳头直到性器上方写着这样一句话：“我是一只有性虐待狂的猪，我是变态，我是强暴犯。”

她收起针头，将墨盒放进背包，然后进浴室清洗。回到卧室时她感觉好多了。

“晚安。”她说。

她打开手铐的一边，并在离开前将钥匙放在他的小腹上。她除了带走自己的DVD，还拿了他一串钥匙。

午夜过后他们共抽一根烟的时候，他才告诉她得有一阵子不能见面。西西莉亚诧异地转过头看着他。

“什么意思？”

他显得很难为情。“星期一，我得入狱服刑三个月。”

无须多作解释。西西莉亚静静躺了许久，觉得想哭。

星期一下午当莎兰德来敲门的时候，阿曼斯基有点怀疑。打从一月初温纳斯壮案的调查工作取消后，她便消失得无影无踪，每次想找她，她不是不接电话就是回说很忙就挂了。

“你有工作给我吗？”她没打招呼直接就问。

“嗨，能看到你真好。我还以为你死了还是怎么着。”

“我有点事情要处理。”

“你好像老是有事情要处理。”

“这次很紧急。我现在回来了。你有工作给我吗？”

阿曼斯基摇摇头。“抱歉，现在没有。”

莎兰德平静地看着他。过了一会儿，他开口了。

“莉丝，你也知道我喜欢你，也想给你工作。可是你消失了两个月，我手边的工作堆积如山。你实在太不可靠。我不得不付钱请其他人补你的缺，现在的确没事给你做。”

“你可不可以调大点？”

“什么？”

“收音机。”

……《千禧年》杂志。前首席执行官兼发行人麦可·布隆维斯特因诽谤企业家汉斯–艾瑞克·温纳斯壮，即将入狱服刑三个月，而就在同一天传出退休的大企业家亨利·范耶尔将入股成为杂志社合伙人，并担任董事职务。《千禧年》总编辑爱莉卡·贝叶在记者会上宣布，布隆维斯特服刑期满后将重任发行人一职。

“哇，大新闻耶！”莎兰德说得很小声，阿曼斯基只看到她的嘴唇在动。她说完便起身往门口走。

“等等，你要去哪里？”

“回家。我想查点东西。有工作的时候打给我。”

《千禧年》获得范耶尔支持的消息造成的轰动，比莎兰德所预期的大得多。《瑞典晚报》已经刊登出TT通讯社的一篇报道，除了简略介绍范耶尔的生平，还说这是将近二十年来，这位年迈的企业巨子首次公开露面。一般认为他将成为《千禧年》的合伙人，就和彼得·华伦伯格或艾瑞克·潘瑟[1]突然成为ETC集团的合伙人或《文字阵线》杂志的赞助人一样不可思议。

由于是大新闻，七点半的新闻节目《深度报道》将它列为第三重要新闻，并且报道了三分钟。爱莉卡还在杂志社办公室的会议桌旁接

1 艾瑞克·潘瑟（Erik Penser，1942— ），瑞典金融业巨子。

受访问。忽然间，温纳斯壮案又成了新闻。

“去年我们犯了严重错误，导致杂志社因诽谤被起诉，这让我们感到很遗憾……我们将会在适当时机追踪这则报道。”

“您所谓‘追踪这则报道’是什么意思？”记者问道。

“我的意思是我们最终将会提出我们至今尚未提出的版本。”

“审判期间应该就要这么做了。”

“我们选择不这么做。不过我们的调查报道仍会继续。”

“这么说，你们还要继续追这条导致你们被起诉的新闻？”

“关于这点我无可奉告。”

“麦可·布隆维斯特的判决出炉后，您将他解雇了。”

“不是这样的，请看看我们的新闻稿。他需要休息一段时间，今年稍后他就会重新担任执行官兼发行人。”

记者将《千禧年》形容为独树一格、直率敢言的杂志，并迅速列举杂志社在这段动荡时期的背景资料，在此同时，摄影机扫过整个新闻编辑室。布隆维斯特目前无法接受访问，他刚刚被关进鲁洛克监狱，距离耶姆特兰的厄斯特松德约一小时路程。

莎兰德从电视屏幕的边缘瞥见弗洛德通过编辑办公室门口。她皱起眉头，咬着下唇沉吟起来。

星期一没什么大新闻，范耶尔的事在九点的新闻当中整整报道了四分钟。他是在赫德史塔某摄影棚接受访问。记者一开始便说在远离聚光灯二十年后，企业家亨利·范耶尔回来了。这段报道首先以黑白画面作快速的生平简介，其中有他和首相埃兰德在六十年代参与工厂开幕的情景。摄影机接着转到棚内沙发，范耶尔非常怡然自得地坐着。他穿了黄衬衫，打了一条绿色窄领带，搭配深棕色的休闲外套。他十分瘦削，但说话铿锵有力，而且十分坦率。记者问范耶尔是什么原因促使他加入《千禧年》。

“这是一本很出色的杂志，我已经注意它好几年。如今这份刊物受到打击。有一些反对者正在串联广告商进行抵制，企图让它一败涂地。”

记者没有料到这样的答复，但立刻猜到这个本已不寻常的事件背后，还有更多令人意想不到的内幕。

“是谁在操控这次的抵制行动？”

“这是杂志社要严加检视的事情之一。但我要趁现在郑重声明，《千禧年》不会这么快就倒下。”

“所以您才会入股？”

“假如媒体因为特别人士的不满而噤声，就太令人遗憾了。”

范耶尔仿佛是个毕生都在争取言论自由的激进文化斗士。布隆维斯特第一天晚上在鲁洛克监狱电视间看电视时，不由得放声大笑，其他狱友全都不安地瞄向他。

当晚稍后，躺在囚室的床上——这囚室让他想起挤了一张小桌子、一张椅子和墙上一个架子的汽车旅馆房间，他不得不承认范耶尔与爱莉卡对于新闻营销的见解是对的。他知道民众对《千禧年》的态度已经起了变化。

范耶尔的支持完完全全是对温纳斯壮宣战。传达的讯息很简单：将来你要对抗的不再是只有六名员工、年预算相当于温纳斯壮集团午餐会议支出的杂志社，而是范耶尔企业，这家公司虽不如昔日那般叱咤风云，挑战起来却仍是艰难许多。

范耶尔在电视上表明了他已作好作战的准备，而且这场仗将会让温纳斯壮付出惨痛代价。

爱莉卡的措辞是经过深思熟虑的。她说得不多，但提到杂志社尚未提出自己的版本，就会让人觉得他们有话要说。尽管布隆维斯特遭到起诉、判刑，且如今已入狱，她仍站出来说——即使没有说得太多——他并未诽谤，其中另有隐情。也正因为她没有用“无罪”这个字眼，反而更彰显他的清白。他即将重任发行人的事实也强调了杂志社丝毫不引以为耻。在民众眼里，真实性不是问题——每个人都喜欢阴谋论，若要在卑鄙的富商与敢言而迷人的总编辑之间作选择，实在不难猜出民众会倒向哪一边。然而，媒体不会如此轻信，只是爱莉卡此举或许已让部分评论者缴械投降。

这天发生的事基本上并未改变局势，不过他们争取到了时间，也使得力量对比稍有改变。布隆维斯特心想温纳斯壮这个晚上肯定过得不痛快，他不会知道他们掌握多少讯息，因此采取下一步之前得先好好打听。

爱莉卡先后看完自己和范耶尔的访问后，沉着脸关掉电视和录放机。这时是凌晨两点四十五分，她得强忍住打电话给布隆维斯特的冲动。他关在狱中，不可能还保留着手机。她回到家已经很晚，丈夫早已入睡。她走到酒柜前，倒了一杯分量不至于伤身的亚伯劳尔单一纯麦威士忌——她大概每年喝一次烈酒——然后坐到窗边，隔着索茨霍巴根望向斯库卢海峡入口处的灯塔。

她和范耶尔达成协议后，与布隆维斯特独处时两人爆发了激辩。他们曾经多次为了某篇文章该以什么角度撰写、杂志的设计、消息来源可信度的评估，以及其他许许多多与发行杂志有关的事情发生严重口角，但终能安然度过。然而这次在范耶尔的宾馆中所起的争执触及一些原则问题，让她意识到自己的立场动摇了。

“现在我不知道该怎么办。”当时布隆维斯特说，“这个人雇用我来为他的自传捉刀，直到目前为止，只要他试图逼我写不实的事，或企图说服我用我不认同的方式扭曲故事，我大可以马上起身走人。结果现在他成了我们杂志的合伙人——而且是唯一有能力拯救《千禧年》的人，突然间我变成了骑墙派，这是职业道德委员会绝不容许的情况。”

“那你有更好的主意吗？”爱莉卡问他，“如果有的话，趁现在合约还没签字，赶快说出来。”

“小莉，范耶尔是在利用我们解决他和温纳斯壮之间的私人恩怨。”

“那又怎么样？我们和温纳斯壮也有私人恩怨呀！”

布隆维斯特掉过头去，点了根烟。

他们的对话持续了好一会儿，直到爱莉卡走进卧室、更衣、上床为止。两小时后他躺到身旁时，她佯装睡着了。

今天晚上，《每日新闻》的记者也问了她相同问题："今后《千禧年》要如何才能坚持独立的立场，获取读者信任？"

"您的意思是？"

记者认为问题已经很清楚，但还是作了说明。

"调查企业运作是《千禧年》的目标之一。以后杂志社要怎么令人相信说它在调查范耶尔企业？"

爱莉卡露出惊讶的神色，仿佛听到一个完全意想不到的问题。

"您是在影射说因为一个知名的资本家带着大把资金入注，《千禧年》的可信度便会降低？"

"你们对范耶尔公司的调查结果不可能令人信服。"

"这是针对《千禧年》所立的规定吗？"

"抱歉，我不懂。"

"我是说您服务的出版机构，绝大部分的股东也是大企业，难道说波尼尔集团[1]所发行的报纸也都不能信任？《瑞典晚报》是挪威一家大企业所有，这家公司在IT与通讯业界也举足轻重，难道说《瑞典晚报》所报道任何有关电子业的消息都不能相信？《都会报》是史坦贝克集团所有。您能说在瑞典凡是背后有重大经济利益支撑的出版机构都不可信吗？"

"不，当然不行。"

"那么您为何含沙射影地说因为我们也有靠山，所以《千禧年》的可信度会降低？"

记者举手投降。

"好，我会抽掉那个问题。"

"不，别这么做。我希望您把我说的话一字不漏地刊出。还可以再附上一句：如果《每日新闻》愿意多留意范耶尔企业一点，那么我

---

1 波尼尔集团（Bonnier Group），一八二〇年代开始发迹的家族企业，是北欧最大的媒体集团。

们也会多给波尼尔集团一点关注。”

但这的确是一个道德难题。

布隆维斯特在为范耶尔做事，而范耶尔只要签个名就能让《千禧年》垮台。如果布隆维斯特和范耶尔反目，结果会如何呢？

最重要的一点，她为自己的诚信付出了什么代价？曾几何时她也从独立的编辑变得堕落了？

莎兰德关闭浏览器，合上笔记本电脑。她没有工作而且饿肚子。前者她并不太担心，因为她已经重新取得账户的掌控权，而毕尔曼也已经成为过去一个模糊而不愉快的记忆。至于对抗饥饿，她按下咖啡壶开关，接着用黑麦面包和乳酪、鱼子酱和一个水煮蛋，做了三个大大的黑面三明治。她在客厅的沙发上一面吃夜宵，一面整理搜集到的资料。

赫德史塔那个律师弗洛德曾雇用她调查布隆维斯特，也就是因为诽谤资本家温纳斯壮而被判刑入狱的那名记者。几个月后，同样来自赫德史塔的亨利·范耶尔成了布隆维斯特杂志社的董事，并宣称有人密谋搞垮杂志社。这一切刚好就发生在布隆维斯特入狱当天。而最有趣的是一则发表于两年前，关于温纳斯壮背景的文章《两手空空》，这是她在在线版的《财经杂志》中发现的。他似乎是在六十年代末期，从同一家范耶尔公司开始发迹。

就算不是明眼人也能看出这些事件多少有些关联。这其中一定有什么不可告人的秘密，莎兰德最爱挖掘这种秘密。何况，当下她也无事可做。

第三部

合　并

五月十六日至七月十四日

瑞典有百分之十三的女性曾遭性伴侣之外的人严重性侵害

第十五章

五月十六日星期五至五月三十一日星期六

布隆维斯特进入鲁洛克监狱服刑两个月后，于五月十六日星期五出狱。入狱当天他曾提出假释申请，但并不抱太大希望。至于法律上基于什么原因释放他，他一直不甚明白，也许和他没有用掉任何休假日，以及狱中关了四十二人，却只有三十一个床位等事实有关。总之，和布隆维斯特相处愉快的典狱长彼得·沙洛斯基——一个四十一岁的波兰流亡者——也建议缩减他的刑期。

他在鲁洛克的日子相当逍遥自在。照沙洛斯基的说法，这座监狱是针对地痞流氓和酒醉驾驶设计的，而不是针对重大罪犯，每天的例行工作让他觉得像是住在青年旅馆。他的狱友大多是第二代移民，多少将他视为稀有动物。他是唯一在电视上露过脸的受刑人，因而获得相当的地位。

入狱第一天他就被叫去谈话，并让他选择接受治疗、接受成人教育学校的训练，或是其他成人教育与职业咨询。但他觉得自己根本不需要作重返社会工作的准备，他心想，他都已经完成学业而且有工作了。不过，他倒是要求在囚室可以继续使用笔记本电脑，以便继续写受托的书。他的请求简简单单便获准，沙洛斯基还替他准备了一个可以上锁的柜子，让他能将笔记本电脑留在囚室内，不过倒也不是担心其他受刑人偷走或破坏之类的。他们其实都相当保护他。

因此这两个月内，布隆维斯特每天大约花六个小时撰写范耶尔家族史，其间只中断几小时作清理或消遣。他和另外两人被指派每天打扫监狱体育馆，其中有一人来自舍夫德，但祖籍是智利。至于消遣则包括看电视、打牌或重量训练。布隆维斯特发现自己的扑克牌牌技还过得去，但每天仍得输掉几个五十欧尔的硬币。根据狱所规定，只要赌注总金额不超过五克朗，是可以赌钱的。

他直到前一天才被告知出狱的消息。沙洛斯基把他叫到办公室，两人干了一杯烈酒。

布隆维斯特直接回海泽比的小屋，走上前门阶梯时听到“喵呜”一声，发现那只红棕色的猫陪在一旁。

“好吧，让你进来。”他说，“不过我还没有牛奶。”

他将行李袋清空，就像刚刚度假回来，却发觉自己其实挺想念沙洛斯基和狱友们。或许听来荒谬，但他在鲁洛克过得很愉快，只是出狱的消息来得太突然，他还没来得及告诉任何人。

此时刚过傍晚六点。他急忙赶往昆萨姆超市，趁关门前买点东西。回家后，他打电话给爱莉卡，收到“暂时无法接听”的讯息，便留言请她第二天回电。

随后他走到雇主住处，发现范耶尔在一楼。老人见到他时，惊讶地扬起眉毛。

“你逃狱吗？”

“提早释放。”

“真是意外。”

“我也觉得。我昨晚才知道。”

他们互望了几秒后，老人忽然意外地张开双臂，给他一个紧紧的拥抱。

“我正要吃饭，一块来吧。”

安娜做了很多熏肉煎饼配着越橘吃。他们坐在饭厅，聊了将近两小时。布隆维斯特大约说了一下家族史的进度，以及一些需填补的欠缺与空白处。他们完全没有提到海莉，倒是范耶尔说了不少《千禧年》的情况。

“我们开了董事会。爱莉卡小姐和你们的合伙人克里斯特很体贴地将两次会议地点改到这儿来，另一次在斯德哥尔摩则由弗洛德代我参加。我真希望自己年轻几岁，跑那么远对我来说实在太累。夏天时，我会试着跑一趟。”

“没有道理不来这里开会。”布隆维斯特说，“身为杂志社的所有人之一，感觉如何？”

范耶尔露出苦笑。

“其实这是这些年来让我觉得最有趣的事。我看过财务状况了，相当不错。要投进去的钱没有我预想得多，收支差距愈来愈小了。”

“这星期我和爱莉卡谈过，她说广告收入已经回升。”

“没错，情况是开始好转了，但得花一段时间。首先是范耶尔集团旗下的公司买了许多全页广告，不过另外两家昔日的广告商——一家手机厂商与一家旅行社——也回笼了。”他笑得灿烂，“我们还一个一个去拉拢温纳斯壮的敌人。相信我，这名单长得很。”

“有直接来自温纳斯壮的消息吗？”

“不算有。不过我们放出消息说，温纳斯壮正准备抵制《千禧年》，肯定让他显得心胸狭窄。听说《每日新闻》有个记者访问到他，却挨了一顿轰。”

“你玩得很高兴吧？”

“不能说是玩。几年前我早该动手了。”

“你和温纳斯壮之间到底怎么回事？”

“你就别问了。等你一年的期限一到自然就会知道。”

布隆维斯特在九点左右离开范耶尔家，空气中已有明显的春天气息。外头很暗，他略一迟疑，随后循着熟悉的路径去敲西西莉亚的门。

他不太知道自己期待什么。西西莉亚一开门便睁大眼睛，请他进屋时立刻显得不自在。他们俩就这么站着，忽然对彼此有点陌生。她也问他是否逃狱，他又解释一遍。

“我只是过来打个招呼，没打扰你吧？”

她避开他的目光。麦可随即感觉到她见到他并不特别高兴。

“没……没有，请进吧。要不要喝点咖啡？”

“好啊。”

他随她进入厨房。她拿咖啡壶装水时背对着他。他伸手按住她的肩膀，她身躯忽然变得僵硬。

“西西莉亚，你看起来不像想请我喝咖啡。”

“我以为你还要一个月才会回来。”她说，“你吓了我一跳。”

他把她转过来，看着她的脸。两人默默站了一会，她仍回避他的目光。

“西西莉亚，先别管咖啡了。怎么回事？”

她摇摇头，深吸一口气。

“麦可，我希望你离开。别问，离开就是了。”

布隆维斯特先是走回小屋，但在大门前停下，犹豫不定。结果他没进去，而是走到桥下水边找了块石头坐下。他边抽烟边整理思绪，不明白为何西西莉亚对他的态度起了一百八十度的转变。

这时忽然传来引擎声，他看见一艘大白船滑进桥下的海湾。船经过时，布隆维斯特发现驾驶人是马丁，他正聚精会神地闪避水中暗礁。那是一艘十二米长的机动游艇，马力惊人。他起身沿着海滩小径走，发现已经有船停泊在几个船坞，有汽艇也有帆船。其中有几艘彼得松游艇，还有一个船坞里有艘国际竞技联盟等级的游艇正随波起伏。其他则都是较大、较昂贵的船只，甚至有一艘哈尔伯格-拉辛游艇。这些船也展现出海泽比游艇码头的阶级分布——放眼望去最大、最豪华的，无疑就是马丁的船了。

他来到西西莉亚家下方时停下脚步，偷偷瞄向顶楼亮灯的窗。接着他便回家，自己煮了咖啡，趁着等候的时间走进工作室。

他到监狱报到前，已将大部分关于海莉的数据还给范耶尔。没把数据留在空屋里，似乎是明智的做法。如今，书架看起来空荡荡的。他手边的调查资料只剩五本范耶尔自己作的笔记，当初一起带到鲁洛克去，现在已经背得滚瓜烂熟。他发现自己将一本相簿遗留在书架最上层。

他把相簿放到厨房餐桌上，倒了杯咖啡，开始翻阅。

里头全是海莉失踪当天拍的相片。第一张是海莉的最后一张相片，在赫德史塔的儿童节游行上拍的。另外有大约一百八十张相片，清清楚楚地拍下桥上事故场景。先前他已经用放大镜将相片一张张检视了好几次，此时几乎是心不在焉地翻看，因为他知道不会有新的发现。事实上，海莉失踪的谜团忽然让他觉得受够了，于是他用力合上相簿。

他心浮气躁地走到厨房窗边，凝视黑漆漆的窗外。

接着他又回头瞪着相簿。他无法解释这种感觉，但脑中蓦然有个念头飞掠，似乎是刚刚看到了什么所引发的反应。好像有个无形的东西在他耳边轻声低语，不禁让他颈背的寒毛直竖。

他再次翻开相簿，一页一页地看着所有桥上的相片。他看到全身满是油污的更年轻的亨利和同样年轻些的哈洛德——他们至今尚未碰面。破损的护栏、建筑物、照片上可见的窗户与车辆。他一眼便从围观群众中认出二十岁的西西莉亚。穿着浅色洋装和深色外套的她，至少出现在二十张照片当中。

布隆维斯特顿时兴奋起来，这些年来他已学会相信直觉。这些直觉对相簿里某样东西起了反应，但他还不知道是什么。

十一点了，他还坐在餐桌旁一张张地重看相片，忽然听到有人开门。

“我能进来吗？”是西西莉亚。没有等他回答，她便坐到他对面。布隆维斯特有种似曾相识的奇怪感觉。她穿着一件薄而宽松的淡色洋装，外搭灰蓝色上衣，几乎和一九六六年相片中的穿着一模一样。

“问题就出在你身上。”她说。

布隆维斯特诧异地扬起眉毛。

“对不起，但今晚你来敲门真的吓了我一跳。现在我好不快乐，睡不着。”

“为什么不快乐？”

“你不知道吗？”

他摇摇头。

“我如果说出来，你要答应我不能笑。”

“我答应。”

“去年冬天我引诱你，纯粹是出于愚蠢的冲动。我想好好享受一下，如此而已。第一晚我喝得很醉，当时并无意和你发展长期关系。后来情况变了。我希望你知道，你当我备用情人的那几个星期，是我这一生中最快乐的日子。”

“我也觉得很美好。”

“麦可，我一直在骗你也在骗我自己。我对性爱并没有特别开放。我这辈子有过五个性伴侣，一次是在我二十一岁，那是我的第一次。接着是和我丈夫，我在二十五岁认识他，没想到他是个混账。再接下来又和三个男人做过几次，这期间各分隔了几年。但是我心里好像有什么被你挑动了，怎么样都觉得不够。也许是因为你毫不苛求吧！”

“西西莉亚，你不必……”

“嘘……别插嘴，否则我怕我再也说不出口。”

布隆维斯特只得默默坐着。

“你入狱那天我好凄惨。你走了，好像从未存在过似的。宾馆这里一片漆黑，我的床上又冷又空。而我，又再次变成五十六岁的老女人。”

她静默片刻，然后注视着布隆维斯特的双眼又说：

“去年冬天我爱上你了。我并不想，但就是发生了。后来我忽然想到你只是暂时来到这里，总有一天会永远离开，而我却会在这里度过下半辈子。感觉实在太痛了，所以我决定在你出狱后不再让你上我那儿去。”

“对不起。”

“这不是你的错。今晚你走了以后，我坐在那边哭，好希望人生能重来一遍。后来我决定了一件事。”

“什么事？”

她低头看着桌子。

“除非我真的疯了，否则不会只因为你总有一天要走就不再和你见面。麦可，我们从头开始好吗？你能不能忘记今天晚上的事？”

“我已经忘了。”他说，“不过还是谢谢你告诉我。”

她依然低着头。

“如果你还想要我的话，就来吧。”

她再次抬头看他，然后起身朝卧室的门走去。她把外套丢在地上，一面走一面将洋装往上脱。

布隆维斯特和西西莉亚被开门声吵醒，听到有人走过厨房，接着砰一声将某重物放在火炉旁边。随后爱莉卡便出现在卧室门口，原本微笑的脸很快转为震惊。

“天哪！”她倒退了一步。

“嗨，爱莉卡。”布隆维斯特招呼道。

“嗨，对不起。我这样随便闯进来，真是千万个抱歉，我应该先敲门的。”

“我们应该把前门锁上的，爱莉卡——这位是西西莉亚·范耶尔。西西莉亚——爱莉卡·贝叶是《千禧年》总编辑。”

“你好。”西西莉亚说。

“你好。”爱莉卡回答，一时似乎无法决定该上前礼貌地握手，或直接离开，“呃……我可以出去走走……”

“你帮我煮点咖啡怎么样？”布隆维斯特看看床头柜上的闹钟，中午刚过。

爱莉卡点点头，顺手带上房门。床上的两人彼此对望，西西莉亚有点尴尬。他们做爱后又聊天直到清晨四点。然后西西莉亚说她想留下来过夜，还说以后就算有人知道她和布隆维斯特上床她也不在乎。她睡的时候背对着他，他的手臂则围绕在她胸前。

“没关系的。”他说，“爱莉卡已经结婚，她不是我的女友。我们偶尔会约会，可是她绝对不会在乎你和我有什么……她自己现在恐怕也尴尬得很。”

他们过了一会儿进到厨房时，爱莉卡已经端出咖啡、果汁、橘子酱、乳酪和烤面包片。味道好香。西西莉亚迎面走上前去与她握手。

“刚才在里面有点突然。你好。”

“亲爱的西西莉亚，实在很抱歉我像头大象似的闯进去。”爱莉卡十分难为情地说。

“拜托你就别再提了。我们吃早餐吧。”

早餐过后，爱莉卡借口要去和范耶尔打个招呼便出门，留下他们俩独处。西西莉亚背对着布隆维斯特整理餐桌，他走上去双手环抱住她。

“现在怎么办？”西西莉亚问道。

“不会怎样。事情就是这样——爱莉卡是我最好的朋友。我们已经陆陆续续在一起二十年，将来很可能还会再陆陆续续在一起二十年。希望如此。可是我们从来不是一对，也从未干涉过对方的恋爱。”

“我们是在恋爱吗？”

“我不知道这叫什么，但我们似乎很合得来。”

“她今晚睡哪里？”

“总能替她找到房间。亨利那里随便都有空房间。反正她不会睡我的床。”

西西莉亚思索了一下。

“我不知道我能不能适应。你和她也许可以这样相处，但我不知道……我从来没有……”她摇了摇头，“我要回去了。我得稍微想想。”

“西西莉亚，你曾经问过我，我也说出了我和爱莉卡的关系。她的存在应该不会太令你惊讶。”

“的确如此。但只要她人在斯德哥尔摩，离得远远的，我就能忽略她。”

西西莉亚穿上外套。

“这种情况有点可笑。”她微笑着说，“晚上过来吃饭吧，带爱莉卡一起来。我想我会喜欢她的。”

爱莉卡已经解决过夜的问题。前几次来海泽比拜访范耶尔时，她曾经住过一间空房，因此便直接问他能不能再借住一次。范耶尔难掩喜悦，不断强调随时欢迎她来。

完成种种礼数之后，布隆维斯特和爱莉卡一块散步过桥，趁关门前坐到苏珊咖啡馆的露天座上。

“我实在很生气。”爱莉卡说，“我大老远开车来欢迎你重获自由，却发现你和镇上妖姬上了床。”

“我很抱歉。”

“你和波霸小姐已经……多久了？”她摇摇食指。

“大概和范耶尔入股同一时间。”

“啊哈！”

“你这‘啊哈’是什么意思？”

“只是好奇。”

“西西莉亚是个好女人，我喜欢她。”

“我不是在批评她，我只是生气。糖果近在眼前，我却得节食。监狱生活如何？”

“像个平静的假期。杂志社的情况呢？”

“好转了。这一年来，广告收入第一次增加。去年这时候差多了，不过终于有了转机。这都得感谢亨利。但奇怪的是，订户也增加了。”

“订户很容易有变动。”

“大概就是几百的差异吧，可是上一季增加了三千。起先我以为只是运气好，可是新订户不断进来，这是有史以来订户骤增最多的一次。而且旧有的订户也十分支持，全面续订。我们谁也想不通，都还没有进行任何广告宣传呢！克里斯特花了一星期作抽样，看看都是哪些人。首先，他们全是新订户。其次，百分之七十是女性，通常都是相反情形。第三，订户可以说是郊区的白领阶层，例如教师、中层主管、公务人员。”

“觉得是中产阶级起身对抗大资本家？”

“不知道。但若继续下去，表示订户结构起了重大转变。两星期前我们开了编辑会议，决定开始在杂志里加入新形态的题材。我希望有更多关于 TCO[1] 的文章，以及更多关于女性议题之类的调查报道。”

“转变不要太大。”布隆维斯特说，“如果有新订户，就表示他们喜欢我们原本的风格。”

西西莉亚也请了范耶尔去吃饭，也许是为了降低出现麻烦话题的风险。她煮了炖鹿肉。爱莉卡和范耶尔大部分时间都在讨论《千禧年》的发展与新订户，但后来话题慢慢转移。忽然，爱莉卡转向布隆维斯特问他工作进行得如何。

“我打算在一个月内完成家族史的草稿，让亨利过目。”

“具有阿达一族精神的家族史。”西西莉亚说道。

“里头确实有某些真实面。”布隆维斯特承认。

西西莉亚瞥了范耶尔一眼。

“麦可，亨利真正感兴趣的不是家族史。他希望你能解开海莉失踪之谜。”

布隆维斯特未置可否。自从他和西西莉亚发生关系后，一直都很公开地与她谈论海莉的事，尽管他从未明说，西西莉亚却已经猜到这才是他的真实任务。他当然没有告诉亨利他和西西莉亚讨论过这事，因此范耶尔的浓眉略略皱了一下。爱莉卡也保持沉默。

“亲爱的亨利，”西西莉亚说，“我并不笨，我不知道你和麦可之间有什么协议，不过他之所以留在海泽比是为了海莉，对不对？”

范耶尔点点头，瞄向布隆维斯特。

“我说过她很机灵。”接着转向爱莉卡说，“我想麦可应该向你解释过他来海泽比做什么。”

1 “瑞典专业雇员联盟”的简称，是瑞典第二大工会联盟，有百分之八十五的白领劳工隶属于此工会联盟，有别于其他欧洲国家以蓝领劳工为主的工会组织。

她点点头。

“我想你应该认为这是个没有意义的工作。不，你不用回答。这确实是一件荒唐又毫无意义的事，但我就是得找出答案。”

“我不予置评。”爱莉卡打官腔地说。

“你肯定有意见。”他说着转向布隆维斯特，“告诉我，你有没有找到任何进一步的线索？”

布隆维斯特回避范耶尔的目光之际，立刻想到前一晚那种莫名的确定感。今天一整天这感觉都还在，但还没有时间再去翻看相簿。最后他抬头看着范耶尔摇摇头。

“什么都还没发现。”

老人以锐利的目光打量他，忍住不作评论。

“我不知道你们年轻人怎么样，”他说道，“可是我该上床了。谢谢你的晚餐，西西莉亚。晚安了，爱莉卡，明天你走以前记得来跟我见一面。”

范耶尔关上前门后，他们便被沉默所笼罩。最后是西西莉亚先开口。

“麦可，这到底是怎么回事？”

“这表示亨利对于人的反应像地震仪一样灵敏。昨晚你到小屋来的时候，我正在看一本相簿。”

“所以呢？”

“我看到了一点什么，但现在还不确定。差点就能变成一个想法，我却错过了。”

“你当时想到什么？”

“我真的说不上来。然后你就来了。”

西西莉亚羞红了脸，连忙避开爱莉卡的注视，离座去煮咖啡。

阳光普照又温暖的一天。绿色嫩芽开始冒出头来，布隆维斯特不知不觉哼起一首描写春天的老歌《花季来了》。今天是星期一，爱莉卡一早就走了。

他三月中旬入狱时，土地上还覆盖着积雪，如今桦树逐渐转绿，他小屋周围的草地也绿意盎然。他第一次有机会好好看看海泽比岛。八点，他去向安娜借一个保温瓶，顺便和刚起床的范耶尔说上几句话，并借用他的岛上地图。他想更仔细地看看戈弗里的小屋。范耶尔说小屋现在属马丁所有，但多年来大多空着，偶尔会有一两个亲戚借用。

布隆维斯特赶在马丁出门上班前拦下他，问他能否借小屋的钥匙。马丁露出颇感玩味的笑容。

"我想家族史现在已经写到海莉这一章了吧？"

"我只是想瞧瞧……"

一分钟后，马丁带着钥匙回来了。

"那么就是可以啰？"

"就我个人而言，就算你想搬进去都行。那个地方除了远在岛的另一端之外，其实比你现在住的小屋还好。"

布隆维斯特准备了咖啡和三明治，又装了一瓶水，然后将午餐塞进背包，甩上肩膀，便出发了。他沿着海泽比岛北侧海湾沿岸一条部分长满了草的狭窄小径走。戈弗里小屋所在的岬角距离村庄约两公里半，他优哉地散步过去，只花半小时就到了。

马丁说得没错。布隆维斯特一转过窄径的弯道，立刻有一片面海的青翠绿意映入眼帘。从这里可以看到海泽河口，以及左侧的赫德史塔游艇码头与右侧工业港口的美景。

他很惊讶竟然没有人想搬到戈弗里的小屋来。这是间结构质朴的木屋，由染成深色的木材横向搭建而成，搭配砖瓦屋顶与绿色窗框，前面还有一个小门廊。屋况疏于维护，门窗周围的漆已经剥落，原本的草坪也成了一米高的灌木林。拿镰刀和锯子整理的话，恐怕需要辛苦一整天。

布隆维斯特打开门锁，从里面旋开百叶窗。屋子的结构看似一间不到一百二十平方米的老旧谷仓，里头加装了镶板，只有一个隔间，并且在前门两侧各开了面海的大窗户。小屋后侧有一道楼梯，通往一个占了大半空间的开放式卧室夹层。楼梯底下有一个放置丙烷气炉的壁龛、梳理台和水槽。家具十分简单；门的左边有一张嵌在墙上的长凳、一张摇摇晃晃的桌子，桌子上方的墙上有一面柚木书架。同一侧再过去是一个宽阔的衣橱。门右边摆了一张圆桌加五张木椅；侧面墙壁正中央是壁炉所在处。

小屋里没有电，倒是有几盏煤油灯。一扇窗边放了一台老旧的根德晶体管收音机，天线已经断了。布隆维斯特按下开关键，但电池也没电了。

他走上狭窄楼梯，看了看睡觉用的夹层。有一张双人床，床垫上未铺床单，还有一个床头柜和一个五斗柜。

布隆维斯特在小屋内搜索好一会儿。五斗柜几乎是空的，只剩一些略带霉味的餐巾和布类制品。衣橱里有几件工作服、一件工作裤、橡胶靴、一双破旧的运动鞋和一个煤油炉。书桌抽屉里有纸、铅笔、一本空白的素描簿、一副牌和几张书签。厨房碗橱里放置了盘子、咖啡杯、玻璃杯、蜡烛，以及几包盐、茶包等等。餐桌的一个抽屉里则摆了餐具。

书桌上方的书架是唯一流露知性气息之处。麦可搬来一张椅子站上去，看看架子上有什么。最下面一层放的是五十年代末、六十年代初的《目击》《记录》《娱乐》与《阅读》等期刊。还有几本一九六五年与一九六六年的《摄影杂志》《我的人生故事》和几本漫画：《九一》《幽灵》和《罗曼史》。他翻开一本一九六四年的《阅读》，看见当时纯洁无瑕的美女照片不禁面露微笑。

至于书籍，大约有一半是瓦尔斯特伦出版社“曼哈顿”系列的平装推理小说：如米基·史毕兰的《致命之吻》等等，经典的封面设计出自贝蒂尔·赫兰[1]之手。他还看到六本“女孩凯蒂”系列[2]、几本

1 贝蒂尔·赫兰（Bertil Hegland，1925—2002），瑞典知名封面设计家。
2 英国作家贝尔·穆尼（Bel Mooney）以女孩凯蒂为主角的青少年系列小说。

安妮·布莱顿[1]的“智仁勇探险小说”系列，和一本西瓦·阿鲁德[2]的“双胞胎侦探”系列之一《地铁疑云》。接着他颇有感触地笑了笑。三本林格伦的书：《吵闹村的孩子们》、《小侦探与拉斯姆》与《长袜皮皮》。最上层架上的书，有一本关于短波无线电、两本关于天文学、一本鸟类指南、一本关于苏联的书《邪恶帝国》、一本关于芬兰的冬季战争的书以及一本路德问答手册、一本圣诗集和一本《圣经》。

他翻开《圣经》，见到内封上写着：海莉·范耶尔，一九六三年五月十二日。这是她的坚信礼《圣经》。他难过地将书放回架上。

小屋后面有一个放置木柴与工具的棚子，里面有镰刀、钉耙、铁锤和一个装了锯子、刨刀等等的大工具箱。他搬了张椅子到门廊上坐，从保温瓶倒咖啡喝，然后点了根烟，透过灌木丛望向赫德史塔海湾。

戈弗里的小屋比他预期的简朴许多。五十年代末与伊莎贝拉的婚姻触礁后，海莉与马丁的父亲便在此隐居。他将这栋小屋当成自己的家，在这里酗酒。后来就在下方码头附近溺毙了。在小屋里生活，夏季或许很舒适，但当气温降到冰点时，肯定是酷寒逼人。据范耶尔说，戈弗里持续在范耶尔集团工作到一九六四年——其间曾因狂欢作乐而中断几次。他可以说是长期住在小屋，却又能刮了胡子、梳洗干净后穿西装、打领带去上班，可见他仍保有些许自制力。

这里也是海莉经常来的地方，因此成了他们首先搜寻的地点之一。范耶尔告诉他，海莉在最后一年间经常到小屋来，应该是为了平静地度周末或假期。最后一年夏天，她在这里住了三个月，不过还是每天会进村子。西西莉亚的妹妹阿妮塔在这儿陪了她六个星期。

她一个人在这儿做什么呢？《我的人生故事》和《罗曼史》等杂志，以及一些“女孩凯蒂”系列的书想必是她的，素描簿可能也是，而且还有她的《圣经》。

她想和去世的父亲亲近些——这是她必须经历的服丧期吗？或者

1 安妮·布莱顿（Enid Blyton，1897—1968），英国知名童书作家。
2 西瓦·阿鲁德（Sivar Ahlrud），瑞典推理小说作家。

与她对宗教的追求有关？小屋有种修行的氛围——她很想住在修道院吗？

布隆维斯特循着海岸线往东南走，但一路上不断出现深谷，还有浓密得无法穿越的杜松灌木丛。于是他回到小屋，走上回海泽比的路。地图上有一条小径，穿越树林后可通往一处所谓的“要塞”。他花了二十分钟才在蓊郁的灌木间找到它。要塞是第二次世界大战遗留下来的海岸防御工事：除了一些水泥掩体，还有从一处指挥所向四方延伸出来的战壕。整个地方全长满了高高的杂草和矮树丛。

他走下一条小径来到船屋，并在一旁发现一艘彼得松游艇的残骸。他又回到要塞，沿小路往上走到一道围墙边——他已经从另一边来到“东园”。

他沿着林间的蜿蜒小路走，大致与“东园”的农地平行而行。这路并不好走，有好几次还得绕过湿地。最后他来到一处沼泽，后方有座谷仓。看起来这已是小径的尽头，距离通往“东园”的道路仅百米之遥。

道路后方便是南山。布隆维斯特爬上一道陡坡，最后一段还得手脚并用。南山最顶端是一片几乎垂直的面海悬崖。他顺着山脊走回海泽比，来到避暑小屋群上方时停下脚步，欣赏游艇码头、教堂与他自己住的小屋的景致。他坐到一块平坦的石头上，倒出最后一点温咖啡。

西西莉亚保持着距离，布隆维斯特不想纠缠不休，因此等了一个星期才上她家去。她让他进门。

“你一定觉得我很愚蠢，一个五十六岁、受人尊敬的校长，举止竟像个小女孩。”

“西西莉亚，你是成年人，你有权做你想做的事。”

“我知道，所以我决定不再见你。我无法忍受……”

“没关系，你不必向我解释。希望我们还能做朋友。”

“我也希望我们仍是朋友。可是我不知道怎么处理和你的关系。我一向不善于处理人际关系。希望你让我安静一段时间。”

第十六章

六月一日星期日至六月十日星期二

经过六个月毫无结果的苦思之后，海莉的案子终于裂出一丝缝隙了。在六月第一个星期，布隆维斯特发现三个崭新的拼图线索。有两个是他自己发现的，另一个则有帮手。

爱莉卡五月来访之后，他长坐了三小时重新将相簿检视一遍，照片一张一张看过，试图再找出自己究竟对什么有所感。结果还是没有成功，因此他将相簿放到一边，又回头写家族史。

六月某日，他人在赫德史塔，原本正想着全不相干的事，但当巴士转上加瓦斯加坦时，他忽然想起在自己内心深处萌发的念头。瞬间的顿悟犹如晴天霹雳，让他恍恍惚惚地一路坐到火车站旁的终点站，随后搭上第一班巴士回海泽比去查证自己有没有记错。

那是相簿里的第一张，也是海莉在那个不祥之日所拍的最后一张照片，当时她正在赫德史塔的加瓦斯加坦看儿童节游行。

这张照片放在这本相簿有点奇怪。会放进来是因为这是同一天所拍，但却是唯一与桥上事故无关的相片。每当布隆维斯特与其他所有人——应该是吧——看相簿时，注意力总是放在桥上相片中的人物与细节，几小时前的儿童节游行的群众相片并无特殊之处。

范耶尔想必已看过这张相片上千次，每次总会难过地想到自己再也见不到她。

但触动布隆维斯特的并不是这个。

相片是从对街拍的，很可能是在某个二楼窗口。广角镜头拍到一辆游行花车的正面。平台上有一群女子穿着亮晶晶的泳衣和灯笼裤，正朝着人群丢洒糖果，其中有些在跳舞，还有三名小丑在花车前面蹦蹦跳跳。

海莉站在人行道上最前面一排，旁边有三个女生显然是她的同学，旁边和后面至少还有上百名观众。

这正是布隆维斯特下意识留意到的，刚才巴士驶过同样地点时，下意识的念头登时浮现。

群众的表现恰如其分，就像看网球赛时盯着网球、看冰上曲棍球赛时盯着圆饼的观众一样，相片中站在最左边的人就看着自己正前方的小丑，而较靠近花车的人则都看着穿着清凉的女孩。他们脸上的表情很平静。孩子们指指点点，有些在笑，大家看起来都很愉快。

除了一个人之外。

海莉正看着一旁。她的三个朋友和周遭每个人都在看小丑，但海莉的脸却右转了将近三十至三十五度。她的目光似乎落在对街，但目光所及之处已在相片之外。

麦可拿出放大镜想看清细节。拍照的距离实在太远，他无法百分之百确定，不过和四周人群不同的是，海莉的脸上少了兴奋。她嘴巴压得扁扁的，眼睛瞪得很大，双手无力地垂放在两侧。她看似惊恐。惊恐或愤怒。

麦可从相簿取出相片放进一个塑料硬套，然后去等着坐下一班车回赫德史塔。他在加瓦斯加坦下车后，站在应该是拍照地点的窗口下方。这里是赫德史塔城中心的边缘，两层楼的木造建筑里有一间录像带店和森德斯特伦男装店，门口的招牌标示着一九三二年开店。他走进去后发现店面分为两层，有一道螺旋梯通往楼上。

螺旋梯顶端有两扇窗面向街道。

“有什么需要我效劳吗？”布隆维斯特取出塑料套时，一名年长的店员问道。这时店里只有几个人。

“其实，我只想看看这张照片是从哪儿拍的。请问我能不能打开窗户？”

店员同意了。布隆维斯特可以看到海莉所站的确切位置。她身后的木造建筑如今已有一栋消失不见，变成一栋方正的砖砌建筑。另一栋木造建筑在一九六六年时是文具店，如今成了健康食品店兼日光浴沙龙。布隆维斯特关上窗，向男店员道谢，也为占用了他的时间道歉。

他走过街道站到海莉站的地方。他很轻易便在男装店楼上窗户与日光浴沙龙大门之间找到地标。他转过头，循着海莉的视线望去，依他猜测，她应该是看向森德斯特伦男装店那栋建筑的角落。那是个再正常不过的建筑角落，一条横向街道就消失在转角后面。你看到什么了，海莉？

布隆维斯特把照片放进肩背包，走到车站公园，在那儿找了家露天咖啡馆坐下来，点了一杯拿铁咖啡。忽然他感觉一阵悸动。

在英文里头称之为“新证据”，听起来比瑞典用词“新信息”有分量多了。他看到一个全新的东西，在历时三十七年的调查工作中没有人发现过。

问题是他不知道这项新讯息有多大价值，甚至有无价值。不过他觉得这应该是个关键。

海莉失踪的那个九月天，在许多方面都很戏剧化。那天在赫德史塔有庆祝活动，街上老老少少挤了数千人，那天也是他们家在海泽比岛上一年一度的家族聚会。光是这两件事便已脱离生活常轨。而桥上的车祸更使其他事件相形失色。

莫瑞尔警探、范耶尔和其他所有思索海莉失踪原因的人，都把焦点放在海泽比岛的事件上。莫瑞尔甚至写道：他无法不怀疑车祸事故与海莉的失踪有关。布隆维斯特现在确信这个想法错了。

一连串的事故并非起于海泽比岛，而是几小时前在赫德史塔便开始了。海莉看见了令她恐惧的人或事物，促使她赶回家后立刻去找叔叔，只可惜叔叔没空听她说。接着桥上出事，再接着凶手便出手了。

布隆维斯特在此打住。这是他第一次有意识地作出海莉遇害的假设。他接受了范耶尔的想法。海莉已死，他在追的是一个杀人犯。

他把警方报告又看了一遍，数千页当中只有一小部分提到赫德史塔的情形。海莉当时和三个同学在一起，她们都接受了讯问。她们事先约好九点在车站公园碰面，其中一人要去买牛仔裤，朋友便陪着她去。她们到EPA百货公司的餐厅喝咖啡，然后到体育场去逛一些园游会摊位和钓鱼池，还在那里遇到另外几个学校同学。中午她们逛回城里看游行。就在下午快两点时，海莉忽然说她得回家了，她们便在加瓦斯加坦附近的巴士站道别。

她的朋友们都没有发现任何异状。其中一人名叫英格·史坦柏，说海莉过去一年来变得“不带感情”的人就是她。她说海莉那天很沉默，和平常一样，大部分时间只是跟着其他人走。

当天凡是见过海莉的人，即使只是在庭园里打声招呼，莫瑞尔警探全都找来问过话。在她失踪后，搜寻工作进行的同时，地方报纸也刊登了她的一张照片。有几个赫德史塔的居民曾联系警方，表示好像在游行当天见过她，但并没有人提供任何特殊情报。

第二天早上布隆维斯特去找范耶尔时，他正在吃早餐。

“你说范耶尔家族在《赫德史塔快报》里面还有股份？”

“是啊。”

“我想看看他们的照片档案。一九六六年的。”

范耶尔放下手中的牛奶，擦擦上唇。

“麦可，你发现什么了？”

他直视老人的双眼。

“没有什么具体的发现。但我想我们可能把一连串事件的发展想错了。”

他拿照片给范耶尔看，并将自己的想法告诉他。范耶尔一言不发地呆坐好一会儿。

“我想的若没错，就得尽可能找出当天在赫德史塔发生了什么事，而不只是关心海泽比岛上的情况。”布隆维斯特说，“已经过了这么久，我不知道该从何着手，不过一定有很多儿童节庆祝活动的照片一直没有发表，我想看的就是那些照片。”

范耶尔用厨房的电话打给马丁，作了解释之后，问他现在的摄影编辑是谁。不到十分钟便问到该找谁，并作好安排。

《赫德史塔快报》的摄影编辑是玛德莲·布隆柏，大家都叫她玛雅。在摄影仍主要是男性技艺领域的报界，她是布隆维斯特第一个遇见的女性摄影编辑。

由于是星期六，编辑室里没有人，但没想到布隆柏的住处只有五分钟距离，她和布隆维斯特约在办公室门口见面。她已经在《赫德史塔快报》工作了大半辈子；一九六四年初进报社时当校对员，后来负责冲洗照片，长年待在暗房里，偶尔人手不足时会被派出去当摄影师。后来她晋升到编辑的位子，并在摄影编辑部获得全职工作，十年前，原来的摄影编辑退休，她便成了该部门主管。

布隆维斯特问她相片档案是如何处理的。

"不瞒你说，那些档案一团乱。因为有了计算机和数码相机，目前的档案都存在光盘里。我们部门有个实习生会将重要的旧照片扫描存盘，不过那一大堆照片只有一小部分已经建档。旧照片都依照日期放在底片保存夹中，要不是在编辑室这里，就是在阁楼储藏间。"

"我想看的是一九六六年儿童节游行的照片，还有那个星期所拍摄的任何照片。"

布隆柏小姐露出狐疑的神色。

"你是说海莉·范耶尔失踪那个星期？"

"你知道那件事？"

"都在《快报》待了一辈子，怎么可能不知道？而且今天我休假，马丁·范耶尔一早打电话给我，我就猜到了。有什么新发现吗？"

布隆柏对于新闻有灵敏的嗅觉。布隆维斯特带着浅笑摇摇头，道出他的"官方"说法。

"没有，我想永远不可能有人解得开那个谜。这算是个机密，但其实我是在为亨利·范耶尔的自传捉刀。那女孩失踪的事件是个怪异的主题，但也是不能忽略的一章。我想找一些以前没用过的照片来描述那一天——海莉和她朋友的一些照片。”

布隆柏似乎半信半疑，不过这番解释很合理，何况以他目前扮演的角色，她也不打算质疑他的说法。

报社的摄影记者每天要拍二到十卷底片，若有大型活动还可能加倍。每卷底片可拍三十六张，因此地方报社每天经常会累积超过三百张相片，刊登出来的却少之又少。运作完善的部门会将底片切分开来，放入六格封套中。一卷底片放入保存夹中大概需要一页的空间，而一整个保存夹约可存放一百一十卷底片。一年内，约莫便可装满二十五个保存夹。这许多年来已经累积大量的保存夹，这些多半没有任何商业价值，就这样堆挤在摄影部门的架子上。但话说回来，每个摄影记者与摄影部门都深信这些照片象征着无价的历史记录，因此绝不会任意丢弃。

《赫德史塔快报》创立于一九二二年，摄影部门则成立于一九三七年。报社的阁楼储藏间约有一千两百份保存夹，如布隆柏所说依日期整理存放。一九六六年九月的底片放在四个廉价的纸板保存夹内。

“我们要怎么做？”布隆维斯特问道，“我真的需要坐在灯箱桌前，若是发现有意思的，还得能马上加洗。”

“我们已经没有暗房了。所有东西都是扫描存盘。你知道怎么使用底片扫描机吗？”

“知道，我处理过图片影像，自己还有一台爱克发牌底片扫描机。我用的是 Photoshop 图像处理软件。”

“那么你的设备和我们一样。”

布隆柏带他很快地在小办公室绕一圈，然后替他在灯箱桌前准备了一张椅子，并打开计算机与扫描机电源，同时带他到用餐区，告诉他咖啡壶的位置。他们达成协议让布隆维斯特独自作业，不过临走前得打电话通知她，好让她回来设定警报系统。最后她愉快地说了声“好好玩吧！”便离开了。

《快报》当时有两名摄影记者。那天出勤的库尔特·尼兰德，与布隆维斯特其实是旧识。一九六六年，尼兰德二十多岁，后来搬到斯德哥尔摩，成了知名摄影师，除了自己接活之外，也在马里柏的SCANPIX影像公司瑞典分部工作。九十年代，布隆维斯特曾和尼兰德巧遇过几次，因为《千禧年》用了SCANPIX提供的照片。他记得他很瘦，头发稀疏。游行当天，尼兰德用的是日光型底片，感光度不高，许多新闻摄影记者都用这种底片。

布隆维斯特取出年轻时的尼兰德拍摄的照片底片，放到灯箱桌上，用放大镜一格一格仔细研究。看底片是一种艺术，需要经验，这恰巧是布隆维斯特所缺乏的。为了确定照片中有无有价值的讯息，他得扫描每张底片，再从计算机屏幕上检视。这得花上好几小时，所以他先大致浏览一下，看哪些照片可能令他感兴趣。

他先从车祸事故的照片开始。范耶尔搜集得并不完整。拷贝这些照片的人——可能是尼兰德本人——淘汰了三十张左右因为模糊或画质不佳而被视为无法发表的照片。

布隆维斯特关掉报社计算机，将爱克发扫描机连到自己的笔记本电脑上，随后花了两小时扫描剩余的照片。

其中有一张立刻吸引了他的注意。大约在三点十分到十五分之间，刚好是海莉失踪的时刻，有人打开她房间的窗户。范耶尔曾试图查出是谁，但没有成功。布隆维斯特在屏幕上看到一张照片，肯定是刚好在开窗时拍下的。那里有个人形、有张脸，只不过十分模糊。他决定先扫描所有照片后，再作详细分析。

接着他检视儿童节庆祝活动的照片。尼兰德拍了六卷，约两百张。拿着气球的孩童、成人川流不息，热闹不已的街道上有卖热狗的小贩、游行队伍，台上有个艺术家，还有颁奖之类的活动。

布隆维斯特决定全部扫描存盘。整整六小时后，他有了一个存放九十张照片的档案夹，但他还得再回来。

九点，他打电话给布隆柏，向她道谢后便搭巴士回海泽比岛上的家。

星期天上午九点他又跑了一趟。布隆柏替他开门时，办公室依然空无一人。他忘了这是圣灵降临节周末假期[1]，要到星期二才会出报。他花了一整天扫描，直到晚上六点，还剩下四十张儿童节的照片。布隆维斯特细看了底片，发现那些可爱童颜的特写或台上画家的相片与他的诉求不符，因此只扫描了街头情景与人群。

布隆维斯特利用圣灵降临节的假期将新数据看了一遍，他有两个发现，第一个令他惊慌，第二个让他心跳加速。

第一个是出现在海莉窗口的脸。照片有点动态模糊，因此遭到淘汰。摄影师站在教堂小丘上，镜头对准桥面，建筑群成了背景。麦可将窗户的画面裁切下来，接着尝试调整对比度、提高清晰度，直到他认为已经是最好的画质。

最后得出一张颗粒粗大、灰度最小的照片，当中有一片窗帘、一只手臂的一部分，和一张模糊的半月形的脸略向房内隐缩。

那不是海莉的脸，因为她的头发乌黑，而此人发色较淡。

虽无法清楚辨识五官，但可以确定是个女的；脸上较淡的部分一直延伸到肩膀处，显示那是女人飘垂的头发，而且穿着淡色衣服。

他从她与窗户的相对位置判定出：那是个高约一米七的女性。

他又去选取车祸现场的其他照片，发现有个人符合这些特征——二十岁的西西莉亚。

尼兰德从森德斯特伦男装店的窗口拍了十八张照片，其中十七张里头有海莉。

她和同学到达加瓦斯加坦时，尼兰德刚好开始拍照。布隆维斯特估计这些照片是在五分钟内拍摄的。第一张，海莉与友人正走过街道进入镜头。第二至第七张，她们站好观看游行。接着她们大约往

1 复活节过后的第七个星期天是圣灵降临节，次日星期一也休假。

前移动六公尺。最后一张可能是过了好一会儿才拍的，女孩们已经不见了。

布隆维斯特针对一系列照片进行编辑，他将海莉的上半身照裁切下来，经过处理后得到最佳反差效果。再将照片存到另一个档案夹，打开图像转换工具，开启幻灯片功能。那效果有如一部滞碍不顺的哑剧，剧中每个画面停留两秒钟。

海莉来了，侧面入镜。海莉停下来，看向道路前方。海莉转身看着街道。海莉开口对朋友说了些话。海莉笑了。海莉用左手摸着耳朵。海莉微笑着。海莉忽然面露惊讶，脸朝镜头左侧转约二十度。海莉睁大双眼，不再微笑，嘴巴压扁成一条线。海莉集中目光。她脸上的表情是……怎么说呢？忧伤、惊恐、愤怒？海莉垂下双眼。海莉走了。

布隆维斯特一次又一次地回放。

他的推论获得有力的证明。加瓦斯加坦有事情发生。

她看到对街的某样事物或某个人。她有了惊恐的反应。她去找范耶尔想与他私下谈谈，结果始终没有谈成。然后她消失无踪。

有事情发生，但照片上看不出所以然。

星期二凌晨两点，布隆维斯特坐在厨房板凳上喝咖啡、吃三明治。他既感到沮丧又觉得兴奋，之前根本没想到会发现新证据。唯一的问题是，虽然这一连串事件出现一道曙光，对于解开谜团却无丝毫帮助。

他绞尽脑汁不断思索西西莉亚在这出戏里所扮演的角色。范耶尔毫不留情地记录下当天所有相关人士的活动，西西莉亚也不例外。她当时住在乌普萨拉，但在那个不祥的星期六前两天来到海泽比，住在伊莎贝拉家里。她说当天一早曾看到海莉，但没有跟她说话。她开车到赫德史塔买东西，在那里没有见到海莉，然后在一点左右——也就是尼兰德在加瓦斯加坦拍照时——回海泽比岛。她换了衣服，两点左右开始帮忙为当晚的聚会摆设餐具。

这若是不在场证明，未免也太薄弱。时间并不精确，尤其是回到海泽比岛的时间，但范耶尔并未发现任何迹象显示她说谎。西西莉亚是范耶尔最喜爱的家族成员，而她也是他的情妇，他如何能客观？他实在无法想象她会是个杀人犯。

如今一张先前始终未被发现的照片告诉他，她说自己当天未曾进入海莉的房间其实是在说谎。这背后隐藏着什么意涵呢？布隆维斯特绞尽脑汁地思索着。

如果你说了这个谎，是否还说了其他的谎呢？

他开始回想自己所认识的西西莉亚。一个明显受过去影响、性格内向的人。独居、没有性生活、难以与人亲近。与人保持距离，一旦放开来便毫无保留，选择了一个陌生人当情夫。她说要结束这段关系，因为一想到突然出现在她生命中的他可能又会突然消失，她便无法忍受。布隆维斯特却以为她胆敢与他发生关系，正因为他只是个过客，她无须担心自己的生活将从此改变。

他叹了口气，将这业余的心理分析暂且搁下。

到了晚上，他有了第二个发现。谜团的关键在于海莉究竟在赫德史塔看到什么。但除非能发明时光机站到她身后从她的肩膀看过去，否则他永远也不会知道。

这时他忽然灵光一现，用力拍一下额头，然后打开笔记本电脑。他按下加瓦斯加坦那一系列照片没有裁切的部分……有了！

海莉右侧身后约一米处有一对年轻男女，男的穿条纹毛衣，女的穿一件浅色夹克，手上拿着相机。布隆维斯特将影像放大，看起来像是有闪光灯的柯达傻瓜相机——一般不懂摄影的人用的廉价简易相机。

女子将相机握在下巴的高度。随后当海莉表情改变之际，她刚好举起相机拍小丑。

布隆维斯特比较相机的位置与海莉的视线，那女子所拍的正好是海莉在看的方向。

他感觉到心跳急遽，便往后一靠，从胸前口袋掏出香烟。有人拍了照。他如何才能确认那名女子的身份并找到她？他能拿到她的相片吗？那卷底片有洗出来吗？若有的话，照片还在吗？

他打开尼兰德拍摄的群众照片的档案夹。接下来几个小时，他一张一张放大，一平方厘米一平方厘米地移动端详，直到最后几张才又看到那对男女。尼兰德又拍了另一个小丑，手里抓着气球站在镜头前，笑得十分灿烂。照片是在举行庆祝活动的体育场入口旁一座停车场拍的。当时想必已经过了下午两点，尼兰德一拍完便接获桥上出车祸的通知，于是匆匆结束儿童节活动的摄影。

女子几乎隐身在后，不过穿条纹毛衣的男子侧面清晰可见。他手里拿着钥匙，正弯身开车门。镜头焦点瞄准前面的小丑，因此车子有点模糊。车牌有一部分被遮住，但可以看到是“AC3”开头。

六十年代的车牌开头是代表郡的号码，布隆维斯特小时候便记下所有郡的代码。“AC”是西博腾。

接着他又看到另一个东西。后车窗上好像贴了贴纸。他将画面拉近，但文字模糊成一片。他将贴纸裁切下来，调整对比度与清晰度，花了一会儿工夫，结果还是看不清楚，但他试着从模糊的字形猜出字母。没想到许多字母看起来如此相似：“O”可能误认为“D”，“B”可能错看成“E”等等。用纸笔写了又写，并排除某些字母后，得出不可解的一行字。

R JÖ NI K RIFA RIK

他死盯着影像直到眼睛泛出泪水。接着看出来了。“NORSJÖ SNICKERIFABRIK”（诺斯约木工店），后面还有一些字体更小的数字，根本无法辨识，很可能是电话号码。

第十七章

六月十一日星期三至六月十四日星期六

至于第三块拼图，是布隆维斯特得到意外协助而发现的。

几乎看了一整夜照片后，他沉睡到下午，起床时头疼不已。冲过澡后，他便到苏珊的馆子吃今天的第一餐。他本该去见范耶尔，向他报告新发现，但回家途中他却来到西西莉亚的住处敲门。他想问问她为什么撒谎，说她没进过海莉的房间。没有人来应门。

他正要离开却听到："你那婊子不在家。"

咕噜出洞了。他曾经十分高大，将近两米高，但老了以后背驼得厉害，布隆维斯特甚至能平视他的双眼。他脸上和脖子上布满深色肝斑，身上穿着睡衣和棕色家居长袍，手里拄着拐杖。看起来就像好莱坞片里脾气暴躁、惹人厌的老头。

"你说什么？"

"我说你那婊子不在家。"

布隆维斯特站上前去，几乎就要贴到哈洛德的鼻子。

"你说的是你自己的女儿，龌龊的家伙。"

"我可没有半夜偷溜到这里来。"哈洛德咧开没有牙齿的嘴笑着，口中发出恶臭。布隆维斯特往旁边一闪，头也不回地继续往前走。他到范耶尔家时，范耶尔人在工作室。

"我刚刚很荣幸见到令兄了。"麦可说。

"哈洛德？是吗？这么说他出来探险了。他一年里头总会出来几次。"

"我去敲西西莉亚的门，就听到他的声音在背后说：'你那婊子不在家。'"

"很像哈洛德的口气。"范耶尔平静地说。

"拜托，他叫自己的女儿婊子。"

“他这样叫她已经很多年了，所以他们才很少说话。”

“为什么他要这么做？”

“西西莉亚在二十一岁失去童贞。那是海莉失踪一年后，她在赫德史塔这里发生的一段夏日恋情。”

“然后呢？”

“她爱上的那个男人名叫彼得·萨缪森，在范耶尔公司当财务助理，是个聪明的孩子。他现在在艾波比公司工作。如果她是我女儿，能有这样一个女婿我会很自豪。哈洛德可能量过他的头颅或查过他的族谱什么的，结果发现他有四分之一犹太血统。”

“老天爷！”

“从此以后他就一直喊她婊子。”

“他知道西西莉亚和我……”

“村子里的人大概都知道，除了伊莎贝拉之外，因为没有一个正常人会去告诉她任何事情，也幸亏她每晚总是乖乖地八点上床。不过哈洛德应该是紧盯着你的一举一动。”

布隆维斯特坐了下来，自觉十分愚蠢。

“你是说每个人都知道……”

“当然。”

“你不介意？”

“亲爱的麦可，这实在不关我的事。”

“西西莉亚人呢？”

“学期结束了，她星期六出发到伦敦去找她妹妹，然后还要去哪里度假……好像是佛罗里达吧。大约一个月后回来。”

布隆维斯特觉得自己更蠢了。

“我们的关系可以说是暂时终止。”

“我明白，但还是不关我的事。你的工作进行得如何？”

布隆维斯特拿起范耶尔的保温瓶，给自己倒了杯咖啡。

“我好像找到新线索了。”

他从肩背包拿出笔记本电脑，打开那一连串照片，让范耶尔看看海莉在加瓦斯加坦的反应，并解释自己如何找到其他拍照的群众，并发现他们车上有“诺斯约木工店”的贴纸。他说完后，范耶尔想再把所有照片看一遍，而当他的目光从屏幕上移开时，竟是一脸铁灰。布隆维斯特蓦然警觉，伸手按住范耶尔的肩膀。范耶尔将他的手挥开，静坐了一会儿。

“我原以为不可能的事，你却做到了。你发现了全新的东西。接下来打算怎么做？”

“我要去找那张照片，如果它还在的话。”

他没有提到窗口那张脸。

布隆维斯特出来的时候，哈洛德已回到自己的洞穴。当他转过路口，发现有一个人坐在他的门廊上看报纸。短短一瞬间他以为是西西莉亚，但随即看出那个深色头发的女孩是他女儿。

“爸！”佩妮拉喊道。

他给女儿一个紧紧的拥抱。

“你是从哪儿蹦出来的？”

“当然是从家里，我要去谢莱夫特奥。我可以在这儿过夜吗？”

“当然可以，不过你是怎么来的？”

“妈妈知道你在这里。我去咖啡馆问他们知不知道你住哪里，老板娘很详细地告诉我。看到我高不高兴？”

“太高兴了！进来吧。你应该事先说一声，我才能买点好吃的东西。”

“我是心血来潮。我本来想恭喜你出狱，可是你一直没打电话。”

“对不起。”

“没关系，妈妈说你老是沉浸在自己的思绪里面。”

“她这么说我？”

“差不多，不过无所谓，我还是很爱你。”

“我也爱你，只不过你知道……”

“我知道，我已经长大了。”

他准备了茶和点心。

女儿说得没错，她确实已不再是小女孩，快十七岁，都称得上是成熟的女人了。他得学着不再把她当小孩看待。

“好啦，怎么样呢？”

“什么怎么样？”

“监狱。”

他笑了。“如果我说很像一段带薪假期，让我可以好好思考、写作，你信不信？”

“我信。我觉得监狱和修道院差别不大，常常有人会到修道院去自省。”

“说对了。希望你对于父亲是囚犯这件事不会感到困扰。”

“一点儿也不。我很以你为荣，而且一有机会我就会夸耀你是为了自己的信念入狱。”

“信念？”

“我看到爱莉卡·贝叶上电视了。”

“佩妮拉，我并不冤枉。我很抱歉没有和你谈过这件事，不过我并未遭到不公平的审判。法院是根据双方在庭上的供述作出判决。”

“可是你从未说出你知道的事。”

“没错，因为我没有证据。”

“好，那么你回答我一个问题：温纳斯壮是不是个无赖？”

“他是我见过最恶劣的无赖之一。”

“对我来说这就够了。我有个礼物送你。”

她从袋子里拿出一个包裹。他打开一看，是一张CD——《舞韵合唱团精选辑》。她知道这是他最喜爱的老团体之一。他将CD放进电脑，两人一块听《甜蜜梦境》这首歌。

“你去谢莱夫特奥做什么？”

“有个叫‘生命之光’的教派办了个夏令营读经班。”佩妮拉说道，仿佛是再理所当然不过的选择。

布隆维斯特顿时感觉一股寒意窜上背脊。他这才发现女儿和海莉竟如此相似。佩妮拉十六岁，恰巧是海莉失踪时的年纪。两人的父亲都不在身边。两人都被怪异教派的宗教狂热所吸引——海莉着迷于五旬节教会，而佩妮拉则着迷于某个和“生活圣言派”一样怪异的旁门左道。

他不知该如何处理女儿对宗教产生的新兴趣。他担心侵犯到她决定自己人生的权利，而且像“生命之光”这种教派，他在《千禧年》里肯定会毫不留情大加挞伐。他决定找机会和她母亲谈谈这件事。

佩妮拉睡他的床，他则裹着毯子睡在厨房板凳上，醒来时脖子扭伤、全身肌肉酸痛。佩妮拉急着要走，所以他做了早餐后陪她去车站。因为还有一点时间，他们便在便利商店买了咖啡，坐在月台尽头的长凳上天南地北地聊着。最后她忽然说道：

“你不喜欢我去谢莱夫特奥，对吧？”

他不知如何回答。

“那没有危险。不过你不是基督徒对不对？”

“不是，总之我不是个虔诚的信徒。”

“你不相信上帝？”

“对，我不相信上帝，但我尊重你相信上帝的事实。每个人总得相信点什么。”

火车进站时，他们依依不舍地相拥，直到佩妮拉不得不上车。她一脚踏上车厢阶梯后又转过身。

“爸，我不会改变信仰。不管你相信什么，我还是永远爱你。不过我觉得你应该继续研读《圣经》。”

“为什么这么说？”

“我看到你贴在墙上的节录了。”她说，“为什么要这么悲观、这么神经质呢？好啦，我走了，再见。”

她挥挥手便上车去。布隆维斯特站在月台上，困惑地看着列车出站。直到列车转弯消失后，那句话的意义才开始渗入脑海。

布隆维斯特匆匆走出车站。下一班巴士大约还要一小时才开车，他实在太焦躁，等不了那么久。他跑到出租车招呼站，看见那个说话带诺兰口音的司机胡森。

十分钟后，他已回到工作室。纸条就贴在书桌上方。

玛格达——三二〇一六
莎拉——三二一〇九
R.J.——三〇一一二
R.L.——三二〇二七
玛丽——三二〇一八

他环顾室内，随后想起哪里可以找到《圣经》。他将纸条撕下带在身上，在窗台边上一个碗内找到钥匙，接着一路跑到戈弗里的小屋。他几乎是颤抖着双手，从架上取下海莉的《圣经》。

她写的不是电话号码，而是摩西五经的第三卷《利未记》中的章节。

（玛格达）《利未记》二〇：一六

“女人若与兽亲近，与他淫合，你要杀那女人和那兽，总要把他们治死，罪要归到他们身上。”

（莎拉）《利未记》二一：九

“祭司的女儿若行淫辱没自己，就辱没了父亲，必用火将她焚烧。”

（R.J.）《利未记》一：一二

“要把燔祭牲切成块子，连头和脂油，祭司要摆在坛上火的柴上。”

（R.L.）《利未记》二〇：二七

“无论男女，是交鬼的或行巫术的，总要治死他们。人必用石头把他们打死，罪要归到他们身上。”

(玛丽)《利未记》二〇：一八

“妇人有月经，若与他同房，露了他的下体，就是露了妇人的血源，妇人也露了自己的血源，二人必从民中剪除。”

他走出去坐在门廊上。在海莉的《圣经》中，以上每个章节都画了线。他点燃一根香烟，聆听周遭的鸟鸣啁啾。

现在数字有了，名字却仍无解。玛格达、莎拉、玛丽、R.J. 和 R.L.。

此时布隆维斯特的脑子下意识地跃过一道忽然出现的深渊。他想起莫瑞尔警探提到过，赫德史塔有一名遭火噬的被害人。蕾贝卡案，发生于四十年代末期。那女孩先遭到强暴，之后头被按入仍在焖烧的煤炭中。“要把燔祭牲切成块子，连头和脂油，祭司要摆在坛上火的柴上。”蕾贝卡。R 开头。R.J.。她姓什么呢？

天哪，海莉究竟惹上什么麻烦了？

范耶尔病了。布隆维斯特上门时他正躺在床上，但安娜还是答应让他进来探望几分钟。

“是热伤风。”亨利抽着鼻子解释道，“有什么事吗？”

“我想问个问题。”

“什么问题？”

“四十年代在赫德史塔曾发生一桩凶杀案，不知你听说过没有？一个名叫蕾贝卡的女孩——她的头被火烧。”

“蕾贝卡·雅各布松。”亨利毫不迟疑地说，“这名字我永远不会忘记，虽然已经多年没有人提起。”

“你知道这件案子？”

“是的。蕾贝卡死的时候二十三四岁，应该是……一九四九年的事。当时引发极大的愤怒与谴责，和我也有点关联。”

“和你有关？”

“是啊。蕾贝卡是我们的办事员，人缘很好，很迷人。你为什么要问这个？”

“我还不确定，亨利，但我也许发现了什么。我得再好好想想。”

“你是说海莉和蕾贝卡之间有所关联？这两件事……相差了将近十七年呀！”

“先让我想想，明天等你好一点我再过来见你。”

第二天，布隆维斯特没有见到范耶尔。凌晨快一点的时候，他还坐在餐桌前读海莉的《圣经》，忽然听到车子疾驶过桥的声音。他望向窗外，看见一辆闪着蓝灯的救护车。

他怀着不祥的预感跑出去。救护车就停在范耶尔家门外，一楼的灯全亮着。他三步并作两步冲上门廊阶梯，一眼便看见受到惊吓的安娜站在门厅。

“是他的心脏。”她说，“稍早之前他把我叫醒，说他胸痛。然后就倒下了。”

布隆维斯特环抱住女管家安慰她，并在那里待到医护人员用担架将不省人事的范耶尔抬出来。马丁跟在后面，表情明显紧张。安娜打电话去时，他已经就寝。他光着脚趿了双拖鞋，裤子拉链也没拉。他向布隆维斯特简单招呼后，转向安娜。

“我陪他去医院。打电话给毕耶，天亮以后试试看能不能找到在伦敦的西西莉亚。”他说，“还有跟弗洛德说一声。”

“我可以去弗洛德家。”布隆维斯特说。安娜感激地向他点头致意。

布隆维斯特按了几分钟门铃后，弗洛德才睡眼惺忪地来应门。

“弗洛德，有坏消息。亨利被送到医院去了，好像是心脏病发作。马丁要我来告诉你。”

“天哪！”弗洛德惊呼一声，瞄了瞄手表，“今天是十三号星期五！”他说。

直到第二天早上，和弗洛德用手机简短交谈后确定范耶尔仍然健在，他才打电话给爱莉卡，告知《千禧年》新合伙人因心脏病发被送往医院的消息。不出他所料，接获消息的她既郁闷又焦虑。

晚上弗洛德来找他，将亨利的详细状况告诉他。

“他还活着，不过情况不乐观。他心脏病发作得很严重，而且还有感染。”

“你见到他了吗？”

“没有，他在加护病房。有马丁和毕耶在照顾。”

“痊愈的几率有多少？”

弗洛德前后摆了摆手。

“心肌梗死能活下来已经很不错了。亨利身体状况很好，只是他老了。现在也只能等了。”

他们默默坐着，各怀心事。布隆维斯特煮了咖啡。弗洛德一脸悲凄。

“我得问问你接下来怎么办。”布隆维斯特说。

弗洛德抬起头来。

“你的工作条件仍然没变。合约里写得很清楚，不管亨利是死是活，有效期限到今年年底。你不必担心。”

“不，我不是这个意思。我只是想知道如果他不在，我要向谁报告。”

弗洛德叹了口气。

“麦可，你跟我一样心知肚明，关于海莉这整件事完全是亨利的消遣。”

“别这么说，弗洛德。”

“什么意思？”

“我找到新证据了。”布隆维斯特说，“昨天我跟亨利说了一点，他的心脏病只怕是因此发作的。”

弗洛德用一种怪异的表情看着他。

“你在开玩笑，你一定是……”

布隆维斯特摇摇头。

“这几天我发现了有关海莉失踪案的重大物证。我现在担心的是，我们一直没有谈论过，如果亨利不在了，我该向谁报告。”

“向我报告。”

“好，我得继续下去。你现在有时间吗？”

布隆维斯特尽可能简洁地陈述自己的发现，并让弗洛德看了加瓦斯加坦那一系列照片。接着解释自己的女儿如何解开电话簿中的姓名之谜，最后提出他前一天向范耶尔透露的观点：海莉案也许和一九四九年的蕾贝卡·雅各布松（R.J.）遇害案有关。

他唯一没说出来的是西西莉亚的脸出现在海莉卧室窗口一事。在让她陷入可能受怀疑的处境之前，他必须先跟她谈谈。

弗洛德忧虑地皱起眉头。

“你真的认为蕾贝卡谋杀案和海莉的失踪有关联吗？”

“看来不太可能，这我同意，但事实上海莉电话簿里的姓名缩写R·J.，对应的正是《圣经·旧约》中的燔祭仪式。蕾贝卡确实是被烧死，而她和范耶尔家族的关联也很明确——她是公司的职员。”

“但这和海莉有什么关系？”

“我还不知道，但我想找出答案。我会把原本要告诉亨利的事全告诉你，你得替他作决定。”

“也许我们应该报警。”

“不行。至少得先获得亨利的许可。蕾贝卡案早已过了追诉期，警方也已结案。他们不会在五十四年后重启调查。”

“好吧，那你打算怎么做？”

布隆维斯特绕着厨房踱了一圈。

“首先，我想追查照片那条线索。如果能知道海莉看到什么……这或许是关键。我需要一辆车到诺斯约去追踪线索，不管结果如何。

还有我想把《利未记》的每个章节重新研究一遍。其中之一和谋杀案有关，那么另外四个章节也许便是另外四条线索。这件事……我需要帮手。”

“什么样的帮手？”

“我真的需要一个有耐性的研究助理，去翻阅旧报纸寻找‘玛格达’‘莎拉’等名字。倘若我想得没错，蕾贝卡并不是唯一的受害者。”

“你是说你想找其他人加入……”

“有太多事情要做，时间又赶。如果我是查案的警察，我可以分割时间与资源，找人帮我挖掘。我需要一个熟悉档案作业又能够信赖的专业人士。”

“我明白……其实我刚好知道一个专业调查员。”弗洛德还来不及意识到便脱口而出，“当初对你作背景调查的就是这女孩。”

“谁作什么？”布隆维斯特吃惊地问。

“我随口说说，没什么。”弗洛德说，一面心想自己真是老了。

“你叫人调查我？”

“没什么大不了的，麦可。我们想雇用你，所以只是查一查你是什么样的人。”

“难怪亨利似乎总是对我的情况了如指掌。你们调查得多彻底？”

“相当彻底。”

“也包括《千禧年》的问题吗？”

弗洛德耸耸肩。“稍有提及。”

布隆维斯特点了根烟，这是今天的第五根。

“书面报告吗？”

“麦可，这不值得这么大惊小怪。”

“我要看报告。”他说。

“别这样，真的没什么大不了。只是雇用你之前作个背景调查。”

“我要看报告。”布隆维斯特又说一遍。

“这我不能做主。”

“真的吗？那么你仔细听好了：要么一小时内把报告交到我手上，要么我不干了。我会搭夜车回斯德哥尔摩。报告在哪里？”

他二人互瞪了几秒钟。最后弗洛德叹了口气别过头去。

“在我家的工作室。”

由于弗洛德想尽办法拖延，布隆维斯特直到傍晚六点才拿到莎兰德的报告。内容共八十页，外加数十篇影印的文章、证书，以及他一生中许多细节记录。

从一份半传记半情报的报告阅读自己的经历，实在是个奇怪的经验。他愈往下看，愈对报告的详细程度感到心惊。有一些他以为早已尘封入土的往事，竟又被莎兰德给挖出来。她挖出他年轻时曾和一名当时是狂热的工会主义者、如今已进入政坛的女孩交往。*她到底是找谁问的？*她还查出他的摇滚乐团“拔靴带”，今天肯定早已无人记得。她还把他的财务状况摸得一清二楚。*她究竟是如何办到的？*

身为记者，布隆维斯特多年来一直在搜索关于人的数据，因此他可以纯粹就专业角度判断这份工作的质量。这个莎兰德无疑是个了不起的调查员。若要他去调查一个完全陌生的人，恐怕还写不出一份可与之媲美的报告。

他也渐渐明白他和爱莉卡根本无须在范耶尔面前保持距离，他早就知道他们这段持续多年的关系。报告中还提出《千禧年》财务状况的评估，精确得令人不安；范耶尔最初与爱莉卡联系时，便已知道情况有多岌岌可危。*他在玩什么把戏？*

温纳斯壮案只写了粗略的大概，但不管写报告的人是谁，显然曾经出庭旁听过。报告质疑布隆维斯特在法庭上拒绝发言的表现。*聪明的女人。*

下一秒钟，麦可忽然身子一挺，简直不敢相信自己的眼睛。莎兰德写了一篇短文，评估审判后可能发生的情形。她写的内容和他辞去《千禧年》发行人职务后与爱莉卡一同发布的新闻稿几乎一字不差。

*偏偏莎兰德用的是他的原稿。*他又瞄了一眼报告的封面。日期是

布隆维斯特被判刑的前三天。不可能。当时这份新闻稿只存在一个地方，就是布隆维斯特的电脑里头。在他的笔记本电脑里，不是办公室的电脑。内容也从未打印出来。虽然他曾和爱莉卡讨论过，但就连爱莉卡也没有拷贝。

布隆维斯特放下莎兰德的报告，穿上外套出门去，离仲夏节只有一星期，因此虽然入夜仍天色明亮。他沿着海湾岸边走，经过西西莉亚的宅子和马丁别墅下方那艘豪华汽艇。他慢慢走，一面沉思。最后他坐到一块岩石上，看着海泽比湾闪烁不定的灯浮标。结论只有一个。

“你进了我的电脑，莎兰德小姐，”他大声地说，“你这该死的黑客！”

第十八章

六月十八日星期三

莎兰德从无梦的睡眠中惊醒，觉得有点恶心。她不用转头就知道咪咪已经出门上班，但她的气味仍残留在空气不流通的卧室里。前一天晚上，莎兰德和“邪恶手指”团员们在“磨坊”喝了太多啤酒。咪咪是在打烊前不久出现的，后来跟着她回家上床。

和咪咪不同的是，莎兰德始终没把自己当成女同志。她从未认真想过自己是异性恋、同性恋或甚至双性恋。她根本不在乎这些标签，更不认为自己和谁过夜干他人何事。如果非要选择不可，她比较喜欢男生——统计起来，男生人数也比较多。唯一的问题是很难找到一个不是坏蛋、床上功夫又好的男生；咪咪刚好两者兼具，还激发了莎兰德的性欲。她们俩是一年前在同志游行活动上一个啤酒摊位认识的，咪咪也是莎兰德唯一曾介绍给“邪恶手指”的人。但对两人而言，彼此仍只是偶尔玩玩的伴。躺在咪咪那温暖、柔软的身体旁边感觉很舒服，莎兰德不介意与她一同醒来、一同吃早餐。

时钟显示九点半，她正纳闷是被什么声音吵醒时，门铃又响了。她吓得坐起身来。从来没有人在这个时候按她家门铃，甚至几乎没有人按过她家门铃。她用床单裹住身体，摇摇晃晃走到门厅开门。她双眼直视着布隆维斯特，惊恐的感觉迅速蹿遍全身，不由得倒退一步。

“早安，莎兰德小姐。”他愉快地打招呼，“看来你昨晚玩到很晚。我可以进来吗？”

未等她回答，他便走进去随手将门带上。他好奇地看着门厅地板上那堆衣服和装满报纸、堆积如山的袋子，然后从卧室门口往内瞟了一眼，而莎兰德的世界却开始反向旋转。*怎么会？什么事？是谁？*布隆维斯特见她如此惊慌失措颇觉有趣。

“我想你应该还没吃早餐，所以带了几个贝果三明治。一个是烤牛肉，一个是火鸡肉加第戎芥末酱，还有一个酪梨素食，不知道你喜欢什么口味。”他走进她的厨房，动手洗起咖啡壶。“你咖啡放在哪里？”他问道。莎兰德冻僵似的站在门厅，直到听见水龙头的水声，才很快地往前跨三大步。

“住手！马上住手！”她发觉自己喊得太大声，随即压低声音，“去你的，你不能这样闯进别人家里，我们根本不认识。”

布隆维斯特停下手边动作，拿着水壶，转身面向她。

“错了！你应该比任何人都还认识我，不是吗？”

他又转身将水倒进咖啡壶，接着开始打开橱柜找咖啡。“说到这个，我知道你是怎么做的。我知道你的秘密。”

莎兰德闭上眼睛，暗自希望脚下的地板不要再倾斜。她现在处于精神麻痹状态。她在宿醉。这情况不是真的，她的大脑拒绝运作。她从未和调查对象面对面。*他竟知道我住哪里！*他就站在她家厨房。不可能。太匪夷所思了。*他竟知道我是谁！*

她感觉到床单往下滑，连忙又拉紧一点。他说了一些话，但她起初没有听懂。“我们得谈谈。”他又说一遍，“不过我想你最好先冲个澡。”

她试着把话说得有条理。“你听好了——如果你想找麻烦，那就找错人了。我只是做我该做的事，你应该去找我老板。”

他举起双手，世界通用的手势，象征和平或者*我没有武器*。

“我已经和阿曼斯基谈过了。对了，他要你打电话给他——昨晚他打来你没接。”

他靠上前来，她并未感觉到任何威胁，却仍退后一步。他拉起她的手臂，带她走到浴室门口。她不喜欢任何人未经她允许就碰她。

“我不想找麻烦。”他说，“但我很急着想跟你谈谈，我是说等你清醒的时候。你穿好衣服以后，咖啡就煮好了。先去洗澡吧，快！”

她顺从地照他的话做。*莉丝·莎兰德从未顺从过*，她心想。

她靠在浴室门上，努力集中思绪。她的震惊远超过她所能想象的程度。慢慢地，她发觉冲澡不仅是个好建议，经过一夜激情后这也是必要的。洗完后，她溜进卧室穿上牛仔裤和一件印着“世界末日在昨天——今天有更严重的问题”标语的T恤。

她停顿了一下，开始搜索披挂在椅子上的皮夹克，然后从口袋中掏出电击棒，检查是否装了电池后，塞进牛仔裤的后侧口袋。此时公寓里已弥漫着咖啡香，她深吸一口气，走回厨房。

“你从来不打扫吗？”他问道。

他把脏盘子和烟灰缸全堆进碗槽，旧的牛奶纸盒丢进垃圾袋，并清除桌上五个星期的报纸。他把桌子擦洗干净后，摆上杯子和——他的确不是开玩笑——贝果。*好吧，就看看你想干什么。*她和他面对面坐下。

“你还没有回答我的问题。烤牛肉、火鸡肉或素食？”

“烤牛肉。”

“那我就吃火鸡肉。”

他们静静吃着，一面打量对方。吃完烤牛肉，她又吃了半个素食，然后从窗台拿起一包皱巴巴的香烟抽出一根。

他先打破沉默。“我的调查功力可能没有你好，不过我至少查出你不是素食者，也不像弗洛德先生以为的有厌食倾向。我会把这项讯息列入我的报告。”

莎兰德瞪着他，见他如此兴味盎然不禁撇嘴笑了笑。现在的情况实在太莫名其妙。她啜着咖啡。他有双和善的眼睛。她心想无论如何，他都不像坏人。而且根据她所作的私调，也毫无迹象显示他是个会打女朋友或有暴力倾向之类的坏蛋。她提醒自己她才是掌握一切讯息的人。*知识就是力量。*

“你在笑什么？”她问道。

“对不起。其实我本来并不打算像这样闯进来，我并不想让你受惊吓。但你真应该看看你开门时候的脸。实在太有趣了！”

沉默不语。出乎莎兰德意外的是，她忽然觉得他的不请自来尚可接受——至少不会令人感到不快。

“你就把它当成是我对你随意打探我私生活的报复吧！”他说，“你害怕吗？”

“一点也不。”莎兰德回答。

“那好。我来这里不是给你找麻烦的。”

“要是你胆敢企图伤害我，我就会让你好看。你会后悔的。”

布隆维斯特仔细观察她。她约莫一百五十公分高一点，如果他是破门而入的歹徒，她恐怕无力抵抗。但她的眼神却是平静不带感情。

“那就不必了。”他终于说道，“我只是想跟你谈谈。如果你希望我离开，只要说一声就行了。真是奇怪，不过……算了，没事……”

“怎么了？”

“听起来也许很疯狂，不过四天前我都还不知道有你这个人存在，然后我读了你对我的分析报告。”他伸手到肩背包里拿出报告，“读起来并不愉快。”

他朝着厨房窗外看了一会。“可以跟你讨根烟吗？”她将香烟包推过桌面。

“你刚才说我们彼此不认识，我说不，我们认识。”他指着报告，“我不能跟你比。我只作了快速的例行查证，查出你的住址、生日等等基本资料，但你肯定非常了解我。真该死！里头有很多私密的事，只有我最亲近的朋友才知道。结果现在我就坐在你的厨房里，和你一起吃贝果。我们才刚认识半小时，但我却觉得好像已是多年的朋友。你懂我的意思吗？”

她点点头。

“你的眼睛很美。”他说。

“你的眼睛也很和善。”她说。

接着沉默良久。

“你来这里做什么？”她忽然开口。

小侦探——她记得他的绰号，但压制住了说出来的冲动——神情顿时变得严肃，看起来也很疲倦。他走进她公寓时所展现的自信已经消失不见。胡闹逗趣已结束，或至少是暂搁一旁。她感觉到他正专注地打量她。

莎兰德觉得自己只是强作镇定，其实并不能完全掌控焦虑的情绪。这名不速之客的来访，让她感受到在工作上从未有过的震撼。监视人是她的谋生之道，但事实上她从不认为自己为阿曼斯基做的是一份真正的工作，反倒比较像是复杂的消遣，像一种嗜好。

事实是她喜欢挖掘他人的生活，找出他们试图隐藏的秘密。就她记忆所及，她一直都在做这件事——无论形式为何。到今天她还继续在做，不只在阿曼斯基派给她任务的时候，有时候也会纯粹为了好玩去做。这让她感到刺激，就好像一个复杂的电脑游戏，只不过面对的是真人罢了。不料她的消遣对象之一现在就坐在她的厨房，请她吃贝果。实在荒谬至极。

“我遇到一个很有趣的问题。”布隆维斯特说，“告诉我，你替弗洛德先生调查我的时候，知不知道是为了什么？”

“不知道。”

“目的是为了查清我的所有底细，因为弗洛德，或者应该说他的雇主，想给我一份兼职工作。”

“喔。”

他对着她淡淡一笑。

“你和我应该找一天谈谈探人隐私的道德问题。不过现在我有另一个问题。他们请我做，而我也莫名其妙接受的工作，无疑是我所接过的最奇怪的任务。在我透露更多之前，我得确认我能相信你。可以吗，莉丝？”

“什么意思？”

“阿曼斯基说你百分之百可靠，但我还是想问问你。我若将秘密告诉你，你可以永远不告诉任何人吗？”

“等等。你和德拉根谈过？是他让你来的？”*我非杀了你不可，你这该死又愚蠢的亚美尼亚人！*

“不算是。又不是只有你才查得到别人的住址，是我自己从国家户籍资料中查到的。总共有三个莉丝·莎兰德，另外两个条件不符。

不过昨天我和阿曼斯基长谈过，他也以为我是因为你查探我的私生活而来找碴。最后好不容易才让他相信我有正当理由。”

“是什么？”

“我刚才也说了，弗洛德的雇主请我做一件事。我进行到现在，需要找一个高明的调查员。弗洛德提起你，说你很不错。他不是故意让你曝光，只是不小心说出口。我向阿曼斯基解释过了，他完全同意，并试着打电话给你。所以我就来了。你愿意的话可以现在打给他。”

莎兰德费了一会儿工夫才在咪咪从她身上剥下的衣服堆中找到手机。布隆维斯特一面在屋里踱步，一面津津有味地看着她尴尬地搜寻。她的家具一团乱，仿佛全都错了位。客厅里有张勉强堪称书桌的桌子，上头有一台先进的笔记本电脑。架子上有一台 CD 播放器，CD 的收藏少得可怜，只有十张他从未听过的乐团的专辑，封面上的乐手有如来自外层空间的吸血鬼。她对音乐应该不太感兴趣。

莎兰德发现阿曼斯基昨晚打了七通电话，今天早上打了两通。她按了他的号码，而布隆维斯特则靠在门框上听着他们的对话。

“是我……对不起……对……关掉了……我知道，他想雇用我……不是，他现在就站在我家客厅里面，我的老天……”她提高声量，“德拉根，我还在宿醉，头很痛，所以拜托你别玩游戏，你到底同不同意这个工作？……谢谢。”

莎兰德经由房门看见布隆维斯特在客厅里一下拿 CD 看，一下从书架取下书来。他刚刚发现一罐棕色药瓶，没有标签，便举高到灯光下晃了晃。眼看他就要打开瓶盖，她连忙伸手抢过来。她回到厨房坐下，揉着额头，直到他也跟过来。

“规矩很简单。”她说，“你和我或和阿曼斯基说的话绝不会有第三者知道。我们会签一份合约，声明米尔顿安保保证保密。在我决定要不要替你工作之前，我想先听听工作内容。不管我接不接这份工作，只要你不是从事任何重大犯罪行为，我也答应你绝不泄漏。但若是犯罪行为，我会向德拉根报告，他也会向警方报案。”

“好。”他迟疑了一下，“阿曼斯基可能并不完全知道我雇用你做什么……”

“他说是某种历史研究。”

“对，这样说没错。我希望你帮我找出一个杀人犯。”

布隆维斯特利用一小时解释海莉案错综复杂的情节，毫无保留。他获得弗洛德的许可雇用她，那么就得完全信任她。

他将西西莉亚的一切全盘托出，也说出他在海莉的窗口看到她的脸，并尽可能详细地将她的性格告诉莎兰德。她在嫌疑人名单——他的名单——中的名次已大大提升，但他仍不敢相信当时还只是少女的她，竟会和一名活跃的杀人犯扯上关系。

他将电话簿里的名单拷贝一份给莎兰德：“玛格达——三二〇一六；莎拉——三二一〇九；R.J.——三〇一一二；R.L.——三二〇二七；玛丽——三二〇一八”。也给了她一份《利未记》章节的副本。

“你要我做什么？”

“我已经确认出R.J.的身份——蕾贝卡·雅各布松。”他告诉她那五个数字的意义，“如果我猜得没错，我们将会发现另外四个受害人——玛格达、莎拉、玛丽和R.L.。”

“你认为她们全都遭到谋杀？”

“如果其他数字与缩写也证实是另外四起凶杀案的代号，那么我们要找的应该是一个在五十年代——也许还有六十年代——相当活跃的杀人犯，而且和海莉有某种关联。我找过《赫德史塔快报》的旧报纸，但唯一找到与赫德史塔有关的怪异刑案只有蕾贝卡谋杀案。我希望你继续挖掘，就算找遍整个瑞典，也要找出其他名字与章节的意义。”

莎兰德面无表情地沉思良久，到最后布隆维斯特几乎就要失去耐心。他正怀疑自己是否找错人了，她终于抬起头来。

“我愿意接这个工作，不过你得先和阿曼斯基签约。”

阿曼斯基将合约打印出来，让布隆维斯特带回赫德史塔给弗洛德签名。他回到莎兰德的办公室时，看见他们俩正俯身埋首于她的笔记本电脑，布隆维斯特的手搭在她肩膀上——他碰触了她的身体——一面指着屏幕。阿曼斯基在走廊上停下来。

布隆维斯特不知说了什么，似乎让莎兰德十分吃惊，接着便放声大笑。

阿曼斯基从未听她笑过。这么多年来他一直想博取她的信任，而她和布隆维斯特只不过认识五分钟，竟然就和他有说有笑。在那当下，他忽然对布隆维斯特感到无比厌恶，这种感觉连他自己都很意外。他站在门口轻咳一声，然后放下合约封套。

下午布隆维斯特进《千禧年》办公室作短暂探访。这是他第一次回来。步上那熟悉的阶梯时，感觉非常奇怪。门上的密码没有变，因此他偷偷溜进去后，伫立片刻环顾四周。

《千禧年》的办公室呈L形排列。入口处是个宽敞的前厅，用处却不大。那里摆了两张沙发，可以当成接待区。后方是小厨房兼用餐室，接着是衣帽间和洗手间，以及两间摆放书架与档案柜的储藏室。另外还有一张实习生用的桌子。入口的右手边有一面玻璃墙连接克里斯特的工作室，大小约八十平方米，有独立出入门通往楼梯口。左手边是编辑室，占地约一百五十平方米，窗户面向约特路。

这些全是爱莉卡的设计，以玻璃隔出三个隔间给三名员工使用，其他人则共享一个开放空间。她自己选了最后面最大的一间，另一头的房间则给了布隆维斯特。这是从入口唯一看得见的办公室，看起来似乎还没有人搬进去。

第三间离得稍远，是桑尼·马格努森的办公室，这几年他一直是《千禧年》最成功的广告业务员。他是爱莉卡精心挑选的人，给的薪水不高但有佣金。只是过去这一年，尽管他这个业务员再冲劲十足，杂志社的广告业绩依旧一蹶不振，桑尼的收入也跟着惨跌。但他并未另谋出路，反而勒紧裤带忠心坚守岗位。不像我这个引发崩盘的罪魁祸首，布隆维斯特暗想。

他鼓起勇气走进办公室，里头几乎空无一人。他可以看到爱莉卡坐在桌前，正在打电话。莫妮卡·尼尔森也坐在办公桌前，她是个经验丰富的记者，尤其擅长政治新闻。她可能是布隆维斯特所见过最愤世嫉俗的人，已经进《千禧年》九年，至今依旧生气勃勃。亨利·柯特兹是编辑部最年轻的职员，两年前从新闻传播学院毕业后便直接进来实习，还说他只想在《千禧年》工作。爱莉卡没有雇用他的预算，但还是在角落给他准备一张桌子，不久他成了正式的打杂工，再不久便升为采访记者。

他们二人见到他高兴得欢呼起来，又是亲脸颊又是拍背的，而且马上问他是不是要回来上班了。不是，他只是顺道来打个招呼，和老板说几句话。

爱莉卡见到他也很高兴，并问及范耶尔的情况。布隆维斯特知道的也就是弗洛德告知的情况：病情十分严重。

“那么你回这儿做什么？”

布隆维斯特有点尴尬。他去了米尔顿安保，因为只隔几条街，心血来潮便来了。若要解释他是去雇用一个曾经入侵他的电脑的安保顾问当研究助理，似乎太过复杂，因此只是耸耸肩，说是为了范耶尔相关事务到斯德哥尔摩来，马上就得回去。他也问了杂志社的运作情形。

“除了广告与订阅方面的好消息之外，还有一片乌云即将逼近。”

“什么乌云？”

“简恩·达曼。”

“那是当然。”

“四月发布亨利入股的消息之后，我和他谈过。我不知道是达曼本性悲观，或者事态更严重，他也许在玩什么把戏。”

“怎么了？”

“我说不出所以然，但就是无法再信任他。和范耶尔签订协议后，我和克里斯特得决定是否告诉所有员工今年秋天没有倒闭的危险，或是……”

“或是只告诉一部分人。”

“没错。也许是我太神经质，但我不想冒险让达曼走漏消息。所以我们决定在公布协议的同一天告知所有员工，也就是说我们保密了一个多月。”

“所以呢？”

“所以，这是他们在这一年内听到的第一个好消息，每个人都高声欢呼，除了达曼之外。当然了，我们的编辑部并不大，欢呼的有三个人，加上实习生，还有一个满脸不高兴，只因为我们没有早点告诉大家。”

“他其实也有理……”

“我知道。可是他每天都在抱怨这件事，办公室里的士气也受到影响。两个星期后，我把他叫进办公室，当着他的面说我之所以没有早点告知员工，就是因为担心他无法保守秘密。”

“他反应如何？”

“当然很生气。我没有退让，并给了他最后通牒——他要是再不能心平气和，就准备另找出路。”

“结果呢？”

“他冷静下来了，可是却独来独往，和其他人的关系变得紧张。克里斯特受不了他，也毫不隐藏对他的厌恶。”

“你怀疑达曼在做什么？”

“我不知道。我们是一年前雇用他的，当时和温纳斯壮的麻烦事刚开始。我无法证明，但总觉得他不是在替我们工作。”

“相信你的直觉。”

“也许他只是不得其所，以至于把气氛弄拧了。”

“有可能。不过我承认当初雇用他是个错误。”

半小时后，他开车北行经过斯鲁森水闸。这辆车是向弗洛德的妻子借来的已有十年车龄的沃尔沃，她从未开过，只要布隆维斯特需要，随时可以借用。

假如他不够警觉，可能很轻易便会忽略这些小细节：有些纸张似乎不像先前堆得那么整齐；架上有个讲义夹似乎有些移位；书桌抽屉整个关紧了——他很确定离开时，抽屉留了一公分的空隙。

有人进过他的小屋。

他锁了门，不过这只是普通的旧锁，几乎任何人都能用螺丝起子撬开，何况谁知道有多少把钥匙在外头流通。他仔细巡视工作室，看看是否丢失了什么。片刻后，发现一样也不缺。

然而确实有人进过屋子，翻过他的报告和讲义夹。他把电脑带走了，因此没有受到入侵。他心里冒出两个疑问：会是谁？又得知了多少讯息？

讲义夹是范耶尔收藏的一部分，他出狱后又带回宾馆来，里面并无新资料。他放在书桌内的笔记本对局外人而言或许有如天书——但搜他书桌的是局外人吗？

书桌正中央有一个塑料夹，里面放了一份电话簿名单与《圣经》章节的复印件。这可严重了！无论是谁都会知道电话簿里的密码被破解了。

那么究竟是谁呢？

范耶尔人在医院。安娜没有嫌疑。弗洛德？他已经告诉他所有细节。西西莉亚已经取消佛罗里达之行，从伦敦返回——还有她妹妹。布隆维斯特回来后只见过她一次，是前一天她刚好开车过桥。马丁。哈洛德。毕耶——范耶尔心脏病发的第二天，他出席了布隆维斯特未获邀参加的家庭聚会。亚历山大。伊莎贝拉。

弗洛德和谁谈过？这回又可能无意中泄漏些什么？有多少焦虑的亲戚已经得知布隆维斯特的调查有所突破？

八点过后，他打电话给赫德史塔的锁匠订购新锁，锁匠说得第二天才能来。布隆维斯特告诉他若能马上来，他愿意付双倍的钱。最后他们达成协议，锁匠会在当晚十点半左右前来安装新的安全锁。

布隆维斯特开车到弗洛德家，他的妻子带他到屋后庭院，请他喝冰啤酒，他欣然接受。随后他问起亨利的状况。

弗洛德摇摇头。

“他们替他动了手术，是冠状动脉阻塞，医生说接下来几天是关键期。”

他们喝着啤酒，沉思片刻。

“你应该还没跟他谈过吧？”

“没有，他还没办法说话。斯德哥尔摩的事进行得如何？”

“那个叫莎兰德的女孩答应了。这是米尔顿安保的合约，你签名之后寄回去。”

弗洛德阅读了文件。

“她很贵。”他说。

“亨利付得起。”

弗洛德点点头，从胸前口袋拿出笔来潦草地签了名。

“幸好签这个名的时候亨利还活着。你回去的时候能不能顺便把它丢到昆萨姆超市旁的邮筒？”

布隆维斯特在午夜上床后却睡不着。直到目前为止，在海泽比岛上的工作似乎是在调查一件久远的奇闻逸事。但假如有人如此感兴趣，甚至要潜入他的工作室，那么谜底恐怕就不像他所想的那么久远了。

随后他忽然想到可能还有其他人对他的工作感兴趣。范耶尔忽然出现在《千禧年》的董事会上，温纳斯壮不可能毫不留意。或者这是他的偏执想法？

布隆维斯特下床，赤身站在厨房窗边，凝视着桥另一头的教堂。他点了根烟。

他猜不透莎兰德，她根本就是个怪人。说话说到一半忽然沉默许久；公寓里乱七八糟；门厅全是装满报纸的袋子；厨房大概有整年未清理；衣服成堆散落在地板上；她显然在酒吧混了大半夜；她脖子上种了草莓，明显有人在她家过夜；身上有数不清的刺青，脸上穿了两个洞，也许还有其他地方。她就是怪。

阿曼斯基向他保证她是他们最好的调查员，而她针对他所写的报告也的确非常彻底。*好个奇怪的女孩*。

莎兰德坐在电脑前，心里却想着布隆维斯特。她成年后，从未允许任何不请自来的人跨过她家门槛，而她邀请过的人一只手就能数得完。布隆维斯特毫无顾忌地闯入她的生活，她却只发出几声软弱无力的抗议。

不只如此，他还揶揄她。

在正常情况下，这种行为会让她在心里暗暗扣下扳机。但从他身上，她丝毫未感受到威胁或敌意。他有十足的理由警告她，甚至向警方举报，但他甚至将电脑遭她入侵的事一笑置之。

这是他们谈话当中最敏感的部分。布隆维斯特似乎刻意不提此话题，最后是她忍不住发问。

“你说你知道我做了什么。”

“你入侵了我的电脑，你是黑客。”

“你怎么知道？”莎兰德百分之百肯定自己没有留下任何痕迹，除非有个顶尖的信息安全顾问在她入侵的同时坐下来扫描硬盘，否则谁也不可能发现。

“你犯了一个错误。”

她引述了只有他电脑里才有的文章。

莎兰德静静坐了好一会儿，才抬起头用毫无表情的眼睛看着他。

“你是怎么办到的？”他问道。

“秘密。你打算怎么办？”

麦可耸耸肩。

“我能怎么办？”

“这和你们记者的做法没两样。”

“的确，所以我们记者有个道德委员会不断在留意道德问题。当我写一篇关于银行界某混蛋的文章时，我不会涉入——比方说——他的私生活。我不会说某个伪造票据者是同志或与狗做爱产生高潮之类的事，即使这些都是真的。混蛋也有隐私权。这样你懂吗？”

“懂。”

“所以你损害了我的尊严。我的雇主不需要知道我和谁做爱，那是我的事。”

莎兰德不自然地撇着嘴笑。

“你觉得我不应该提到那个？”

“就我而言没有太大差别。斯德哥尔摩有一大半人都知道我和爱莉卡的关系，但这是原则问题。”

“这么说的话，你或许有兴趣知道我也有你们道德委员会那类的原则。我称之为*莎兰德原则*。其中一条是混蛋永远是混蛋，如果我能挖出一些狗屁倒灶的事来伤害一个混蛋，那是他活该。”

“好吧。”布隆维斯特说，“我的论据和你差不多，不过……”

“不过重点是当我作私调时，我也会提出自己对那个人的看法。我并不中立。如果那个人看起来像个好人，我的报告可能会写得温和一点。”

“真的吗？”

“像你就是了。我本来可以写一本关于你的性生活的书，也可以向弗洛德提到爱莉卡曾经上过‘极端夜总会’，也曾在八十年代和皮绳虐恋圈的人鬼混过——这一定会让人对你的性生活与她的性生活产生某些联想。”

布隆维斯特直瞪着莎兰德的双眼。过了一会，忽然笑起来。

“你真的查得很彻底，对吧？那你怎么不写进报告里头？”

“你们都是成人，而且显然都喜欢对方。你们在床上做什么不关他人的事，我若提到她，只会伤害你们两人或是给某人提供勒索的题材。我又不认识弗洛德——这些讯息最后可能会落到温纳斯壮手里。”

“你不想提供消息给温纳斯壮？”

“如果得在你和他之间作选择，我想我应该会投奔你的阵营。”

“我和爱莉卡是……我们的关系……”

“拜托，我真的不在乎你们是什么关系。不过你还没回答我的问题：关于我入侵你的电脑，你打算怎么办？”

“莉丝，我不是来勒索你的，而是想请你帮我作调查。你可以答应也可以拒绝。如果你不答应，无所谓，我会另外找人，而你也不会再听到我的消息。”

第十九章

六月十九日星期四至六月二十九日星期日

这几天，布隆维斯特一边等候着范耶尔能否度过生死关头的消息，一边把手边数据又看了一次，并且和弗洛德保持密切联系。星期四晚上，弗洛德带来消息说危机似乎暂时解除了。

“我今天和他说了一会儿话，他希望能尽快见到你。”

于是仲夏节前夕下午一点，布隆维斯特开车到赫德史塔医院去找范耶尔的病房。途中忽然冒出愤愤不平的毕耶挡住他的去路。亨利根本没法见客，他说。

“那就奇怪了。”布隆维斯特回答，“亨利派人传话，很明白地表示他今天想见我。”

“你不是家族成员，这里没你的事。”

“你说得对，我不是家族成员，但我替亨利工作，而且只听令于他。”

此时若非弗洛德走出范耶尔的房间，两人的交谈恐怕会变得更火爆。

“喔，你来啦。亨利一直在问你呢！”

弗洛德将门打开，布隆维斯特与毕耶擦身而过走入房中。

范耶尔整个人像老了十岁。他眼睛半闭躺在床上，鼻子插着氧气管，头发更是前所未见的蓬乱。一名护士一手用力按住布隆维斯特的手臂，阻挡住他。

“两分钟，不能再久。别让他太激动。”布隆维斯特坐在访客椅上，看着范耶尔的脸，心里忽然泛起一种令他惊讶的温柔，于是伸出手轻轻捏捏老人的手。

“有什么消息吗？”他的声音很微弱。

布隆维斯特点点头。

“等你好一点我马上向你报告。我还没解开谜底，不过又找到一些新线索，现在正在追查。再过一两个星期就能知道结果了。”

范耶尔能做的最大限度就是眨眼，表达他明白了。

“我得离开几天。”

范耶尔扬起眉毛。

“我不是临阵脱逃，而是要作些调查。我已经和弗洛德达成共识，以后我会向他报告。你同意吗？”

“弗洛德……是我的代理人……无论什么事。”

布隆维斯特又捏捏范耶尔的手。

“麦可……如果我不……我要你……完成工作。”

“我会完成的。”

“弗洛德可以……全权……”

“亨利，我要你好起来。我好不容易有这样的进展，你要是撒手走了，我会很生气。”

“两分钟。”护士说。

“下次我们再长谈。”

毕耶在外面等他出来。他一手放在他肩膀上将他拦下。

“我不希望你再来烦亨利。他病得很严重，不应该再受刺激或打扰。”

“你的忧虑我明白，也有同感。我不会刺激他的。”

“每个人都知道亨利雇用你是为了打探关于他的小嗜好……海莉。弗洛德说亨利心脏病发前和你谈过话，然后变得非常激动。他还说你认为是你引发他的病。”

“我现在不这么想了。亨利有严重的动脉阻塞，就算只是小便也可能发病，这点你肯定也已经知道了。”

“我要你将这荒谬之举的内容全盘托出！你现在搅和的是我的家务事。”

“我说过了，我替亨利工作，不是为你们家族。”

毕耶显然不习惯有人顶撞他。有一度他瞪着布隆维斯特的神情应该是想为自己争取一点敬意，但反而更像一头充了气的麋鹿。毕耶转身走进范耶尔的房间。

布隆维斯特强忍住笑意。范耶尔正卧病在床，甚至可能就此撒手西归，他病榻外的走廊实在不是该笑的地方。但他忽然想起六十年代名主持人雷纳·希兰一句押韵的字母诗文，和麋鹿有关：麋鹿只身孤立，笑望森林废墟。

在医院大厅，他遇见西西莉亚。自从她取消假期回来后，他打了十几次手机，但她从未接听或回复。而当他经过她位于海泽比岛的住处上前敲门时，她也总是不在家。

“嗨，西西莉亚。”他招呼道，“亨利的事我很遗憾。”

“谢谢。”她说。

“我们得谈谈。”他说。

“我很抱歉就这样避不见面。我能理解你一定很生气，但这段时间我也不好过。”

麦可将手搭在她的手臂上，微笑着说：

“等等，西西莉亚，你弄错了，我一点也不生气。我还是希望我们能当朋友。可以一起去喝杯咖啡吗？”他朝医院餐厅的方向点了点头。

西西莉亚有些犹豫。“今天不行。我得去见亨利。”

“好吧，但我还是需要和你谈谈。纯粹是公事。”

“什么意思？”她顿时起了戒心。

“你还记得你一月到我的小屋来，我们第一次的见面吗？我说我们可以私下聊聊，不列入记录，如果需要问一些正式的问题，我会告诉你。这事和海莉有关。”

西西莉亚气得瞬间涨红了脸。

“你真是个大混蛋！”

“西西莉亚，我发现一些事情，真的得和你谈谈。”

她倒退一步。

“你难道不明白浪费该死的精力追踪该死的海莉，只不过是想让亨利内心不那么空虚？你难道没看见他躺在那里快死了？现在他最不需要的就是再受刺激、再空欢喜一场……”

“这也许是亨利的消遣，但我现在发现的新资料比这么多年来任何人的发现都还要多。眼下有些问题必须获得解答。”

“如果亨利死了，这些无聊的调查马上就得结束，到时候你这个侦探就得哭哭啼啼地卷铺盖走路了。”西西莉亚说完转身就走。

所有店都打烊了。赫德史塔几乎空荡荡的，居民们似乎也都躲到避暑小屋去过仲夏节了。布隆维斯特走到史塔旅馆的露天座，这里还开着，于是他点了咖啡和三明治，看起了晚报。这世界没发生什么大事。

他放下报纸，想着西西莉亚。他没有告诉任何人——除了莎兰德之外——海莉房间的窗户是她打开的。他担心她会因此成为嫌疑犯，而伤害她是他最不想要的结果。然而问题总是要问，迟早罢了。

他在露天座待了一小时后，决定暂时搁下这些问题，在仲夏节前夕做点和范耶尔家族无关的事。手机一直没响。爱莉卡和丈夫不知上哪玩乐去了，他找不到人说话。

下午四点左右，他回到海泽比岛，又作了另一个决定：戒烟。自从入伍后，他一直持续运动，或是上健身房或是沿着梅拉斯特兰南路跑步，但温纳斯壮的事件开始后，这项习惯便中断了。进了鲁洛克监狱，他又开始举重，主要是当成一种心理治疗。但出狱后，便几乎没有运动，现在也该再重新开始了。他穿上运动服，一开始慢慢地往戈弗里小屋的道路跑去，然后转向要塞方向，跑上较崎岖的越野路径。在军中他便不再参加越野比赛，但他始终认为在林区比在平坦的跑道上跑步更有趣。他沿着“东园”四周的围墙跑回村里，爬上宾馆最后几层阶梯时已是全身酸痛、上气不接下气。

六点冲完澡，他煮了几个马铃薯，又用芥末酱腌鲱鱼、香葱加蛋做了开面三明治，拿到屋外坐在摇摇晃晃的桌边面向着桥吃了起来。他倒了一杯烈酒，为自己干杯。最后看起薇儿·麦德米的推理小说

《美人鱼在唱歌》。

七点左右，弗洛德开车前来，往他对面的椅子重重坐下。布隆维斯特给他倒了一杯斯科纳烧酒。

"你今天激起了不小的情绪反应。"弗洛德说。

"看得出来。"

"毕耶是个自大的蠢蛋。"

"我知道。"

"但西西莉亚不是，她非常生气。"

麦可点点头。

"她吩咐要我阻止你继续打探家族的事情。"

"我明白，你怎么回答？"

弗洛德看了看那杯斯科纳酒，一口饮尽。

"我说关于你该做的事，亨利已经很清楚地指示我。只要他没有改变指示，你就得继续照合约走。我希望你能尽力执行合约中你那部分的义务。"

布隆维斯特仰头望天，乌云已逐渐聚拢。

"像是暴风雨要来了。"弗洛德说，"如果风吹得太猛，我会支撑着你。"

"谢谢。"

他们静静坐了一会。

"我能再喝一杯吗？"弗洛德问。

弗洛德回家后不到几分钟，马丁便开着车来了，车子就停在小屋前的路旁。他过来是想打个招呼。麦可先祝他仲夏节愉快，并问他想不想喝一杯。

"还是不要比较好。我只是回来换个衣服，然后就要开车回城里，到伊娃那儿过夜。"

布隆维斯特等着他继续说。

“我和西西莉亚谈过了。她现在有点心神紊乱——她和亨利一直都很亲密。如果她说了什么……不好听的话，希望你能原谅她。”

“我很喜欢西西莉亚。”

“我知道，不过她也可能很难相处。我只是想告诉你，她非常反对你继续挖掘我们的过去。”

布隆维斯特叹了口气。赫德史塔的人好像全都知道范耶尔雇他的用意。

“你觉得呢？”

“关于海莉这事已经纠缠亨利数十年。我不知道……海莉是我妹妹，但所有感觉毕竟都已十分久远。弗洛德说你的合约只有亨利能终止，以他目前的情况看来，恐怕是弊多于利。”

“那么你希望我继续吗？”

“你有任何进展吗？”

“抱歉，马丁，我若未经亨利允许向你透露任何事，就等于违约。”

“我懂。”他忽然面露微笑，“亨利向来热衷这类秘密协议，但最重要的是，我希望你不要让他有过度的期待。”

“我不会的。”

“那就好……对了，换个话题，我们现在还有另一个合约要考虑。既然亨利病了，短期内无法履行他身为《千禧年》董事的职务，我有责任代替他。”

布隆维斯特等着下文。

“我想应该开个董事会来讨论目前的情形。”

“好主意。但据我所知，下一次董事会的预定日期要等到八月。”

“我知道，不过也许应该早点召开。”

布隆维斯特礼貌地笑了笑。

“你真的找错人了。我十二月就离开了，现在不是董事，你应该和爱莉卡联系。她知道亨利病了。”

马丁没想到他会这么回应。

“当然，你说得没错。我会找她谈。”他拍拍布隆维斯特的肩膀，道别后便离开了。

谈话没什么具体的内容，但空气中飘浮着威胁的气息。马丁已经将《千禧年》放在天平上。片刻过后，布隆维斯特又倒了杯酒，重拾麦德米的小说。

那只混杂其他颜色的棕色猫跑来跟他打招呼，在他脚边磨蹭。他把猫抱起来，搔搔它的耳后。

“我们俩过了一个非常无聊的仲夏节前夕，对吧？”他说。

这时开始下起雨来，他便进屋上床。猫却宁可待在外头。

莎兰德在仲夏节前夕牵出她的川崎摩托车，花了一整天作彻底检查。轻型的一二五 CC 或许不是最有力的摩托车，但这是她的，她能掌控它。车子是她一个螺丝一个螺丝整修出来的，还增强了马力，能跑得比速限再快一点点。

下午她戴上安全帽、穿上皮外套，骑到阿普湾疗养院，和母亲在庭院里度过晚上的时光。她忽然感到一阵忧心与自责。母亲好像变得更疏离了。三个小时间，她们只交谈几句话，而谈话时母亲似乎并不认得她是谁。

布隆维斯特花了几天时间试图找出那辆车牌 AC 开头的车，耗费不少精力，最后在询问赫德史塔一名退休的技师后，才得到结论：那是一辆福特安格利亚，是他从未听说过的车款。后来他打电话给机动车管理部门的一名职员，询问是否能查到一九六六年车牌以 AC3 开头的所有福特安格利亚的名单。他最后得到的答复是：要查询如此久远的记录并非不可能，但需要一点时间，而且这恐怕已超出公开数据的范围。

直到仲夏节过了几天之后，布隆维斯特才跳进借来的沃尔沃，开上 E4 公路往北走。他优哉地开着车。快到海诺桑桥的时候，他在维斯特伦糕饼店停下车买咖啡。

下一站是于默奥，他找了家小旅馆点了当天的特餐。接着买完地图后，又继续上路，来到谢莱夫特奥转向诺斯约。他下午六点左右抵达，在诺斯约旅馆订房过夜。

第二天一早他便开始查访。电话簿里找不到诺斯约木工店。极地旅馆的柜台服务员是个二十来岁的女孩，她从未听过这家店。

“那么我该找谁问呢？”

服务员困惑了几秒钟，登时面露喜色，说可以问她父亲。过了两分钟，她回来解释说诺斯约木工店早在八十年代初便停业了。若想知道更多细节，可以去找一个叫布尔曼的人，他曾经在那儿当领班，现在住在名叫向日葵的街上。

诺斯约是个小镇，只有一条主要街道贯穿全镇，街名恰如其分就叫大街。大街两旁商店林立，住家的街道则与其横向交叉。东端有一个小工业区和一个马厩，西端有一间美得出奇的木造教堂。布隆维斯特发现这座村镇中也有一个宣道教会和一个五旬节教会。巴士站的广告牌上贴了一张海报，宣传狩猎博物馆和滑雪博物馆。还有一张残留的宣传单，预告维若妮卡将在仲夏节园游会上演唱。从村镇这端走到另一端还不到二十分钟。

向日葵街上全是独栋住宅，距离旅馆约五分钟路程。布隆维斯特按了门铃，无人应门。当时九点半，他心想布尔曼大概出门工作去了，如果他已经退休，八成是去买东西。

他接着到大街上的五金行。他推断凡是诺斯约的居民迟早都会上五金行。店里有两名店员，布隆维斯特挑了年纪较大的那个，大约五十岁左右。

“你好，我想找一对夫妻，很可能是六十年代住在诺斯约，男的也许曾经在诺斯约木工店工作。我不知道他们的名字，不过有两张一九六六年拍的照片。”

店员端详照片许久，结果还是摇头，说他两个都不认得。

午餐时间，他在巴士站附近的热狗摊吃了个汉堡。接下来他不再找商店，而是行经镇公所、图书馆和药房。那里的警局空无一人，于是他便开始随意找老年人询问。中午过后不久，他问了两名较年轻的女子，她们不认识相片中的男女，但倒是提了个好主意。

“如果照片是一九六六年拍的，这两个人现在应该已经六十几岁。你何不到索巴卡养老院去问问？”

布隆维斯特向养老院柜台的女人自我介绍，并解释来意。她不断用怀疑的目光瞪着他，但最后还是被他说服，带着他来到活动室。他花费半个小时让一群老人看照片，他们都很热心，只可惜没有人认识这对夫妻。

五点，他回到向日葵街敲布尔曼的门，这回运气好一点。布尔曼夫妻俩都退休了，今天一整天都在。他们请布隆维斯特到厨房，妻子立刻动手煮咖啡，一面听来客说明自己的任务。但和当天其他的尝试一样，又是徒劳无功。布尔曼搔搔头，点起烟斗，片刻后才说他不认识相片中这对夫妻。布尔曼夫妇彼此间说的是诺斯约的方言，布隆维斯特偶尔会听不懂。例如妻子提到相片中的女人有“knvelhra”，意思其实是“鬈发”。

“不过你说得没错，那是木工店的贴纸。”丈夫说，“你能认出来确实很聪明。但问题是我们到处发贴纸，对象有承包商、买木材或运送木材的人、木匠、机械工等等。”

“看来要找到这对夫妻比我想象中困难。”

“你为什么要找他们？”

布隆维斯特事先已经决定若有人问起便老实说。关于相片中的夫妻，无论捏造什么谎话都只会让人一眼看穿，让情形变得更复杂。

“说来话长。我正在调查一九六六年发生在赫德史塔的一桩罪行，我想相片中的人有可能——尽管可能性微乎其微——看到了事情的经过。他们绝非嫌疑犯，我想他们甚至不知道自己可能拥有破案的线索。”

“罪行？什么样的罪行？”

“很抱歉，我只能说这么多。我知道将近四十年后还有人来到这里找这对夫妻，听起来很奇怪，但这案子尚未侦破，直到最近才又发现新物证。”

“原来如此。是呀，这的确是一项很不寻常的任务。”

“木工店里有多少员工？”

“一般员工大约四十人。我从五十年代中期十七岁起就在那儿工作，直到店歇业后才变成承包商。”布尔曼想了一下，“我可以告诉你，照片中的男人从未在店里工作过，他可能是承包商，但就算是的话，我应该也会认得他。不过还有一个可能。也许是他父亲或其他亲戚在店里工作，那车子不是他的。”

麦可点点头。“我知道有很多可能性。依你看，我可以找什么人谈谈吗？”

“好吧，”布尔曼点着头说，“你明天早上过来，我们去找几个老人问一问。”

莎兰德面临了相当大的手段问题。挖掘数据是她的专长，几乎任何对象都难不倒她，但一开始总会有个活人的姓名和社保号码。假如搜寻对象的数据在电脑上建了文件——每个人都免不了的情形——很快便会落入她的网中。假如此人会利用电脑上网、有电邮地址或甚至个人网站——受到她这种特殊调查的人也几乎都有——她迟早能发掘他们深藏的秘密。

但她答应布隆维斯特做的事却全然不同。简单地说，这项任务就是根据极度模糊的资料找出四个社保号码，而且这些人很可能已经死了数十年，所以多半不存在任何电脑档案。

布隆维斯特从蕾贝卡的案子推断这些人均已遇害，也就是说，他们应该会存于警方未侦破的案件资料中。这些凶案发生的时间与地点都毫无线索，只知道是在一九六六年以前。就调查而言，她所面对的是全新状况。

该从何着手呢？

她启动谷歌搜索引擎，输入关键词“玛格达”和“谋杀”。这是她能做的最简单的搜寻方式，出乎意料的是竟然立刻有了突破。第一个收获是卡尔斯塔德的卫姆兰电视台节目表，其中介绍了一九九九年播放的“卫姆兰凶杀案”系列的部分内容。接着她又在《卫姆兰民众报》中找到一篇电视节目简介。

> “卫姆兰凶杀案”系列新的一集将介绍兰莫翠斯克的玛格达·洛维萨·休柏案，几十年前让卡斯塔警方疲于奔命的可怕凶杀悬案。一九六〇年四月，这名四十六岁的农妇被发现在自家马厩遇害。记者克雷·古纳斯将回顾她生前最后几个小时以及徒劳无功的缉凶过程。当年这起命案造成极大的轰动，对于凶手身份也有许多臆测。被害人的一名年轻亲戚将在节目中谈论这项指控如何毁了他的一生。晚间八点播出。

她在《卫姆兰文化》杂志一篇《洛维萨命案震撼全国》的文章中又找到更多具体讯息。杂志所有的文章内容都已上传到网络上。笔者以明显幸灾乐祸的心情和八卦闲聊的口气，叙述洛维萨的伐木工丈夫霍雷尔·休柏五点左右回到家，发现妻子死了。她受到粗暴的性侵害、被刺数刀，最后被长柄叉刺死。命案发生在她自家马厩里，但最令人瞩目的是凶手在行凶后还将被害人捆绑成跪姿，置于一个厩栏内。

事后发现农场上有一头牛的脖子侧边被刺了一刀。

最初丈夫被列为嫌疑犯，但他从早上六点便和其他工作伙伴在离家四十公里的采伐区工作。而且当天上午十点，有个女性友人来找洛维萨，可以证实在此之前她还活着。谁也没看见或听见什么，农场与最近的邻居之间相距四百五十米。

丈夫的嫌疑洗清后，警方调查人员将目标锁定被害人的二十三岁外甥。这个年轻人经常犯法，手头十分拮据，曾经多次向阿姨借一些小钱。外甥的不在场证明薄弱得多，因此被羁押了一阵子，最后因为证据不足而被释放。尽管如此，村里的人大多认为八成是他犯的案。

警方转而追查其他线索。有一度追的是曾在那一带出现的一名小贩，另外也有传闻说有一群“吉卜赛窃贼”不断连续偷窃。至于他们为何犯下残暴的性侵害命案却又没偷走任何东西，谁都说不清。

还有一度侦办方向转移到村里某邻居身上。他单身，据说年轻时曾涉嫌一起同性恋罪行——这是早在同性恋仍属可罚之罪的时期——而且根据一些人的说辞，他向来以“怪异”著称。至于一个疑似同性恋者为何性侵妇女，也是谁都说不清。无论是这些或其他线索，最后都无人被定罪。

莎兰德觉得这和海莉日记本中的名单有明显关联。《利未记》二〇：一六记载：“女人若与兽亲近，与他淫合，你要杀那女人和那兽，总要把他们治死，罪要归到他们身上。”一个名叫玛格达的农妇在马厩内遇害，又被绑起来置于厩栏里，这不可能是巧合。

问题是为什么海莉写下的是玛格达而不是洛维萨？后者显然才是受害人常用的名字。若非电视节目介绍中写出全名，莎兰德绝不会留意。

此外当然还有一个更重要的问题：一九四九年蕾贝卡命案、一九六〇年玛格达·洛维萨命案与一九六六年的海莉失踪案之间有无关联？

星期六早上，布尔曼带布隆维斯特徒步绕了诺斯约一圈。上午，他们拜访了五名昔日员工，这些人住得很近，走路便可到达。每个人都请他们喝咖啡，也很仔细看相片，但最后总是摇头。

回布尔曼家吃过简单的午餐后，他们上了车，开往诺斯约附近有木工店前员工居住的四个村镇。每到一处，布尔曼都受到热烈欢迎，但谁也帮不上忙。布隆维斯特开始感到绝望。

下午四点，布尔曼来到位于诺斯约北边的诺斯约瓦伦，将车停在一栋典型的西博腾红色农舍前，并向布隆维斯特介绍退休的木工师傅汉宁·弗斯曼。

“喔，那是阿萨·布兰伦的孩子。”弗斯曼一看到布隆维斯特拿出的照片便说。找到了！

“原来是阿萨的儿子。”布尔曼说，“阿萨是我们的买家。”

“怎样才能找到他？”

“这孩子？那恐怕得去挖坟。他叫根纳，在博利登矿场工作，后来在七十年代中期一次爆炸意外中丧生。”

布隆维斯特一听心都凉了。

“不过他妻子还活着。就是照片里头这个人。她名叫米尔德里德，现在住在毕尔赛雷。”

“毕尔赛雷？”

“往巴斯蒂特赖斯克方向大约十公里的地方。进村的时候右手边那栋红色长形屋子就是她家，是第三间。我跟他们家的人很熟。”

“你好，我叫莉丝·莎兰德，现在正在写一篇关于二十世纪女性所遭受的暴力犯罪的论文。不知道我能不能到兰斯克鲁纳警局，查阅一九五七年一件案子的资料？是有关一个名叫拉凯儿·伦德女子的命案。请问你知道在哪儿可以找到这些数据吗？”

毕尔赛雷有如西博腾乡间的风景明信片。这里大概有二十来栋屋子，在湖的一端相当紧密地排成半圆形。村子中央有个交叉路口，路标箭头一个指向海明根，十一公里，另一个指向巴斯蒂特赖斯克，十七公里。路口附近有一座小桥，布隆维斯特心想“溪水平缓”[1]大概就是形容桥下那条溪的吧。值此盛夏，风景有如诗画。

他将车停在一间已经停业的昆萨姆超市前面的院子，几乎就在右手边第三间屋子正对面。他敲了门，无人回应。

他沿着往海明根方向的路走了一小时，经过一个溪水变得十分湍急的地方。回程前的途中遇上两只猫，看见一头鹿，就是没有半个人。米尔德里德的家门依然紧闭。

他在小桥附近一根柱子上看见一张脱落的宣传海报，预告 BTCC 赛事，这应该是“二〇〇二年毕尔赛雷卡丁车锦标赛”的缩写。所谓

1 瑞典语“sel”。

“卡丁”似乎是驾车在结冰湖上互撞的一种冬季运动。

他等到晚上十点才死心开车回诺斯约，很晚才吃晚餐，然后上床读麦德米小说的结局。

结局令人毛骨悚然。

十点，莎兰德在海莉的名单上增添一人，不过有点犹豫。

她发现一条快捷方式。几乎定期会有关于未侦破的谋杀案的文章发表，她还在一份晚报的星期日特刊中发现一篇一九九九年的文章，标题是《许多女性杀手逍遥法外》。文章不长，但列出了几个引人注目的凶案被害人的姓名与照片，其中包括北泰利耶的索维案、北雪平的阿妮塔命案、赫尔辛堡的玛格丽塔等等。

最早的案子发生于六十年代，其中没有一件与布隆维斯特给她的名单吻合。但有个案子确实吸引了她的注意。

一九六二年六月，一个名叫莉亚·培森的妓女从哥德堡到乌德瓦拉探视母亲和托母亲照顾的九岁儿子。几天后的星期日晚上，莉亚和母亲拥抱道别，搭火车回哥德堡。两天后有人在某废弃工厂的一个货柜后面发现她。她遭到强暴，身体受尽凌虐。

莉亚命案喧腾一时，报章上还作成夏日系列报道，但凶手始终没有落网。海莉的名单上没有莉亚这个名字，她的死法也不符合海莉摘录的任何《圣经》章节。

然而此案有个奇怪的巧合，让莎兰德的触角立刻有所感应。在莉亚陈尸处约十公尺外，有个花盆里头装了一只鸽子。有人用线捆住鸽子的脖子，将线穿过盆底的洞，然后用两块砖头将花盆架高在底下点了小火。无法确认这起虐行与莉亚命案有任何关联，可能只是孩童的恶作剧，但报上却将命案称为“鸽子命案”。

莎兰德不读《圣经》——手边甚至没有《圣经》——但当天晚上她去了赫加里教堂，好说歹说地才借到一本《圣经》，然后坐到教堂外的公园长凳上读起《利未记》。当她读到第十二章第八节时，眉毛不禁高耸起来。第十二章谈的是妇人生子后的净化。

他的力量若不够献一只羊羔，他就要取两只斑鸠或是两只雏鸽，一只为燔祭，一只为赎罪祭；祭司要为他赎罪，他就洁净了。

莉亚应该也能列入海莉记事本中的名单：莉亚——三一二〇八。

莎兰德顿时体会到自己以前所作的调查，规模根本不及这次任务之万一。

星期日上午十点，布隆维斯特再次上门敲门时，米尔德里德前来开门。她已经再婚，现在夫家姓伯格伦。她当然老了许多，体重也约莫增加一倍，但他还是一眼就认出她来。

“你好，我叫麦可·布隆维斯特。你想必就是米尔德里德·伯格伦吧？”

“正是。”

“很抱歉如此冒昧来访，但我一直在找你，说来话长。”他微笑着说，“不知道我能不能进屋去，占用你一点时间呢？”

米尔德里德的丈夫和一个年约三十五岁的儿子在家，她并未迟疑太久便请布隆维斯特入内，坐进厨房。他和家里每个人都握了手。他这辈子从未像过去这二十四小时喝那么多咖啡，但现在他已经知道拒绝诺兰人的好意是很失礼的。咖啡杯端上桌后，米尔德里德随即坐下，好奇地问他她可以帮他什么忙。他显然听不太懂她的诺斯约方言，于是她改口说起标准瑞典话。

布隆维斯特深吸一口气，说道：“这件事说起来又长又奇特。一九六六年九月，你和当时的丈夫根纳·布兰伦去了赫德史塔。”

她露出讶异神色。他等她点头之后，才将加瓦斯加坦的照片摆到她面前。

“这张照片是什么时候拍的？你还记得当时的情况吗？”

“天哪！”米尔德里德惊呼道，“都已经那么久的事了。”

她现任丈夫和儿子都站到她身边来看照片。

“当时我们在度蜜月。我们开车南下斯德哥尔摩和西格吐纳，回家途中碰巧在某个地方停了一会儿。你说叫赫德史塔是吗？”

“是的，赫德史塔。这张照片的拍摄时间是下午一点左右。我已经找了你好一段时间，这实在不容易。”

“你竟然只凭着一张旧照片就找到我了，真是无法想象。”

布隆维斯特将停车场那张照片放到桌子上。

“能找到你多亏了这张照片，是当天稍晚拍的。”他开始解释自己如何经由诺斯约木工店找到布尔曼，再通过他找到诺斯约瓦伦的弗斯曼。

“你找我找得这么辛苦，肯定是有原因的。”

“的确。这张照片中站在你旁边的女孩名叫海莉。她在当天失踪后，便再也没有人见过她或听过她的消息，一般猜测她已遭遇不幸。我再让你看一些照片好吗？”

他拿出笔记本电脑，等候开机时一边作了解释。接着他打开那一系列照片，让米尔德里德看海莉的脸部表情变化。

“我就是在看这些旧照片时，发现你拿着相机站在海莉正后方，她当时注视着什么进而引发如此反应，似乎正和你拍摄的方向一致。我知道希望其实很渺茫，但我之所以找你是想问问看你会不会还保留着当天的照片。”

他等着米尔德里德来打消他的念头，告诉他照片老早就不见了。不料她却用淡蓝色眼珠望着他，说蜜月照片当然还留着啰，仿佛这是天底下最理所当然的事。

她走到另一个房间，几分钟后拿着一个装有几本相簿的盒子回来。他们花了一点时间才找到蜜月相片。她在赫德史塔拍了三张；一张是模糊的大街街景，另一张是她当时的丈夫，第三张则是游行队伍中的小丑。

布隆维斯特急切地贴近细看，看得出对街一名小丑身后有个人影。但从照片根本看不出所以然。

第二十章

七月一日星期二至七月二日星期三

布隆维斯特回到赫德史塔那天早上，第一件事就是到弗洛德家询问范耶尔的状况。他听到了令人高兴的消息：上个星期，老人的情况稍有好转。虽然还是很虚弱、不堪一击，但至少能坐起身来。目前已脱离危险期。

“谢天谢地。”他说，“我发现我其实很喜欢他。”

弗洛德说：“我知道，亨利也喜欢你。诺兰之行如何？”

“有收获但不令人满意，我晚一点再跟你解释。现在我有个问题要问你。”

“问吧。”

“如果亨利死了，对《千禧年》会有什么实质的影响？”

“没有影响。马丁会接任他的董事职务。”

“假设来说，如果我不放弃调查海莉的失踪案，马丁会不会找《千禧年》的麻烦？”

弗洛德眼神锋利地看他一眼。

“发生什么事了？”

“其实也没什么。”麦可说出他和马丁在仲夏节前夕的对话，“我在诺斯约时，爱莉卡跟我说马丁打电话给她，说他觉得办公室非常需要我回去。”

“我明白，我猜是西西莉亚在逼他。不过我认为马丁不会把自己的压力转嫁到你身上，他可精明得很。而且你别忘了，在我们入股《千禧年》时成立的小型子公司，我也是董事之一。”

“但万一情况变得棘手……到时你会怎么做？”

“既然签约就要遵守。我替亨利工作，我们也是四十五年的老友，这类事情我们绝对有共识。万一亨利死了，他在子公司的股份继承人其实是我，不是马丁。合约中声明我们要协助《千禧年》三年，万一马丁想惹麻烦——我认为他应该不会——那么理论上他可以挡住一小部分的新广告商。”

“这是《千禧年》存续的原动力。”

“对，但不妨这么想——担心这种琐事无异于浪费时间。马丁现在正为他企业的生存奋斗，每天要工作十四个小时，哪里还有时间想其他事。”

“我知道这不关我的事，但我能不能问一下公司大致的状况？”

弗洛德表情严肃地说：

“有问题。”

“是呀，就连我这一般的财经记者都看得出来。我是说有多严重？”

“不会公开？”

“私下聊聊。”

“过去几星期，电子产业已经丢了两笔大订单，很快就要被挤出俄国市场。九月，厄勒布鲁和特鲁尔海坦两地必须遣散一千六百名员工，这样对待在公司工作多年的人，实在不太厚道。我们每关一间工厂，员工对公司就更没信心了。”

“马丁压力很大。”

“他是扛着斧头走在薄冰上啊！”

布隆维斯特回到小屋后打电话给爱莉卡，她不在办公室，因此他便和克里斯特谈。

“是这样的：我在诺斯约的时候接到爱莉卡的电话。马丁找过她，而且——该怎么说呢——强力建议她让我开始负责编辑工作。”

“我也觉得应该这样。”克里斯特说。

“我知道。但问题是我和范耶尔签了约，不能毁约，而马丁之所以有这番举动，是因为这里有人希望我停止现在的任务，马上离开。所以他的提议等于是想把我弄走。”

“我明白了。”

“替我跟爱莉卡问好，告诉她等我这里结束就会回斯德哥尔摩。不会提早。”

“我知道。你真是疯了，不过我会转告她的。”

“克里斯特，这里出了点事，我不想缩手。”

布隆维斯特敲了马丁的门，是伊娃出来开门并热情欢迎他。

“你好，马丁在吗？”

像是回答他的问题似的，马丁正好提着手提箱走出来。他亲亲伊娃的脸颊，并向麦可打招呼。

“我正要去办公室。有话跟我说吗？”

“你要是赶时间，就改天吧。”

“说说无妨。”

“在我完成亨利给我的任务之前，我不会回《千禧年》编辑部。我现在先告诉你，以免你期望我在过年前回办公室。”

马丁有些犹豫不决。

“我明白，你以为我想把你弄走。”他顿了一下，“麦可，这事我们晚点再说吧。我实在没有时间再去管《千禧年》董事会的事，真后悔当初接受亨利的提议。不过请相信我，我会尽力让《千禧年》存活下去。”

“这点我从未怀疑过。”布隆维斯特说。

“下星期约个时间，我们讨论一下财务状况，我也跟你说说我的看法。不过基本上我认为《千禧年》并没有本钱让一个重要高层赖在海泽比岛无所事事。我喜欢这份杂志，我想我们可以合作让它更茁壮，但你是关键人物。我现在可陷入情义两难的局面了。要么照亨利的期望做，要么履行我身为《千禧年》董事的职务。”

布隆维斯特换上运动服出去跑步，绕过要塞再到戈弗里的小屋之后，才放慢脚步沿着海边回家，到家时看见弗洛德坐在屋外的桌旁。

他耐心等候麦可喝完一瓶水，擦去脸上的汗。

“这么热还跑步好像不太健康。”

“算了吧！”

“我想错了。逼马丁的人不是西西莉亚，是伊莎贝拉。她正忙着动员范耶尔宗亲们给你涂柏油、黏羽毛[1]，可能的话再绑到柱子上用火烧。她后面有毕耶撑腰。”

“伊莎贝拉？”

“她是个恶毒又心胸狭窄的女人，大致上她没喜欢过谁，现在似乎尤其讨厌你。她到处散布谣言说你是个骗子，骗亨利雇用你，还害他过度辛劳而心脏病发。”

“但愿没人相信吧？”

“总有人乐意相信一些恶意的谣言。”

“我正努力想查出她女儿的下落，而她却恨我。如果海莉是我女儿，我的反应应该会跟她不太一样。”

下午两点，他的手机响了。

“你好，我叫康尼·托尔森，是《赫德史塔快报》的记者。不知道能不能请您回答几个问题？我们得到消息说您现在住在海泽比这里。”

“托尔森先生，看来您的情报来得有点慢。我从元旦就住在这里了。”

“这我不知道。您在赫德史塔做什么呢？”

“写作，顺便休息一下。”

“您在写什么？”

“发表的时候您就知道了。”

“您刚刚出狱……”

“是呀，怎么了？”

1 英国古代一种酷刑。

“您对捏造事实的记者有何看法？”

“捏造事实的记者是笨蛋。”

“所以您自认为是笨蛋？”

“我为什么会这么认为？我从未捏造事实。”

“但您被判了诽谤罪。”

“那又如何？”

托尔森迟疑半天，布隆维斯特不得不推他一把。

“我被判的是诽谤，不是捏造事实。”

“可是您公布了那份资料。”

“如果您来电是想讨论我的审判结果，我无可奉告。”

“我希望能面对面跟您作个访谈。”

“关于这个话题，我无话可说。”

“这么说您不想讨论这次的审判？”

“没错。”他说完挂上电话，坐着沉思良久才又回到电脑前面。

莎兰德依照指示，骑着川崎摩托车过桥来到海泽比岛，在左手边第一间小屋前停车。这回可真正来到偏远乡间了，不过只要雇主愿意付钱，就算要她去北极也无所谓。何况她也很高兴能让自己的摩托车在 E4 公路上尽情奔驰一段长路。她将摩托车立好，松开固定行李袋的皮绳。

这时布隆维斯特开了门向她招手。他走到外头来，一脸惊讶地看着她的摩托车。

他吹了声口哨。“你骑摩托车呀！”

莎兰德没有回应，但见他又摸手把又试油门，便两眼紧紧盯着他。她不喜欢有人碰她的东西。接着她看见他大男孩般的天真笑容，心想这算是弥补了他的过失吧！喜欢摩托车的人通常都会嘲笑她这辆轻型机车。

“我十九岁的时候也有一辆。”他转头对她说，“谢谢你来。进来把东西放下吧。”

他向尼尔森夫妻借了一张行军床。莎兰德带着怀疑的神色绕小屋走一圈，发现没有立即可见的诡诈陷阱，似乎松了口气。他带她去看浴室。

“如果你想冲个澡，凉爽一下的话。”

“我得换衣服。总不能穿这身皮衣晃来晃去。”

“好，你去换衣服，我来准备吃的。”

他趁莎兰德淋浴更衣之际，用红酒煎羊排，并在午后阳光下的户外餐桌上摆好餐具。她打着赤脚出来，身上穿了黑色无袖紧身上衣和有些破旧的丹宁牛仔短裙。羊排味道很香，她足足吃了两大份。布隆维斯特忍不住好奇，偷偷瞄一眼她背上的刺青。

“五加三。”莎兰德说，“五件是你那个海莉列出来的，三件是我觉得应该也要列入的。”

“说说看。”

“我只查了十一天，还没有机会挖出所有的报告。有些案子的警方调查报告存放在国家档案局，有些仍存放在地方警局。我利用三天去了不同警局，但还来不及走访全部。那五件确认出来了。”

莎兰德将厚厚一叠纸放在厨房餐桌上，约有五百页，然后很快地将数据又分成几叠。

“依时间顺序来看吧。”她递给布隆维斯特一张清单。

一九四九——蕾贝卡·雅各布松，赫德史塔（三〇一一二）

一九五四——玛丽·霍姆柏，卡尔马（三二〇一八）

一九五七——拉凯儿·伦德，兰斯克鲁纳（三二〇二七）

一九六〇——玛格达·洛维萨·休柏，卡尔斯塔德（三二〇一六）

一九六〇——莉芙·古斯塔夫森，斯德哥尔摩（三二〇一六）

一九六二——莉亚·培森，乌德瓦拉（三一二〇八）

一九六四——莎拉·魏特，瑞若比（三二一〇九）

一九六六——莲娜·安德森，乌普萨拉（三〇一一二）

“这一系列中的第一个案子是一九四九年的蕾贝卡，案情细节你已经知道。我找到的第二个案子是玛丽，卡尔马的一名三十二岁妓女，一九五四年十月在自家公寓遭杀害。她遇害的时间不确定，因为大概过了九天或者十天以后才发现尸体。”

“你怎么会把她和海莉的名单联想在一起？”

“她遭到捆绑与虐待，不过死因是窒息。喉咙里塞了一块卫生棉。”

布隆维斯特静默片刻后，才查看《利未记》二〇：一八这段章节。

“妇人有月经，若与他同房，露了他的下体，就是露了妇人的血源，妇人也露了自己的血源，二人必从民中剪除。”

莎兰德点点头。

“海莉也有同样的联想。好，下一个呢？”

“一九五七年五月，拉凯儿，四十五岁。她是清洁妇，在村民眼中个性有点怪。她会帮人算命，排塔罗牌、看手相等等都是她的兴趣。她住在兰斯克鲁纳郊外，屋子地点很偏僻，她是清晨在自己住处被杀。尸体被发现时是赤裸的，还绑在后院的晾衣架上，嘴巴也被封住。身上有无数挫伤与骨折。”

“我的老天。莉丝，这也太恶心了！”

“还有更惨的。她的名字缩写 R.L. 也符合——你看到《圣经》的节录了？”

“明明白白。*无论男女，是交鬼的或行巫术的，总要治死他们。人必用石头把他们打死，罪要归到他们身上。*”

“接下来是卡尔斯塔德郊区兰莫的洛维萨。海莉的名单上写的是玛格达，全名是玛格达·洛维萨，不过大家都叫她洛维萨。”

布隆维斯特聆听着莎兰德讲述卡尔斯塔德命案的奇怪细节。当她点起香烟，他指了指那叠纸张，她便顺手推过去。

"所以说凶手也向动物下手？"

"《利未记》的章节中说了，女人若和动物交媾，两者都得杀。"

"说这女人和牛交媾肯定是……不可能。"

"可以照字面解释，只要她与动物'亲近'就算，这无疑是农妇每天会做的事。"

"懂了。"

"海莉名单中的下一个案子是莎拉。我证实她名叫莎拉·魏特，三十七岁，住在瑞若比。一九六四年一月遇害，尸体被绑在床上，受到严重性侵害，但死因是窒息，被勒死的。凶手也放了火，很可能企图烧毁整栋屋子，但有一部分自动灭了，剩下的部分也因为消防队很快赶到，作了妥善处理。"

"关联呢？"

"你听这个。莎拉的父亲和丈夫都是牧师，那个周末她丈夫不在家。"

"祭司的女儿若行淫辱没自己，就辱没了父亲，必用火将她焚烧。好，与名单吻合。你说你还找到更多案子？"

"我发现有另外三名女子也是在同样奇怪的情况下被杀害，应该也要列入海莉的名单才对。首先是个名叫莉芙的年轻女子，二十二岁，住在斯德哥尔摩法斯塔区。她非常爱马，参加过多次赛马，前途相当看好，还和姐姐合开一家小小的宠物店。她被发现陈尸于店内。当天她因为记账，一个人待到很晚。她应该是自愿让凶手进去的。她被强暴然后勒毙。"

"听起来和海莉的名单不太一样，不是吗？"

"也许吧，但有一点例外。凶手施暴后在她的阴道塞入一只鹦哥，然后将店里所有动物都放出来。猫、乌龟、白老鼠、兔子、鸟，甚至鱼缸里的鱼，所以第二天早上她姐姐看到的景象相当恐怖。"

布隆维斯特作了记录。

“她遇害时间是一九六〇年八月，也就是卡尔斯塔德的农妇玛格达·洛维萨命案发生四个月后。这两起案件中的女人都是工作上会与动物接触，而且两案都有动物牺牲。卡尔斯塔德的牛也许活下来了——但我能想象光凭一把刀子很难将牛刺死。鹦哥则比较明显。另外还有一起动物牺牲的案子。”

“是什么？”

莎兰德说出莉亚的“鸽子命案”。布隆维斯特听完后静静沉思许久，后来连莎兰德都开始感到不耐。

“我接受你的理论。”最后他终于说道，“那么还有一个案子。”

“这是我碰巧发现的。不知道还遗漏了多少。”

“说说看吧。”

“一九六六年二月在乌普萨拉。死者是十七岁的体操选手，名叫莲娜。她在某次班级聚餐后失踪，三天后尸体在乌普萨拉平原的一条壕沟中被发现，离城区相当远。凶手是在他处行凶后弃尸于此。这起谋杀案引起媒体高度关注，但始终没有报道关于她死亡的真正情形。我读了尸体解剖报告，这女孩受到极残忍的虐待。凶手用火烧她，她的双手和胸口严重灼伤，全身也有多处被反复烧灼。在她身上还发现石蜡的痕迹，显示凶手用了蜡烛，但从双手焦黑的程度看来，肯定是被放在更强的火上烧。最后，凶手锯下她的头，丢在身体旁边。”

布隆维斯特脸色发白，低呼一声：“天哪！”

“在《圣经》里找不到吻合的内容，但有几段提到燔祭与赎罪祭，有些地方还建议将献祭的牲畜——多半是牛——切成块，让头和脂油分离。还有火也让我想到第一起命案，就是发生在赫德史塔这里的蕾贝卡案。”

傍晚时蚊子开始涌现，他们便将院子的桌子清一清，转移阵地到厨房继续讨论。

“你没有找到确切的《圣经》出处并不重要，这不是出处的问题，而是变态地模仿《圣经》中的内容——应该说是断章取义的联想。”

“我同意。其实根本说不通。举例来说，《圣经》上说和有月事的女子发生性行为，两人都必须从民中剪除，如果照字义解释，凶手就应该自杀了。”

“所以这些线索代表着什么呢？”布隆维斯特大声说出内心的质疑。

“你那个海莉要不是有怪癖，就是肯定知道这些命案之间有关联。”

“从一九四九年到一九六六年，也许之前和之后都还有。一个极度病态残酷的连续杀人狂，至少在十七年间不断屠杀女性，却没有人发现其中的关联，听起来实在不可思议。”

莎兰德将椅子往后一推，又从炉上的壶中倒一些咖啡，接着点了根烟。麦可暗咒一声，却仍从她那儿偷一根来抽。

“不，没有那么不可思议。”她说着竖起一根指头，“二十世纪期间，瑞典有几十件女性被杀的悬案。犯罪学教授裴森曾经在电视上说过，瑞典的连环杀人犯极少，但很可能有一些从未落网。”

接着她又竖起另一根手指。

“这些命案发生在一段很长的期间内，而且遍及全国。有两件时间很接近，都在一九六〇年，但情况却截然不同——一个是卡尔斯塔德的农妇，一个是斯德哥尔摩的二十二岁少女。”

第三根手指。

“没有明显可见的模式。命案发生的地点不同，没有明确的手法特征，不过有一些情况确实重复出现。动物、火、严重性侵害，还有如你所说，以变态手法模仿《圣经》内容。但似乎没有一个警探从《圣经》的角度来诠释任何一件命案。”

布隆维斯特目不转睛地看着她。那纤瘦的身躯、黑色无袖紧身上衣、刺青和穿在脸上的环，让莎兰德看起来很突兀，至少在海泽比的宾馆小屋里很突兀。晚餐时他试着和她闲聊，她却沉默得近乎无礼。

然而一旦工作起来，她又像个不折不扣的专业人士。她位于斯德哥尔摩的公寓也许乱得像被轰炸过，她的思绪却是有条不紊。

“一名乌德瓦拉的妓女在工厂外被杀，和一名牧师的妻子在瑞若比被勒毙，房子又被纵火，这两个案子实在很难联想在一起。我是说如果没有海莉给我们的线索的话。”

“所以下一个问题来了。”莎兰德说。

“海莉到底是怎么卷入这一切的？她，一个受到周密保护的十六岁女孩。”

“答案只有一个。”莎兰德说道，“一定和范耶尔家族有关。”

当晚十一点，他们已经探究完这一系列谋杀案，并反复讨论其中可能的关联性以及相似处与差异处的小细节，弄得布隆维斯特头晕目眩。他揉揉眼睛、伸伸懒腰，问莎兰德想不想出去走走。她的表情显示她觉得散步是浪费时间，不过口头上还是答应了。布隆维斯特建议她去换上长裤，因为蚊子很多。

他们逛过游艇码头后，经由桥下走上马丁住的岬角。布隆维斯特指着各栋屋宅，向她介绍里头住的人。来到西西莉亚家门前时，他有点吞吞吐吐。莎兰德好奇地瞅他一眼。

他们经过马丁的汽艇，到达岬角，然后坐在石头上共抽一根烟。

“其实还有一个关联。”布隆维斯特没头没脑地蹦出一句，“也许你已经想到了。”

“什么？”

“她们的名字。”

莎兰德想了一下，摇摇头。

“都是《圣经》中的名字。”

“不对，”她反驳，“《圣经》里哪有莉芙和莲娜？”

“有啊。莉芙象征‘生存’，也就是夏娃。来，猜猜看——莲娜是什么的缩写？”

莎兰德气恼地皱起脸来。他反应比她快。她不喜欢。

“玛德莲娜[1]。”她说。

“妓女、第一个女人、圣母玛利亚……全都有了。实在太怪异了，恐怕连心理学家听了都要头晕。不过关于名字，我还想到另一件事。”

莎兰德耐着性子等他继续说。

“这些显然都是传统的犹太名字。范耶尔家族里有太多反犹太、纳粹与阴谋论的狂热分子。我唯一见到哈洛德那次，他就站在大马路上咒骂自己的女儿是妓女。他和女人之间肯定有问题。”

回到小屋后，他们准备了消夜并煮了点咖啡。麦可翻阅着阿曼斯基最欣赏的调查员为他所作的将近五百页的报告。

“你能在这么短的时间内挖出这些事证，确实很了不起。”他说道，“谢谢，也谢谢你愿意到这里来向我报告。”

“现在怎么办？”莎兰德想知道。

“明天我会去和弗洛德谈，让他准备付你钱。”

“我指的不是这个。”

布隆维斯特看着她。

“我想……我请你做的工作已经完成了。”他说。

“我还没完。”

布隆维斯特背靠在厨房墙上，与她四目交接，从她眼中却看不出所以然。半年来，他一直是独自调查海莉的失踪案，如今出现另一个人——一个经验丰富的调查员——领略了其中的牵连。他一时冲动作出决定。

“我明白，这整件事也让我很焦躁。我会找弗洛德商量一下，再请你当一两个星期的……研究助理。我不知道他愿不愿意付他给阿曼斯基的酬劳，不过让你有足够的生活费应该办得到。”

莎兰德忽然对他微微一笑。她不想被摒除在外，即使拿不到钱她也愿意做。

---

1 《圣经》中译为抹大拉。

“我要去睡了。”她没有再多说什么便走进房间关上房门。

两分钟后，她打开门探出头来。

“我觉得你想错了。那不是一个误解《圣经》的病态连环杀人犯，只是一个痛恨女人的普通混蛋。”

第二十一章

七月三日星期四至七月十日星期四

六点左右，莎兰德先起床，加水煮咖啡后去冲了澡。七点半，布隆维斯特醒来时，她正在看他电脑里关于海莉案子的摘要。他走进厨房，腰际围一条浴巾，一面揉着惺忪的眼睛。

“炉子上有咖啡。”她说。

他走到她身后越过她的肩膀看去。

“那份文件有密码防护的，该死！”他说。

她转头往上瞄他。

“只要三十秒钟就能从网络下载一个可以突破 Word 加密防护的软件。”

“我们得谈一谈什么是你的，什么是我的。”他说完便淋浴去了。

回来的时候，莎兰德已经关上他的电脑，放回工作室的原位，并打开自己的笔记本电脑。布隆维斯特很确定她已经把他电脑里的东西转移到她自己的电脑里头了。

莎兰德不仅有信息瘾，还有少年罪犯的道德与伦理观。

他刚坐下来要吃早餐，就有人来敲门。马丁一脸严肃，让布隆维斯特一度以为他是来报他叔叔的死讯。

“不，亨利的情况和昨天一样。我来完全是为另一件事。可以进去一下吗？”

布隆维斯特请他进屋，并介绍他的“研究助理”莎兰德。她只迅速看了企业家一眼，微一点头，随即又埋头于自己的电脑。马丁无意识地与她打招呼，实在太心不在焉，像是根本没注意到她似的。布隆维斯特给他倒了杯咖啡，请他坐下。

“怎么回事？”

“你没有订《赫德史塔快报》？”

“没有，不过有时候会到苏珊的店里看。”

“这么说你还没看到今天早上的报纸。”

“听你的意思好像我应该要看。”

马丁将当天的报纸放到他面前的桌上。头版有两栏关于他的报道，第四页接续。《被判诽谤的记者藏身于此》。有一张布隆维斯特走出小屋的照片，是从桥另一端的教堂山坡上用长镜头拍摄的。

记者托尔森胡乱拼凑出一篇诋毁的文章。他重提温纳斯壮案的大概，宣称布隆维斯特不名誉地离开《千禧年》，最近还入狱服刑。文章最后依旧是那句老话：布隆维斯特拒绝对《赫德史塔快报》发表评论。全篇的口吻仿佛在警告所有有自尊心的赫德史塔居民，有个来自斯德哥尔摩的超级大混蛋正鬼鬼祟祟藏匿在这一带。文章中没有一句话称得上诽谤，却又字字句句让读者对布隆维斯特产生偏颇的印象；编排与字体全是平常报纸用来报道政治恐怖分子的格式。《千禧年》被形容为具有“煽动性”、可信度不高的杂志，而布隆维斯特关于财经报道的著作，也被说成针对其他较受敬重的记者所发表的“争议性言论”集锦。

“麦可……我不知道该如何形容我看到这篇报道的感觉。太卑鄙了！”

“这是预谋。”布隆维斯特淡淡地说。

“希望你能明白这件事和我没有一点关系。早上我喝咖啡时看到这则新闻还差点呛着。”

“那么是谁做的？”

“我打了几通电话。这个托尔森是夏季的实习记者，是听命于毕耶写出这篇报道。”

“我以为毕耶在编辑室没有发言权。他毕竟只是议员和政治人物。”

“严格说来他并无影响力。可是《快报》的总编辑是英格莉的儿子卡尔曼，他是约翰那一房的人。多年来，毕耶和卡尔曼一直很亲近。”

“原来如此。”

“托尔森会立刻遭到解职。”

“他几岁？”

“不瞒你说，我也不知道。我从未见过他。”

“别炒他鱿鱼。听他讲电话，像是个非常年轻、没有经验的记者。”

“不能不让他付出一点代价。”

“要我说嘛，这个情况有点荒谬：范耶尔家族拥有的一家报社的总编辑，去攻击另一家亨利是股东而你是董事的杂志社。你的总编辑卡尔曼在攻击你和亨利呢！”

“我明白你的意思，但责任归属还是得厘清。卡尔曼是公司的股东，也经常肆意抨击我，但这件事比较像是毕耶的报复手段，因为你在医院和他杠上，从此成了他的眼中钉。”

“这我相信，所以我才认为不该怪托尔森。当老板指示用某种方式报道的时候，要实习记者拒绝可不简单。”

“我可以要求他明天正式向你道歉。”

“最好不要，那可能演变成没完没了的口水战，情况会更糟。”

“那么你觉得我什么都不应该做？”

“反正没有用。卡尔曼会把事情闹大，弄不好你也会被抹黑成仗势自己是股东而企图践踏言论自由的坏蛋。”

“很抱歉，麦可，但我不同意你的看法。老实说，我也有权发表我的意见。我认为这篇文章烂透了，而且我打算说出这个想法。尽管不情愿，我在《千禧年》董事会上还是亨利的代理人，既然担任这个角色，就不能让人肆无忌惮地发表这类攻击性的言论。”

“有道理。”

“所以我会要求相应的权利。如果我让卡尔曼像个笨蛋一样，他也只能怪自己。”

“你认为对的事就去做吧。”

“对我而言，还有一点也很重要，就是希望你务必相信这篇尖刻的攻击文章与我丝毫无关。”

“我相信。”布隆维斯特回答。

“还有——我本来不想现在提起，但也刚好响应我们刚刚讨论的事。如今当务之急就是让你重回《千禧年》的编辑部，以便以团结的阵容面对外界。只要你一天不在，谣言就会继续。我对《千禧年》有信心，我相信我们可以齐心协力打赢这场仗。”

“你的意思我懂，但这回该轮到我反驳你了。我不能毁了和亨利的约定，事实上我也不想毁约。你也知道，我真的很喜欢他。而海莉这件事……”

“怎么样？”

“我明白这是你的痛处，也知道亨利已经执著多年。”

“偷偷告诉你吧，我真的很爱亨利，他是我的心灵导师，可是只要一提到海莉，他就像疯了一样。”

“一开始接下这份工作，我也忍不住认为是白费时间。但我觉得已经快要有所突破，现在也许真能查出当时发生了什么事。”

布隆维斯特看出马丁眼中的怀疑。最后他作出决定。

“好吧，那么我们所能做的最大努力就是尽快解开海莉的谜团。我会尽可能给你支持，好让你满意地——当然也让亨利满意地——完成你的工作，然后回到《千禧年》。”

“好。那么我就不必也得和你对立了。”

“对，你不必。只要遇到问题，随时可以找我帮忙，我就算拼了命也不会让毕耶对你造成任何妨碍。我也会试着和西西莉亚沟通，让她冷静下来。”

“谢谢你。我需要问她一些问题，但这一个月来她始终拒绝与我交谈。”

马丁笑着说：“或许你们有其他问题要解决，不过我不会涉入。”

他们互相握了手。

莎兰德听了他们的对话。马丁离开后，她拿起《赫德史塔快报》

很快地浏览一下文章。之后放下报纸未作评论。

布隆维斯特默默沉思。卡尔曼生于一九四二年，一九六六年时二十四岁。海莉失踪时，他人也在岛上。

吃过早餐后，布隆维斯特要求研究助理将警方的报告看一遍，也将事故的所有照片和范耶尔亲自调查所写的长篇摘要给了她。

他随后开车到弗洛德家，请他拟一份合约，再聘莎兰德担任研究助理一个月。

当他回到小屋时，莎兰德已经搬到外头的院子，埋首于警方报告当中。布隆维斯特进屋去煮咖啡，从厨房窗户看着她。她像在速读一样，每页只看十到十五秒。她机械似的一页一页翻着，布隆维斯特见她如此心不在焉颇感讶异；没道理呀！她自己写的报告那么巨细靡遗？他端了两杯咖啡到院子里，和她一起喝。

“在你知道我们要追查的是连环杀人犯之前，就作好笔记了。”

“的确。我只是写下我想问亨利的问题等等，毫无组织。在此之前，我一直在黑暗中挣扎，想写出一个故事——范耶尔自传中的一章。”

“现在呢？”

“以前所有的调查焦点都集中在海泽比岛。现在我能确定这个故事，她失踪前这一连串事件，都起始于赫德史塔。如此一来就转换观点了。”

莎兰德说道：“你在照片中的发现真是惊人。”

布隆维斯特十分惊讶。莎兰德不像是随便称赞人的人，他觉得受宠若惊。但话说回来，纯粹就新闻报道的观点来看，这也确实是了不起的成就。

“现在该轮到你补充细节了。你到诺斯约去追查那张照片，结果如何？”

“你是说你没有看我电脑里面的照片？”

“没有时间。我需要看看你的摘要，你自己作的情况分析。”

布隆维斯特启动他的电脑，打开照片的档案夹。

“很有趣。诺斯约之行算是有某种进展，却也令人彻底失望。我找到了照片，但收获不大。

“那个女人米尔德里德把所有度假照片都收藏在相本里，我要找的那张也在。因为是用廉价的彩色底片拍的，经过三十七年都已经褪色得不像话，还泛黄得厉害。不过你相信吗？她还把底片保存在鞋盒里。她把所有赫德史塔照片的底片都借给我，我也全都扫描存盘了。这就是海莉看到的。”

他点进一张照片，文件名为“海莉 / bd-19.eps”。

莎兰德立刻领悟到他失望的原因。眼前呈现一张失焦的照片，前景是儿童节游行的小丑，背景可以看到森德斯特伦男装店的一角。约有十来人站在店门前的人行道上。

“我想这就是她看到的人。一方面是因为我试过从她转头的角度测量出她所看的位置——我画出了那个十字路口；另一方面是因为似乎只有这个人直视镜头。也就是说——也许——他正在注视海莉。”

莎兰德看到的是一个模糊人影，站得比围观群众稍微后面一点，几乎已经在横向交叉的路上。他穿了一件深褐色外套，肩膀上有一块红色布片，一条深色长裤，可能是牛仔裤。布隆维斯特将照片放大，直到屏幕上只有那人的上半身。照片立刻变得更加模糊。

“是个男的，身高约一米八，标准体格，留着半长的深金色头发，没有胡子。可是看不出脸上的特征，甚至无法猜测年龄，从十几岁到四、五十岁都有可能。”

“照片可以处理一下……”

“已经处理过了，我甚至送了一份拷贝给《千禧年》的影像处理大师。”布隆维斯特又点进另一张照片，“这是我所能得到最好的结果。相机太差劲，距离也太远。”

“你有没有让谁看过照片？也许有人能认出这人的模样……”

“弗洛德看过，他不知道这人是谁。”

“弗洛德恐怕不是赫德史塔观察最敏锐的人。”

“也许吧，但我是替他和亨利工作。在让更多人看到之前，我想先让亨利看过。”

“也许他只是个旁观者。”

“不无可能。但他却引发海莉的奇怪反应。”

接下来几天，布隆维斯特和莎兰德几乎只要醒着就是研究海莉的案子。莎兰德继续研读警方的报告，并连珠炮似的提问。真相只可能有一个，因此每一遇到模糊的答案或信息，她总会更积极深入地询问。他们花了一整天时间，检视桥上事故现场所有角色人物的时间表。

他觉得莎兰德愈来愈像个谜。尽管她只是快速翻阅文件，却总能指出最模棱两可、最矛盾的细节。

下午待在院子里太热，他们便会休息一下，或是到水道里游泳，或是走到苏珊桥头咖啡馆的露天座坐坐。现在苏珊毫不掩饰对布隆维斯特的冷淡态度。他知道莎兰德看起来很像未成年少女，又很明显与他同住在小屋里，在苏珊眼中，他自然成了龌龊的中年老家伙。这感觉很不舒服。

布隆维斯特每晚都会出去跑步，当他气喘吁吁地回到小屋，莎兰德从未说过什么。跑步显然不合她的口味。

“我已经四十几岁了。”他说，“我得运动以免腰围变得太粗。”

“我知道。”

“你从来不运动吗？”

“偶尔会打拳击。”

“你会拳击？”

“会呀，戴手套那种。”

“你打哪个量级的？”他走出浴室时问道。

“没有什么量级。只是偶尔和索德一家拳击俱乐部的人练习。”

为什么我不感到惊讶呢？布隆维斯特暗忖。不过至少她说了一点自己的事。他对她的基本背景资料毫无所悉。她怎么会为阿曼斯基工作？她受过什么教育？她父母亲从事哪一行？每当布隆维斯特一问起她的生活，她便噤若寒蝉，有时虚应一两声，有时则根本充耳不闻。

某天下午，莎兰德忽然皱着眉头放下讲义夹。

“你对法尔克——那个牧师——了解多少？”

“不多，今年稍早我遇过现任的女牧师几次，她跟我说法尔克住在赫德史塔一家专收阿兹海默症患者的老人院。”

“他是哪里人？”

“赫德史塔，在乌普萨拉念书。”

“他没结婚，海莉又常跟他在一起。”

“为什么问起他？”

“我只是觉得莫瑞尔对他的讯问很简单。”

“六十年代，牧师享有很不一样的社会地位。所以他住在这里，距离所谓的权力核心很近，是很自然的事。”

“我怀疑警方并没有详细搜查牧师的住处。从照片看来那是一栋大木屋，一定有很多地方可以藏一阵子尸体。”

“没错，不过资料中没有任何迹象显示他可能与连续命案或海莉失踪有关。”

“其实是有的，”莎兰德苦笑着说，“第一，他是牧师，牧师与《圣经》的关系比谁都密切；第二，他是最后一个看见海莉并和她说话的人。”

“但他随后去了车祸现场待了几小时，许多照片中都有他，尤其是海莉可能失踪的那段时间。”

“好吧，我无法戳破他的不在场证明，但其实我想的是另一件事。我们面对的是一个有虐待狂的女性杀手。”

“那又如何？”

“我……今年春天我刚好有空，读了不少关于不同情况的性虐待狂的文章。其中有一份 FBI 的简介说，被判刑的连环杀人犯来自不正常家庭，且幼年时曾虐待动物的比例高得惊人。美国有些被判刑的连环杀人犯也曾因纵火被捕。海莉的命案名单中有几起动物虐待和纵火案例，但我真正想到的是七十年代末牧师住所被烧毁的事。”

“这是大胆的揣测。”布隆维斯特回应道。

莉丝点点头。“我知道，但警方报告中完全没有提到起火原因，我倒很想知道六十年代期间，这附近有没有其他不明原因的火灾事件。另外，当时这一带有没有虐待或残杀动物的案例，也很值得一查。”

来到海泽比第七天晚上，莎兰德上床时对布隆维斯特有些气恼。将近一星期以来，她醒着的每分每秒几乎都和他一起度过。平常和其他人相处七分钟就足以让她头痛，因此她总是过着隐居般的生活。只要别人不来烦她，她就心满意足了。只可惜这个社会并不聪明也不体贴，因此为了自我保护，她不得不起而对抗社会机构、儿童福利机构、监护人机构、税务机构、警方、监护人、心理学家、精神科医师、老师，还有那些死也不肯让她进酒吧——尽管她已满二十五岁——的保镖（除了“磨坊”外头那些人之外，因为他们已经认识她）。有一大群人似乎闲来无事，总是想方设法地扰乱她的生活，而且一有机会就想纠正她选择的生活方式。

哭也没用，她早就学乖了。她还学到一项教训：每当试着想让某人知道她的某件私事，情况就会更糟。因此碰到问题，她只能用她认为必要的方法自行解决。毕尔曼律师也在吃足苦头之后了解这一点。

布隆维斯特也和其他人有着同样令人厌倦的习惯，不停地问问题，打探她的私生活。但另一方面，他的反应却又和她认识的大多数男人完全不同。

当她对他的问题置若罔闻时，他只是耸耸肩便不再烦她。真是令人吃惊。

第一天早上她一拿到他的电脑，第一步当然就是把所有数据转移到自己的电脑里，那么就算他不再让她参与此案也无所谓，反正她还是可以看到这些数据。

他出来吃早餐时，她原以为他会大发雷霆，不料他几乎是一脸认命的神情，喃喃挖苦几句便进浴室冲澡，接着就开始讨论她读过的东西。奇怪的家伙。她甚至可能误以为他信任她。

他知道她有入侵电脑的癖好，此事非同小可。莎兰德知道自己这种无论是职业性或消遣性的黑客行为，在法律上称为“非法侵害数据”，可能让她吃上两年牢饭。她可不想被关。对她来说，被判刑入狱就表示电脑会被没收，也等于剥夺了她唯一拿手的工作。她从未告诉阿曼斯基她是怎么搜集到他们雇用她去找的信息。

除了“瘟疫”和网络上一些和她具有同样专业水平的黑客——这些人也大多只知道她叫黄蜂，并不知道她的身份与住址——小侦探布隆维斯特是唯一在无意中发现她秘密的人。他之所以找到她，是因为她犯了一个就连十二岁孩童也不会犯的错误，这也证明她的大脑被虫给吃了，活该要受到教训。可是他不但没有气得抓狂，还雇用了她。

因此她对他有些气恼。

就在她上床前，他们一块吃点心时，他忽然问她是不是个好黑客。

她的回答连她自己都吓一跳。“我很可能是全瑞典最厉害的，另外可能还有两三个跟我差不多。”

她对这个答复的真实性毫不怀疑。“瘟疫”曾经比她厉害，但她早已超越他。

不过这么说听起来有点奇怪，她从来没说过这种话，也从来没和门外汉谈论过这个话题。见他似乎颇为钦佩自己的才华，莎兰德不禁窃喜。然而他接下来问的问题立刻坏了她的心情：她是怎么自己学会当黑客的？

她能怎么说？*我本来就会了*。结果她没有回答，也没有道晚安便上床睡觉。

更令她气恼的是，她突如其来地离开后他竟毫无反应。她躺在床上听着他在厨房里走来走去，清桌子、洗碗盘。他一向比她晚睡，但此时似乎也打算上床了。她听到他进浴室，然后进自己房间关上房门。过了一会儿，她听见他上床时床架发出的“吱嘎”声，他们相距不到一公尺，但隔着一道墙。

他们同处一个屋檐下已一星期，他却从未与她调情。他和她一起工作、问她的意见，当她想得不对时会象征性地责骂她，当她纠正他时也会坦然接受。真该死，他完完全全把她当成一个“人”来看待！

她下床站到窗边，焦躁不安地凝视漆黑的窗外。这世上最令她为难的就是第一次在他人面前赤身裸体。她深信自己这骨瘦如柴的身躯令人厌恶。她的胸部小得可怜，也没有臀部可言，实在没什么可奉献——除了她是个十分正常的女人，和其他所有女人拥有同样的欲望与性需求。她又站了二十分钟，才终于下定决心。

布隆维斯特正在看莎拉·派瑞斯基的推理小说，忽然听见门把转动的声音，一抬头便见到莎兰德。她用床单裹着身子，在门口站了一会儿。

“你还好吗？”他问道。

她摇摇头。

“怎么了？”

她走到床边，将书取走放在床头柜上，然后俯身亲吻他的嘴唇。她很快爬上床，坐着看他、摸索他。她一只手放在盖住他腹部的被子上，见他没有出声，便弯下身轻咬他的乳头。

布隆维斯特大吃一惊，连忙抱着她的肩膀将她微微推开，以便看着她的脸。

“莉丝……我不知道这样做好不好。我们得一起工作。”

“我想和你做爱。和你工作，我不会有任何问题，但你如果把我踢出去，我的问题可大了。”

“可是我们对彼此几乎毫不了解。”

她笑了起来，突如其来的大笑像咳嗽似的。

“以前你倒是从未被这种事困扰过。我在你的背景调查报告中没有写，其实你是个离不开女人的人。所以有何不可？是我不够性感吗？”

布隆维斯特摇摇头，试着想找个聪明一点的理由。但他无话可说，于是她拉下他身上的被单，跨坐上去。

“我没有套子。”他说。

“管他呢。”

醒来时，他听见她在厨房里，时间还没到七点。他可能只睡了两小时，便闭上眼睛继续待在床上。

这个女人实在令他困惑。她从来没有流露过——即使只是一个眼神——对他有丝毫兴趣。

“早。”她站在门口说，甚至还略带笑意。

“嗨。”

“没有牛奶了，我去加油站买，他们七点开门。”她说完就走了。

他听见她走出前门后，重新闭上眼睛。接着又听到开门声，不一会儿她再次出现在房门口，这回没有笑容。

“你最好赶快来看一下。”她说话的声音很奇怪。

布隆维斯特立刻跳下床，穿上牛仔裤。

昨天夜里有人送了一份不讨喜的礼物到小屋来。门廊上躺着一具半烧焦的猫尸。猫的脚和头都被砍下，身体被剥了皮，内脏也被取出，丢弃在看似用火烤过的身体旁边。猫头完好无缺，放在莎兰德的摩托车坐垫上。他认出正是那只红棕色的猫。

第二十二章

七月十日星期四

他们在院子里沉默地吃着早餐，咖啡没有加牛奶。莎兰德拿出佳能数码相机拍下这恐怖画面后，布隆维斯特才用垃圾袋将猫尸清理掉，放在借来的沃尔沃的后车厢。他理应去报警说有虐待动物行为，也许有恐吓意图，但他实在不想解释为何有人想恐吓他。

八点半，伊莎贝拉经过他们门前走上桥去。她没看见他们，或至少装作没看见。

“你还好吗？”布隆维斯特问莎兰德。

“喔，还好。”她有点困惑地看着他。*好呀，他想看我惊慌失措。*“不知哪个王八蛋为了警告我们，竟然把无辜的猫凌虐致死，要是被我知道是谁，我非用球棒痛打他一顿不可。”

“你觉得这是警告？”

“不然还会是什么？一定有用意。”

“不管这整件事真相如何，我们已经让某人担心到足以做出这么变态的事情。不过还有另一个问题。”

“我知道。这是动物的献祭，和一九五四年与一九六〇年的风格相同，可是一个活跃于五十年前的人会在今天将虐死的动物尸体放到你家门口，似乎不太可能。”

布隆维斯特同意她的看法。

“这么一来有嫌疑的就只有哈洛德和伊莎贝拉。约翰那房也有几个年纪较大的亲戚，但都不住在这一带。”

布隆维斯特叹了口气。

“伊莎贝拉是个讨厌的老太婆，绝对可能杀死一只猫，但我怀疑她在五十年代时会到处杀女人。哈洛德……不知道，看起来好像老得走不动了，实在难以想象他昨晚会偷溜到这里抓一只猫，做出这些事来。”

“除非有两个人。一个比较老，一个比较年轻。”

布隆维斯特听见车子驶过，抬头碰巧看到西西莉亚开车过桥离去。哈洛德和西西莉亚，他心想，但他们几乎不交谈。虽然马丁承诺会去找她谈，西西莉亚仍未回他任何一通电话。

“一定是知道我们在做什么，也知道我们有进展的人。”莎兰德说着起身入屋，再次出门时已经穿上皮衣。

“我要去斯德哥尔摩，今晚回来。”

“你想做什么？”

“去找一点小玩意。如果有人疯狂到用这么恶心的方式杀死猫，下一回就可能攻击我们，或是趁我们睡觉的时候放火烧房子。你今天去赫德史塔买两个灭火器和两个烟气报警器，而且灭火器要有一个是海龙[1]的。”

接着她二话不说就戴上安全帽，发动摩托车，往桥的方向呼啸而去。

布隆维斯特将猫的尸体、头和内脏藏在加油站旁的垃圾桶之后，开车到赫德史塔买东西，也去了医院。他事先已和弗洛德约好在医院餐厅碰面，听他说完今天早上发生的事后，弗洛德一脸惨白。

“麦可，我实在想不到这件事会有如此发展。”

“为什么？我的任务毕竟是找一个杀人犯。”

“但这太令人作呕、太不人道了。如果可能危害到你或莎兰德小姐的性命，我们就要喊停。我去跟亨利说。”

“不，千万不要。我不希望他再度发病。”

“他一直在问我，你的事情进行得如何。”

“请代我向他问好，告诉他事情进行得很顺利。”

“那么接下来呢？”

“我有几个问题。第一桩意外发生在亨利发病后，我去斯德哥尔

1 灭火器的一种，灭火效果最佳，但因其成分会破坏臭氧层，目前已停产。

摩的那天，有人潜进我的工作室。当时我已经印出《圣经》章节的内容，加瓦斯加坦的照片也放在桌上。这件事你知道，亨利知道，马丁也知道一点，因为是他安排我进《快报》办公室。其他还有多少人知道？”

“这个嘛，我不晓得马丁跟谁说过，不过毕耶和西西莉亚都知情。他们曾私下讨论过你去照片档案室找照片的事。亚历山大也知道。对了，尼尔森夫妻根纳和海伦也都知道。他们刚好来向亨利问安，便也加入谈话。还有阿妮塔。”

“阿妮塔？伦敦那个？”

“就是西西莉亚的妹妹。亨利心脏病发后，她和西西莉亚一起回来，但住在旅馆。据我所知，她并没有到岛上去。她和西西莉亚一样，不想见到父亲。不过亨利离开加护病房后，她又飞回去了。”

“西西莉亚住在哪里？今天早上我看见她开车过桥，可是她家里一直没有开灯。”

“她不可能做出这种事吧？”

“不是的，我只是想知道她住在哪？”

“她住在哥哥毕耶家。来看亨利的话，走路就能到。”

“你知道她现在人在哪里吗？”

“不知道，反正她没来看亨利。”

“谢谢。”布隆维斯特说完随即起身。

赫德史塔医院里到处是范耶尔家的人。毕耶走过大厅正要去搭电梯。布隆维斯特等他离开之后才走进大厅，结果又在门口——就在他上次遇见西西莉亚的同一地点——碰见马丁。他们握手寒暄。

“你上去看亨利了吗？”

“没有，我只是刚好来见弗洛德。”

马丁显得疲惫、两眼无神。布隆维斯特忽然觉得认识他这六个月来，他苍老了许多。

“麦可，你的事情进展得如何？”他问道。

“每过一天就更有趣。希望亨利病情好转后，我能满足他的好奇心。”

毕耶家是一排白砖连栋住宅中的一栋，到医院走路只需五分钟，从这儿可以看到海景与赫德史塔游艇码头。布隆维斯特按了门铃，但没有人来开门，打西西莉亚的手机，也无人回应。他在车内坐了一会儿，手指敲着方向盘。毕耶是这副牌当中的百搭牌；一九三九年出生，因此蕾贝卡被杀时他十岁，海莉失踪时他二十七岁。

据亨利所说，毕耶和海莉几乎没有碰过面。毕耶和家人同住，在乌普萨拉长大，直到进公司工作才搬到赫德史塔。几年后他丢下工作，专心投入政治。不过莲娜遇害时，他人在乌普萨拉。

猫的事件给他一种不祥的感觉，好像就快没有时间了。

海莉失踪时，法尔克三十六岁。他现年七十二，比亨利年轻，但智能状况却差多了。布隆维斯特去了燕子疗养院找他，那是位于赫德史塔另一头离赫德河不远的一栋黄砖建筑。布隆维斯特向柜台服务人员自我介绍，希望能和法尔克牧师聊一聊。他解释说他知道牧师患有阿兹海默症，并询问他目前的意识状况。一名护士回答说法尔克牧师是在三年前首度被诊断罹病，接下来病情便迅速恶化。法尔克可与人交谈，但只有非常薄弱的短期记忆，也不认得所有亲人，整个人正逐渐陷入混沌晦暗中。如果被问到答不出来的问题，也可能因焦虑而攻击人。

法尔克与另外三名病患和一名男护士坐在庭院的长凳上，布隆维斯特花了一个小时试图与他对话。

他还清楚记得海莉。一听到她的名字，他立刻喜形于色，说她是个很迷人的女孩。但布隆维斯特很快便发现牧师忘记她已失踪三十七年，提起她时仿佛最近才刚见过面，还请布隆维斯特代为问好，也请她赶紧来探望他。布隆维斯特答应了。

他显然已不记得桥上的车祸。一直到对话快结束时，他才说了让布隆维斯特竖耳倾听的话。

当布隆维斯特将话题导向海莉对宗教的兴趣时，法尔克忽然犹豫起来，脸上像笼罩一片乌云。法尔克坐着前后摇晃了一会儿之后，抬头看着布隆维斯特，问他是谁。布隆维斯特又自我介绍一遍，老人想了好一会儿，最后才说："她还在摸索。她得好好照顾自己，你要警告她。"

"我应该怎么警告她呢？"

法尔克顿时激动起来，皱着眉头猛摇头。

"她要看 sola scriptura，要了解 sufficientia scriptuae。只有这样她才能保有 sola fide。约瑟一定会将他们排除。他们永远不会被纳入正典。"

这些话布隆维斯特一句也听不懂，但很用心地作了笔记。接着法尔克牧师向他倾靠过来，低声说道：

"我觉得她是天主教徒，她喜欢法术，到现在还没找到她的上帝。她需要指引。"

对法尔克牧师而言，"天主教徒"一词显然有负面含意。

"我以为她是对五旬节教会的活动感兴趣。"

"不不不，不是五旬节教会，她在寻找禁忌的真相。她不是好的基督徒。"

话才说完，法尔克牧师便似乎完全忘了布隆维斯特的存在，开始和其他病患聊天。

回到海泽比岛时刚过两点。他走到西西莉亚的住处敲门，还是没找到人，再试着拨手机也无回应。

他将一个烟气报警器贴在厨房墙上，另一个贴在前门，一个灭火器放在卧房门边的火炉旁，另一个放在浴室门边。随后煮咖啡、做三明治当午餐，坐在院子里，一面吃一面整理和法尔克牧师的谈话内容。整理完毕后，他抬起眼睛望向教堂。

海泽比新的牧师住所是一栋相当普通的现代住宅，离教堂仅几分钟脚程。四点，布隆维斯特前去敲门，向玛格丽塔·史特兰牧师解释说想请教一些神学问题。史特兰年纪与他相仿，一头深色头发，穿着牛仔裤与法兰绒衬衫。她打赤脚，脚上还涂指甲油。他曾在苏珊的咖啡馆里遇见过她几次，也和她提起过法尔克牧师。女牧师很亲切地欢迎他，请他入内坐在庭院里。

布隆维斯特将自己去见法尔克的事以及和老人所说的话告诉她。史特兰牧师倾听之后，请他一字不漏地再说一遍。

“我是在三年前才被派到海泽比这里服务，所以没有真正见过法尔克牧师。他在我来之前几年便已退休，但我相信他相当传统保守。他对你说的那番话意思大概是‘唯独《圣经》’——唯一经文——那才是足够的圣典。后面这句代表了传统信徒认为《圣经》具有至上性。sola fide 的意思是唯一信仰或真实信仰。”

“我懂了。”

“这些可以说是基本教义。大致而言这是教会的基础，毫无不寻常之处。他想说的纯粹就是：‘要读《圣经》——它能提供足够的知识，保证让你拥有真实的信仰。’”

布隆维斯特觉得有点难为情。

“现在我得问问你这段对话是怎么开始的。”她说。

“我向他询问某个他多年前认识的人，我现在正在写有关那人的事。”

“一个寻求信仰的人？”

“差不多。”

“好，我想我了解其中的关联了。你说法尔克牧师提到另外两件事，一个是‘约瑟一定会将他们排除’，还有‘他们永远不会被纳入正典’。可不可能是你听错了，他说的会不会是约瑟夫斯而不是约瑟？这其实是同一个名字。”

“有可能。”布隆维斯特说道，“对话我录音了，如果你想听的话。”

“不，我想不必了。这两个句子很清楚地传达了他的暗示。约瑟夫斯是个犹太历史学家，那句‘他们永远不会被纳入正典’的意思，可能是他们绝不会被写入希伯来《圣经》。”

“这意思是？”

她笑了起来。

“法尔克牧师是说这个人受到秘传文字的蛊惑，明确地说就是‘次经’。在希腊语中，‘apokryphos’意指‘隐秘’，因此次经就是一些隐秘的著作，有些人认为次经具有高度争议性，有些则认为应该把它纳入旧约。其中的篇章包括多比传、犹滴传、以斯帖记、巴录书、西拉书、马加比传等等。”

“请原谅我的无知。关于次经我只听说过，从未读过。它的内容有何特别之处？”

“其实毫无特别之处，只不过撰写时间比旧约其他篇章稍晚。希伯来《圣经》将次经删除，并不是因为犹太学者不相信其中的内容，只是因为这些是在上帝的启示作品完成后才写出来的。不过，希腊文译本《圣经》便将次经包含在内。罗马天主教便不认为次经有争议性。”

“我明白了。”

“然而在新教徒心中，它的确很有争议。宗教改革期间，神学家们希望能更贴近旧希伯来《圣经》。马丁路德将次经从宗教改革《圣经》中删除，后来卡尔文主张绝不可以次经作为坚定信仰的基础。因此次经的内容与《圣经》的明确性有某种程度的矛盾与冲突。”

“换句话说就是禁书。”

“没错。例如次经支持施行法术，并认为在某些情形下可以说谎，这类说法当然惹恼了基本教义派的信徒。”

“所以说如果有人热衷宗教，会去阅读次经或因而惹恼像法尔克牧师这样的人，并非不可能的事？”

“是的。研究《圣经》或天主教信仰时，次经几乎难以避免，另外对秘传教派有兴趣的人，通常也很可能会阅读。”

“你该不会刚好有一本吧？”

她又笑了。爽朗、亲切的笑容。

“当然有了。其实在八十年代，《圣经》研究委员会便将次经编入全国性的研究报告中。”

听到莎兰德想与他私下谈谈，阿曼斯基心想不知发生什么事。他等她进来之后关上门，示意她坐到访客椅上。她说她为布隆维斯特做的事已经完成——律师会在月底前付她钱——但她决定继续执行这项特殊的调查。布隆维斯特答应付给她的月薪比先前高出许多。

“这是我自己接的工作。”莎兰德说，“直到目前为止，我一直都依照协议，只接由你经手的案子。我想知道如果我自己接工作，对我们的关系会有什么影响？”

阿曼斯基无谓地耸耸肩。

“你是自由工作者，想接什么工作都可以，也可以自己开价。你能自己赚钱，我真的很替你高兴。不过如果是通过我们接洽的客户，就会有忠诚的问题。”

“我并不打算这么做。我已经根据和布隆维斯特签订的合约完成了任务，现在的问题是我想继续这个案子，即使没有酬劳也要做。”

“绝对不要做白工。”

“你明白我的意思。我想知道这件事的后续发展，所以说服了布隆维斯特要求律师再雇用我当研究助理。”

阿曼斯基从她手上接过合约，很快浏览一遍。

“这样的酬劳和做白工也没两样了。莉丝，你很有天分，不需要为一点小钱工作。你也知道如果到我这里做全职，赚的钱会多得多。”

“我不想做全职工作。不过德拉根，我会对你忠诚。自从我来到这里工作，你一直对我很好。所以我想问问你同不同意这份合约，我不希望我们之间有任何不愉快。”

“我懂了。”他思索片刻，说道，“完全没问题，谢谢你征询我的意见。以后若再有类似的情形发生，也希望你能来问我，以免产生误会。”

莎兰德心里想着有没有什么需要补充，同时一语不发地瞪着阿曼斯基。最后只是点点头便起身离去，照例没有道别。

既已得到答案，她对阿曼斯基立刻失去兴趣。他暗自一笑；她竟然还会来问他的意见，可见她的社会化过程又进步到一个新高点。

他打开一份关于某家博物馆的安保报告，那里即将有一场盛大的法国印象派展览。不一会儿又放下报告，望着莎兰德刚刚走出的那扇门，想到她在办公室里和布隆维斯特说笑的情景，不禁怀疑她是终于长大了或是受到布隆维斯特的吸引。他也同时感到一种奇怪不安的情绪。他始终甩脱不掉“莎兰德是完美受害者”的感觉，如今她偏偏又跑到那偏僻乡野去追查一个疯子。

重新北上时，莎兰德忽然心血来潮绕到阿普湾医院去跟母亲问安。除了仲夏节前夕那次来访，她从圣诞节起便没有见过母亲，对于自己只抽出这么少的时间给母亲，她觉得很内疚。几个星期内二度来访可说是破天荒头一遭。

母亲人在活动室。莎兰德待了整整一小时，带着母亲到院区庭园的鸭塘去散步。母亲还是把莉丝和妹妹搞混了。她一如往常，几乎总是心不在焉，但女儿的来访似乎让她有点激动。

莎兰德道别时，母亲紧抓着她的手不放，尽管承诺很快就会再来，母亲仍伤心而焦虑地目送她离去。

她仿佛有预感即将发生什么不幸的事。

布隆维斯特在小屋后面的院子花两个小时研读次经，毫无领悟。不过他倒是想到一件事。海莉究竟有多虔诚？她是在失踪前一年才开始研读《圣经》。她将《圣经》内的章节与一连串谋杀案联系在一起，除了有系统地研读《圣经》之外还阅读次经，而且也对天主教产生兴趣。

当时她真的作了和三十七年后布隆维斯特与莎兰德相同的调查吗？她萌生的兴趣会不会来自追查凶手而非宗教信仰？法尔克牧师曾说他认为她比较像是摸索者，而非虔诚的基督徒。

正想到一半，爱莉卡来电打断他的思绪。

“我只是想跟你说一声，我和贝克曼下星期要去度假，有一个月的时间不在。”

“你们要去哪里？”

“纽约。贝克曼有个展览，然后可能会去加勒比海。我们运气不错，贝克曼的一个朋友愿意把安提瓜[1]的房子借我们住，所以我们会在那里待两个星期。”

“听起来很棒，好好玩吧！替我向贝克曼问声好。”

“新一期的杂志已经完成，下一期也差不多了。我希望你能接手编辑，但克里斯特说由他来。”

“他需要协助的话可以打电话给我。达曼那边怎么样了？”

她略显迟疑。

“他也要去度假。我已经让柯特兹代理执行编辑。现在就由他和克里斯特掌舵。”

“好的。”

“我八月七号回来。”

傍晚时分，布隆维斯特试着打了五通电话给西西莉亚，并发了一条短信请她回电。但仍无回音。

他将次经搁到一旁，换了运动服，锁上门后出发。

他先是沿着海岸边的狭窄小路，然后转进林区。穿越灌木林、绕行连根拔起的树木虽然艰难，他仍以最快速度前进，最后来到要塞时已是精疲力竭、脉搏狂跳。他在一座老旧炮架旁停下来，伸展几分钟。

忽然他听到尖锐的爆裂声，头旁边的灰色水泥墙随之爆炸。接着他感觉一阵疼痛，因为水泥与子弹碎片在他头皮上划出一道很深的伤口。

1 安提瓜（Antigua），位于加勒比海的一个岛屿。

布隆维斯特呆立原地，仿佛过了好长一段时间。紧接着他纵身跃入壕沟，重重撞到肩膀，痛得他几乎透不过气来。就在他往下跳的同时，第二发又来了，子弹射入水泥地基。

他站起来环顾四周。他此时位于要塞中央，左右两边都有一米深、杂草丛生的窄道连接一整排长达两百五十公尺的炮台。他以蹲伏的姿势，开始往迷宫的南方跑去。

这时他忽然听到基律纳步兵学校的冬训中，班长亚铎夫森那独一无二的声音。布隆维斯特，你要不想屁股中弹，就把头给我放低。多年后，他依然记得班长亚铎夫森所设计的特别操练。

他停下来喘气，心“怦怦”跳得厉害。除了自己的呼吸声，什么也听不到。人类的眼睛对于动作会比对形体敏锐得多。所以移动时要尽量放慢。布隆维斯特慢慢将头探出掩体顶端几公分向外窥探。此时阳光从正前方射来，让他看不出任何细节，但并未发现移动迹象。

他又低下头，奔往下一个炮台掩体。不管敌人的武器多好，如果看不到你，就打不到你。掩护、掩护、掩护。绝对不能让自己暴露在外。

他离“东园”农场边缘约三百英尺，距离他所跪之处四十英尺左右，有一道几乎无法穿越的矮树丛。不过到达树丛前，他得先从炮台全速冲过一个草坡，那么就会完全暴露在外。这是唯一一条路。他背后是大海。

忽然他觉得太阳穴发疼，接着发现自己在流血，把T恤全染红了。头皮的伤口会一直流血，他这么一想之后转而重新专注于自己的处境。一发子弹也许只是巧合，但两发就表示有人企图杀他。目前无法知道开枪的人是否正等着他再度现身。

他试着冷静下来，理性地思考。现在要不是等待就只能冲出去。如果射击者还在，后者显然不是好选择。但如果留在原地等候，射击者便可从容地走上要塞、发现他，然后近距离射杀他。

他（或是她？）不可能知道我是向右或向左走。步枪——也许是麋鹿猎枪——甚至很可能有瞄准器，也就是说如果射击者透过瞄准器寻找布隆维斯特，视野便有限。

假如被困——要采取主动。这比等待来得好。他张望并倾听了两分钟，然后爬出炮台掩体，尽速冲下斜坡。

跑到一半时，第三发子弹射出，但他只听到身后“啪”一声很模糊。他往前一跃平飞过浓密的灌木丛，滚过满地刺人的荨麻，随后站起来朝子弹来处的反方向移动，蹲伏、奔跑，每五十英尺暂停一下，竖耳倾听。他听见他所在处与要塞之间发出树枝断裂的声音，立刻趴倒在地。

用手肘匍匐前进，这是班长亚铎夫森最爱说的另一句话。接下来的一百五十英尺，布隆维斯特手脚并用匍匐爬过灌木丛，小心地拨开粗细树枝。有两度他听到身后树丛中猛然发出声响，第一次似乎离得很近，也许就在右手边二十步外。他停下来，动也不敢动地趴着。片刻过后，他小心地抬起头四下看了看，一个人影也没见着。他又趴了好一会，全身神经紧绷，准备着万一敌人出手便立刻逃跑，或是可能的话作最后一搏。第二声来自较远处，过后便无声无息。

他知道我在这里。他会不会已经在某处定位，等着我开始移动？或者他已离去？

布隆维斯特继续爬过灌木丛，直到来到“东园”的围墙边。

这又是个关键时刻。有一条小路通到围墙内。他整个人平趴在地，观察着。农舍位于一道缓坡下方四百英尺处，屋舍右边有牛在吃草。为什么没有人听到枪声，出来巡查呢？夏天。也许现在没有人在家。

要通过牧草地是没问题的——但一出去便毫无掩护。至于沿着围墙直行的小径，就连他也觉得像个空旷的射击场地。于是他又退回灌木丛中，从另一头进入稀疏的松林。

他循远路绕过“东园”农地和南山回家。经过“东园”时，可以看到车子不在。到了南山顶上，他停下来俯视海泽比。游艇码头旁的旧渔屋里有一些夏季观光客，一群穿着泳装的女人坐在码头上谈天。他还闻到有人在户外烤肉的香味。游艇码头的船坞附近有小孩在戏水。

八点刚过，距离开枪时间五十分钟。尼尔森正在草地上浇水，只穿了条短裤，光着上身。你在那儿多久了？范耶尔的屋里除了安娜没有别人。哈洛德的屋子看起来一如往常空无一人。接下来他看到伊莎贝拉坐在自家后院，好像在和谁说话。布隆维斯特一回神才发现那是多病的叶妲，她出生于一九二二年，目前和儿子亚历山大住在范耶尔家再过去一点。他从未与她正式晤面，但见过几回。西西莉亚的房子似乎也没人，但不对，厨房里好像有动静。她在家。开枪的会是女人吗？他知道西西莉亚会射击。他可以看到马丁的车停在他家门前的车道上。你回家多久了？

或者是某个他尚未想到的人？弗洛德？亚历山大？太多可能性了。

他爬下南山，沿着道路走回村里，回家的路上没有遇见任何人。他第一眼便看到小屋的门半敞着，接着几乎是出于下意识蹲低身子，但马上就闻到咖啡香并从厨房窗户看见莎兰德。

她听见他进门的声音，才一转身随即愣在那儿。他的脸可怕极了，布满了开始凝结的血渍。白色T恤左侧一片深红，手里拿着一条整个染红的手帕按在头上。

“血流个不停，不过没有危险。”布隆维斯特不等她开口便说道。

她转身从橱柜取出急救箱，里头有两包弹性绷带、一条蚊虫药膏和一小卷手术用胶带。他脱下衣服丢在地上，走进浴室。

太阳穴上的伤口很深，都挑起一大块肉来了。血还在流，伤口需要缝合，但他心想如果将它贴紧应该也会愈合。他用冷水打湿毛巾擦脸。

他用毛巾按住太阳穴，然后闭上眼睛站在莲蓬头下方冲水。过了一会儿，他握起拳头狠狠地往瓷砖上打，把指节都给刮伤了。去死吧，你这混蛋！他暗想。你一定会落在我手上！

当莎兰德碰他的手臂时，他像触电似的惊跳起来，注视她的眼中充满愤怒，吓得她不自主地倒退一步。她将肥皂递给他后，又默默回到厨房。

他贴了三条胶带，走进卧室，穿上干净的牛仔裤和新的T恤，拿出放着打印出来的相片的讲义夹。他愤怒得几乎全身发抖。

“留在这里，莉丝！”他吼道。

他走到西西莉亚家按门铃，不到一分钟门就开了。

“我不想见你。”她才说完便看见他的脸，这时血已经渗出胶带。

“让我进去，我有话跟你说。”

她犹豫着回答道：“我们没什么好说的。”

“现在有了，看是要站在这阶梯上说还是进厨房去说。”

布隆维斯特的口气十分坚定，西西莉亚只得侧身让他进屋。他直接走到厨房餐桌旁坐下。

“你这是怎么了？”她问道。

“你说我挖掘海莉失踪的真相只是亨利的消遣，根本徒劳无功。有可能，但是大约一小时前，有人差点把我的头给轰了，而昨晚也有人——也许是同一个恶作剧的人——在我门口丢了一只死状凄惨的猫。”

西西莉亚张嘴正要说话，却被布隆维斯特给打断。

“西西莉亚，我不在乎你有什么苦衷、你在担心什么或是你忽然一见到我就厌恶。我绝不会再靠近你，你也不用担心我会再来烦你或缠着你不放。此时此刻，我真希望我从来没有听说过你或范耶尔家族的任何人。但我有疑问一定要问清楚，你愈早回答就能愈快摆脱我。”

“你想问什么？”

“第一：一小时前你人在哪里？”

西西莉亚的脸立刻蒙上阴影。

“一小时前我在赫德史塔。”

“有人能证明吗？”

“应该没有，但我不必向你报告行踪。”

“第二：海莉失踪那天，你为什么去打开她房间的窗户？”

“什么？”

“你没听错。这么多年来，亨利一直想查出那段关键时刻，是谁打开了海莉房间的窗子。所有人都不承认。有人在说谎。”

“你凭什么认定是我？”

“这张照片。”布隆维斯特说着将那张模糊的照片甩到餐桌上。

西西莉亚走到桌旁看照片，布隆维斯特似乎从她脸上看到惊愕的神情。她抬头看着他，他感觉有一滴血流下自己的脸颊，滴在上衣上。

“当天有六十个人在岛上。”他说，“其中有二十八个女性，其中又有五六个留及肩的金发。但当中只有一人穿着淡色洋装。”

她紧紧盯着照片看。

“你觉得那应该是我？”

“如果不是你，那么请你告诉我你觉得是谁。之前没有人知道有这张照片，我拿到照片已经好几个星期，一直想和你谈谈。我也许是个笨蛋，但我还没拿给亨利或其他任何人看，因为我很怕你遭人怀疑或冤枉。不过我真的需要一个答案。”

“我会给你你要的答案。”她将照片拿给他，“那天我没有去海莉的房间，照片里的人不是我。她的失踪和我一点关系也没有。”

她说完走向大门。

“答案听到了，现在请走吧。但我想你那伤口应该去看看医生。”

莎兰德开车送他到赫德史塔医院。伤口只缝了两针，敷了一大坨药。另外在脖子和手上因为荨麻引起过敏，也涂了可的松药膏。

走出医院后，布隆维斯特考虑许久，不知该不该报警。他已经可以想象报纸的标题：诽谤案记者的枪击疑云。他摇摇头，说道：“我们回去吧。”

回到海泽比岛时天已黑了，正合莎兰德的意。她将一只运动袋放到餐桌上。

“这玩意是跟米尔顿全保借来的，现在该利用一下了。”

她在屋内安装了四个使用电池的移动侦测感应器，只要有人进入六公尺范围内，电波信号便会启动她装设在布隆维斯特房内的警报器发出“哔哔”声。另外又在小屋前后的树上架设感光摄影机，会传送信号到她装在前门旁橱柜里的手提电脑。摄影机用暗色的布掩盖住了。

她还在门上方的鸟屋摆了第三架摄影机，直接在墙上钻洞穿电线，镜头则对准马路和大门到前门之间的小径。机器每秒钟会拍下一个低画质影像，并全部存到衣橱里另一台手提电脑的硬盘里。

接着她在门口放了一张压力感应脚垫。若有人躲过红外线侦测器进到屋内，便会启动一一五分贝的警报器。莎兰德最后向他示范如何用衣柜里一个盒子的钥匙关闭侦测器。此外她还借来了夜视镜。

“你几乎什么都考虑到了。”布隆维斯特边说边替她倒咖啡。

“还有一件事。查出真相前不要再跑步了。”

“相信我，我对运动已经完全失去兴趣。”

“我不是开玩笑。一开始这也许是一件陈年悬案，可是出现死猫又有人想轰掉你的脑袋，可见我们已经追踪到某个人。”

他们很晚才吃晚饭。布隆维斯特顿时感到疲惫至极、头痛欲裂，几乎无法说话，便上床睡觉。

莎兰德看报告一直看到两点。

第二十三章

七月十一日星期五

早上六点，阳光透过窗帘缝隙直接照在脸上将他晒醒。头还隐约作痛，一碰包扎处更痛。莎兰德趴睡在旁边，一手勾着他。他低头看着她刺在肩胛骨上的龙。

他数了数她身上的刺青。除了脖子上的黄蜂，还有一边脚踝上的环圈，左手上臂有另一个环圈，臀部上一个中国字符号，一边小腿上有一朵玫瑰。

他下床将窗帘拉拢，去了一趟洗手间后又轻轻溜回床上，试着不吵醒她。

几小时后吃早餐时，布隆维斯特问道："我们要如何解开这个谜？"

"把手边所有的数据整理起来，并试着找到更多资料。"

"对我来说只有一个问题：为什么？是因为我们试图解开海莉失踪之谜，还是因为我们发现一个先前无人知晓的连环杀人犯？"

"这中间一定有关联。"莎兰德说，"如果海莉发现了这个杀人犯，那一定是她认识的人。看看六十年代那些人物，可疑人士至少有二三十人。可是到今天几乎所剩无几，只有一个哈洛德，将近九十五岁的他绝不可能拿着枪在枞树林里跑来跑去。其他人要不是现在已经太老、无法构成威胁，就是五十年代那时还太年轻，无法到处行动。所以一切又回到原点。"

"除非有两个人合作。一老一少。"

"哈洛德和西西莉亚？我不这么认为。我觉得她说窗口那个人不是她并非说谎。"

"那么是谁呢？"

他们打开布隆维斯特的计算机，花了一小时，再次仔细研究出现在桥上事故照片中的所有人。

“我只能假设村里的每个人应该都到那儿去看热闹了。当时是九月，大多数人都穿着外套或毛衣。只有一个人留着金色长发、穿着淡色洋装。”

“很多照片里都有西西莉亚，她好像无所不在。在屋舍群间、看热闹的人群间都有她；这张在和伊莎贝拉说话，这张站在法尔克牧师身边，这张和排行中间的葛雷格在一起。”

“等等。”布隆维斯特说道，“葛雷格手上拿着什么？”

“一个方形的东西，好像是盒子之类的。”

“是哈苏相机！这么说他也有相机。”

他们又将照片重看一次。其中有多张都照到葛雷格，只不过多半很模糊。其中有一张可以清楚看到他拿着一个方形盒子。

“你说得好像没错，肯定是相机。”

“也就是说我们又要再次搜寻相片。”

“好，不过这个暂且搁下，先听听我的推论。”莎兰德说。

“说吧。”

“可不可能是年轻一代有人知道上一辈某个人是连环杀人犯，但又不希望被外界发现？为了家族声誉之类的无聊玩意。那就表示有两个人牵涉在内，但并非携手合作。凶手也许已经死去多年，而向我们下手的人只是希望我们停止一切行动回家去。”

“要是这样，为什么要在我们门口放一只残缺不全的猫？这绝对和那些命案有关。”布隆维斯特拍拍海莉的《圣经》说道，“又是燔祭之类的变态模仿。”

莎兰德往后一靠，抬头望向教堂，一面自言自语似的引述《圣经》。

> “他要在耶和华面前宰公牛，亚伦子孙作祭司的，要奉上血，把血洒在会幕门口坛的周围。那人要剥去燔祭牲的皮，把燔祭牲切成块子。”

她发现布隆维斯特表情紧张地看着自己，立刻闭口不语。他将《圣经》翻到《利未记》第一章。

“你也知道第十二节吗？”

莎兰德没有回答。

“他要把……”他起了头，同时对着她点点头。

“他要把燔祭牲切成块子，连头和脂油，祭司要摆在坛上火的柴上。”她的声音冷得像冰。

“下一节呢？”

她倏地起身。

“莉丝，你有过目不忘的本领呀！”麦可惊呼道，“所以你才能十秒钟就看完一页调查报告。”

她的反应几乎是火爆的，瞪视布隆维斯特的目光充满愤怒，让他大感惊讶。接着她的表情转为绝望，随即掉头朝大门奔去。

“莉丝！”他在背后呼喊着。

她却消失在路的那头。

麦可将她的电脑搬进屋内，设定警报器，锁上前门后才出门去找她。二十分钟后，他在游艇码头的浮桥上找到她。她坐在那儿，双脚泡在水里一面抽着烟。她听见他沿着浮桥走来的声音。他发现她的肩膀忽然变得僵硬，于是停在几步外。

“我不知道我做了什么，但我无意惹你生气。”

他来到她身边坐下，试探地伸手搭她的肩。

“莉丝，拜托你跟我说话。”

她转头看他。

“没什么好说的，很简单，我就是个怪胎。”

“如果有你这样的记忆力，我会高兴死！”

她将烟蒂抛入水中。

布隆维斯特安静地坐了好久。我该怎么说呢？你是个再正常不过的女孩，就算有点与众不同又如何？你到底是怎么看你自己的？

“我第一眼看到你就觉得你有点不一样，”他说，“你知道吗？真的已经好久没有人能让我一见面就自然产生好印象。”

这时有几个孩子从码头另一端的小屋跑出来，跳入水中。画家诺曼——布隆维斯特至今仍未与他交换过只言片语——坐在他屋外的椅子上吸烟斗，并盯着布隆维斯特和莎兰德看。

“如果你肯让我当你的朋友，我真的很乐意。”他说，“但一切由你做主。我现在要回家去煮点咖啡，想回来的时候就回来吧！”

他起身离去不再烦她，上坡走到半路时，便听见身后传来她的脚步声。他们俩一块走回家，什么话也没说。

到家门口时，她拉住他。

“我正在整理一个想法……我们说这一切都是变态地模仿《圣经》。没错，他的确将猫分尸了，但要找到牛并不容易，他还是遵循了基本情节。我在想……”她又抬头看着教堂，“把血洒在会幕门口坛的周围……”

他们过桥来到教堂。布隆维斯特推推门，上锁了。他们信步走着，看了看墓碑，最后来到距离稍远、位于水边的礼拜堂。忽然布隆维斯特瞪大了眼睛。这不是礼拜堂，而是地下墓室。门上方的石头上刻着范耶尔的姓氏，还有一句拉丁诗文，但他不明其意。

“永远安息。”莎兰德的声音从背后传来。

布隆维斯特转头看她。她耸耸肩。

“刚好在某个地方看过这句。”

布隆维斯特放声大笑。她又变得不自然，起初显得很生气，后来发现他是因为情况有趣才大笑，这才放松心情。

布隆维斯特试着推了推门，锁着。他寻思片刻后，要莎兰德坐着等一会儿，他则去敲范耶尔家的门找安娜，解释说他想仔细瞧瞧家族墓室，不知道亨利有没有钥匙。安娜露出怀疑的神情，但还是从范耶尔的书桌取来钥匙。

一打开墓室门，他们就知道猜对了。空气中还悬浮着焚烧尸体与烧焦遗体的浓烈恶臭，不过虐杀猫者并未起火。在一个角落里立着一个喷灯，滑雪者为滑雪板涂蜡时用的那种。莎兰德从牛仔裙的口袋掏出相机，拍了几张照片，然后小心翼翼地拿起喷灯。

“这也许可以当证据，他可能留下了指纹。”她说。

“是呀，我们还可以请范耶尔家族成员排队比对指纹呢！”他说，“我倒想看看你怎么取得伊莎贝拉的指纹。”

“总会有办法。”莎兰德说。

地板上有很多血，尚未全干，还有一支大铁剪，他们猜想这应该就是截断猫头的工具。

布隆维斯特四下查看。有一具垫高的石棺是亚历山大·范耶尔萨的棺木，而地上四个墓穴则安放着最早期家族成员的遗体。较近代的范耶尔家人显然都是火化处理。墙上约有三十个壁龛，全都写着宗族祖先的名字。布隆维斯特依家族史年代顺序往前追溯，心想未被安置在墓室中的成员——那些被认为不够重要的人——不知葬身何处。

“现在我们知道了，”再度过桥时，布隆维斯特说道，“我们要找的是个彻底的疯子。”

“什么意思？”

布隆维斯特在桥中央停下来，靠着扶栏。

“这个男的如果只是普通疯癫，想吓吓我们，他会把猫带到车库或树林里，可是他却去了墓室。这里头有点强迫性质，你想想这样做风险多大。现在是夏天，晚上还有散步的人来来往往。穿过墓园的路是连接海泽比南北的主要道路，就算关上门，猫也一定会大叫大闹，还会有焚烧的味道。”

“男的？”

“我觉得西西莉亚应该不会在晚上拿着喷灯偷溜到这里来。”

莎兰德耸耸肩说：

“他们这些人我一个也不信，包括弗洛德和你的朋友亨利在内。这家人一有机会就会骗人，而他们全都是其中一分子。现在该怎么办？”

布隆维斯特回答道："我已经发现你许多秘密。比方说，有多少人知道你是黑客？"

"没人知道。"

"你是说除了我之外？"

"你想说什么？"

"我想知道你同不同意我的想法，相不相信我。"

她注视着他许久，最后仍是耸肩回应。

"反正我无能为力。"

"你相信我吗？"布隆维斯特不死心地问。

"到目前为止相信。"她说。

"那好。我们去找弗洛德。"

弗洛德的妻子第一次与莎兰德见面，虽然带着礼貌性的微笑，却也睁大眼睛盯着她。弗洛德看见莎兰德立刻面露喜色，起身相迎。

"很高兴能见到你。"他说，"去年冬天和现在，你帮了我们这么大的忙，我却一直没能好好表达感激之意，实在感到很内疚。"

莎兰德心下怀疑地望着他。

"你们付我钱了。"她说。

"这不是重点。我第一次见你的时候，对你有一些臆测。现在回想起来，希望你能原谅我。"

布隆维斯特十分惊讶。弗洛德竟能为一件他无须道歉的事，请求一名有穿洞、刺青的二十五岁女孩原谅他！这个律师在布隆维斯特眼中的地位又提升了些。莎兰德却直视前方，不予理会。

弗洛德转向布隆维斯特问道：

"你的头怎么了？"

他们坐下之后，布隆维斯特简述了过去二十四小时发生的事。当他说到有人在要塞附近朝他开枪，弗洛德跳了起来。

"这太疯狂了！"他停顿一下，盯着布隆维斯特，"抱歉，但这件事只能到此为止。我受不了了，我要去找亨利请他终止合约。"

“你坐下。”布隆维斯特说。

“你不明白……”

“我只明白我和莉丝就快揭开真相，所以这一切的幕后真凶才会惊慌失措，做出这疯狂之举。我们有几个问题。第一：范耶尔家族的墓室有几把钥匙，又是在谁手上？”

“那不归我管，我不知道。”弗洛德说，“我想应该有几名家族成员能够进入墓室。我知道亨利有一把，伊莎贝拉偶尔会去，但不知道她是用自己的钥匙或是借用亨利的。”

“好，你现在仍是董事会的主要成员。公司里有没有档案室？有没有专门搜集这些年来关于公司的剪报与新闻的图书室之类的地方？”

“有，在赫德史塔总公司。”

“我们得看一看。有没有旧的公司通讯之类的东西？”

“我不得不承认这个我也不知道。我已经三十年没进档案室了。你们得去找一个名叫波蒂·林格伦的女人。”

“你能不能打电话给她，请她安排让莉丝今天下午去查看资料？她需要所有关于范耶尔公司的旧剪报。”

“没有问题。还有什么吗？”

“有。桥上出车祸那天，葛雷格手上拿着一架哈苏相机，这表示他可能也拍了一些照片。他死后，这些照片可能会到哪去？”

“理论上，会由他的妻子或儿子接收。我来打电话问问亚历山大。”

“你要我找什么？”他们回岛上的途中，莎兰德问道。

“剪报和公司通讯。五六十年代命案发生日期前后的一切信息都要看，一觉得有不寻常之处就记下来。这部分的工作还是由你来做，你的记忆力好像……”

她往他腹侧捶了一拳。

五分钟后，她的川崎摩托车便隆隆作响地驶过桥去。

布隆维斯特与亚历山大握了手。布隆维斯特来到海泽比后，他大部分时间都不在。海莉失踪时他二十岁。

“弗洛德说你想看旧照片。”

“令尊应该有一架哈苏相机吧？”

“是的，相机还在，不过没有人用。”

“我想你已经知道亨利请我重新调查海莉出了什么事。”

“据我所了解是如此，有很多人对此很不高兴。”

“显然如此，你当然也可以不必拿任何东西给我看。”

“不用客气……你想看什么？”

“想看看令尊在发生车祸、海莉失踪那天，有没有拍照？”

他们一起上阁楼，亚历山大花了几分钟才找出一盒没有整理的相片。

“整盒带回去吧。”他说，“如果有的话，都在这里面。”

若是要用于家族史，葛雷格这盒照片中确实有不少宝贝，其中还有几张葛雷格与林霍尔姆——四十年代瑞典重要的纳粹领袖——的合影。他将这些放到一旁。

他发现有几袋照片是葛雷格所拍的家庭聚会照和许多一般度假照片——在山中钓鱼、到意大利旅行等等。

他也找到四张桥上事故的照片。用的虽然是高级相机，葛雷格的拍照技术却很差。其中两张是油罐车本身的近照，另外两张是从围观者背后拍摄。但他只看到一张西西莉亚的侧面照。

明知不会获得新线索，他还是将照片扫描存盘。全部放回盒子之后，他一面吃三明治当午餐，一面思考着。用餐完毕后，他又去找安娜。

“你知不知道除了为了调查海莉失踪案所搜集的相片之外，亨利有没有其他相簿？”

“有，亨利一向对摄影很有兴趣，听说从他年轻时候就是了。他的工作室里有很多相簿。”

“能不能让我看看？”

这回她显得犹豫不决。把家族墓室的钥匙借给他是一回事——那里毕竟有上帝守护——让他进范耶尔的工作室又是另一回事。这里上帝管不着。布隆维斯特建议安娜打电话问弗洛德，最后她终于答应。相簿摆在最底层书架，几乎排了足足一米长。他坐到书桌前，翻开第一本。

范耶尔保留了每一张家族照，有许多显然是更早以前的照片，最早甚至可回溯到一八七〇年代，照片中尽是严肃的男人和拘谨的女人。还有范耶尔父母的照片；一张是他父亲在一九〇六年，与一大群人在沙港欢庆仲夏节。在另一张沙港的照片中，弗德烈与妻子乌莉卡以及安德斯·佐恩[1]、艾伯特·安格斯通[2]同坐一桌。其他还有工厂和办公室里的员工相片。他也找到将范耶尔与他心爱的爱蒂安全送抵卡尔斯克鲁纳的船长葛拉纳的相片。

安娜端了一杯咖啡上来，他向她道谢。紧接着便来到现代，一页页翻开都是鼎盛时期的范耶尔，工厂一间间地开，并和首相埃兰德握手合照。还有一张是范耶尔和马克斯·华伦伯格[3]的合影——两个大资本家毫不客气地互相瞪视。

在同一本相簿中，他发现范耶尔在某一页用铅笔标示着“一九六六家庭会议”。两张彩色照片中有一群男人在聊天、抽雪茄，他认出其中有亨利、哈洛德、葛雷格和约翰支系中的几个男性姻亲。另外两张拍的是正式的晚餐，四十名男女围坐在桌旁，全都看着镜头。拍照时间是在桥上出事后，但还没有人发现海莉失踪。他一一端详每个人的脸。这顿晚餐她原本应该出席的，有人知道她不见了吗？从照片中看不出端倪。

---

1 安德斯·佐恩（Anders Zorn，1860—1920），瑞典知名肖像画家。

2 艾伯特·安格斯通（Albert Engstrm，1869—1940），瑞典知名讽刺漫画家。

3 马克斯·华伦伯格（Marcus Wallenberg，1899—1982），瑞典重量级企业家，其家族为瑞典最富有的家族之一。

忽然间他被咖啡给呛着了，咳了几声，但随即坐挺起来。

穿着淡色洋装的西西莉亚坐在最远程，面带微笑入镜。她旁边则坐着另一个金色长发女子，也穿着同样的淡色洋装。她们俩相似得有如双胞胎。顿时间，这场拼图已然完成。站在海莉窗口的不是西西莉亚，而是比她小两岁、目前住在伦敦的妹妹阿妮塔。

莎兰德怎么说来着？*很多照片里都有西西莉亚*。其实不然。事实上有两个女孩，碰巧的是在此之前，她们始终未曾出现在同一张照片。她们俩在黑白照片里，远看简直一模一样。范耶尔应该一直都能分辨两姐妹，但对布隆维斯特和莎兰德而言，她们长得实在太像，以至于让他们误以为是同一人。先前从来没有人向他们指出过这点，因为他们从来没想到要问。

布隆维斯特翻过这页之后，立刻感觉颈背上的寒毛直竖，仿佛屋内吹过一阵冷风。

这些是第二天开始搜寻海莉时的相片。年轻的莫瑞尔警探在发号施令，由两名制服警察和十个穿靴子的男人所组成的搜救队正准备出发。范耶尔穿着及膝雨衣、戴着英式窄边帽。

相片中左侧站着一个年轻人，身材微壮，留着稍长的浅色头发。他身上穿了一件深色羽绒外套，肩膀处有一块红色布片。影像非常清晰。布隆维斯特一眼便认出了，还有那件外套，但为了证实，他取出照片下楼问安娜认不认识此人。

“当然了，那是马丁呀！”

莎兰德翻阅着一年又一年的剪报，从一九四九年开始依序往下看。数据非常庞杂。在重要时期，这家公司几乎每天上媒体，不只是地方报，还有全国性媒体，消息包括财务分析、工会协商、罢工的威胁、工厂开幕与结束营业、年报、更换经理人、新产品上市等等，不胜枚举。嗒。嗒。嗒。她的大脑飞快运转着，专注吸收黄页上的信息。

数小时后她想到一个主意。她询问档案室经理有没有五六十年代范耶尔旗下工厂或公司的分布图表。

林格伦看着莎兰德，毫不掩饰脸上的冷漠。让一个陌生人进入公司的内部圣殿，还让她想看什么就看什么，她实在很不高兴，何况这个女孩看起来像是个弱智又无法无天的十五岁少女。不过弗洛德已经给了她再明确不过的指示：这个瘦小的女孩可以随意调阅任何数据，而且事态紧急。她拿出莎兰德想看的那几年的年报，每份报告上都附有图表显示公司在瑞典各地的分布点。

莎兰德从图表看出公司有许多工厂、办公室和门市。在每起命案发生地点，也都有一个或数个代表范耶尔公司的红点。

她找到的第一个连结点在一九五七年。当 V&C 建设公司敲定一项价值数百万的建案，要在兰斯克鲁纳建造一座购物中心的翌日，拉凯儿便被发现遇害。V&C 即范耶尔卡兰建设。当地报纸访问了前来签约的戈弗里。

莎兰德想起她在兰斯克鲁纳的省区档案室内看到的警方报告。拉凯儿，闲暇时为人算命，正职则是公司的清洁员。她服务的公司正是 V&C 建设。

晚上七点，布隆维斯特打了十几通电话给莎兰德，每次都是关机。她不希望被打扰。

他心浮气躁地在屋里走来走去。他已经从范耶尔的笔记中找到海莉失踪时马丁的活动情形。

一九六六年，马丁在乌普萨拉就读预备学校最后一年。*乌普萨拉。莲娜，十七岁的预备学校学生。头和脂油分离。*

范耶尔曾提过一次，但布隆维斯特得再翻翻笔记找出那一段。马丁是个内向的男孩，他们曾经担心过他。他父亲溺毙后，伊莎贝拉决定送他到乌普萨拉以便换个环境，并由哈洛德提供食宿。*哈洛德和马丁？*感觉实在不对。

马丁没有坐哈洛德的车回赫德史塔参加聚会，后来又错过一班火车，到达时已是傍晚，因此和其他人被困在桥的另一头。直到六点过后，他才搭船来到岛上，范耶尔本人和其他亲人一起来接他。范耶尔所列出与海莉失踪有关的人的名单中，马丁被排在很后面。

马丁说当天他没有见到海莉。他在说谎。当天稍早他到达赫德史塔，去了加瓦斯加坦，还和妹妹照了面。布隆维斯特可以用那些埋藏将近四十年的照片证明他说谎。

海莉见到哥哥，并有受惊吓的反应。她来到海泽比岛想找范耶尔谈，但还没来得及交谈人就不见了。你当时想告诉他什么？乌普萨拉？可是乌普萨拉的莲娜并不在名单上。你不可能知道这件事。

这整件事布隆维斯特还是想不通。海莉在下午三点左右失踪，当时马丁确实是在桥的另一边，从教堂山丘上拍的照片中有他。他不可能伤害得了岛上的海莉。这拼图还缺一块。共犯吗？阿妮塔？

莎兰德从档案资料可以看出几年当中，戈弗里在公司内地位的变化。一九四七年他二十岁，认识了伊莎贝拉并立刻让她怀了身孕，马丁在一九四八年出生，这么一来这对年轻男女自然毫无疑问要结婚。

戈弗里二十二岁那年，亨利带他进范耶尔集团的总公司。他显然颇有天分，或许也曾被培训为接班人。二十五岁时晋升入董事会，成为公司发展部的副主管。是个明日之星。

到了五十年代中，这颗星开始迅速坠落。他酗酒。与伊莎贝拉的婚姻触礁。海莉和马丁这两个孩子状况不好。亨利划清界限。戈弗里的事业就此已达顶端。一九五六年，新的人事命令公布，新的发展部副主管。两名副主管：当戈弗里酗酒、长时间消失之际，便由另一人主事。

但戈弗里仍是范耶尔家人，而且既迷人又能言善道。自一九五七年起，他的工作似乎就是到全国各地去开设工厂、解决当地纷争，让众人感觉到公司高层确实在乎。我们派出了自己人去倾听你们的问题。我们确实很重视你们。

莎兰德又找到另一个连接点。范耶尔集团在卡斯塔买下一间木材公司，戈弗里参与了协商。次日，一名农妇玛格达·洛维萨便被发现遇害。

短短十五分钟后，又找到第三个连接点。一九六二年，乌德瓦拉。莉亚失踪当天，当地报纸访问了戈弗里关于港口扩建的可能性。

五点半，林格伦想关门回家，莎兰德冷冷地说自己还要很久才能做完，让她留下钥匙回家去，她会帮忙锁门。这样一个女孩竟敢对自己颐指气使，档案室经理实在气不过，便打电话给弗洛德。弗洛德的回答是莎兰德若想整晚待在那儿也无所谓，并请林格伦女士通知公司警卫，让莎兰德可以随时离开。

三小时后将近八点时，莎兰德已经断定八起命案当中，至少有五起命案发生前后戈弗里刚好都在附近，但还是没有找到关于一九四九年与一九五四年的命案讯息。她端详着他在报上的一张照片。一个纤瘦、英俊、留着深金色头发的男子，有点像《乱世佳人》里的克拉克·盖博。

一九四九年，戈弗里二十二岁。第一起命案发生在他的故乡，赫德史塔。在范耶尔公司工作的蕾贝卡。你们俩在哪里相识？你对她作了什么承诺？

莎兰德咬着嘴唇沉思。问题是戈弗里在一九六五年酒醉溺毙，而最后一件命案却是在一九六六年二月发生于乌普萨拉。她心想，将十七岁女学生莲娜加入名单会不会是错了？不，也许不是同一人，却同样是《圣经》的变态模仿。其中必有关联。

到了九点天开始黑了。天气很凉爽，还飘着毛毛雨。布隆维斯特坐在厨房里，手指敲着桌面，忽然看见马丁的“沃尔沃”驶过桥后转上岬角方向。事情至此似乎已无回转的余地。

他不知道该怎么做。他整个人燃烧着一种质问的——发动冲突的——渴望。但如果他怀疑马丁是个病态杀人犯，杀死了自己的妹妹和乌普萨拉一个女孩，也曾经差点杀了他，这么做当然绝非明智之举。偏偏马丁又像一块磁铁。马丁并不知道他已经知晓，他可以找个借口去见他……就说要去归还戈弗里小屋的钥匙好了。布隆维斯特随手锁上门，朝岬角走去。

哈洛德屋内依旧一片漆黑。范耶尔屋内只有一个面向院子的房间亮着灯，安娜已经就寝。伊莎贝拉的屋子也是暗的。西西莉亚不在家。亚历山大住处二楼的灯还亮着，而非范耶尔家族成员居住的那两栋房子则都已熄灯。一个人影也没见着。

来到马丁家门外时他犹豫地停下脚步，拿出手机拨了莎兰德的号码。还是没有回应。于是他关掉手机，以免它忽然响起来。

楼下有灯光。布隆维斯特穿过草坪，停在厨房窗口几公尺外，但没看见有人。他继续绕行屋子，在每扇窗口都稍停一下，始终没见到马丁的踪迹。不过他倒是发现车库的小侧门半掩着。*你可别当白痴。*但他就是忍不住想看。

他第一眼看到的是木工台上放着一盒打开的猎鹿枪子弹，接着看到台子底下有两桶汽油。*又准备再次夜访吗，马丁？*

“进来，麦可，你在路上我就看见了。”

布隆维斯特的心突然猛跳了一下。他慢慢转头，看见马丁就站在通往屋内的门边暗处。

“你就是不肯放手，是吧？”

他的声音平静，近乎亲切。

“嗨，马丁。”布隆维斯特招呼道。

“进来。”马丁重复道，“这边。”

他往前一步，侧身伸出左手作了个邀请的手势。他举起右手，布隆维斯特隐约瞥见金属的反光。

“我手里有一把手枪，你别轻举妄动。这么近的距离可不会再射偏。”

布隆维斯特缓缓走近，到马丁身旁时，停下来直视着他。

“我不得不来，有太多问题了。”

“我明白。进门。”

布隆维斯特进入屋内，走道通往厨房旁边的门厅，但还没走到那里，马丁便轻轻按住他的肩膀制止他。

“不是那边，是右边。开门。”

地下室。布隆维斯特走下一半阶梯时，马丁扭开了电灯。右手边是锅炉房，前方可以闻到洗衣的味道。马丁带他往左进入一个储藏室，除了旧家具和箱盒之外，最深处有一道上了安全锁的铁制安全门。

“这边。”马丁丢给他一串钥匙，“打开。”

他开了门。

“开关在左手边。”

布隆维斯特打开了地狱之门。

九点左右，莎兰德到档案室外走廊上的贩卖机买了咖啡和一个塑料包装的三明治，然后继续翻阅旧数据，寻找戈弗里在一九五四年去过卡尔马的线索。毫无所获。

她想着要打电话给布隆维斯特，但最后还是决定看完公司通讯再告一段落。

空间大约是三米宽、六米长。布隆维斯特推断此处应该位于屋子的北侧。

马丁的私刑房设计得非常用心。左边有铁链，天花板和地板上有金属环，和一张附有皮条的桌子可用来束缚受害人。此外还有录像设备。一间录音室。最后方有个为访客准备的铁笼。门的右边有一条长凳、一张床和一个看电视的角落，这里摆了一个放满录像带的架子。

他们一进室内，马丁便用手枪瞄准布隆维斯特，命他趴倒在地。布隆维斯特不从。

“很好。”马丁说，“那我就射你的膝盖骨。”

他举枪瞄准。布隆维斯特只得屈服，别无他法。

他很希望马丁能稍有松懈，哪怕只是十分之一秒——不管什么样的打斗他都有把握赢。在楼上的走廊上，当马丁的手搭在他肩上时，他原本有一半机会，但他犹豫了，之后马丁再也没有靠近过。万一膝盖中弹，可就一点机会也没有了。于是他趴到地板上。

马丁从后面走上来，叫他双手反背。他给他上了手铐，然后踢他胯下，并握起拳头狠狠地、不停地殴打他。

接下来发生的事有如噩梦一场。马丁在理智与疯狂之间摆荡，前一刻还十分平静，转眼就变成笼中兽踱来踱去。他踢了布隆维斯特几次，而后者唯一能做的就是保护头部，让身体柔软的部分承受踢打。

前半个小时，马丁一句话也没说，似乎无法作任何沟通，接着才好像平静下来。他用一条铁链绕过布隆维斯特的脖子，然后用挂锁固定在地板上的金属环。他离去十五分钟，留下布隆维斯特一人，再回来时带着一瓶一公升的水。他坐在椅子上，边喝水边盯着布隆维斯特。

"我可以喝点水吗？"布隆维斯特问。

马丁俯身，让他就着瓶子喝了长长一口。布隆维斯特喝得又急又猛。

"谢谢。"

"还是这么有礼貌呀，小侦探。"

"为什么要对我又打又踢的？"布隆维斯特问道。

"因为你真的让我很生气，理该受罚。你为什么就不能回家去？《千禧年》需要你，我是说真的——我们本可合力让它变成一份了不起的杂志，我们本可共事多年。"

布隆维斯特露出苦笑，同时略微移动身子希望变换个舒服一点的姿势。他毫无反击之力，只能出声。

"我想你的意思是说机会已经过去了。"布隆维斯特说。

马丁大笑起来。

"抱歉，麦可。不过你当然心知肚明，你就要死在这里了。"

布隆维斯特点点头。

"你们到底是怎么发现我的——你还有那个被你拖下水的营养不良的间谍？"

"你交代海莉失踪当天的行踪时说谎。你去看了赫德史塔的儿童节游行，被人拍到在那儿看着海莉。”

“这就是你去诺斯约的原因？”

“对，去拿照片。是一对度蜜月的新婚夫妻，刚好来到赫德史塔拍到的。”

马丁摇了摇头。

“根本是胡说八道。”

布隆维斯特绞尽脑汁地想：该说什么才能避免或延后他的死刑。

“现在照片在哪里？”

“底片吗？在赫德史塔瑞典商银的保险箱里……你不知道我有个保险箱吗？”他流利地撒谎道。“很多地方都有拷贝。我的电脑、那女孩的电脑、《千禧年》的服务器，还有那女孩服务的米尔顿安保公司的服务器。”

马丁一时没有反应，思索着布隆维斯特是否在夸口。

“那女孩知道多少？”

布隆维斯特迟疑不语。现在莎兰德是他获救的唯一希望。她回到家发现他不在，会怎么想？他把马丁穿着羽绒外套的照片放在餐桌上，她会联想得到吗？她会发出警报吗？她是不会打电话报警的。最怕的就是她到马丁家来按门铃，问他知不知道布隆维斯特上哪去了。

“说话呀！”马丁声音冰冷地说。

“我正在想。她知道的大概和我一样多，说不定更多一点。对，我承认她知道的比我多，她很聪明。莲娜的关联性就是她发现的。”

“莲娜？”马丁似乎有些困惑。

“一九六六年你在乌普萨拉虐杀的女孩。难道你忘了？”

“我不知道你在说什么。”但这是他第一次显得震惊，这是第一次有人作此联想——莲娜并不在海莉记事本的名单中。

“马丁，”布隆维斯特尽可能保持声音平稳，“一切都结束了。你可以杀了我，但结束了。知情的人太多了。”

马丁又开始来回踱步。

我得记住他是不理智的。那只猫。他本可将猫带到这里，却去了家族墓室。这时马丁停下脚步。

“我觉得你在说谎。知道这一切的只有你和莎兰德，你们显然还没有告诉任何人，否则警察早就来了。只要在宾馆小屋放把火，就能湮灭证据。”

“万一是你想错了呢？”

“如果是我想错，那就真的结束了。但我不这么认为。我敢打赌是你在吹牛。何况我还有什么选择？”他略一沉吟，“都是那个营养不良的小贱货惹的麻烦。”

“她中午去斯德哥尔摩了。”

马丁笑着说：

“唬谁呀，麦可！她整个晚上都坐在范耶尔公司的档案室里。”

布隆维斯特的心又猛跳一下。*他知道。他一直都知道。*

“没错，原本的计划是先到档案室，再去斯德哥尔摩。”布隆维斯特说：“我不知道她在那里待那么久。”

“别再瞎扯了，麦可。档案室经理打电话跟我说弗洛德吩咐了，那女孩想待多晚就待多晚。也就是说她今晚一定会回家。她离开时，夜间警卫会通知我。”

第四部

恶意接收

七月十一日至十二月三十日

瑞典有百分之九十二曾遭受性侵犯的女性并未在暴力事件发生后第一时间报警

第二十四章

七月十一日星期五至七月十二日星期六

马丁弯下身去搜布隆维斯特的口袋，拿走了钥匙。

“算你聪明还换了门锁。”他说，“等你女朋友回来，我就去收拾她。”

布隆维斯特提醒自己，马丁是个在生意场上身经百战的谈判高手，前一次虚张声势已经被他识破。

“为什么？”

“什么为什么？”

“为什么要弄这些？”布隆维斯特试着朝四周点了点头。

马丁弯身用手扶着布隆维斯特的下颌，将他的头抬起与他四目交接。

“因为太简单了。”他说，“随时都有女人失踪，没有人在乎。移民、俄国来的妓女。每年都有数万人出入瑞典。”

他放开布隆维斯特的头，站起身来。

马丁的话像一记拳头打在布隆维斯特脸上。

我的天哪！这不是陈年悬案。马丁到今天还在杀害女人。而我竟然这么一脚踩进……

“现在我刚好没有客人。不过你也许有兴趣知道，去年冬天到今年春天，当你和亨利正忙得一头热的时候，这里就有个女孩。白俄罗斯来的伊琳娜。你和我吃晚饭那次，她就关在这个笼子里。那晚用餐好像十分愉快，我记得没错吧？”

马丁坐到桌子上，让双脚垂下来。布隆维斯特不由得闭上双眼。他顿时感到喉咙涌出酸液，吞咽困难，五脏六腑与胸腔似乎更加疼痛。

“尸体你怎么处理？”

“我的船和船坞就在这正下方，我把船开到很远的外海去。我和父亲不同，我丝毫不留痕迹。不过他也很聪明，让受害者遍布瑞典。”

如今拼图全拼凑起来了。

戈弗里，一九四九年到一九六五年。接着是马丁，从一九六六年在乌普萨拉开始。

“你钦佩你的父亲。”

“这些都是他教我的，我十四岁便受他启蒙。”

“乌德瓦拉。莉亚·培森。”

“你可真聪明呀！没错，当时我在那里。我只是旁观，但我在。”

“一九六四年，瑞若比的莎拉·魏特。”

“当时我十六岁，那是我第一个女人，父亲教我的。动手勒死她的是我。”

他在夸耀。老天爷，多么变态到令人厌恶的一家人！

“你知道这有多疯狂吗？”

“你只是个非常普通的小人物，麦可。你无法了解完全掌控一个人的生死时那种神圣的感觉。”

“马丁，你很享受虐待并杀害女人。”

“其实我不觉得。如果理智分析我的情况，我应该算是连环强暴犯而不是连环杀人犯。事实上，我首先是连环绑架犯。杀人可以说是自然的结果，因为我必须隐瞒我的罪行。

“当然了，我的行为为社会所不容，但我的罪行最主要就是要对抗社会规范。只有当我的客人结束造访，当我对她们感到厌倦，死亡才会降临。每次看着她们失望的表情总觉得很神奇。”

“失望的表情？”

“没错，失望。她们以为只要讨好我，就能活命。她们服从我的规定，开始信任我，与我发展出一种情谊，希望到最后这点情谊能发挥些许作用。结果发现自己上当后自然会失望。”

马丁绕过桌子，靠在铁笼边。

“其实你这个拥有中产阶级习性的人永远无法理解，真正令人兴奋的是计划绑架的过程。那不是一时冲动——那样的绑架者迟早会被逮，而是要衡量无数细节的一门学问。我得先找到猎物、详列出她的生活情形、她是谁、来自何处、如何与她联系、要怎么做才能与猎物独处又不泄漏我的姓名，或是不让我的姓名未来出现在警方的调查报告中。”

拜托你闭嘴！布隆维斯特暗暗呐喊。

“你对这些真的有兴趣吗，麦可？”

他弯下腰轻抚布隆维斯特的脸颊，几乎带着温柔的感觉。

“你知道这只可能有一种结局吗？你介不介意我抽烟？”

“你可以请我抽一根。”他说。

马丁点了两根烟，小心地将其中一根放到布隆维斯特的双唇间，让他深深吸一口。

“谢啦。”布隆维斯特无意识地说。

马丁又大笑起来。

“你瞧，你已经开始适应服从原则了。你的性命握在我手里，麦可。你知道我随时可以杀了你。你利用理性与些许的礼貌恳求我提升你的生命质量，现在你获得回报了。”

布隆维斯特点点头。他的心跳快得几乎令他无法忍受。

十一点十五分，莎兰德一面翻阅资料，一面喝着宝特瓶中剩下的水。她不像布隆维斯特稍早被咖啡给呛着，水还是顺顺地喝了下去。不过她联想到之后，的确睁大了眼睛。

嗒嗒！

两个小时下来，她一直看着来自四面八方的公司通讯。主要的一份是《公司信息》，上头有范耶尔集团的标志——一面在风中飘扬的瑞典国旗，尖端形成一个箭头。这份刊物应该是公司广告部门整理的，里面全是有意让员工自觉属于一个大家庭的宣传文章。

配合一九六七年二月的冬季运动假期，范耶尔大手笔邀请了总公司的五十名员工与家人，到海里耶达伦度一星期的滑雪假。原因是公司前一年的营收破纪录。公关部的人也去了，还汇整出一份相片报告。

写上有趣说明文字的照片多半都是在滑雪道上拍的。另外有些拍的是酒吧里成群的员工高举啤酒杯、脸上堆满笑容。有两张是小早会的照片，范耶尔宣布乌拉布莉特·莫格兰为年度最佳员工，并颁给她五百克朗的奖金和一个水晶碗。

颁奖仪式在饭店露台上举行，显然就在大伙儿回去滑雪之前。照片里大约有二十人。

站在最右边、范耶尔正后方的是一个金色长发男子，他穿着一件深色羽绒外套，肩膀上有一块明显的布片。由于刊物是黑白印刷，因此无法分辨颜色，但莎兰德敢拿生命打赌那块布片是红色的。

照片的说明文字解释得很清楚：……最右，马丁·范耶尔（十九岁），就读于乌普萨拉。目前已被视为具有潜力的公司主管。

“找到了！”莎兰德低声说。

她关上桌灯，将一叠叠通讯放满整个桌子——就让那个烂女人林格伦明天去收拾吧！

她从侧门走到停车场。门关上后，才想到自己答应了临走前向夜间警卫知会一声。她停下来，目光扫过停车场。警卫室在大楼的另一头，也就是说，她得绕一大圈过去。不要自找麻烦了，她决定。

戴上安全帽前，她打开手机拨了布隆维斯特的号码，却听见用户无法接听的信息。但她也看到他在三点半到九点之间打给她不下十三次。前两个小时没有来电。

莎兰德试着打到小屋，但没有人接。她皱起眉头，将电脑绑好、戴上安全帽后，脚用力一踩发动了摩托车。从位于赫德史塔工业区入口的总公司骑回海泽比岛花了十分钟。厨房的灯亮着。

莎兰德四下巡视一番。她第一个想到的是布隆维斯特去找弗洛德，但在桥上她便注意到弗洛德位于桥另一头的住处已熄灯。她看看手表：十一点四十分。

她走进小屋，打开衣橱，拿出两台电脑，那是她储存先前装设的录像机监视画面用的。她花了一会工夫才将事件串联起来。

下午三点三十二分，布隆维斯特进入小屋。

下午四点零三分，他端着咖啡到院子去，还拿着他在研究的资料夹。他待在院子里的那一小时内，拨了三通简短的电话。那三通电话拨打的时间刚好和她没接的电话完全吻合。

下午五点二十一分，布隆维斯特离开小屋，不到十五分钟又回来了。

下午六点二十分，他走到外面大门边，看向桥的方向。

晚上九点零三分，他出门去，之后再也没回来。

莎兰德将另一台电脑中拍摄到的大门与前门外的道路的画面快转。这样可以看到一天下来有谁经过。

晚上七点十二分，尼尔森回家。

晚上七点四十二分，“东园”那辆萨布牌汽车驶向赫德史塔。

晚上八点零二分，萨布牌汽车驶回。

晚上九点，马丁的车子经过。三分钟后，布隆维斯特便离开屋子。

晚上九点五十分，马丁出现在摄影机的视野中。他在大门口站了一分多钟，看着屋子，然后从厨房窗户往里窥探。他走到门廊上，拿出一把钥匙试图开门。他想必发现门已换锁。他又站了一会儿，才转身离去。

莎兰德感觉到体内升起一股恐惧的寒意。

马丁再度留下布隆维斯特一个人待着。他依旧处于很不舒服的姿势，双手反绑，脖子被一条细链拴在地板的金属环上。他把弄着手铐，但自知无法取下。手铐铐得好紧，他手都麻了。

毫无机会。他绝望地闭上双眼。

再度听到马丁的脚步声时，不知道过了多长时间。他出现在布隆维斯特的眼前，表情有些忧虑。

“不舒服吗？”他问道。

“非常不舒服。”布隆维斯特回答。

“这只能怪你自己。你应该回斯德哥尔摩去的。”

“马丁，你为什么要杀人？”

“这是我作的选择。我可以从道德与理智两个层面来探讨我的所作所为，我们可以谈上一整晚，但丝毫改变不了什么。试着这样看吧：人是一具躯壳，由皮肤将细胞、血液和化学元素包覆定位。能名留青史的人少之又少，大多数人都是不留一点痕迹地死亡消失。”

“你杀女人。”

“我们这些以杀人为乐者——我不是唯一有此嗜好的人——都过着完整的生活。”

“但为什么杀海莉？她是你的亲妹妹。”

马丁猛地抓住他的头发。

“她发生什么事了，你这小混蛋？告诉我！”

“你这是什么意思？”布隆维斯特一面喘着气，一面试图转头以缓解头皮的疼痛，脖子上的铁链却因此拉得更紧。

“你和莎兰德。你们得到了什么结论？”

“你放手！我们在说话呢！”

马丁松开他的头发，跷起脚坐在他面前，接着从外套里掏出一把刀子，打了开来。他将刀尖抵在布隆维斯特的眼睛底下，而布隆维斯特则强迫自己回瞪着马丁。

“她出了什么事，混蛋？”

“我不懂，我以为是你杀了她。”

马丁凝视布隆维斯特许久，随后放松下来，起身踱步，一面思考着。他把刀丢在地上，笑了起来，然后又转回来面对着布隆维斯特。

“海莉，海莉，老是海莉。我们曾试着……和她沟通。戈弗里试着教导她。我们以为她是我们的人，她会接受自己的责任，结果她只是个普通的……贱货。我掌控着她，至少我是这么以为，但她竟打算告诉亨利。于是，我发现我不能信任她。她迟早会把我的事告诉别人。”

“你杀了她。”

“我是想杀她，我考虑过，但回来得太晚。我没法回到岛上。”

布隆维斯特的大脑艰难地试图吸收这项信息，但大脑仿佛不断跳出“信息超载”的提示。马丁不知道他妹妹出了什么事。

忽然间，他从口袋掏出手机，瞄了屏幕一眼后便放到手枪旁的椅子上。

“这一切该结束了。今晚我也得解决你那个营养不良的贱人。”

他从一个橱柜中取出一条细皮绳，绕着布隆维斯特的脖子打了个活结。他松开将他拴在地板上的铁链，拉他起身推到墙边，接着将皮绳穿过布隆维斯特头顶上方的金属环，然后拉紧，逼得他不得不踮着脚尖站立。

“会太紧吗？能不能呼吸？”他松开一格，然后将皮绳末端固定在墙面较低处，“我不希望你马上窒息。”

布隆维斯特的脖子被活结勒得好紧，根本说不出话来。马丁专注地望着他。

忽然，马丁冷不防地拉下布隆维斯特裤子的拉链，将长裤连同内裤一起往下扯。他脱掉裤子时，布隆维斯特失去平衡，有一瞬间是悬空着挂在活结上，幸而脚尖随即又碰到地板。马丁走到一个橱柜旁拿出一把剪刀，将布隆维斯特的 T 恤剪碎，扔在地上，然后站到一定距离外注视着这个被害人。

“我从来没有带男人来过这里。”马丁严肃地说，“其实我从未碰过另一个男人……除了我父亲之外，那是我的责任。”

布隆维斯特的太阳穴突突跳动着。此时若将身体的重心放到脚掌上就会被绳结勒毙。他试着用手抓身后的水泥墙，但什么也抓不到。

“时间到了。”马丁说。

他抓住皮绳往下拉，布隆维斯特立刻感觉到绳结嵌进脖子里。

“我一直很好奇男人是什么滋味。”

他一面更用力拉皮绳，一面向前倾身亲吻布隆维斯特的嘴唇，就在这时候，屋子的另一头传来一个冷冷的声音。

“喂，你这变态家伙，在这鬼地方，那可是我的专利。”

布隆维斯特在一片红雾中听见莎兰德的声音。他费尽力气集中目光才看见她站在门口，面无表情地盯着马丁。

“不……快跑。”他声音嘶哑地喊道。

他看不见马丁脸上的表情，却几乎能感受到他转身时身体的震颤。时间一度凝结。接着马丁伸手去拿凳子上的手枪。

莎兰德快走三步向前，挥出藏在身侧的高尔夫球杆。铁杆划过一个大大的弧形，打中马丁的锁骨。这一击力道大得可怕，布隆维斯特听见了“啪！”的骨头断裂的声音。马丁发出一声哀号。

“你喜欢痛吗，变态？”莎兰德说。

她的声音粗得像砂纸。布隆维斯特一辈子也忘不了她攻击时的脸：像猛兽似的龇牙咧嘴，乌黑的眼睛里光芒闪动。她像毒蜘蛛般快如闪电，再次挥杆时似乎全神贯注在猎物上，这回击中了马丁的肋骨。

他绊到椅子跌倒在地，手枪掉落在莎兰德脚边的地板上。她一脚将它踢开。

就在马丁试图起身时，她第三次出击，“砰”的一声重重地打在他的臀部。马丁的喉咙发出可怕的叫喊。第四杆从背后挥中他肩胛骨之间的部位。

“莉丝……呃呃……”布隆维斯特几乎透不过气来。

他眼看就要昏厥，太阳穴痛得几乎难以忍受。

她转过身，发现他的脸红得像西红柿，双眼圆睁，舌头伸出嘴巴外。

她环顾四周，看见地板上的刀子。然后很快瞄了马丁一眼，只见他垂着一只手臂，正努力想爬远一点。接下来几秒钟，他应该不会惹麻烦。于是，她放下球杆，捡起刀子。刀尖虽锐利，刀刃却很钝。她踮起脚尖，发疯似的锯着皮绳。几秒钟后，布隆维斯特摔在地上，脖子上的活结却拉得更紧。

莎兰德又看了看马丁，他已经站起来，但还弯着身子。她用力地将手指穿到活结底下，起初不敢用刀子割，但最后还是将刀尖微微伸进去。在她试着松开活结时还划伤布隆维斯特的脖子。绳结终于解开，布隆维斯特呼哧呼哧喘了好几口气。

有一刹那，布隆维斯特感觉到身体与灵魂结合在一起。视觉变得完美，能看清室内的点点灰尘；听觉变得完美，能听见每一声呼吸以及衣物摩擦的窸窣声，仿佛戴上耳机听这些声音一般；他还闻到莎兰德的汗味和她夹克的皮革味。随后当血液开始流入大脑，这些幻觉便破灭了。

莎兰德转过头时，马丁正好跑出门外。她站起身，抓起手枪，检查了一下弹匣，拉开了保险栓。她张望了一下，最后视线落在桌上的手铐钥匙上。

"我去解决他。"她说着便朝门口奔去。经过桌子时，她抓起钥匙，反手丢到布隆维斯特身旁。

他想喊住她，却只能发出粗哑的嗓音，接着她便消失了。

莎兰德记得马丁在某处备有来复枪，当她上楼来到车库与厨房间的走道时，她停了下来，手枪举在身前准备随时开枪。她仔细倾听着，却没有听到任何声响暴露猎物的所在。于是，她悄悄向厨房移动，快到厨房时忽然听见院子里有车子启动的声音。

她从车道上看见两束尾灯的灯光扫过范耶尔的住处，向桥的方向冲去。她以最快的速度跑去，手枪塞进夹克口袋，也顾不得戴安全帽便发动摩托车。几秒钟后她过了桥。

当她来到E4公路交叉路口时，马丁大概比她早出发九十秒。她看不见他的车，便将车刹住，关掉引擎，仔细聆听。

天上布满厚厚的云层，天边看得出一丝黎明的微光。这时，她听见引擎声，瞥见E4公路上有车尾灯的灯光往南行去。莎兰德脚一踩，重新发动机车，从高架桥底下冲了过去。她上公路匝道的坡道时，时速七十公里。她见路上没有车辆，便催动油门全速向前飞驰。当公路开始沿着山脊转弯时，她的时速为一百五十公里，几乎是这辆增强马力的轻型机车所能达到的最快下坡速度。大约过了两分钟，她看见前方六百英尺左右的车灯灯光。

分析后果。现在该怎么办?

她将车速减到较为正常的一百二十公里，保持距离，跟在后面。几个转弯处她有几秒钟看不到他的车，接着来到长长的直线路段，她离他只有两百英尺。

他肯定是看到了她的摩托车头灯的灯光，因此，在转一个长弯时又加快速度，而她也跟着加速，但弯路对她不利。

她看见一辆卡车正在靠近，马丁也看见了。他再度加速，并迎面开了过去。莎兰德看到卡车试图躲避并闪灯警告，但已经来不及。马丁直接撞上卡车，发出可怕的轰隆巨响。

莎兰德连忙刹车。她看见挂车开始弯折，冲到她的车道，以她此时的速度，两秒钟便能到达撞车地点。她加速驶上路肩，奔驰而过——只差两英尺她便撞上卡车后半部。她以眼角余光瞥见卡车前半部冒出火焰。

她慢慢刹车，边骑边想了一百五十英尺后才停下来，转过身去。她看见卡车司机从副驾驶座里爬出车头，于是，再度催动油门。往南走了两公里来到欧克比时，她左转上了与E4公路平行的旧道路，然后北行。上坡经过车祸现场时，她看到已有两辆车停了下来。马丁的车卡在挂车底下已经全毁，并不断冒出熊熊大火。有一名男子正拿着小灭火器对着火焰喷洒。

不久，她缓缓骑车过桥，将车停在小屋外，然后走回马丁的屋子。

麦可还在弄手铐，他的手麻木得根本拿不住钥匙。莎兰德替他打开手铐，并紧紧拥抱他，这时他手上的血液才开始流通。

“马丁呢？”他用沙哑的声音问道。

“死了。他在E4公路南下几公里处和一辆卡车迎面相撞。”

布隆维斯特瞪着她。她离开才不过几分钟。

"我们得……报警。"他低声说完便开始猛咳起来。

"为什么？"莎兰德问道。

整整十分钟，布隆维斯特都无法站立，依旧赤裸着坐在地上，背靠着墙。他按摩了一下自己的脖子，用还不太灵活的手拿起水瓶。莎兰德耐心等着他慢慢恢复触觉，并利用这段时间思索。

"把裤子穿上。"

她用布隆维斯特被剪碎的T恤擦去手铐、刀子和高尔夫球杆上的指纹，并拾起她的宝特瓶。

"你在做什么？"

"穿好衣服，动作快点。天快亮了。"

布隆维斯特颤抖着双脚站起来，好不容易穿上了内裤和牛仔裤，套上运动鞋。莎兰德将他的袜子塞进自己的外套口袋，拦下他问道：

"你在这里摸过哪些东西？"

布隆维斯特往四下里看了看，试着回想，最后说除了门和钥匙之外什么也没碰。莎兰德在马丁披挂在椅子上的外套里找到钥匙，接着擦拭了门把与开关，并关上了灯。她扶着布隆维斯特爬上地下室楼梯，让他在走道稍候，好让她将高尔夫球杆放回原位。她回来时手里多了一件深色T恤，是马丁的。

"穿上吧。我不希望今晚有人看到你打赤膊在外游荡。"

布隆维斯特发现自己处于惊吓状态。一切由莎兰德负责打理，他只是被动地遵照她的指示。她带着他离开马丁的屋子，而且从头到尾都抱着他。一进到小屋，她便转身对他说：

"如果有人看到我们，问我们今晚在外面做什么，就说你和我到岬角去散步，还在那里做爱。"

"莉丝，我不能……"

"去冲个澡。现在就去！"

她帮他脱下衣服，推他进浴室，然后烧水煮咖啡，并用黑麦面包做了六个厚厚的三明治，里头放了乳酪、肝酱香肠和腌黄瓜。布隆维斯特跛着脚走出浴室时，她正坐在厨房餐桌旁认真思考。她为他检查身上的瘀青与擦伤。那个绳结实在打得太紧，在他脖子上留下了深红色的印记，刀子也在左侧留下血痕。

“躺到床上吧。”她说。

她胡乱为伤口涂了药，上好绷带，然后倒了杯咖啡，递给他一个三明治。

“我真的不饿。”他说。

“我不管你饿不饿，吃就是了。”莎兰德以命令的口气说完，也在自己的乳酪三明治上咬了一大口。

布隆维斯特合上眼睛休息了片刻后，才坐起身来咬了一口三明治，但喉咙痛得几乎无法吞咽。

莎兰德脱下皮夹克，走进浴室，从自己的盥洗袋中拿出一瓶虎标万金油。

“等咖啡凉一点再喝。翻过去趴着。”

她花了五分钟为他按摩背并涂上了止痛药膏。接着让他翻过身来，又做了相同的处理。

“这些严重的瘀伤会持续一阵子。”

“莉丝，我们必须报警。”

“不行。”她的语气十分激动，布隆维斯特不禁诧异地睁大眼睛。“你如果报警，我马上走。我不想和警察有任何瓜葛。马丁已经死了，是车祸身亡，车上只有他一人，没有目击证人。就让警方或其他人自己去发现那间该死的私刑房吧！我们俩就和村里其他人一样，对它一无所知。”

“为什么？”

她不理会他的问题，开始按摩他疼痛的大腿。

“莉丝，我们不能就这样……”

“你要是再啰唆，我就把你拖回马丁的地洞，用铁链再把你绑起来。”

她正说着，布隆维斯特突然像昏倒一样睡着了。

第二十五章

七月十二日星期六至七月十四日星期一

清晨五点，布隆维斯特猛然惊醒，抓着脖子想弄掉绳结。莎兰德连忙进来握住他的手，安抚他。他睁开眼睛，眼神迷蒙地望着她。

“我怎么不知道你会打高尔夫球。”他说完又闭上眼睛。她陪着坐了几分钟，直到确定他已睡着后，又重新回到马丁的地下室检查犯罪现场并拍照。除了施虐工具外，她还找到马丁收藏的暴力色情杂志和许多粘贴成册的宝丽来一次成像相片。

没有日记。不过倒是找到两本 A4 讲义夹，里头放了护照相片和关于那些女人的手写笔记。她将讲义夹连同马丁的戴尔笔记本电脑，一起放进她在楼上门厅的桌上发现的一只尼龙袋中。趁着布隆维斯特熟睡之际，她继续检查马丁的电脑与讲义夹，关上电脑时已过六点。她点了根烟。

她和布隆维斯特一直以为自己追踪的是昔日的连环杀人犯，不料调查的结果却不是这么回事，令人骇然。她难以想象在这个井然有序、如诗如画的地方，究竟有什么样的惨剧在马丁的地下室上演。

她试着想了解。

马丁自六十年代起开始杀害女人，过去这十五年来平均每年杀害一两人。杀人的计划如此谨慎而缜密，因此竟无人察觉这是连环杀人案。怎么可能呢？

讲义夹内的数据提供了部分的答案。

被害人多半是初来乍到，在瑞典没有朋友也没有社交活动的移民女孩，另外也有妓女和社会边缘人，全是有吸毒或其他问题背景的人。

莎兰德从自己对性虐待狂心理学的研究得知，这类杀人犯通常会留下被害人的物品作纪念。这些纪念品的功能在于让杀人者回想当时状况，再次体验当时的乐趣。而马丁在这方面培养出来的怪癖则是写“死亡手册”。他将被害人列表评分。他描述她们的痛苦，还用录像带与相片记录杀人过程。

暴力与杀人是目的，但莎兰德断定马丁最大的兴趣应该在于捕猎。他在笔记本电脑中建立了一个包含一百多个女人的数据库，其中有范耶尔集团的员工、他经常光顾的餐厅的女侍、旅馆的前台服务员、社会安全局的职员、生意伙伴的秘书等等。凡是与马丁有过接触的女人，似乎都被他分类存档了。

这些人当中他只杀了一小部分，但所有环绕在他身边的女人都可能成为牺牲者。这些分类工作显示出一种强烈兴趣，他想必在其中投注了无数的时间。

她已婚或未婚？有孩子或家庭吗？在哪儿工作？住在哪里？开什么车？教育程度如何？头发什么颜色？什么肤色？身材如何？

搜集这些潜在受害人的个人资料肯定是马丁性幻想中很重要的一部分。他首先是个跟踪狂，其次才是杀人犯。

读完资料后，她在讲义夹中发现一个小信封，并从里头抽出两张磨损、褪色的宝丽来照片。第一张相片里，有个棕发女孩坐在桌边，身上只穿着暗色牛仔裤，赤裸的上身露出小小尖尖的乳房。她将脸从镜头前别开，同时举起一只手作势抵挡，就好像事先并不知道要拍照。第二张照片中的她全身赤裸，趴在蓝色床单上，依然没有面向镜头。

莎兰德将照片连信封塞进外套口袋，然后将讲义夹放到火炉里，点上火。烧完之后，她把灰烬搅乱。外头下着倾盆大雨，她走了一小段路后蹲下佯装绑鞋带，同时偷偷将马丁的电脑丢进桥下水中。

当天早上七点半，弗洛德走进敞开的前门时，莎兰德正在厨房抽烟、喝咖啡。弗洛德面如死灰，仿佛猛然醒过来似的。

“麦可呢？”他问道。

“他还在睡觉。”

弗洛德颓然地坐在餐椅上。莎兰德倒了咖啡后，将杯子推到他面前。

“马丁……我刚刚得到消息，说马丁昨晚出车祸死了。”

“真可怜。”莎兰德说着，并啜了一口咖啡。

弗洛德抬起头来，一开始不解地看着她，随后瞪大双眼。

“怎么……？”

“他撞车了，愚蠢的意外。”

“你怎么知道？”

“他开车迎面撞上大卡车。他这是自杀。繁忙、压力、挣扎求生的金融帝国，等等，他无法承受。至少我猜报纸标题会这么写。”

弗洛德一副快要脑充血的模样。他迅速起身，摇摇晃晃地走进卧室。

“让他睡。”莎兰德口气严厉地说。

弗洛德望着床上熟睡的人，看见他脸上青一块紫一块，胸部也受了伤，接着又看见被绳结勒出的火红痕迹。莎兰德碰碰他的手臂，然后将门带上。弗洛德走出来，跌坐在厨房长凳上。

莎兰德简洁叙述了前一晚发生的事。她告诉他马丁那间恐怖的刑房是什么样子，说她找到布隆维斯特时他脖子上正套着绳结，而范耶尔公司的总裁就站在他裸露的身体前。她告诉他自己前一天在公司档案中的发现，并解释自己如何将马丁的父亲与至少七个女人的命案联想在一起。

她讲述时，弗洛德只打断她一次。等她说完，他沉默了几分钟后才深吸一口气，说道：“我们该怎么办？”

“这不该由我决定。”莎兰德说。

“可是……”

“要我说呢，我从未来过赫德史塔。”

“我不明白。”

“无论如何，我都不希望自己的名字出现在警方的笔录中。这件事与我毫无关系。如果在这件事情上提到我的名字，我会否认我来过这里，我也会拒绝回答任何问题。”

弗洛德打量着她。

“我不懂。”

“你不必懂。”

“那么我该怎么做？”

“你得自己想办法。只要不牵扯上我和麦可就行了。”

弗洛德一脸惨白。

“不妨这样吧：你只知道马丁死于交通事故，对于他是个疯狂、变态的连环杀人犯并不知情，也从未听说过他地下室的房间。”

她将钥匙放在他们之间的桌上。

“在有人去清理马丁的屋子，发现地下室之前，你还有时间。”

“我们得去报警。”

“不是我们，而是你。你想去报警的话请便，那是你的决定。”

“纸是包不住火的。”

“我没有说要用纸去包火，只要别扯上我和麦可就行了。你看了地下室以后，自己决定要告诉谁。”

“如果你所说属实，就表示马丁绑架并谋杀女人……一定有一些家庭因为找不到孩子而绝望。我们不能就……”

“没错，可是有个问题，尸体都没了。也许你能在某个抽屉找到护照或身份证，也许可以从录像带确认某些被害者的身份。不过你不必在今天作决定，好好想想吧。”

弗洛德显得惊慌而狼狈。

“老天哪！这对公司将是致命的一击。如果马丁被披露……想想看会有多少家庭失去生计！”

弗洛德前后晃动着身子，陷入道德的两难之中。

“那是问题之一。如果伊莎贝拉是继承人，让她第一个知道儿子的嗜好恐怕不太妥当吧。”

“我得去瞧瞧……”

“我想你今天先别去。”莎兰德严厉地说，“你还有很多事情要料理。你要去告诉亨利，要召开特别董事会，要做所有你们在总裁死后该做的事。”

弗洛德想着她说的话，心“怦怦”跳个不停。他是专门解决问题的老律师，遇到任何突发事件理当有应变计策，但现在他却感觉无力应付。他这才惊觉自己竟听命于一个孩子。她似乎掌控着整个局势，为他提供他自己无法拟定的方针。

“那海莉……？”

“我和麦可还没调查完。不过你可以告诉范耶尔先生，我想我们会查出真相。”

布隆维斯特醒来时，收音机的九点新闻节目正在报道马丁意外身亡的头条新闻。报道中全然未提及当晚那些事件，只说这位企业家不明所以地高速开上 E4 公路的北上逆向车道，车上只有他一人。

地方电台针对范耶尔集团的未来，以及总裁身亡将对公司造成哪些无可避免的影响，作了详细的整理报道。

TT 通讯社仓促成稿的午间实时新闻以“受冲击的小镇”为标题，简要叙述了范耶尔公司的问题。谁都注意到赫德史塔的两万一千名居民当中，有三千多若非范耶尔公司的员工便是间接仰赖该公司生存的人。如今公司总裁死了，前总裁又因为心脏病发而性命垂危，而且也没有法定继承人。该公司可谓正面临有史以来最艰难的关卡之一。

布隆维斯特原本可以向赫德史塔警方报案，告知那晚发生的事，但莎兰德却已采取进一步的动作。既然他没有立刻报警，那么之后就更难这么做了。上午，他心情沉重地默默坐在厨房长凳上，看着屋外的雨。十点左右，又下了一场大雨，但到了中午雨停了，风也稍稍缓和了。他走到外头，擦干院子的桌椅，然后坐在那里喝咖啡。他穿着衬衫，领子向上翻起。

马丁的死当然让海泽比的日常生活笼罩上一层阴影。伊莎贝拉的屋外开始有车辆停靠，全是前来慰问的家族成员。莎兰德毫无反应地看着络绎不绝的人潮。

“你觉得怎么样了？”她终于开口问道。

“我想我还在惊吓状态中。”他说，“我感到无助。那几个小时，我真以为自己就要死了。我感觉到死亡的恐惧，却无能为力。”

他伸出手按着她的膝盖。

“谢谢你，”他说：“要不是你，我就死定了。”

莎兰德照常又撇嘴笑了笑。

“不过……我还是不明白你怎会如此愚蠢，竟想凭自己的力量抓住他。我被绑在地下室的时候，一心祈祷你能看到照片，根据情况作出判断，然后报警。”

“如果等警察来，你恐怕就活不成了。我不会让那个王八蛋杀了你。”

“你为什么不想找警察？”

“我从不找官方机构。”

“为什么？”

“那是我的事。至于你嘛，身为记者被恶名昭彰的连环杀人犯马丁·范耶尔给剥个精光，毫无招架之力，这对你的事业恐怕有不良影响。你都已经不喜欢‘小侦探’了，想想看他们还会给你起什么新绰号。你就别跟你这段英勇的人生过不去了。”

布隆维斯特紧盯着她看，不再谈此话题。

“我们确实还有一个问题。”她说。

布隆维斯特点点头。“没错，海莉究竟怎么了？”

莎兰德将那两张宝丽来相片放到他面前，并解释自己在哪里找到。布隆维斯特端详照片许久才终于抬起头来，说道：

“可能是她。我不敢断定，不过她的身形和头发都让我想到以前看过的照片。”

他们在院子里坐了一小时，拼凑种种细节，最后发现他们各自从不同方向确认出马丁便是那缺失的一环。

莎兰德其实一直没有看见布隆维斯特留在餐桌上的照片。她是在看了监视器画面后分析他做了傻事，于是，经由海岸前去马丁住处，从每个窗口往里看却没见到人。她试了一楼所有的门窗，最后才从楼上阳台敞开的门爬了进去。她花了很久的时间，而且非常小心地一一搜寻每个房间，终于发现通往地下室的楼梯。马丁太不小心了，竟让恐怖刑房的门微开着，让她得以清楚看到里面的情形。

布隆维斯特问她听到多少马丁说的话。

“不多，我到的时候他正在问你海莉出了什么事，接着马上就给你套上活结。我离开了几分钟去找武器。”

“马丁不知道海莉出了什么事。”布隆维斯特说。

“你相信吗？”

“相信，”布隆维斯特毫不迟疑地说，“马丁比发狂的黄鼠狼还要疯狂——我不晓得在哪看过这种比喻？——对于自己所犯罪行他都坦承不讳。我觉得他是想向我炫耀。但一提到海莉，他也和亨利一样迫切地想知道发生什么事。”

“那么……结论会是什么？”

“我们知道一九四九年到一九六五年之间的连环杀人案，是戈弗里犯下的。”

“对，他还训练小马丁。”

“说到这种不正常的家庭，马丁真的没有机会。”布隆维斯特说。

莎兰德用一种怪异的眼神看着他。

“据马丁所说——虽然有点杂乱无章——他父亲是在他进入青春期时开始让他实习。一九六二年，乌德瓦拉的莉亚遇害时他在场。天哪！他才十四岁。一九六四年莎拉被杀时他也在场，而且亲自动手。当时他十六岁。”

“然后呢？”

“他说他从未碰过另一个男人——除了他父亲之外。这让我想到……怎么说呢，唯一可能的结论就是他父亲强暴了他。马丁称之为‘他的责任’。这些性侵犯行为想必持续了很长的时间，他可以说是父亲抚养大的。”

“狗屁！”莎兰德的口气坚硬无比。

布隆维斯特诧异地望着她，只见她那顽固的眼神里没有丝毫同情的成分。

“马丁和所有人一样都有反击的机会。他会杀人、强暴人，是因为他喜欢。”

“这点我不否认。但马丁是个被压抑的孩子，他受父亲的影响正如戈弗里受尽纳粹父亲的威吓一样。”

“所以，你认为马丁没有自己的意志，一个人受到什么样的教育，长大就会变成什么样的人？”

布隆维斯特露出谨慎的笑容。“这个话题很敏感吗？”

莎兰德眼中冒出怒火。布隆维斯特连忙继续说下去。

“我只是说，我觉得一个人受到的教育确实扮演着某种角色。戈弗里的父亲无情殴打他多年，这是会有影响的。”

“狗屁！”莎兰德又骂一声，“小时候被虐待的又不是只有戈弗里一个，他不能因此就自认为有权利杀害女人。这是他自己的选择，马丁也是一样。”

布隆维斯特举起手制止。

“我们不要争执好吗？”

“我不是在争执。我只是觉得那些烂人很可悲，老是把罪怪到别人头上。”

“他们自己也有责任，这个我们稍后再说清楚。现在重要的是，马丁十七岁时戈弗里死了，没有人能指引他了。他试图追随父亲的脚步。一九六六年二月，在乌普萨拉。”

布隆维斯特伸手拿了莎兰德一根烟。

“我不会去猜测戈弗里想满足什么样的冲动，或是他如何诠释自己的作为。他莫名其妙地牵扯到《圣经》的一些东西，对此精神科医师也许会有说法，例如有惩罚和净化的隐喻之类的。不管是什么，总之他就是个连环杀人犯。”

“戈弗里想杀女人，又用一些假宗教的鬼话来掩饰自己的行为。马丁甚至连借口也不找了。他很有条理，杀人的过程一丝不苟，他也有钱可以作这种消遣，而且比他父亲更精明。戈弗里每杀一个人，警方都会展开调查，也因此可能有人会追查到他，或至少将多起命案联想在一起。”

“马丁的屋子是七十年代盖的。”莎兰德若有所思地说。

“我记得亨利说是一九七八年。他可能吩咐要盖一间来收藏重要数据或类似目的的保管室，所以，才会有一个隔音、没有窗户还装着铁门的房间。”

“那个房间已存在二十五年了。”

他们俩都沉默了一会儿，布隆维斯特则暗忖着这四分之一个世纪以来，那里发生过如何惨不人道的行径。莎兰德无须想象，因为她看过录像带。她发觉布隆维斯特下意识地摸了摸自己的脖子。

“戈弗里痛恨女人，还在强暴儿子的同时也教他痛恨女人。不过其中也有某种潜在意涵……我认为戈弗里是幻想孩子也能分享自己的——说得委婉一点——扭曲的世界观。当我问到妹妹海莉时，马丁说：‘我们曾试着和她沟通，结果她只是个普通的贱货。她竟打算告诉亨利。’”

“我听到了。那时我刚走下地下室。那么我们也就知道她原本想跟亨利谈却没谈成的话题是什么了。”

布隆维斯特不禁皱起眉头。“不尽然。想想时间顺序。我们不知道戈弗里第一次强暴儿子的时间，但当他一九六二年在乌德瓦拉谋害莉亚时，便将马丁带在身边。他在一九六五年溺毙。在此之前，他和马丁试着与海莉沟通。这意味着什么？”

“戈弗里侵害的人不只是马丁，他也侵犯了海莉。”

“戈弗里是传授者，马丁是弟子，那海莉是什么？他们的玩物？”

“戈弗里教导马丁和妹妹性交。”莎兰德指着宝丽来一次成像照片说，“这两张相片看不见她的脸，所以很难断定她的态度，但是她试图躲避镜头。”

“假设是从一九六四年，她十四岁的时候开始好了。她自我防卫，无法接受——诚如马丁所说。她威胁要告诉范耶尔的就是这个。关于这点，马丁显然无法表达任何意见，他只是照父亲的指示做。但他和戈弗里之间已经有了某种……约定，他们想让海莉也加入。”

莎兰德说道：“你的笔记上写着亨利在一九六四年冬天让海莉搬到他家。”

“亨利看出她的家庭有问题。他以为戈弗里和伊莎贝拉之间的口角与摩擦是主因，所以，收容她好让她过点平静生活，专心念书。”

“这对戈弗里和马丁是始料未及的阻碍，他们便无法那么轻易地支配她或掌控她的生活。可是毕竟还是……他们到底是在哪里侵犯她呢？”

“一定是在戈弗里的小屋。我几乎可以肯定这些照片就是在那儿拍的——应该可以查证。小屋是最理想的地点，远离村子又偏僻。后来戈弗里最后一次喝醉酒，也以最平庸的方式死去。”

“所以说海莉的父亲企图和她发生性关系，但我猜他并未教她杀人。”

布隆维斯特知道这是个脆弱的推论。海莉记下了被戈弗里杀害的女子的姓名，并加注《圣经》的节录，但她却是在最后一年才开始对《圣经》产生兴趣，当时戈弗里已经去世。他沉思了片刻，试图找到合理的解释。

“在某个时间点，海莉发现戈弗里不仅乱伦，还是个连环强暴杀人犯。”他说。

“但不知道她是什么时候发现命案的事。可能就在戈弗里淹死之前，也可能在他淹死后——如果他有日记或留下相关的剪报。总之，她发现了一些线索。”

“但那并不是她威胁要告诉亨利的事。”布隆维斯特说。

“是马丁，”莎兰德说，“她父亲死了，但马丁还要继续凌虐她。”

“没错。”

“可是她却等了一年才有所行动。”

“如果你发现你父亲是个杀人犯，还一直在强暴你哥哥，你会怎么做？”

“我会杀了这个禽兽。”莎兰德的口气很冷静，布隆维斯特相信她是认真的。他还记得她攻击马丁时的脸，不禁露出忧郁的笑容。

“好，但海莉和你不一样。她还没能做些什么，戈弗里就死了。这也合理。戈弗里死后，伊莎贝拉将马丁送往乌普萨拉。他可能在圣诞节或其他节日回过家，不过接下来那年，他与海莉不常见面。她也才能和他保持点距离。”

“而且她开始研究《圣经》。”

“根据我们目前所知，根本不需要任何宗教理由，或许她只想知道自己的父亲做了什么。她不断思索直到一九六六年的儿童日。这时，她忽然在加瓦斯加坦看到哥哥，知道他回来了。他们有没有交谈，或者他是否说了什么，我们不得而知。但无论如何，海莉认为有必要立刻回家找亨利谈。”

“接着她就失踪了。”

将事件一一串联起来之后，剩余拼图的面貌已不难想象。他们俩打包了行李，离开前，布隆维斯特拨了电话给弗洛德，告知他与莎兰德得离开一阵子，但在此之前必须和范耶尔见上一面。

布隆维斯特必须知道弗洛德跟范耶尔说了些什么。他在电话那头的声音听起来很紧张，布隆维斯特不由得为他感到担忧。弗洛德说他只告诉范耶尔马丁死于车祸。

布隆维斯特在赫德史塔医院外停好车时，天又开始打雷，天上再度乌云密布。他加快脚步穿越停车场时，正好下起雨来。

范耶尔穿着家居袍坐在房间窗边的桌旁。病情的影响还在，不过范耶尔脸上已恢复些许血色，似乎正逐渐复原。他们握过手之后，布隆维斯特请护士让他们独处几分钟。

“你一直没来看我。”范耶尔说。

麦可点点头。“是故意的。你的家人根本不希望我来，但今天大伙都在伊莎贝拉家。”

“可怜的马丁。”范耶尔说。

“亨利，你给我的任务是挖掘出海莉究竟出了什么事。你认为真相有可能不令人痛苦吗？”

老人看着他，双眼倏地瞪大。

“马丁？”

“他是故事的一部分。”

亨利闭上了眼睛。

“现在我有个问题要问你。”布隆维斯特说。

“说吧。”

“你还想知道发生什么事吗？即使结果令人痛苦，即使真相比你想象的更不堪，也要知道吗？”

范耶尔注视着布隆维斯特良久，之后才说：

“我想知道。这是你的任务重点。”

“好，我想我知道海莉怎么了。不过在确定之前，还有最后一块拼图要找出来。”

“告诉我吧。”

“不，今天不行。现在我只要你好好休息。医生说已经度过危险期，你会好起来的。”

“小伙子，别拿我当小孩看待。”

“我还没有完全理出头绪，目前只是推测，所以要去找出最后一块拼图。下次见面时，我会一五一十地告诉你。这可能需要一段时间，不过我要你知道我会回来，你也会得知真相。”

莎兰德用一块防水布盖住摩托车后，将它放在小屋有遮蔽的一侧，然后坐进布隆维斯特借来的车内。这回的雷雨劲道更强更猛，到达耶夫勒南边时，雨势更大得几乎连路也看不清。为了安全起见，布隆维斯特驶到加油站内暂停一下。他们等到雨变小才又上路，因此，直到晚上七点才到达斯德哥尔摩。布隆维斯特把他公寓大楼的密码告诉莎兰德后，让她在中央地铁站下车。他的公寓看起来好陌生。

他趁莎兰德去松德比贝里找“瘟疫”的空当，吸了地板，扫了灰尘。她午夜左右才来到布隆维斯特的住处，并花了十分钟查看每个角落。随后她在窗前站立许久，望着斯鲁森水闸方向。

然后他们脱去衣服，上床。

翌日中午，他们在伦敦的盖特威克机场降落，又遇上下雨。布隆维斯特在海德公园附近的詹姆斯饭店订了房间，比起他前几次来伦敦在贝斯沃特区住过的那些一星级旅馆，这家高级多了。

下午五点，他们站在吧台前时，有个年纪稍轻的男子朝他们走来。他几乎顶上无毛，留了金色胡子，穿着牛仔裤和一件太大的外套。

“‘黄蜂’吗？”

“‘三一’？”她回问道，他们互相点头致意。男子并未问布隆维斯特的名字。

“三一”介绍他的伙伴叫“巴布狗”，就在转角一辆旧大众货车上。他们从拉门爬上车后，坐在固定于侧边的折叠椅上。“巴布狗”开着车穿越伦敦街道，“黄蜂”则和“三一”交谈着。

“‘瘟疫’说这是个‘砰砰砰’的工作。”

“电话窃听和查阅电脑中的电子邮件。可能很快，也可能需要几天时间，全看他有多急。”莉丝说着，用拇指比比布隆维斯特。“你能做吗？”

“狗身上有跳蚤吗？”“三一”说。

阿妮塔·范耶尔住在美丽郊区圣奥尔本的一间连栋住宅里，北行车程约一小时。他们从车上看见她在晚上七点半过后回到家，开了门。接着一直等到她安顿好，吃过晚饭，坐到电视机前面，布隆维斯特才上前按门铃。

应门的人几乎是西西莉亚的翻版，她露出礼貌性的询问表情。

“你好，阿妮塔，我叫麦可·布隆维斯特，亨利要我来找你。我想你已经听说马丁的事了。”

她的表情由惊讶转为谨慎。她非常清楚麦可·布隆维斯特是谁，但他提到范耶尔，迫使她不得不开门。她请他进了客厅。他注意到壁炉上有一幅安德斯·左恩的签名石版画，室内摆设整体而言十分迷人。

“请恕我冒昧打扰，但因为我碰巧来到圣奥尔本，白天我曾经试着联络过你。”

“我明白。请告诉我这是怎么回事？”

“你打算出席葬礼吗？”

“说实话，我不去。我和马丁并不亲近，而且目前我也走不开。”

三十年来，阿妮塔一直离赫德史塔远远的。她父亲搬回海泽比岛之后，她几乎不曾回去过。

“阿妮塔，我想知道海莉出了什么事。现在也该说出真相了。”

“海莉？我不知道你在说什么。”

布隆维斯特见她佯装讶异不由得微微一笑。

“在家族当中，你和海莉最亲密。她那个可怕的故事就是找你倾诉的。”

“你在说什么，我真的听不懂。”阿妮塔说。

“阿妮塔，那天你去了海莉的房间。不管你对莫瑞尔警探说什么，我都有照片为证。再过几天，我就要向亨利报告结果，随后将由他接手。所以你何不现在告诉我事情的经过？”

阿妮塔蓦地起身。

“你马上给我出去。”

布隆维斯特也站起来。

“你迟早都得跟我谈的。”

“不管现在或将来，我跟你都没什么好说。”

“马丁死了。”布隆维斯特说，“你一直不喜欢马丁。我想你搬到伦敦不只是为了避开你父亲，也因为不想见到马丁。这就表示你也知道马丁的事，而唯一可能告诉你的人就是海莉。问题是：你知情以后做了什么？”

阿妮塔当着他的面“砰”地一声关上了门。

莎兰德从布隆维斯特的衬衫底下取出麦克风，一面满意地面带微笑。

“她差点把门给拆了之后，大约二十秒便拿起电话。”她说。

“国家代码是澳大利亚。”“三一”说着将耳机放在货车的小桌上。“我得查查区域号码。”他打开笔记本电脑。“知道了，她拨了以下这个号码，地点是在北部的阿利斯斯普林顿以北的一个叫滕南特克里克的城镇。你想听对话吗？”

布隆维斯特点点头。“澳大利亚现在几点？”

“大约早晨五点。”“三一”按下随身听，并接上喇叭。麦可听到电话响八声后，有人接了起来。双方以英语交谈。

“嗨，是我。”

“嗯，我知道我是早起的人，可是……”

“我昨天就想给你打电话……马丁死了。好像是前天开车去撞卡车。”

对方一阵沉默。接着听起来像是清喉咙的声音，但也像是说：“很好。”

“不过现在有个问题。亨利不知上哪儿找来一个讨厌的记者，他刚刚到圣奥尔本，来找过我，问我一九六六年发生了什么事。他好像知道什么。”

对方又是一阵沉默，紧接着用命令的语气说：

“阿妮塔，现在马上挂电话，这阵子我们不能联络。”

“可是……”

“写信。告诉我怎么回事。”然后对话便中断了。

“机灵的女人。”莎兰德说。

快十一点的时候，他们回到饭店，请柜台经理帮忙预订最快一班飞往澳大利亚的班机。不久便订到第二天晚上七点五分出发的班机，目的地是墨尔本，在新加坡转机。

这是莎兰德第一次到伦敦。他们利用上午时间从科芬园穿越索霍区，在旧康普顿街停下来喝了一杯拿铁。三点左右，他们回到饭店拿行李。布隆维斯特付钱时，莎兰德打开手机。有一条短信。

“阿曼斯基要我马上回电话。”

她用大厅的公用电话回电。布隆维斯特原本站得有点远，见莎兰德转向他时表情僵硬，立刻赶到她身边。

“怎么了？”

“我母亲死了。我得回家。”

莎兰德看上去非常难过，他忍不住伸手搂她，却被她推开。

他们坐在饭店的酒吧里。当布隆维斯特说要取消去澳大利亚的机位，陪她回斯德哥尔摩时，她连连摇头。

“不行。”她说，“现在不能把工作搞砸，你得自己去。”

两人在饭店外分手，各自前往不同的机场。

第二十六章

七月十五日星期二至七月十七日星期四

布隆维斯特从墨尔本飞往阿利斯斯普林顿，接下来还要往北四百公里，他得选择包租飞机或租车。最后他决定开车。

有个以《圣经》名字约书亚署名的不明人士——可能是“瘟疫”或“三一”的神秘网友——在墨尔本机场的服务台给他留了个信封。

阿妮塔拨的号码是在一个叫科克兰农场的地方。那是个牧羊场，有一篇从网络上撷取的文章提供了简介。

> 澳大利亚：人口一千八百万，其中有五万三千人牧羊，羊只数量约一亿两千万。每年羊毛外销金额超过三十五亿美元。此外，澳大利亚还外销七亿吨的羊肉与羔羊肉，以及制作衣物的羊皮。羊肉与羊毛的生产是该国最重要的经济产业……
>
> 科克兰农场，一八九一年由杰里米·科克兰创立，是澳大利亚第五大农业企业，蓄养的美丽诺羊（其羊毛公认特别细致）约有六万头，同时还饲养了牛、猪和鸡。科克兰农场每年对美国、日本、中国与欧洲的外销量十分惊人。

关于农场主人的介绍更是有趣。

一九七二年，科克兰农场由雷蒙·科克兰传给在牛津大学受教育的史宾塞·科克兰。史宾塞于一九九四年去世后，农场便由其遗孀经营。布隆维斯特在一张从科克兰农场网站下载的分辨率低且模糊的照片中看到女主人的身影。她留着金色短发，半掩着脸，正在剃羊毛。

根据约书亚的字条，这对夫妻于一九七一年在意大利结婚。

她的名字叫阿妮塔·科克兰。

布隆维斯特在万纳杜过夜，这座小镇干燥荒凉，却拥有一个充满希望的名字[1]。他到当地一家酒吧吃烤羊肉，还和一些当地人喝了三品脱的啤酒，他们全都称呼他“老兄”。

临上床前，他打了电话给人在纽约的爱莉卡。

“对不起，小莉，我实在忙得没时间打电话。”

“到底是怎么回事？”她发作道，“克里斯特打电话告诉我，说马丁出车祸死了。”

“说来话长。”

“你为什么不接电话？我已经狂打两天了。”

“手机在这里不通。”

“那是哪里？”

“现在我正在阿利斯斯普林顿以北大约两百公里处，也就是澳大利亚。”

布隆维斯特几乎很少能让爱莉卡感到吃惊。这回她却沉默了将近十秒钟。

“我能不能请问一下，你去澳大利亚做什么？”

“为我的工作收尾。我过几天就回去。我打电话只是想告诉你，我替亨利做的事已经差不多要完成了。”

他在第二天中午前后到达科克兰农场，却得知阿妮塔目前人在另一个牧场，靠近西边一百二十公里处一个叫玛卡瓦卡的地方。

当布隆维斯特开过尘土飞扬的荒僻道路找到那儿时，已经下午四点。他来到大门前，停下车，看到几名牧场工人围在一辆吉普车的引擎盖旁喝咖啡。布隆维斯特下车，向他们解释他要找阿妮塔。他们全都转头看向一个壮硕的年轻人，很明显是这群人当中可以拿主意的人。他打着赤膊，除了平常被T恤遮盖的部分之外，肌肤十分黝黑。他头上戴着一顶宽边帽。

---

1 该小镇的原名 Wannado 有“乐于尝试”之意味。

“老板在那边过去三十公里的地方。”他用大拇指指着方向。

他用不信任的眼神瞥了布隆维斯特的车一眼，说要开那辆日本玩具车过去恐怕行不通。最后这个黝黑健壮的年轻人说他正要到那边去，可以用吉普车载他一程。布隆维斯特谢过他之后，顺手拿了电脑包。

年轻人自我介绍叫杰夫，是“车站”的“农场经理”。布隆维斯特问他这是什么意思。杰夫斜眼看看他，断定来者不是当地人，便解释说“农场经理”差不多相当于银行的财务经理，只不过他管的是羊群，而“车站”在澳大利亚话里指的是农场。

杰夫以十五公里左右的时速愉快地开着车，沿着二十度的深谷斜坡往下走，一路上两人仍继续交谈。布隆维斯特暗自庆幸没有试图用租来的车开这段路。他问深谷底下有什么，杰夫回答有一片能放养七百头羊的牧草地。

“据我所知，科克兰农场规模相当大。”

“我们是全澳大利亚最大的农场之一。”杰夫难掩骄傲地说，“我们在玛卡瓦卡地区约有九千只羊，但另外在新南威尔士和西澳大利亚也都有农场，羊只总共超过六万头。”

出了深谷之后，他们来到一个山陵起伏但地势较和缓的地带。布隆维斯特忽然听到枪声，接着看见羊的尸体、大篝火和十来名农场工人，似乎有几个男人扛着来复枪。看起来他们是在杀羊。

他不由自主地想到《圣经》中献祭的羔羊。

随后他看到一个留着金色短发的女人，穿着牛仔裤和红白相间的格子衫。杰夫在离她几公尺处停下车来。

“老板，来了个观光客。”他说。

布隆维斯特跳下吉普车看着她，她也以好奇的表情望着他。

“嗨，海莉，好久不见了。”他用瑞典话说。

替阿妮塔工作的人都听不懂他说的话，却都看见她的反应。她倒退一步，显得很震惊。工人们见状不再开玩笑，全都挺起身子，准备插手对付这个奇怪的陌生人。杰夫顿时不再友善，起步朝布隆维斯特走去。

布隆维斯特清楚意识到自己的处境危险。只要阿妮塔一句话，他就完了。

那一刻度过了。海莉平和地挥挥手，让工人们退后。她走上前来，与布隆维斯特四目相对。她的脸上满是汗水与尘土。金发靠发根处颜色较深。她的脸变老，变瘦了，但正如坚信礼的肖像给人的预感，她确实长成了一个美丽的女人。

“我们见过吗？”她问道。

“见过，我是麦可·布隆维斯特。我三岁那年夏天，你当过我的保姆。当时你十二三岁。”

几秒钟后，她困惑的神情才豁然开朗，他知道她想起来了。她很惊讶。

“你想做什么？”

“海莉，我不是你的敌人，也不是来找你麻烦，但我得和你谈谈。”

她转向杰夫要他接手工作，然后示意布隆维斯特跟她走。他们走了几百公尺，来到树丛里一群白色帐篷前。她以手势示意他坐到一张摇晃不稳的桌旁的露营凳上，自己则往脸盆里倒水，洗过脸擦干后，又走进帐篷换衣服。随后，她从冰桶里拿出两罐啤酒。

“好了，说吧。”

“为什么要杀羊？”

“有传染病。很可能大多数羊只都是健康的，但不能冒险。接下来一个星期还要杀六百多头，所以，我心情不太好。”

布隆维斯特说道：“几天前，你哥哥开车和卡车对撞，应该是当场死亡。”

“我听说了。”

“阿妮塔打电话通知你的。”

她注视着他好一会儿，才点头承认。她知道否认事实没有用。

“你是怎么找到我的？”

“我们窃听了阿妮塔的电话。”布隆维斯特认为没有理由说谎，“你哥哥死前几分钟，我见过他。”

海莉皱起眉头。他迎向她的目光，然后拉掉脖子上那条可笑的围巾，翻下衣领，露出活结留下的线痕。伤痕依旧殷红肿胀，很可能会永远留下疤痕让他记着马丁。

“你哥哥把我吊在环钩上，老天保佑我的伙伴及时赶到，阻止他杀害我。”

海莉的双眼顿时炯炯发光。

“我想你最好从头说起。”

总共花了一个多小时。他说出自己是谁，在做什么，详述了范耶尔如何委托他这项任务，解释了警方的调查如何进入死胡同，也提及了范耶尔多年来的调查过程，最后说到她在赫德史塔加瓦斯加坦与朋友的一张照片，让他发现了她失踪谜团背后的不幸事件与其可怕的后续发展，进而导致马丁自杀。

他说着说着，天渐渐黑了。工人们结束一天的工作，生了火，开始烹煮一锅锅的食物。布隆维斯特留意到杰夫一直留在老板身旁不远处，并用警觉的眼神看着他。厨子为他们端来晚餐，他们也各自又喝了一瓶啤酒。他讲述完毕后，海莉不发一语，呆坐许久。

最后她开口道：“父亲死了，暴力也结束了，我真的很高兴。但我万万没想到马丁……他死了也好。”

“我明白。”

“你说了这么多，却没有解释你怎么知道我还活着。”

“我们查清楚这些事情之后，其余的便不难猜测。要失踪，你需要帮忙。阿妮塔是你的密友，也是你唯一可能考虑的人。你们交情很好，那年夏天她又和你在一起。你们待在你父亲的小屋里。如果你向谁吐露过心事，必定就是她，而且她也刚刚考到驾照。”

海莉用一种莫测高深的表情望着他。

“既然知道我还活着，你打算怎么做？”

“我得告诉亨利。他有权利知道。”

“然后呢？你是记者。”

“我并不想让你曝光。在这整个混乱事件中，我已经违反太多职业原则，要是被记者协会知道，肯定会将我除名。”他试着故作轻松。“多犯一次错也无所谓，何况我不想惹我儿时的保姆生气。”

她不觉得有趣。

“有多少人知道？”

“知道你还活着？目前只有你、我、阿妮塔和我的工作伙伴。亨利的律师大概知道三分之二，不过他仍以为你在六十年代死了。”

海莉凝望着黑暗夜色，似乎在考虑什么。布隆维斯特再次不安地感觉到处境危险，并提醒自己海莉的来复枪就放在三步外的行军床上。但他随即摇了摇头，制止自己继续胡思乱想。他转移了话题。

“你怎么会变成澳大利亚的牧羊人？我已经知道是阿妮塔将你偷渡出海泽比岛，应该是在当天车祸事故后桥重新通行时，利用她的后车厢进行的。”

“其实我躺在后座的地板上，用一条毯子盖住，不过根本没有人注意。阿妮塔来到岛上时我去找她，跟她说我非逃走不可。你猜得没错，我确实向她吐露了秘密。她帮助我，而且这么多年来一直是我忠诚的好友。”

“为什么是澳大利亚？”

“我在斯德哥尔摩阿妮塔的房里待了几星期。阿妮塔慷慨地将自己的积蓄借给我，还给了我她的护照。我们几乎长得一模一样，我只需将头发染成金色就行了。我在意大利一间修道院住了四年——不是当修女，有些修道院会廉价出租房间让人静思。后来我认识了史宾塞。他大我几岁，刚在英国拿到学位，正在欧洲到处游山玩水。我坠入情网，他也是。事情就是这样。‘阿妮塔’·范耶尔就在一九七一年嫁给了他。我从未后悔过，他是个很好的人，只可惜八年前过世了，于是，我成了这个农场的主人。”

“可是你的护照——总会有人发现有两个阿妮塔·范耶尔吧？”

“不会呀，为什么会？有个名叫阿妮塔·范耶尔的瑞典女孩嫁给史宾塞·科克兰，无论她住在伦敦或澳大利亚都没有差别。伦敦那个是与史宾塞分居的妻子，澳大利亚这个是与他正常生活的妻子。堪培拉和伦敦之间不会对照计算机档案，而且我很快就以婚后的名字申请到澳大利亚护照。这样的安排非常完美，唯一可能出现的漏洞就是当阿妮塔自己想结婚的时候。我的婚姻状况必须登记在瑞典的国家户籍档案中。”

“但她一直没有结婚的打算。”

“她说她始终没有遇到对象，但我知道她是为了我。她真是忠心的朋友。”

“她到你房里做什么？”

“那天我不太理性。我很怕马丁，但只要他人在乌普萨拉，我就能暂时忘掉这个问题。没想到那天他竟出现在赫德史塔，于是，我发现我一辈子都不会安全。我不断犹豫着究竟是要告诉亨利叔叔还是逃跑。因为亨利没有时间和我谈，我就在村子里焦躁地晃来晃去。我当然知道桥上的意外让所有人忽略了其他的一切，但我没有。我有自己的问题，我甚至几乎没有留意到那起事故。一切都看似不真实。后来我遇见阿妮塔，她就住在叶妲和亚历山大住处旁的宾馆小屋里。这时候，我才下定决心。我一直和她在一起，不敢到外头去，但有样东西我必须带走——我把所有发生的事都写在日记里了，我也需要一些衣服，所以让阿妮塔去帮我拿。”

“我想她大概忍不住好奇想看看车祸现场。”布隆维斯特想了一下，“我不明白的是你为何不直接找亨利？你原本也有此打算。”

“你认为是什么原因？”

“我真的不知道。亨利一定会帮你的。他会马上将马丁送走——很可能会送到澳大利亚接受某种治疗。”

“你还不明白发生了什么事。”

直到此刻，布隆维斯特只提到戈弗里对马丁的性侵，而未提起海莉的角色。

“戈弗里性侵犯了马丁。”他小心地说，“我怀疑他也性侵犯了你。”

海莉毫无反应，片刻后才深吸一口气，将脸埋在手中。五秒钟后，杰夫来到她身旁，问她有没有事。海莉看着他淡淡一笑，接着出乎布隆维斯特意外，她起身抱住这个经理并亲亲他的脸颊，然后搂着他的肩膀转身面向布隆维斯特。

“杰夫，这位是麦可，一个……过去的老朋友。他带来了一些问题和坏消息，但我们不能斩来使。麦可，这位是杰夫·科克兰，我的大儿子。我另外还有一个儿子和一个女儿。”

布隆维斯特起身与杰夫握手，并为自己带来坏消息令他母亲难过而道歉。海莉和杰夫说了几句话，将他遣走后，又坐下来，似乎有所决定。

“不用再说谎了，我想一切都已结束。就某个角度来看，我从一九六六年起就等着这一天。多年来我总担心有人会找上我，叫出我的名字。但你知道吗？我忽然不在乎了。我的罪行早已过了追诉期，我也不在乎别人对我的看法。”

“罪行？”布隆维斯特不解地问。

她急切地看着他，但他仍不明白她在说什么。

“当时我十六岁，我很害怕，很羞耻，很绝望，很孤单，只有阿妮塔和马丁知道真相。性侵犯的事我跟阿妮塔说了，但我没有勇气说出我父亲也是个杀害女人的疯子。阿妮塔一直都不知情。不过，我的确将我自己犯下的罪行告诉她了。实在是太可怕，到头来我还是不敢告诉亨利。我祈祷上帝能原谅我，并在修道院里躲了几年。”

“海莉，你父亲是个强奸犯兼杀人犯。那不是你的错。”

“我知道。我父亲侵犯了我一年。我尽一切力量去逃避……但他是我父亲，我不可能不作任何解释就突然和他断绝关系。所以，我撒谎、演戏，假装一切正常。每次见到他时，我一定会跟别人在一起。

我母亲当然知道他做了什么，但她却不管。”

“伊莎贝拉知道？”

海莉的声音再次变得严厉。

“她当然知道。我们家族任何事情都瞒不过伊莎贝拉。但凡是令人不快或有损她形象的事，她一概忽视。就算我父亲在客厅当着她的面强暴我，她也会视而不见。她根本无法承认她的人生或我的人生有任何污点。”

“我见过她，我一点也不喜欢她。”

“她一辈子都是这个样子。我经常怀疑我父母的关系。我发现他们之间几乎没有性行为，也许从我出生后便再也没有过。我父亲有女人，但不知为什么他很怕伊莎贝拉。他一直躲着她，却无法离婚。”

“范耶尔家族里没有人离婚。”

她第一次露出笑容。

“是啊，是没有。但重点是我就是没法说什么。全世界的人都会知道——我所有的同学、所有的亲戚……”

“海莉，我很替你难过。”

“他第一次强暴我的时候，我十四岁。接下来那年，他会带我到他的小屋，很多次马丁都跟着来。他强迫我和马丁跟他做一些事。他会抓住我的手好让马丁……在我身上获得满足。父亲死后，马丁准备接替他的角色。他要我变成他的情妇，他认为我顺从他是再自然不过的事。那时候我别无选择，只能听从马丁的话。我摆脱了一个痛苦的根源，没想到又落入另一个痛苦的深渊，而我唯一能做的就是绝对不让他有机会和我独处……”

“亨利应该可以……”

“你还是不明白。”

她提高了声音。布隆维斯特发现隔壁帐篷有几个男人往他这边瞧。于是，她又放低音量，倾身向前。

“现在所有牌都翻开了，你得自己作推断。”

她站起来又去拿了两瓶啤酒。回来的时候，麦可只说了一句。

“戈弗里。”

她点点头。

“一九六五年八月七日，我父亲强迫我去他的小屋。当时亨利不在。我父亲喝着酒，并试图对我施暴，但因为无法勃起而开始发酒疯。我们独处时，他对我一直都……很粗暴，但这回他太过分了。他在我身上小便，然后开始说他要对我如何如何。那天晚上，他将他杀害女人的事告诉我，他自己觉得很得意，还引述《圣经》内容。他说了整整一小时，我有一大半都听不懂，但我发觉到他彻底有病。”

说到这里，她喝了口啤酒。

“到了午夜左右，他忽然变得歇斯底里，真的是疯了。当时我们在卧室夹层里，他用 T 恤缠住我的脖子，使劲拉扯，我昏了过去。我一点也不怀疑他真的想杀了我，接着，他终于成功强暴了我，那是当晚第一次。”

海莉看着布隆维斯特，那眼神似乎在恳求他能理解。

“可是他太醉了，所以，我好不容易挣脱之后跳下夹层逃跑。我全身赤裸，什么也不想只是往前跑，最后跑到水边的浮桥上。他脚步蹒跚地追在后面。”

布隆维斯特忽然希望她不要再说下去。

“我还有足够力气把老酒鬼推下水去，然后用船桨压着他，直到他不再挣扎为止。整个过程所花的时间不多。”

她住口后的沉默竟似震耳欲聋。

“我一抬头，马丁就站在眼前。他好像吓坏了，但又咧着嘴笑，我不知道他在小屋外偷看了多久。从那一刻起，我只能任由他摆布。他走上前来抓住我的头发，把我拖回小屋——拖回戈弗里的床。他把我绑起来强暴我，而我们的父亲还在水里漂浮。我甚至无法作任何反抗。”

布隆维斯特满心羞愧地闭上眼睛，真希望自己没来打扰海莉的平静生活。但她的声音重新恢复力度。

“从那天起，我就被他操控着，他叫我做什么，我就做什么。我好像麻木了。后来，我之所以没有发疯，完全是因为伊莎贝拉——也可能是亨利叔叔——认为马丁在父亲惨死后需要换个环境，而将他送到乌普萨拉。当然了，这是因为她知道马丁对我做了什么，这也是她解决问题的方式。想也知道马丁有多失望。第二年，他只在圣诞假期回来过一趟，但我在圣诞节到新年期间和亨利去了哥本哈根，好不容易才避开他。到了暑假，阿妮塔来了。我将秘密告诉她之后，她一直陪在我身边，不让他靠近我。”

“直到你在加瓦斯加坦看见他。”

“我本来听说他要留在乌普萨沙，不会回来参加家族聚会。但他显然改变了心意，忽然就出现在对街凝视着我，还对着我笑。那感觉好像一场噩梦。我杀了父亲，又发现永远摆脱不了哥哥。直到那时，我一直想要自杀。但后来我选择了逃跑。”她此时看布隆维斯特的眼神几乎有松了口气的意味。“能说出真相感觉真好。现在你都知道了。”

第二十七章

七月二十六日星期六至七月二十八日星期一

十点，布隆维斯特到莎兰德位于伦达路的公寓前门接她，载她到诺拉火葬场。仪式过程中，他一直陪在她身边。有好一会儿，只有他们两人和牧师在场，但当葬礼开始时，阿曼斯基悄悄来了。他向布隆维斯特微一点头，站到莎兰德身后，手轻搭在她的肩上。她点点头却没看他，好像已经知道是谁，接着便不再理会他二人。

莎兰德没有告诉他任何关于母亲的事，但牧师似乎和她母亲去世时待的疗养院中的某人谈过，因此布隆维斯特得知死因是脑溢血。仪式进行之际，莎兰德一言不发。牧师有两度转向她时思绪忽然中断，而莎兰德只是面无表情地瞪着她。结束后，她转身就走，没有道谢也没有道别。布隆维斯特和阿曼斯基长长吸了口气，彼此对看。

“她心情真的很不好。”阿曼斯基说。

“我知道。”布隆维斯特说，“你能来真好。”

“这我可不敢确定。”

阿曼斯基直视着布隆维斯特的双眼。

“如果你们俩要开车回北部，多注意她一点。”

他承诺会多留意。他们便在教会门口互道再见，也向牧师道别。莎兰德已经上车等着。

她得跟他回赫德史塔取回摩托车和她向米尔顿借用的设备。直到过了乌普萨拉，她才打破沉默问起他的澳大利亚之行。布隆维斯特前一天很晚才降落阿兰达机场，因此只睡了几小时。他边开车边说海莉的事，莎兰德安静地听了半小时才开口。

“烂女人！”她骂道。

“谁？”

“该死的海莉·范耶尔。如果她在一九六六年做点什么，就不会让马丁继续强暴杀人三十七年。”

“海莉知道她父亲杀害女人，却不知道马丁也参与了。她只是逃离一个强暴她，还威胁她若不服从就要说出她淹死父亲的事的哥哥罢了。”

“狗屁！”

接下来他们便一路沉默到赫德史塔。布隆维斯特已经迟到，因此让她在前往海泽比岛的岔路口下车。他问她是否愿意在这儿等他回来。

“你想在这儿过夜吗？”她问道。

“应该会。”

“你要我在这儿等你吗？”

他下车绕过去伸出双臂环抱她，却被她几近粗暴地推开。布隆维斯特往后退了一步。

“莉丝，你是我的朋友。”

“你要我留下来，今晚陪你上床吗？”

布隆维斯特凝视着她许久，然后转身上车，发动引擎。他旋下车窗。莎兰德的敌意明显可见。

“我想当你的朋友。”他说，“如果你有其他想法，那么就不必等我回家了。”

弗洛德让他进病房时，亨利穿着整齐地坐在病床上。

“他们打算让我明天出去参加马丁的葬礼。”

“弗洛德跟你说了多少？”

亨利低头看着地板。

“他告诉我马丁和戈弗里都干了哪些好事。我怎么也想不到情况会糟到如此地步。”

“我知道海莉后来怎么了。”

“告诉我，她是怎么死的？”

“她没死，她还活着。你愿意的话，她很想见你。”

他俩直瞪着布隆维斯特，仿佛世界倒转了一般。

“我花了不少力气才说服她来，但她还活着，过得很好，而且现在就在赫德史塔。她今天早上到的，应该一小时后就会到这里来，如果你愿意见她的话。”

布隆维斯特必须从头细说整件事。有几次亨利打断他，或是问问题，或是请他重述某件事，弗洛德则不发一语。

故事说完后，亨利静静坐着。布隆维斯特原本担心老人会承受不了打击，不过亨利并未显得情绪激动，只是在打破沉默时声音变得有些浑浊。

“我可怜的海莉。她怎么就不来找我呢？”

布隆维斯特瞄了一眼时钟，还有五分就四点了。

“你想见她吗？她还是担心你知道她所做的事之后，不愿见她。”

“那么那些花呢？”亨利问。

“回来的时候，我在飞机上问过她。在这个家族里，除了阿妮塔之外，她只爱一个人，那就是你。所以，花当然是她送的。她说她希望不必现身，你就能猜出她还好好地活着。但因为阿妮塔是她唯一的消息渠道，而且她一毕业就移居国外再也没有来过赫德史塔，所以，海莉对此地的情况所知有限。她一直不知道你有多么痛苦，也不知道你以为是谋害她的人在作弄你。”

“我想花应该是阿妮塔寄的。”

“她在航空公司做事，足迹遍及全世界。所以，她人在哪里就从哪儿寄出。”

“可是你怎么知道是阿妮塔帮她的？”

“出现在海莉房间窗口的人就是她。”

“但她也有可能卷入……她也可能是凶手。你是怎么查出海莉还活着？”

布隆维斯特注视范耶尔良久，随后露出他回到赫德史塔后的第一个笑容。

“阿妮塔与海莉失踪有关，但她不可能杀她。”

“你怎能如此确定？”

“因为这根本不是什么密室侦探小说。如果阿妮塔杀害海莉，你早在几年前就会找到尸体。所以，唯一合理的解释就是，她帮助海莉逃离与藏身。你想见她吗？”

“我当然想见她了。”

布隆维斯特在大厅电梯旁找到海莉。起初他没认出她，因为前一晚在阿兰达机场分手后，她又将头发染回棕色。她穿着黑色长裤、白衬衫和一件优雅的灰色短外套，显得容光焕发，布隆维斯特俯身给了她一个鼓励性的拥抱。

布隆维斯特开门时，范耶尔从椅子上站了起来。她深吸了一口气，招呼道：

“嗨，亨利。”

老人从头到脚仔细打量她，接着海莉走过去亲吻他。布隆维斯特朝弗洛德点头示意后，关上了房门。

布隆维斯特回到海泽比岛时，莎兰德不在小屋里。录影器材和她的摩托车都不见了，连同装衣物与盥洗用具的袋子也都带走了。小屋好像空荡荡的，顿时给人一种陌生而不真实的感觉。他看着工作室里一叠叠纸张，这些全得放进纸箱，送回亨利的宅子，但他却下不了决心动手清理。他开车到昆萨姆超市买了面包、牛奶、乳酪和一点晚餐吃的东西，回到家后烧水煮咖啡，然后坐到院子里，什么也不想地看晚报。

五点半，一辆出租车过桥而来，三分钟后又原路折返。布隆维斯特瞥见伊莎贝拉坐在后座上。

七点左右，他正在屋外的椅子上打盹，弗洛德叫醒他。

“亨利和海莉怎么样了？”

“终究是拨开这片愁云惨雾见到月明了。”弗洛德浅浅一笑，“你相信吗，伊莎贝拉冲进亨利的病房。她显然是看到你回来而完全失控，对着他大吼大叫，要他别再为了她的海莉搞得鸡犬不宁，还说都是因为你多管闲事才害她儿子丧命。”

“她这么说也没错。”

“她命令亨利立刻将你解雇，永远赶出这块家族产业，还叫他再也不要寻找鬼魂了。”

“哇！”

“她看也不看坐在床边和亨利说话的女人，想必以为是公司员工吧。我永远也忘不了当海莉起身对她说‘妈，你好’的那一刻。”

“结果怎么样？”

“我们找了医生来检测伊莎贝拉的生命迹象。此时此刻，她仍不肯相信那是海莉，还指控你拖来一个冒牌货。”

弗洛德还要去找西西莉亚和亚历山大，告诉他们海莉死而复生的消息。他匆匆离去后，留下布隆维斯特独自陷入沉思。

莎兰德在乌普萨拉北边一处加油站停下来加油。在此之前，她始终咬着牙，双眼直视往前骑。加完油后，她很快付了钱跨上摩托车，骑到出口时，忽然心生犹豫，停下车来。

她依旧心情恶劣。离开海泽比时，她怒火中烧，但一路骑下来，愤怒已慢慢平息。她想不通为什么这么生布隆维斯特的气，甚至不知道是否在生他的气。

她想到马丁和该死的海莉和该死的弗洛德，还有坐镇在赫德史塔掌控自己的小帝国却又彼此钩心斗角的范耶尔家族成员。他们竟然需要她的协助。在正常情况下，他们在街上绝不会和她打招呼，更遑论向她透露自己丑恶的秘密。

一群该死的无赖！

她深吸一口气，想着当天早上刚火化的母亲。她再也无法弥补。母亲一死就表示伤口再也无法愈合，因为想问的问题再也得不到答案。

她想到在火葬场时站在她身后的阿曼斯基。她应该跟他说点什么，至少暗示一下她知道他来了。但要是这么做，他就会以此为借口安排她的生活。他会得寸进尺。而且他永远不会了解。

她想到律师毕尔曼，他仍是她的监护人，但至少目前表现得中规中矩，一切都听她的。

她感到一股难以消解的恨意油然而生，不禁咬牙切齿。

接着她想到布隆维斯特，很好奇他若知道她被法院判定接受监护，她的整个人生就像个鼠窝，不知作何感想。

这时，她才明白自己其实并不是生他的气，只是当她一心想杀人的时候，刚好把气发泄在他身上。拿他出气根本没有意义。

她对他有一种奇怪的矛盾心理。

他插手管别人的闲事，还不时刺探她的生活，而且……可是……她还是喜欢和他一起工作，尽管那种感觉——和某人一起工作的感觉——很怪异。她并不习惯，但令她意外的是并不痛苦。他没有干涉她，没有企图告诉她应该怎么过日子。

当初是她引诱他，而非他主动。

何况结果令人满意。

那为什么她又想当面踢他一脚呢？

她轻叹一声，忧郁地抬起双眼看着一辆大货车从 E4 公路呼啸而过。

八点了，布隆维斯特还坐在院子里，忽然听到摩托车轰隆隆地过桥，接着便看见莎兰德骑着车朝小屋而来。她支起摩托车，摘下安全帽，走到院子的桌边摸摸已经空了也冷了的咖啡壶。布隆维斯特站起来，惊讶地瞪着她看。她拿起咖啡壶走进厨房，再出来时已经脱掉皮衣，只穿牛仔裤和一件 T 恤，上头写着：我是货真价实的婊子，试试看吧。

“我以为你已经到斯德哥尔摩了。”他说。

“我在乌普萨拉掉头了。”

“够累人的。”

“屁股酸痛。”

“为什么掉头？”

没有回答。他们喝着咖啡，他耐心地等她开口。十分钟后，她略显迟疑地说：“我喜欢有你做伴。”

这种话她从来没说过。

“我觉得……和你一起查这个案子很有趣。”

“我也喜欢和你一起工作。”他说。

“嗯。”

“事实上，我从未和这么厉害的调查员工作过。没错，我知道你是黑客，还跟一群可疑的人鬼混，所以能在二十四小时内在伦敦进行非法窃听，可是终究有所收获。”

这是她坐下来之后第一次正眼看他。他知道她太多秘密了。

“事情就是这样。我懂电脑，也从来没有阅读与吸收的问题。”

“你有过目不忘的能力。”他轻轻地说。

“我承认。只是不知道为什么会这样。而且不只是电脑和电话系统，还有我的摩托车引擎、电视、吸尘器、化学程序和天体物理学公式。我是个疯子，我承认，是个怪胎。”

布隆维斯特皱着眉头，静坐了好一会儿。

亚斯伯格症候群[1]*，他心想，或是类似症状。当他人只能辨识一片噪声，他们却能看出其中的模式，了解其中的抽象逻辑。*

莎兰德低垂双眼盯着桌面。

“若能拥有这种天分，大多数人应该都会不计代价。”

“我不想谈。”

“那就不谈。回到这里，你觉得高兴吗？”

“不知道。也许做错了。”

---

1 一种精神发展疾患，其临床特征与自闭症有许多相似之处。患者以自我为中心，缺乏社交能力，并对某些特殊事物有超乎常人的兴趣。

“莉丝，你能不能跟我说说友情的定义？”

“就是你喜欢某个人。”

“当然，但你为什么会喜欢某个人？”

她耸耸肩。

“友情——依我说呢——建立在两件事情上。”他说道，“尊重和信任。这两点必须同时存在，而且是互相的。或许你尊重某人，但若不信任他，就谈不上友情。”

她依然保持缄默。

“你不想和我谈论你的事，我能理解，但总有一天你得决定信不信任我。我希望我们能成为朋友，但不能只有我一厢情愿。”

“我喜欢和你做爱。”

“性爱和友情毫无关系。当然，朋友也可以有性关系，但面对你，若要在性爱和友情之间作选择，我会选择哪一个是毫无疑问的。”

“我不懂。你到底想不想和我做爱？”

“你不应该和工作伙伴发生性关系。”他喃喃地说，“这样只会惹来麻烦。”

“我是不是听错了什么，或者你和爱莉卡并没有每次一逮到机会就上床？更何况她结婚了。”

“爱莉卡和我……我们的关系早在一起工作之前就开始。至于她结婚与否，完全不关你的事。”

“我懂了，现在忽然变成你不想谈论你自己了。刚刚还在跟我说友情是信任的问题。”

“我的意思是我不想在朋友背后议论她，那等于违背她对我的信任。我也不会和爱莉卡在背后议论你。”

莎兰德想了想。这番对话变得有点奇怪，她不喜欢奇怪的对话。

“和你做爱的感觉真的很好。”她说。

“我也有同感……可是我的年纪都已经够当你父亲了。”

“我才不管年纪。”

“不，你不能忽略年纪的差异。这样的关系是无法持久的。”

“谁说要有持久的关系来着？”莎兰德说，“我们刚刚结束的这个案子里，扮演主要角色的都是性变态的男人。如果让我决定，那种男人就该全部消灭，一个不留。”

“至少你不会妥协。”

“不会。”她又对他露出那似笑非笑的表情，“不过至少你和他们不同。”她说着站起身来。“现在我要去冲澡，然后应该会光着身子上你的床。如果你觉得自己太老，就去睡行军床吧！”

不管莎兰德有哪些障碍，羞怯肯定不是其中之一。每次与她辩论，他总是输的一方。过了一会儿，他洗完咖啡器具后也进了卧室。

他们十点起床，一起冲过澡后便在院子里吃早餐。十一点，弗洛德来电说葬礼将在下午两点举行，问他们打不打算参加。

“我想就不要了。”麦可说。

弗洛德说六点左右他想过来谈谈，麦可回答说没问题。

他花了几小时将纸张分类放进纸箱，带到亨利的工作室。最后他手边仅剩自己的笔记本和两本与温纳斯壮有关，但已六个月未翻阅的资料夹。他叹了口气，将资料夹塞进袋中。

弗洛德来电说要迟一点过来，结果到八点左右才来，身上还穿着参加葬礼的礼服。他一脸苦恼地坐到厨房长凳上，并欣然接受莎兰德端来的咖啡。她坐在一旁的桌前打电脑，布隆维斯特则问起整个家族对海莉再次出现的反应。

“可以说让人忘却了马丁的死。现在媒体也发现了。”

“你要怎么解释这个情形？”

“海莉和《快报》一名记者谈过。她的说法是她因为和家人处不来才离家，但由于她领导着一个资产非常雄厚的企业，所以，日子过得相当不错。”

布隆维斯特轻轻吹了声口哨。

“我察觉在澳大利亚养羊确实有利可图，但没想到那个农场经营得这么好。”

“她的牧羊场确实经营得有声有色，但那不是她唯一的收入来源。科克兰公司另外还有矿业、猫眼石、制造业、交通业、电子业等等事业。”

“哇！那接下来会怎样？”

“老实说我不知道。一整天陆陆续续有人来，这是多年来第一次家族聚会，弗德烈和约翰两房的人都来了，还有不少较年轻——大约二三十岁——一代的人。今晚在赫德史塔的范耶尔家人很可能有四十人上下，其中有一半在医院搞得亨利精疲力竭，另一半则在大饭店和海莉说话。”

“海莉必定引起了大轰动。有多少人知道马丁的事？”

“目前只有我、亨利和海莉。我们谈了很久。关于马丁以及……你所查出的他那不堪的一生，几乎让我们无心顾及其他。这件事让公司陷入重大危机中。”

“这个我明白。”

“没有法定继承人，不过海莉会在赫德史塔待一阵子。家族正在商量哪些部分属于谁，继承权如何分配等等。其实海莉若一直留在这里，将会分到很大一份。真是噩梦一场。”

布隆维斯特笑了起来，弗洛德却毫无笑意。

“伊莎贝拉在葬礼上崩溃了，现在进了医院。亨利说他不会去看她。”

“做得好。”

“不过，阿妮塔要从伦敦回来了。下星期我准备召开家族会议，这也将是她二十五年来第一次参与。”

“新总裁会是谁？”

“毕耶想争取，但他不可能。暂时会由病榻上的亨利代理总裁职务，直到我们从外面请到人或由家族某个成员……”

布隆维斯特扬起眉毛。

“海莉？你在开玩笑吧？”

“有何不可？她是个非常有能力又受尊重的女强人。”

“她在澳大利亚有公司要掌管。”

“没错，但她不在的时候，有儿子杰夫可以接管。”

“他只是牧场经理。据我了解，他的工作就是让羊正确交配。”

“他还在牛津拿到经济学学位，在墨尔本拿到法学学位。”

布隆维斯特回想起那个打着赤膊、汗水淋漓、身材壮硕、开车载他通过深谷的男子，并试着想象他穿上直条纹西装的模样。有何不可呢？

“这一切都需要时间慢慢安排。”弗洛德说，“但她会是总裁的最佳人选。只要有适当的后援团队，她便能让公司呈现全新的气象。”

“她没有经验……”

“的确，她当然不能莫名其妙就冒出头来，开始打理公司的一切。不过范耶尔集团是国际性的公司，绝对可以聘请一个不会说瑞典话的美国总裁……在商言商嘛。”

“你们迟早得面对马丁地下室的问题。”

“我知道。可是无论说什么都会对海莉造成伤害……幸好我无须为此作决定。”

“拜托，弗洛德，马丁是连环杀人犯的事实是盖不住的。”

“麦可，我现在……处境非常为难。”

“说说看。”

“亨利要我带话给你。他感谢你如此出色的表现，并认为你已履行合约，也就是说你责任已了，不必再在赫德史塔居住或工作。因此，你可以马上搬回斯德哥尔摩，投入其他工作。”

“他要我立刻消失，是这样吧？”

“当然不是。他要你去找他谈谈未来的事。他也希望自己在《千禧年》董事会上的任务能继续执行无碍。只不过……”

弗洛德显得更加忸怩不安。

“弗洛德，你可别告诉我……他不要我继续写家族史了。”

弗洛德点了点头。他拿出一本笔记，翻开后推到麦可面前。

“他给你写了封信。”

亲爱的麦可：

我完完全全尊重你的正直，因此我不会以干涉你的写作内容来侮辱你。你想写什么，发表什么都可以，我绝不会对你施加任何压力。

只要你想继续，我们的契约依然有效。你手上的资料已足以完成范耶尔家族史的写作。

麦可，我这一生从未求过人，我向来认为一个人应该遵循自己的道德观与信念。但这次我别无选择。

现在我写这封信，以朋友和《千禧年》股东的双重身份恳求你，不要将戈弗里与马丁的真相公之于世。我知道这么做不对，但在这片黑暗中我看不到其他出路，只能两害相权取其轻，而这么做我们全是输家。

我求你不要写出任何会再度伤害海莉的事。在媒体竞争中成为主角的滋味你自己也尝过，而你所遭受的攻击尚算轻微，万一真相曝光，海莉会有什么下场，你一定不难想象。她已经受折磨四十年，不该再为父兄的行为受苦。我恳求你想想这件事将会对公司数千名员工带来什么后果。这不但会击倒她，也会使我们彻底灭亡。

亨利

“亨利还说，如果你想要求赔偿不公布此事的财务损失，他绝对愿意和你谈，只要你认为合理的金额都能提出来。”

“亨利想封我的口。你去告诉他，我真希望他没有提出这个条件。”

“情况对亨利和对你而言都一样麻烦。他非常喜欢你，也把你当成朋友。”

“亨利是个聪明的混蛋。”布隆维斯特登时感到愤怒，“他想隐瞒这件事，还利用我的情感，因为他知道我也喜欢他。其实他还有另一层意思：我有发表的自由，但如果我发表了，他对《千禧年》的态度将不得不改变。”

“海莉现身之后，一切都变了。”

“现在亨利想试探我会出多少价钱。我并不打算弃海莉于不顾，但关于死在马丁地下室的那些女人，总得有人出来说点什么吧！弗洛德，我们甚至不知道他虐杀了多少人，谁来替她们发声呢？”

这时，原本埋首于电脑的莎兰德抬起头来，以几乎细不可闻的声音对弗洛德说：

“你们公司没有人打算封我的口吗？”

弗洛德面露诧异。他竟再次忽略她的存在。

“如果马丁现在还活着，我会把他供出来。”她又继续说道，“不管麦可和你订了什么协议，我都会将他的所有相关细节发送到最近的一家晚报。可以的话，我还会把他关在他自己的刑房，绑在那张桌子上，用针刺破他那话儿。只可惜他死了。”

接着她转向布隆维斯特。

“这样的解决方法我很满意。无论我们做什么，都弥补不了马丁对被害人的伤害。但如今出现一个有趣的情形。以你目前的处境，你可以继续伤害无辜的女人——尤其是那个海莉，你来此的路上还曾经那么激动地为她辩护。所以我要问你：你觉得哪种情况比较糟？是马丁在那偏僻的小屋强暴她，还是你用文字印刷强暴她？这确实非常两难。也许记者协会的道德委员会能提供一些建议。”

她就此打住。布隆维斯特不敢正视她，只能垂下双眼盯着桌子。

“不过我不是记者。”她终于又开口了。

“你想要什么？”弗洛德问。

“马丁将被害人遇害的过程录下来了。我要你尽一切努力确认她们的身份，并让她们的家人得到适当的补偿。我还要范耶尔集团从今以后，每年捐两百万克朗给瑞典的全国妇女保护中心与少女保护中心。”

弗洛德略略衡量必须付出的代价之后，点头同意。

“你能接受吗，麦可？”莎兰德问。

布隆维斯特只感到绝望。在职业生涯中，他始终致力于揭发他人企图隐瞒的事实，因此他实在无法昧着良心和他们一起掩盖马丁在地下室所犯下的可怕罪行。曾经抨击同侪未能报道真相的他，如今竟坐在这里讨论——甚至可以说协商——他所听说过的最可怕的掩饰行为。

他沉默不语，呆坐许久，之后终于点头答应。

“那就这么说定了。”弗洛德说，“至于亨利提出的金钱赔偿……”

“让他把钱塞进自己的屁眼吧！好了，弗洛德，你现在马上离开。我了解你的处境，但现在我真的很气你和亨利和海莉，你要是再待下去，我们恐怕连朋友都做不成。”

弗洛德却没有离开的意思。

“我还不能走，事情还没完。我还有一件事要转告，你听了也会不痛快的。亨利坚持要我今晚告诉你。你可以明天一早到医院去痛骂他一顿。”

布隆维斯特抬起眼睛瞪着他。

弗洛德继续说着：“这真是我这辈子做过的最痛苦的事，可是我认为只有老老实实将所有的牌摊在桌上，才能挽救目前的情势。”

“终于要老实说了，是吧？”

“去年圣诞节，亨利说服你接下这份工作时，”弗洛德不理会他的挖苦，接着说，“他和我都没想到会有任何结果。他确实是这么说的，但他想作最后一次努力。他分析了你的情况，最主要是借助莎兰德小姐搜集的资料。他利用你孤立的局面，提出丰厚的酬劳，还用了适当的饵钓你上钩。”

“温纳斯壮。”

弗洛德点点头。

“你们是骗人的？”

“不，不是。”弗洛德说。

莎兰德饶有兴味地耸起眉毛。

“亨利会履行他所有承诺。他会安排一次专访，公开地直接攻击温纳斯壮。一切细节稍后都会给你，但情况大致是这样的：当年温纳斯壮受雇于范耶尔集团的财务部时，挪用了几百万克朗投资外币。这是早在外汇期货大为盛行之前的事。他没有获得允许便投入，交易一一亏损，最后坐亏七百万克朗，还试图掩盖，一面篡改账目，一面投入更多。结果，事迹当然免不了败露，他也因而被解雇。”

“他自己有没有赚钱？”

“当然有，他拿走了大约五十万克朗，具有讽刺意味的是，这笔钱成了温纳斯壮集团的创业基金。这一切都有档案证明。你想怎么利用这些数据都行，亨利也会公开支持你的说法。只不过……”

“好个‘只不过’呀，弗洛德，这些资料根本没用。”布隆维斯特一拳重重打在桌上，“这全是三十多年前的陈年往事，而且都已经了结了。”

“你可以得到温纳斯壮是个骗子的证明。”

“消息曝光后会惹恼温纳斯壮，但对他的伤害顶多像用玩具手枪正面打他一枪。他会召开记者会重新洗牌，说亨利这个风光不再的老人仍企图抢他手上的生意，而且他很可能会声称自己是奉亨利之命行事。即使他无法证明自己的清白，也能放出够多烟幕弹，到时候谁也不会将这些指控当回事。”

弗洛德显得很不开心。

“你们骗了我。”布隆维斯特说。

“那不是我们的本意。”

“都怪我自己。是我饥不择食，事先应该要认清才对。”他说着忽然笑起来，“亨利是个老油条，他想卖东西，就跟我说我想听的话。你该走了，弗洛德。”

“麦可……很抱歉……”

“弗洛德，滚！”

莎兰德正犹豫着不知该走上前去还是让他独自静一静，他倒是替她解决了难题，一言不发地拿起外套，“砰”一声关门离去。

她在厨房里焦躁地等了一个多小时，感觉实在不安，便开始清桌子，洗碗——这些事她通常都留给布隆维斯特做。她偶尔走到窗边看看他回来没，最后忍不住担心，于是，穿上皮衣出去找人。

她先到游艇码头，那儿的小屋都尚未熄灯，但没见着他人影。随后她走上他们平常夜间散步走的水边小径。马丁的屋子暗着，而且已看似荒废。她来到岬角上他们经常坐着聊天的岩石群，然后便回家去。他还是没回来。

她去了教堂，仍是无踪影。她顿时不知如何是好。接着她回到摩托车旁，从马鞍袋里拿出手电筒，再度出发沿着水边寻找。她花了一会儿工夫循着荒草半掩的蜿蜒小径前进，又花了更长时间找到通往戈弗里小屋的路。快到的时候，小屋忽然就从几棵树背后的黑暗中冒出来。他不在门廊上，门也锁着。

她本已打算回村子，走到一半忽然停下又折回去，一路走到岬角边上。黑暗中她瞥见布隆维斯特的身影出现在浮桥尽头，海莉淹死父亲的地方。她这才松了口气。

他听见她走上浮桥的声音，转过头去，她则静静坐到他身边。最后是他先开口。

“对不起，我得一个人待一会儿。”

“我知道。”

她点起两根烟，递了一根给他。布隆维斯特一直盯着她看。莎兰德是他见过的最不擅交际的人；他若试着谈论私事，她总会刻意忽略，而且从不接受任何同情的表示。然而她先是救他一命，现在又在大半夜里追踪他到这儿来。他不禁伸手搂住她。

“现在我知道自己的价值多少了。”他说，“我们遗弃了那些女孩，他们将隐瞒整件事，马丁地下室的一切也将灰飞烟灭。”

莎兰德没有回答。

“爱莉卡说得对。”他说，“如果我去西班牙一个月，换个心情回来之后找温纳斯壮报仇，这样会比较好。这几个月全都浪费了。”

“如果你去西班牙，马丁的地下室还会继续运作。”

他们并肩坐了好久，他才提议回家去。

布隆维斯特比莎兰德更快入睡。她清醒地躺着听他的呼吸声。过了一会儿，她走进厨房，摸黑坐在长凳上，边抽烟边沉吟。她早已料到范耶尔和弗洛德可能会骗他，他们本性如此。但这是布隆维斯特的问题，不是她的。但果真如此吗？

最后她作出了决定。她捻熄香烟回到卧室，开灯后将布隆维斯特摇醒。时间是凌晨两点半。

“干什么？”

“我有个问题。起来。”

布隆维斯特坐起身来，仍半睡半醒。

“你被起诉的时候，为什么不辩护？”

布隆维斯特揉揉眼睛，看了看时钟。

“这说来话长，莉丝。”

“我有时间，说吧。”

他坐了许久，思忖着该说些什么，最后决定实话实说。

“我没法辩驳。文章的内容是错的。”

“当我侵入你的电脑看到你和爱莉卡的邮件往来时，里面提到许多关于温纳斯壮案子的参考资料，但你们俩只谈论审判的实际细节，从未提到究竟发生什么事。到底是哪里出错了？”

“莉丝，我不能披露真相，我被人设计了。我和爱莉卡都知道，若将事情的真正的经过告诉任何人，对我们的信誉伤害更大。”

“你听好了，小侦探，昨天下午你还坐在这里拿友情、信任什么的跟我说教呢，放心吧，我不会在网络上宣扬这件事。”

布隆维斯特提出抗议。现在三更半夜，他无法回想整件事。但她仍坚持己见直到他屈服。他先到浴室洗把脸、煮了咖啡，然后回到床上，对她说出自己的老同学林柏如何出现在阿鲁尔马岛的游客码头，又如何在一艘黄色的马拉 -30 船上引发他的好奇心。

“你是说你朋友撒谎？”

“不，当然不是。他把自己知道的一五一十地告诉了我，他说的每句话也都能从证券投资管理局的审查资料中获得证实。我甚至去了波兰，拍下那间巨大的迈诺斯公司所在的铁皮破屋，并且访问了几个曾受雇于该公司的人。他们全都口径一致。”

“我不懂。”

布隆维斯特叹了口气，片刻过后才又开口。

“这真的是一篇好报道。我尚未与温纳斯壮当面对质，但消息无懈可击；倘若当时立刻刊登，真的可以撼动他的地位。也许无法让他因欺诈被起诉——因为交易已经审查通过——但至少有损他的名誉。”

“哪里出错了呢？”

“不知何时有人听说我插手此事，让温纳斯壮察觉我的存在。突然间就开始发生一连串怪事。首先，我受到恐吓，用电话卡打的匿名电话，无法追踪。爱莉卡也遭到威胁，说的全是那套无聊的话：‘再不放手就把你钉到谷仓门上’之类的。她当然是气坏了。”

说到这儿，他跟莎兰德要了根烟。

“接下来发生一件非常令人不快的事。有天深夜，我离开办公室后遭到两名男子攻击，他们直接走上来揍了我几拳，我嘴唇肿胀，昏倒在地。我无法指认他们，只觉得其中之一很像昔日某位单车选手。”

“后来呢……”

“这些事件当然只会让爱莉卡更加愤怒，我也更顽固，我们加强了《千禧年》杂志社的安保工作。问题是我们想报道的内容实在不至于要受到这些骚扰，我们怎么也想不通为何会发生这些事。”

“但你刊登的报道完全是不同的故事。”

“没错，因为我们忽然有了突破。我们在温纳斯壮的圈子里找到一个消息来源。这个深喉咙可以说害怕得要命，只肯在饭店房间和我们见面。他告诉我们迈诺斯事件赚来的钱，在南斯拉夫战争期间被拿去买卖武器，说温纳斯壮和克罗地亚的极右派分子一直在做交易。不仅如此，深喉咙还提供了文件复印件作为证据。”

“你相信他？”

“他很聪明。他始终只提供足够的讯息将我们引到下一个消息来源，进而证实他的话。我们还拿到一张温纳斯壮的亲信与买家握手的照片。全是详尽的爆炸性资料，而且似乎都证据明确。于是，我们就报道了。”

“结果是造假的？”

“从头到尾都是假的。文件经过高明的伪造，温纳斯壮的律师也证实那名亲信与极右派领导人握手的照片是合成的。”

“真有趣。”莎兰德说。

“事后回想起来，很轻易就能发觉我们是如何受到操控。最初的报道确实能对温纳斯壮造成伤害，如今却因为中了高明的圈套而沦为造假。我们发表了一篇满是漏洞的报道，让温纳斯壮得以一一击破，证明自己的清白。”

“难道不能退一步说出真相？难道完全无法证明温纳斯壮犯了伪造罪？”

“就算我们试图披露真相，指控温纳斯壮是整件事的幕后黑手，也不会有人相信。大家只会觉得我们在作死前的挣扎，企图将自己的愚蠢行为怪罪到无辜的企业领导人身上。”

“我懂。”

“温纳斯壮有两层保护膜。万一伪造之事曝光，他大可声称是某个敌手试图中伤他。而我们《千禧年》也会再次失去一切信誉，因为我们竟然报道假新闻。”

“所以，你决定不为自己辩护，宁可坐牢服刑。”

“我是罪有应得。”布隆维斯特说，“我犯了诽谤罪。现在你都知道了，我可以回去睡觉了吗？”

他关了灯，合上眼睛。莎兰德也在他身旁躺下。

“温纳斯壮是个匪徒。”

“我知道。”

“不，我是说我*真的知道*他是匪徒。从俄罗斯黑道到哥伦比亚的毒枭，个个都和他有来往。”

“什么意思？”

“我把报告交给弗洛德以后，他又给我一项任务，要我查出开庭期间究竟发生什么事。我才刚开始着手，他就打电话给阿曼斯基取消了工作。”

“这倒奇怪了。”

“我想是因为你既然接受了亨利的委托，他们便无须再调查，反正也没有意义。”

“然后呢？”

“我做事不喜欢半途而废，而且刚好有几星期的……空档，去年春天，阿曼斯基没有工作给我做。于是，我为了消遣便去挖温纳斯壮的底细。”

布隆维斯特坐起来，打开灯，望着莎兰德。她也看着他，但眼神似乎有点内疚。

“你发现什么了吗？”

“我电脑里有他的整个硬盘。你想拿多少证据证明他是匪徒都行。”

第二十八章

七月二十九日星期二至十月二十四日星期五

布隆维斯特将莎兰德的电脑打印数据仔仔细细看了三天——纸张放满了几大箱。问题是标的不断在改变，一下是伦敦的期权买卖，一下透过中介在巴黎买卖货币，一下是一间拥有直布罗陀邮政信箱的虚设公司，一下在纽约大通曼哈顿银行账户的资金忽然暴增一倍。

接着又是一堆问号：一家贸易公司五年前在智利圣地亚哥开立账户存入二十万克朗，至今仍原封不动，也丝毫看不出该公司从事什么样的营业行为，而这只是分布于十二个国家，将近三十家类似的公司之一。是不活动公司吗？它们在等什么呢？是掩护其他某种活动的幌子吗？从计算机上看不出温纳斯壮有何打算，也看不到他认为非常明显而无须列入电子档案的事。

莎兰德深信这些问题多半永远无解。他们看得见讯息，但少了诠释之钥便永远无法得知其中的意义。温纳斯壮的王国有如一颗洋葱，一层层地包裹着，又如一座迷宫，其间的企业相互依赖。公司、账户、资金、证券，环环相扣。他们认为谁也不可能有完整的概念——也许连温纳斯壮也不例外。他的王国有自己的生命。

不过还是有个模式存在，至少是隐约可见的模式——彼此互相依赖的企业迷宫。温纳斯壮王国的价值从一千亿到四千亿克朗不等，得看你问的是谁，以及计算方式为何。但如果各公司拥有彼此的资产，那价值又是多少呢？

莎兰德投下那颗从此震撼布隆维斯特每个清醒时刻的炸弹后，他们当天早上便匆匆离开海泽比岛。他们来到莎兰德的住处，整整两天都待在电脑前面，由她带领他参观温纳斯壮的宇宙。他有好多问题，其中之一纯粹是好奇。

“莉丝，纯粹从实用观点出发，你怎么能操作他的电脑呢？”

“那是我朋友‘瘟疫’的小小发明。温纳斯壮有一台他在家和在公司工作用的 IBM 笔记本电脑，也就是说，所有资讯都存在同一个硬盘里。他家里装有宽带网络。‘瘟疫’发明了一种可以系在宽带缆上的电子环，我正在替他测试。电子环会记录温纳斯壮看到的一切，再将资料传送到其他地方的服务器。”

“他没有防火墙吗？”

莎兰德淡淡一笑。

“他当然有，但重点是电子环也是一种防火墙。以这种方法入侵电脑需要一点时间。比方说温纳斯壮收到一封电子邮件，它会先进入‘瘟疫’的电子环，所以，在它通过他的防火墙之前我们就能看到那封邮件。不过，更厉害的是，那封邮件会经过重写，增加几个字节的原始码。只要他在电脑上下载东西，这个程序就会重复。图像的效果更好。他经常上网搜寻，每当他点进一张色情图片或打开新网页，我们就会增加几行的原始码。过了几个小时或几天后——视电脑的使用频率而定——温纳斯壮便下载了一整个将近三兆位的程序，而且每个位都紧密相连。”

“所以呢？”

“最后的位定位后，程序便与他的网络浏览器合而为一。在他看来会以为电脑被锁住，必须重新启动，而重新启动的同时也安装了一个全新的软件。他用的是微软的浏览器。下回当他开启浏览器时，启动的其实是一个桌面上看不到的全然不同的程式，除了和浏览器有一模一样的功能之外，还会做很多其他的事。首先是接管防火墙，并确定一切运作正常。接着开始扫描电脑，只要他搜寻时一按鼠标，讯息的位便会传输出去。之后——时间长短还是得看他搜寻的多少——我们便在另一个服务器上累积出他硬盘内容的完整镜像档案。接下来就是 HT 了。”

“HT？”

“抱歉，‘瘟疫’都是这么说的。Hostile Takeover，恶意接收。”

“喔。”

“真正不可思议的还在后头。结构准备好之后，温纳斯壮便有两个完整的硬盘，一个在他自己的电脑上，一个在我们的服务器上。下次当他开启计算机时，开启的其实是镜射的电脑。他已经不是操作自己的电脑，而是我们的服务器。他的电脑会跑得稍微慢一点，但几乎难以察觉。所以当我连上服务器，便能实时截取他的电脑资料。温纳斯壮每敲一个键，我在我的电脑上都看得见。”

“你的朋友也是黑客？”

“伦敦的电话窃听就是他安排的。他可以说是社会边缘人，但也是网络上的传奇。”

“喔。”布隆维斯特认命地对她笑了笑，“第二个问题：你为什么不早点跟我说温纳斯壮的事？”

“你从来没问过。”

“如果我一直没问，又假设我一直没认识你，你会明知温纳斯壮是个匪徒，却仍坐视《千禧年》倒闭吗？”

“没有人要我揭发温纳斯壮的真面目。”莎兰德用自以为是的口气回答。

“对，但如果呢？”

“我告诉你了呀！”她说。

布隆维斯特不再坚持，就此搁下这一话题。

莎兰德将温纳斯壮的硬盘内容——容量约为五千兆——刻成十张光盘。她觉得自己好像搬进布隆维斯特的公寓似的。她耐心等候，回答他提出的所有问题。

“我不明白他怎么可能笨到这种地步，把所有的肮脏事都放在同一个硬盘。”他说道，“万一落入警方手中……”

“人有时候不太理智。他一定是认为警方永远不会想到扣押他的电脑。”

“肯定是这样。我承认他是个自大的混蛋，但总该有信息安全顾问会告诉他如何处理电脑吧？这台电脑上甚至还保存有一九九三年的数据。”

“电脑本身相当新，是一年前制造的，但他似乎将旧信件等等全部转存到硬盘，而没有存放在光盘里。不过至少他用了加密程序。”

“既然你已经进入他的电脑，他的密码你都可以读取，加密根本毫无用处。”

他们回到斯德哥尔摩四天后，克里斯特在清晨三点打了布隆维斯特的手机。

“柯特兹今晚和女友上酒吧。”

“喔。”布隆维斯特充满睡意地应了一声。

“回家途中，他们又去了中央车站的酒吧。”

“不是调情的好地方。”

“你听我说。达曼正在休假，柯特兹发现他和一个男的坐在一块喝酒。”

“那又怎样？”

“柯特兹从报道的署名照中认出那人是克利斯特·索德。”

“这个名字没听过，不过……”

“他在温纳斯壮集团旗下的《财经杂志》工作。”

布隆维斯特立刻从床上翻坐起来。

“你在听吗？”

“我在听。那不一定有任何意义。索德是记者，可能和他是旧识。”

“也许是我多疑了。可是不久前，《千禧年》向某个自由撰稿人买了一则新闻，就在刊登的前一星期，索德早一步作了几乎一模一样的报道。那是关于手机制造商与瑕疵零件的新闻。”

“我明白你的意思，但这种事确实可能发生。你跟爱莉卡说了吗？”

“还没，她下星期才回来。”

“先别有动作。我晚一点再打给你。”布隆维斯特说。

“有问题吗？”莎兰德问道。

“《千禧年》。”布隆维斯特说：“我得去一趟，想不想一起来？”

编辑室空无一人。莎兰德花了三分钟突破达曼电脑上的密码防护，又花了两分钟将里面的内容转存在布隆维斯特的笔记本电脑中。

达曼的电子邮件很可能大多存在自己的笔记本电脑里，他们无法取得。但通过他在《千禧年》的台式电脑，莎兰德发现达曼除了公司的电子邮件地址外，还有一个热邮的账号。她花了六分钟破解密码，接着下载了他从去年至今的邮件。五分钟后，布隆维斯特发现了证据，达曼的确向外泄漏《千禧年》的情况，还将爱莉卡打算在哪一期刊登什么报道的最新讯息告知《财经杂志》编辑。这样的间谍行动至少从去年秋天就开始了。

他们关上电脑，回到麦可住处睡了几小时。他在上午十点打电话给克里斯特。

“我有证据证明达曼在替温纳斯壮做事。”

“我就知道。太好了，我今天就把那个王八蛋炒鱿鱼！”

“不，不要。什么事都不要做。”

“什么都不做？”

“克里斯特，相信我。达曼今天还休假吗？”

“对，星期一回来。”

“今天有多少人在办公室？”

“差不多一半。”

“请你召集他们两点开会好吗？别透露开会内容。我会过去。”

会议桌围坐着六个人。克里斯特一脸倦容。柯特兹就像个刚谈恋爱的人，是只有二十四岁的人才会有的模样。莫妮卡·尼尔森看来急躁不安——克里斯特没有向任何人透露会议内容，但她到杂志社已经够久，稍有不寻常都能察觉，令她生气的是，她竟被排除在状况外。唯一和平常没有两样的就是兼职的英格拉·欧斯卡森，她每星期上两天班，专门处理简单的行政工作、订户名单等等，自从两年前当了母亲之后，她一直显得有些紧张。另一名兼职者是自由撰稿人罗塔·卡林姆，她的合约与柯特兹类似，刚刚休假回来上班。克里斯特也把还在放假的桑尼给找来了。

布隆维斯特一开始先热情地与每个人打招呼，并为自己长时间的缺席致歉。

“我们今天要讨论的事，我和克里斯特都尚未对爱莉卡提起，但我向各位保证我能代表她发言。今天，我们将决定《千禧年》的未来。”

他略一停顿，让众人有时间沉淀。但无人提问。

“过去一年相当辛苦。我很惊讶你们竟没有人重新考虑出路，另谋高就，我很以你们为傲。我想你们要不是彻底疯了，就是绝对忠诚，也确实喜欢在这个杂志社工作。所以，我打算正式摊牌，请你们作最后一次努力。”

“最后一次努力？”莫妮卡·尼尔森说道，“听起来好像杂志社要关门了。”

“没错，莫妮卡。”布隆维斯特说，“谢谢你说出来。等爱莉卡回来后，她会召集所有人开一个沉重的编辑会议，告知《千禧年》将在圣诞节宣告倒闭，你们全都失业了。”

此时紧张的情绪开始散布开来，就连克里斯特也一度以为布隆维斯特是说真的。接着他们全都发现他大大的笑容。

“今年秋天你们要玩一个双面游戏。有一件讨厌的事就是，我们亲爱的执行编辑达曼，竟然兼职当温纳斯壮的眼线，也就是说，敌人对我们编辑部的动静了如指掌，也难怪我们会遭遇一些挫折。尤其是你——桑尼——才会碰上原本很有希望拉到的广告商竟毫无预兆地抽手。”

达曼在公司向来没有人缘，所以，此话一出似乎并无任何人感到震惊。大伙正要开始窃窃私语，随即被布隆维斯特给打断。

“我之所以告诉你们这件事，是因为我绝对信任你们，知道你们全都有清晰的判断力，因此，我也知道你们都能在今年秋天配合演出。让温纳斯壮相信《千禧年》已经濒临瓦解，这点非常重要，你们一定要让他相信。”

“我们真正的情况是怎么样呢？”柯特兹问道。

“好，是这样的。大家都说《千禧年》应该已经走上绝路，但我向你们保证绝对没有。如今的《千禧年》比一年前更强壮。这个会结束后，我还要再消失两个月，十月底左右回来。到时候我们将剪断温纳斯壮的双翼。”

“怎样做才能办到呢？”莫妮卡·尼尔森问。

“抱歉，莫妮卡，我不想详述细节，不过，我正在写一篇新的报道，这次一定不会出错。我想在圣诞晚会上把温纳斯壮烤来吃，顺便拿几个评论家当甜点。”

大伙的心情顿时变得轻松愉快。布隆维斯特心想，假如他也在底下听这番话，不知会作何感想？怀疑吗？很可能。但他在《千禧年》这一小群员工当中，似乎还有一点“信任资产”。接着，他又举起手来。

“我们若想成功，最重要的是要让温纳斯壮相信《千禧年》已濒临瓦解，因为我不希望他展开某种报复，或是湮灭我们打算提出的证据。所以，现在开始要写一个剧本，接下来几个月你们就照着剧本演。首先，一定要记住，我们今天在此讨论的内容不能写下来或在电子邮件中提及。我们不知道达曼是否会查探公司电脑，如果会又是到什么程度，而且我也发觉查看同事的私人信件实在太容易了。因此，我们要以口头方式进行。如果你觉得有必要传递任何消息，就到克里斯特家里找他。要非常谨慎。”

布隆维斯特在白板上写下“不能有电子邮件”。

“其次，达曼在的时候，我要你们开始互相争吵并且抱怨我。不必太夸张，只要尽情展现天生的坏脾气就行了。克里斯特，我要你和爱莉卡起严重争执。好好利用你的想象力，至于争执原因要保密。”

他在白板上写下“开始抱怨”。

“第三，爱莉卡回来之后的任务，就是让达曼以为亨利·范耶尔重病，马丁·范耶尔又死于车祸，因此，范耶尔公司与我们的协议已经破局——其实他们仍给予我们全力的支持。”

他写下“假情报”。

“可是这项协议真的稳固吗？”莫妮卡·尼尔森问道。

“相信我。”布隆维斯特说，“范耶尔公司会不惜一切代价确保《千禧年》存活下去。几星期后，就说八月底好了，爱莉卡会召开会议提出裁员的警告。你们全都知道这是假的，唯一要离开的只有达曼。但你们还是得开始谈论找新工作的事，还要说在履历上列出《千禧年》的工作资历根本没用。”

“你真的认为这个游戏最后能拯救《千禧年》？”桑尼问。

“我知道它可以。另外，桑尼，我要你每个月做一份广告收入减少，订户数也减少的假报告。”

“听起来很好玩。”莫妮卡·尼尔森说，“这个游戏是要局限在公司内部，还是要泄漏给其他媒体知道？”

“仅限于公司内部。万一有任何相关报道出现，我们就会知道是谁泄密。再过几个月，若有人问起，我们便能这么说：你们听到的是毫无根据的传闻，我们从未打算结束《千禧年》。最好是达曼能出去向其他媒体泄密，如果你们能给达曼一个可信但愚蠢无比的内幕消息，那就更好了。”

他们花了一个小时构思剧本，顺便分配了一下角色。

会后，布隆维斯特和克里斯特到霍恩斯路上的“爪哇”咖啡馆喝咖啡。

“克里斯特，你一定要到机场接爱莉卡，将详情告知，还要说服她配合演戏。据我对她的了解，她一定想立刻与达曼对质，但不能让这种事发生。我不希望温纳斯壮听到一点风声而湮灭了证据。”

“我会的。”

“还要注意在爱莉卡安装 PGP 加密系统并学会使用之前，别让她收发电子邮件。通过达曼，温纳斯壮很可能看得到我们发给彼此的所有信件。我要你和其他每个编辑部员工都加装 PGP，要做得自然一点。我会给你一个计算机咨询顾问的联络电话，请他过来检查公司的网络系统与所有电脑，然后让他安装加密软件，就当作是服务项目之一。"

"我会尽力的。可是麦可……你到底在忙什么？"

"温纳斯壮。"

"温纳斯壮的什么呢？"

"目前还不能公开。"

克里斯特显得不太自在。"我一向很信任你，麦可。这是否意味着你不信任我？"

布隆维斯特笑了。

"我当然信任你。只不过我现在正在从事重大犯罪行为，可能引来两年的牢狱之灾。因为我调查的手法有点不光明磊落……我和温纳斯壮玩的是同样的秘密把戏。我不希望你或爱莉卡或《千禧年》的任何人卷入其中。"

"你真的让我好紧张。"

"冷静一点，克里斯特，跟爱莉卡说这会是个大新闻，天大的新闻。"

"爱莉卡会坚持要知道你在做什么……"

麦可想了想，微笑说道：

"你就说，当她今年春天背着我和范耶尔签约时，已经很明白地告诉我，我现在只是个再平凡不过的自由撰稿人，不再是董事会的一分子，对《千禧年》的政策也不再有影响力。也就是说，我再也没有向她报告的义务。但如果她表现良好，我答应将报道内容第一个告诉她。"

"她非大发雷霆不可！"克里斯特愉快地说。

布隆维斯特自知对克里斯特并未百分之百坦诚，他是故意避开爱莉卡的，否则，最正常的做法就是立刻联络她，将他手中握有的信息告诉她。但他不想和她说话。有十几次他都已经拿着手机准备打给她，却每次都临时改变心意。

他知道问题在哪里。他无法正视她。

他在赫德史塔参与的掩饰真相行动，就专业观点而言，是不可原谅的。除了说谎，他不知该如何向她解释，然而他这辈子最不想做的事，就是对爱莉卡说谎。

何况，他现在忙着抓温纳斯壮的小辫子，实在无暇顾及那个问题。因此，他将见她的时间往后延，关上手机，避免和她交谈。不过他知道这只是暂时延缓。

就在编辑会议过后，布隆维斯特搬到沙港的小屋里，他已经一年多没去了。他的行李包括两箱打印出来的数据与莎兰德给他的光盘。他囤积了食物，锁上屋门，打开笔记本电脑，开始撰写。他每天会出去散步，买报纸和日常必需品。游客码头依然停满游艇，借用父亲船只的年轻人则经常坐在"潜水夫"酒吧里喝酒喝到失去知觉。布隆维斯特几乎很少留意周遭环境。他多半是一睁眼就坐到电脑前面，直到晚上筋疲力竭倒在床上为止。

总编辑〈erika.berger@millennium.se〉写给请假中的发行人〈mikael.blomkvist@millennium.se〉的加密电子邮件：

麦可。我要知道这是怎么回事——天哪，我才度假回来就一团乱。又是达曼，又是你发明的双面游戏。马丁死了，海莉还活着。海泽比到底发生了什么事？你在哪里？有故事吗？你为什么不接手机？E

附：克里斯特那么幸灾乐祸地传达你的话，其中的暗讽，我懂。你非收回那些话不可。你真的那么生我的气吗？

又附：我暂时相信你，但你必须提出有关达曼的证据——你记得吧，就是在法庭上站得住脚的东西。

〈mikael.blomkvist@millennium.se〉给〈erika.berger@millennium.se〉:

嗨，小莉。没有，我当然没有生气。请原谅我没告诉你最新消息，过去这几个月，我的日子过得乱七八糟。见面时我会说出一切，信上就不写了。我人在沙港。我有故事，但不是关于海莉。我得黏在电脑前好一阵子，然后事情就会结束了。相信我。拥抱你，吻你。M

〈erika.berger@millennium.se〉给〈mikael.blomkvist@millennium.se〉:

沙港？我马上去找你。

〈mikael.blomkvist@millennium.se〉给〈erika.berger@millennium.se〉:

先别来，过几个星期再说，至少让我把稿子整理好。而且，有人要来。

〈erika.berger@millennium.se〉给〈mikael.blomkvist@millennium.se〉:

那我当然会闪远一点，但我得知道究竟怎么回事。亨利又成了总裁，但他不回我电话。如果和范耶尔的交易已经结束，我一定要知道。小莉

附：她是谁？

〈mikael.blomkvist@millennium.se〉给〈erika.berger@millennium.se〉:

第一：亨利绝不可能退出。但他每天的工作时间仍不多，我猜马丁的死加上海莉复生之后的混乱情形，已经耗尽他所有精力。

第二：《千禧年》会存活下去。我正在写我们这一生中最重要的一篇报道，一旦发表，温纳斯壮将从此万劫不复。

第三：我现在的生活起起伏伏，但对于你、我和《千禧年》而言，一切都没改变。相信我。吻你。麦可

附：一有机会我会介绍你们认识。

莎兰德来到沙港见到的是一个未刮胡子、双眼凹陷的布隆维斯特，他很快拥抱了她一下，请她先煮点咖啡，等他写完手边的东西。

莎兰德环顾小屋，几乎一眼就爱上了。屋旁就有一座浮桥，出门走三步便可来到水边。小屋长宽仅六乘五米，但天花板极高，中间隔出一个卧室夹层。她站在夹层的高度刚刚好，布隆维斯特则得弯身。床的大小可容他俩共枕。

小屋有个面海的大窗，就在前门旁边，窗前摆放着兼作书桌的餐桌。书桌旁的墙上钉了一个架子，架上有一台CD播放器、许多猫王和硬式摇滚的专辑，这类音乐不是莎兰德的首选。

角落里有一个光面皂石柴炉，其余零零散散的家具还包括一个放衣服与布品的大橱子，还有一个水槽，用浴帘隔开后也兼作盥洗室。水槽旁是小屋另一侧的小窗户。在通往夹层的回旋梯底下，布隆维斯特另外盖了一间干式厕所[1]。整间小屋布置得有如船屋，还有精心设计的收藏小空间。

当初对布隆维斯特进行私调时，莎兰德便得知他重新装潢过小屋

1 这种厕所不需用水冲，而是使用发酵分解方式，让废弃物回归大自然。

并自制家具——因为有个朋友造访沙港后，写电子邮件给布隆维斯特表示对他的手艺十分钦佩，莎兰德便是由此获得结论。屋内的一切整齐、简单、朴实，几近斯巴达风格。她可以理解他为何如此喜爱沙港这间小屋。

两小时后，她终于让麦可再也无法专心，只得沮丧地关上电脑，刮了胡子，带她出去参观一下。外头在刮风下雨，他们很快便找了间小旅馆避风雨。布隆维斯特说出自己目前在写什么，莎兰德则给了他一张存有温纳斯壮电脑最新更新数据的光盘。

随后她将他带回小屋夹层，好不容易脱掉他的衣服后，更进一步转移他的注意力。当天深夜醒来，她发现床上只剩她一人，从夹层往下看，见到他弓着背窝在电脑前。她一手撑起身子，斜躺着，看了他许久。他似乎十分快乐，而她也莫名其妙地对生活感到满意。

莎兰德只待了五天便回斯德哥尔摩替阿曼斯基办事。她花了十一天调查，写报告，然后又回到沙港。麦可电脑旁的打印纸张愈堆愈高了。

这回她待了四星期。他们慢慢形成一种有规律的生活：八点起床，吃早餐，共度一小时。接着麦可便埋头工作，直到傍晚他们又一块散步聊天。莎兰德大多数时间都在床上，若非看书就是用布隆维斯特的 ADSL 调制解调器上网。白天里她尽量不去干扰他。他们很晚才吃晚餐，也只有到这个时候，莎兰德才会主动逼他上夹层，并让他心无旁骛地对待她。

她觉得像是在度人生的第一个假期。

〈erika.berger@millennium.se〉给〈mikael.blomkvist@millennium.se〉的加密电子邮件：

嗨，M。现在公开了。达曼已递出辞呈，三星期后开始到《财经杂志》上班。我一切照你的吩咐，什么也没说，大家全都

一个劲地要猴戏。E

附：他们好像玩得很开心。几天前，柯特兹和卡林姆发生口角还互扔东西。他们那么明显地捉弄达曼，我实在不懂他怎么可能看不出这些全是设计好的。

〈mikael.blomkvist@millennium.se〉给〈erika.berger@millennium.se〉：

替我祝他好运，直接就让他走吧。不过值钱的东西记得上锁。拥抱你，吻你。M

〈erika.berger@millennium.se〉给〈mikael.blomkvist@millennium.se〉：

还有两星期就要付印了，我的执行编辑走了，而我的调查记者又远在沙港不肯跟我说话。麦可，我求你了。回来好不好？爱莉卡

〈mikael.blomkvist@millennium.se〉给〈erika.berger@millennium.se〉：

再撑几个星期吧，到时任务便能圆满完成。你也要开始计划，让十二月份那一期与以往的风格截然不同。稿子会有四十页。M

〈erika.berger@millennium.se〉给〈mikael.blomkvist@millennium.se〉：

四十页！你疯啦？

〈mikael.blomkvist@millennium.se〉给〈erika.berger@millennium.se〉:

这是特刊。我还需要三个星期。你能不能做几件事：一、以《千禧年》的名义登记一家出版社；二、去申请国际标准书号；三、请克里斯特为新出版社设计一个很酷的商标；四、找一家能快速印出平装本，价钱又不贵的印刷厂。对了，印第一本书也需要资金。吻你。麦可

〈erika.berger@millennium.se〉给〈mikael.blomkvist@millennium.se〉:

特刊。出版社。钱。遵命，主人。还有什么需要我效力的吗？在斯鲁斯普兰道上裸舞吗？E

附：我想你应该知道自己在做什么。但达曼怎么办？

〈mikael.blomkvist@millennium.se〉给〈erika.berger@millennium.se〉:

别管达曼。跟他说他可以马上走，但你不确定能不能付清薪水。《财经杂志》存活不了太久了。这一期多找一点自由撰稿的内容。还有，拜托你快去找个执行编辑吧。M

附：斯鲁斯普兰？就当约会好了。

〈erika.berger@millennium.se〉给〈mikael.blomkvist@millennium.se〉:

斯鲁斯普兰——做你的大头梦吧！说到雇人，我们一向是一

起决定的。小莉

〈mikael.blomkvist@millennium.se〉给〈erika.berger@millennium.se〉:

我们对于该雇用谁一向没有歧见。这回也一样——无论你选中谁。我们要扳倒温纳斯壮，这才最重要，就让我好好完成吧。M

十月初，莎兰德在网络版《赫德史塔快报》上看到一篇文章。她告诉了布隆维斯特。伊莎贝拉病后不久随即去世，她最近刚从澳大利亚回来的女儿海莉表示哀悼。

〈erika.berger@millennium.se〉给〈mikael.blomkvist@millennium.se〉的加密电子邮件:

嗨，麦可。

今天海莉到办公室找我。她抵达前五分钟才来电通知，我毫无准备。漂亮的女人、优雅的穿着，还有冷静的目光。

她来告诉我说，她将取代马丁，成为亨利在我们董事会上的代理人。她礼貌而和善地向我保证范耶尔公司不但不打算取消协议，反而会全面履行亨利对杂志社的责任和义务。她要求参观编辑部，并问我如何看待目前的情况。

我跟她说了实话，说我觉得不踏实，说你不许我去沙港，说只知道你打算击倒温纳斯壮，对细节却一无所知。(我想这么说应该无所谓，她毕竟是董事之一)她扬起眉毛，微笑问我是否不相信你会成功。这叫我怎么回答？我说假如能确实知道你在写些什么，我晚上睡觉会安稳些。天哪，我当然相信你，可是你快把我逼疯了！

我问她知不知道你在做什么。她说不知道，却又说她觉得你颇有机智，思考方式很新颖。（她的原话）

我又说我猜想赫德史塔发生了大事，而且对海莉本身的遭遇非常好奇。总之，我自觉像个笨蛋。她问我，你是否什么也没告诉我。她说据她了解，你和我关系匪浅，等你有时间一定会跟我说。接着她问能不能信任我。我该怎么回答？她成了《千禧年》的董事，而你却丢下一无所知的我不管。

然后，她说了一句奇怪的话。她请求我不要太严厉地评判她或你。她说她欠你某种人情债，所以，真的很希望也能和我当朋友，还承诺说，如果你说不出口，将来她也会将来龙去脉告诉我。她半小时前离开了，但我到现在还觉得头晕。我想我喜欢她，但她到底是个什么样的人？爱莉卡

附：我很想你。我感觉得到赫德史塔一定发生了不好的事，克里斯特说你的脖子上有奇怪的痕迹。

〈mikael.blomkvist@millennium.se〉给〈erika.berger@millennium.se〉:

嗨，小莉。海莉的遭遇实在是既悲惨又可怕，你绝对无法想象。要是她能亲口告诉你，那是再好不过。我几乎不忍再去回想。

顺带一提，你可以信任她。她说她欠我人情债的确没错——相信我，她绝不会做出任何伤害《千禧年》的事。喜欢她的话，就交她这个朋友吧。她是个值得尊重的人，也是非常了不起的生意人。M

第二天，麦可收到另一封电邮。

〈harriet.vanger@vangerindustries.com〉给〈mikael.blomkvist@

millennium.se〉:

你好，麦可。几个星期来，我一直想找时间给你写信，但每天的时间似乎都不够用。你离开得那么突然，我始终没机会和你道别。

自从回到瑞典后，每天的生活都充满迷惑与工作。范耶尔公司内部一团糟，我和亨利努力想让公司步上正轨。昨天，我去了一趟《千禧年》办公室，亨利的董事职务将由我代理，他把杂志社和你的情况全都详尽地告诉我了。

希望你不介意我这样出现。如果你不想让我（或任何家族成员）担任董事，我可以理解，但我向你保证，我会尽一切所能支持《千禧年》。我欠你太多，因此，我会永远抱持最大的善意。

我见到你的同事爱莉卡。不知道她对我的印象如何，听说你没有将事情告诉她，我十分惊讶。

我非常想成为你的朋友，如果你还能承受与范耶尔家族有任何瓜葛的话。祝好。海莉

附：我从爱莉卡那儿听说你打算再次挑战温纳斯壮。弗洛德将亨利如何诱你上钩的事跟我说了，除了抱歉，我还能说什么？有任何需要我的地方，请告诉我。

〈mikael.blomkvist@millennium.se〉 给〈harriet.vanger@vangerindustries.com〉:

你好，海莉。我当时走得非常仓促，现在正在忙一件今年真正该忙的事。文章公开之前，我会先通知你，但去年那些问题应该很快就会结束了。

我很希望你和爱莉卡能成为好朋友，至于你成为《千禧年》董事，我当然不介意。如果你认为让爱莉卡知道事情的经过是明智的做法，我会告诉她。只是亨利希望我永远不向任何人提起。

再说吧，反正现在的我也没有时间与精力，我需要先保持一点距离。

再联络。祝好。麦可

莎兰德对麦可在写的东西并不特别感兴趣。她从书本中抬起头，麦可刚刚不知说了什么，她一开始没听懂。

“抱歉，我只是自言自语。我说真是可怕！”

“什么东西可怕？”

“温纳斯壮和一个二十二岁的女服务员搞婚外情，把人家肚子弄大了。他和律师写的这封信你看过吗？”

“亲爱的麦可，那硬盘里头有十年的信件、电子邮件、合约、旅行计划，天晓得还有些什么。温纳斯壮可没那么大魅力，让我把六千兆的垃圾塞进脑袋。我看了一部分，纯粹出于好奇，但已足够让我知道他是个匪徒。”

“好吧。他在一九九七年让那女孩怀孕。女孩要求赔偿，他的律师便找人去说服她堕胎。我猜他们原本想给她一笔钱，但她不想拿。游说到最后竟把她强压进浴缸的水中，直到她答应不再缠着温纳斯壮。温纳斯壮这个笨蛋竟然把这些都写在给律师的电子邮件上——没错，是加密了，可是……看来这伙人的智商实在不怎么样。”

“那女孩怎么样了？”

“她堕了胎，温纳斯壮很满意。”

莎兰德安静了十分钟，眼神忽然变得黯淡。

“又是一个痛恨女人的男人。”最后她喃喃说道。

接下来几天，她借用那些光盘，开始浏览温纳斯壮的电子邮件和其他档案。布隆维斯特继续他的工作之际，莎兰德就在卧室夹层里抱着她的笔记本电脑，思索着温纳斯壮的奇特王国。

她忽然有个想法，而且再也放不下。尤其令她难以释怀的是，不明白自己怎么没有早点想到。

十月底，布隆维斯特在上午十一点就关掉电脑，爬上夹层将自己写的东西拿给莎兰德，然后倒头就睡。当晚，她叫醒他，说出她对文章的想法。

凌晨两点刚过，布隆维斯特做了最后一次修订。

翌日，他关上窗，锁上门。莎兰德的假期结束了。他们一起回斯德哥尔摩。

他们在瓦克斯霍姆的渡轮上用纸杯喝咖啡时，他提起了这个话题。

“我们俩得先商量好怎么跟爱莉卡说。我若无法解释如何获得这些数据，她绝不会同意刊登的。”

爱莉卡·贝叶。布隆维斯特的总编辑兼长期情妇。莎兰德从未见过她，也不太想见。爱莉卡仿佛是她生命中某种莫名的干扰因素。

“她对我知道多少？”

“一无所知。”他叹气道，“事实上，我从夏天就一直在躲她。我没能告诉她赫德史塔发生的事，她非常失望。当然了，她知道我这阵子都在沙港写东西，却不知道内容。”

“喔。”

“再过几小时她就会拿到稿子，到时候一定有一堆问题要问我。问题是我该怎么跟她说？”

“你想怎么跟她说？”

“我想告诉她实情。”

莎兰德皱了皱眉头。

“莉丝，我和爱莉卡几乎随时都在争辩，这好像是我们的一种沟通方式，但她绝对可以信赖。你是消息来源，她宁死也不会让你曝光的。”

“你还得告诉多少人？”

“一个也没有了。我和爱莉卡会带着这个秘密进棺材。不过，你若不愿意，我不会将你的秘密告诉她。但话说回来，我也不想对她撒谎，捏造不存在的消息来源。”

莎兰德考虑着，直到渡轮停靠在大饭店旁的码头。分析后果。最后，她勉强同意让布隆维斯特将她介绍给爱莉卡。他立刻打开手机，拨了电话。

爱莉卡正在和她打算聘请担任执行编辑的玛琳·艾瑞森吃中饭。艾瑞森二十九岁，五年来一直是临时雇员，从未有过专职工作，甚至开始怀疑自己这辈子恐怕永远找不到专职工作。就在她上一个兼职工作结束当天，爱莉卡打电话来问她想不想应征《千禧年》的职务。

“这是三个月的临时工作，”爱莉卡说，“但如果顺利的话，也可能成为专职。”

“我听说《千禧年》现在撑得很辛苦。”

爱莉卡笑了笑。

“你不该听信谣言。”

“我要接替的那个达曼……”艾瑞森有些迟疑地说，“他将去温纳斯壮的一家杂志社工作。”

爱莉卡点点头。“我们和温纳斯壮不和，这几乎已经不是秘密。他不喜欢为《千禧年》工作的人。”

“所以，如果我接下这份工作，也会被列入黑名单。”

“的确很有可能。”

“可是达曼不是在《财经杂志》找到工作了吗？”

“那可以说是温纳斯壮犒赏他的方式。那么，你还有兴趣吗？”

艾瑞森点点头。

“你希望我什么时候开始上班？”

这时，布隆维斯特的电话来了。

她用她自己的钥匙打开他公寓的门。这是他自仲夏节到办公室稍作停留之后，他们第一次面对面。她走进客厅，发现有个瘦骨嶙峋的女孩坐在沙发上，她身穿旧旧的皮夹克，两脚跷在茶几上。乍看之下，她以为女孩大约十五岁，但那是在她们目光交汇之前。布隆维斯特端着咖啡壶和蛋糕过来的时候，她还盯着这个奇怪的女孩看。

“请原谅我把事情搞得这么复杂。”他说道。

爱莉卡偏斜着头，觉得他有些不一样，显得憔悴，也好像比她印象中更瘦。他的眼神似乎带着羞愧，有一度甚至避开她的注视。她瞄向他的脖子，看到一条清晰可见的淡红色线痕。

“我一直在躲你。这件事说来话长，我并不以自己的角色为荣。但这个稍后再说……现在我要向你介绍这个女孩。爱莉卡，这位是莉丝·莎兰德。莉丝，这是爱莉卡·贝叶，《千禧年》的总编辑，也是我最好的朋友。”

莎兰德端详爱莉卡的优雅服饰与自信神态，十秒过后便认定她不太可能成为她最好的朋友。

他们的会谈持续了五个钟头，爱莉卡打了两次电话取消其他会面。她花了一个小时阅读布隆维斯特交给她的部分文稿，内心有千万个疑问，却也知道得花好几个星期的时间才能获得答案。重要的是她最后放下来的稿子。即使其中只有一部分真实，也将开启出全新的局面。

爱莉卡看着布隆维斯特。她从未怀疑过他的诚实，但如今她有些混乱，不确定温纳斯壮案是否让他崩溃了——以至于靠凭空想象写出这些东西来。此时，布隆维斯特拆开两箱打印的数据，爱莉卡登时脸色苍白。她当然想知道他是怎么拿到的。

布隆维斯特费了好一番工夫才让她相信，这个在会谈中一言不发的奇怪女孩能无障碍地进入温纳斯壮的电脑。而且不只是他的，她还侵入了他的律师与亲近伙伴的电脑。

爱莉卡的第一个反应是，既然是通过非法渠道取得的资料，就不能用。

不过，他们当然能用。布隆维斯特指出他们无须解释资料从何而来，也许他们的消息来源刚好能够进入温纳斯壮的电脑，便将他硬盘里的所有内容制成光盘。爱莉卡终于了解自己手中握有什么样的武器。她感到筋疲力竭。她有无数问题，却不知从何问起。最后，她靠在沙发上，双手一摊。

“麦可，赫德史塔发生了什么事？”

莎兰德立刻抬起头来。布隆维斯特则反问她：“你和海莉处得如何？”

“还不错吧。我见过她两次。上星期，我和克里斯特开车到赫德史塔开董事会，酒喝得太多，都醉了。”

“董事会开得如何？”

“她遵守了承诺。”

“小莉，我知道你感到很失望，因为我一直在回避你，还找借口不说出真实情况。你我之间从来没有秘密，但忽然间我却有六个月的生活……无法对你明说。”

爱莉卡与布隆维斯特眼神相交。她是那么地了解他，但此时的他却流露出一种前所未见的眼神。他在求她别问。莎兰德看着他们俩无言的交流，她只能置身局外。

“有那么糟吗？”

“甚至更糟。我一直很害怕这次的交谈。我答应要告诉你，但我将这种心情压抑了几个月，让温纳斯壮完全占据我的注意力……我还是没准备好。我宁可由海莉来告诉你。”

“你脖子上是什么的痕迹？”

“莉丝救了我一命。要不是她，我已经死了。”

爱莉卡瞪大双眼，看着眼前穿皮夹克的女孩。

“现在你得和她达成协议，她是我们的消息来源。”

爱莉卡静坐着沉思了片刻。接着她做了一个令布隆维斯特诧异，令莎兰德惊吓，甚至令她自己意外的举动。她坐在客厅桌旁的这段时间里，可以感觉到莎兰德一直凝视着她。一个带着敌意的沉默的女孩。

爱莉卡站起来绕过桌子，然后张开双臂抱住女孩。莎兰德立刻蜷缩起来，有如即将被挂到钓钩上的虫子。

第二十九章

十一月一日星期六至十一月二十五日星期二

莎兰德悠游于温纳斯壮的虚拟王国。她已经盯着电脑屏幕将近十一个小时。在沙港的最后一个星期，有个念头在她脑中某个未被发掘的角落成形，如今此念头已发展成疯狂的沉迷。四个星期以来，她将自己关在公寓里，无视阿曼斯基的联系，每天至少在电脑前待十二个小时，其余的清醒时刻则反复思考着相同的问题。过去这个月，她和布隆维斯特只是断断续续联络着。他也很忙，忙着《千禧年》的工作。他们每星期会通几次电话，她便将温纳斯壮来往信件与其他活动的最新消息告诉他。

其中每个细节她已重复看过不下百次。她并不是担心遗漏什么，而是不确定自己是否真正了解每个复杂的环节如何相扣。

媒体争相报道的这个王国仿佛是一个活生生、无固定形态、有脉搏跳动且不断变形的有机体。这里头有期权、债券、股票、合伙公司、借贷利息、收入利息、存款、银行账户、付款转账等等数千种构成元素。资产中有大得不可思议的比例被存放在关系错综复杂的邮政信箱公司内。

根据最夸张的财经分析评估，温纳斯壮集团价值超过九千亿克朗。不是唬人的，至少也是个夸大得离谱的数据。当然了，温纳斯壮本人绝对不穷。她算出他真正的资产价值介于九百至一千亿克朗，绝不容小觑。若要彻底稽查整个公司，恐怕需要数年的时间。大致上，莎兰德确认温纳斯壮在世界各地共有将近三千个账户和银行资产，他从事的欺诈行为范围实在太广，因而不再只是犯罪，也是生意。

温纳斯壮的有机体内也有某些实体。在这个集团内有三项资产不断出现：瑞典的固定资产是确定而真实的，有资产负债表与检核数据可供外界查看；美国的公司也确实存在；还有一家纽约的银行则是所有流通资金的据点。值得留意的是设立于直布罗陀、塞浦路斯与澳门等地的邮政信箱公司的业务。温纳斯壮就像一个非法武器交易所，还替哥伦比亚的可疑企业和俄罗斯一些绝非正统的行业进行洗钱活动。

开曼群岛有一个匿名账户十分特别，由温纳斯壮本人控管，却又与所有公司都毫无关联。温纳斯壮每笔交易都会有几个百分比经由邮政信箱公司转到开曼群岛。

莎兰德已经工作到恍惚忘我的地步。账户——嗒嗒——电子邮件——嗒嗒——资产负债表——嗒嗒。她记下最新的转账记录，追踪一笔小额交易，从日本追到新加坡，再经由卢森堡到开曼群岛。她知道这是怎么运作的，就好像她也跟着这个虚拟空间一起脉动。细微的变动。最新的电子邮件。一个似乎不甚重要的简讯于晚上十点送出。PGP 加密系统（嘎，嘎）对于已经进入电脑、看得见完整信息的人根本就是个笑话。

爱莉卡已经不再为广告的事吵闹，是放弃了还是另有盘算？你安排在编辑部的消息来源言之凿凿地说他们已经濒临破产，但听说他们刚刚又请了新人。去查查怎么回事。过去几星期，布隆维斯特都在沙港工作，却无人知道他在写什么。前几天有人见到他出现在办公室。你能不能想办法拿到下一期的预排稿？温

没什么大不了的。让他去担心吧。你完蛋了，老头。

清晨五点半，她关上电脑，拿出新的一包烟。一晚上，她喝了四罐，不对，是五罐可乐，此时又拿着第六罐坐在沙发上。她只穿着内裤和一件褪色的迷彩 T 恤，上头印着《佣兵》杂志的宣传口号：全部歼灭，善恶之分交给上帝。她觉得有点冷，便拿毛毯裹住全身。

她感到兴奋，好像吃了什么不当且很可能是非法的东西。她凝望着窗外街灯，静静地坐着，大脑却飞快运转。妈妈——嗒嗒——妹妹——嗒嗒——咪咪——嗒嗒——潘格兰。邪恶手指。阿曼斯基。工

作。海莉。嗒嗒。马丁。嗒嗒。高尔夫球杆。嗒嗒。毕尔曼律师。嗒嗒。每一个该死的细节，即使她想忘也忘不了。

她心想，不知毕尔曼今后还会不会在女人面前宽衣，如果会的话，他又将如何解释肚子上的刺青？将来去看医生，他又怎能不脱衣服呢？

还有布隆维斯特。嗒嗒。

她认为他是好人，有时候他的“勤劳猪”情结或许过于明显，而且对某些基本道德议题又天真得令人难以忍受。他的个性宽容慈悲，总会为他人的行为找理由与借口，并永远无法理解为何这世上的掠食猛禽只懂一种语言。每当一想到他，她总会有一种近乎尴尬的保护意识。

她不记得是什么时候睡着的，但早上九点醒来时，因为头靠在沙发背后的墙上，脖子酸痛不已。之后，她踉踉跄跄走进卧室，再度入睡。

这无疑是他们这辈子最重大的报道。这一年半来，爱莉卡第一次这么开心，这种心情只有正在准备特大独家新闻的编辑才会有。她和布隆维斯特正在做最后一次润稿时，莎兰德打了他的手机。

“我忘了告诉你，温纳斯壮已经开始担心你最近在做什么，而且他想看下一期的预排稿。”

“你怎么知道……喔，我忘了。知不知道他打算怎么做？”

“不知道。只有一个合理的猜测。”

布隆维斯特思索了几秒。“印刷厂！”他大叫。

爱莉卡诧异地扬起眉毛。

“如果你们编辑部密不透风，就没有太多其他的可能性，除非他手下的恶棍打算来一趟夜访。”

布隆维斯特转向爱莉卡。“这一期找新的印刷厂，马上找。顺便打电话给阿曼斯基——下星期这里要安装夜间安保设备。”接着又回到莎兰德。“谢了。”

“价值多少？”

“什么意思？”

“这个情报价值多少？”

“你想要什么？”

“我们边喝咖啡边谈吧，现在。”

他们约在霍恩斯路的“咖啡吧”碰面。莎兰德一脸严肃，布隆维斯特坐到她身旁时感到非常担忧。她一如往常开门见山地说：

“我需要借点钱。”

布隆维斯特咧嘴露出最愚蠢的笑容，然后拿出了皮夹子。

“好啊，要多少？”

“十二万克朗。”

“等等，等等。”他收起了皮夹子。

“我不是开玩笑。我需要借用十二万克朗……大约六星期吧。我刚好有个投资机会，又没有别人可找。你现在户头里大概有十四万克朗，我会还你的。”

莎兰德破解他银行密码的事也就不必多说了。

“你不必跟我借钱。”他回答道，“我们还没讨论你那一份，不过要应付你想借的金额绰绰有余。”

“我那一份？”

“莉丝，亨利会给我一笔疯狂的费用，今年年底就会完成交易。若没有你就不会有我，《千禧年》也会关门大吉，所以，我打算和你五五对分。”

莎兰德紧盯着他看，眉头不自觉地皱了起来。布隆维斯特已经习惯她的沉默。最后她摇着头说：

“我不要你的钱。”

“可是……”

“我不要拿你一毛钱，除非你当成生日礼物送我。”

“说到这个，我还不知道你生日什么时候。”

“你是记者，去查一查吧。”

“我是认真的，莉丝，关于平分费用的事。”

“我也是认真的。我只想跟你借，而且明天就要。”

她甚至没问能分到多少。“我很乐意今天就和你到银行，将你需要的金额借给你。不过到了年底，我们再来谈谈你可以分到的钱。”他举手制止她打断，“还有，你生日是什么时候？”

“沃尔帕吉斯夜[1]”她回答，“生得很是时候，对吧？那天我就骑着扫帚到处游荡。”

她在晚上七点半降落于苏黎世，搭出租车来到马特霍恩饭店。她以伊琳·奈瑟的名义订了房间，并拿出挪威护照证明自己的身份。奈瑟一头及肩金发。莎兰德在斯德哥尔摩买了假发，并从她向布隆维斯特借贷的钱当中挪用一万克朗，透过“瘟疫”的国际网络人脉买了两本护照。

她进入饭店房间后，锁上门，脱掉衣服。她躺在床上，望着一晚住宿费一千六百克朗的房间天花板，内心感到空虚。借来的钱已用掉一半，尽管将自己储蓄的每分钱都投进去，预算还是吃紧。她决定不再多想之后，几乎立刻就睡着了。

她醒来时早晨五点刚过。冲澡后，她花了很长时间涂上厚厚一层肤色乳液，再上粉，以掩盖脖子上的刺青。清单上的第二件事，是和位于另一间更高级、昂贵得多的饭店大厅的美容沙龙预约当天上午六点半。她又买了一顶金色假发，这回选的是俏丽短发造型，然后修指甲，在自己咬得参差不齐的指甲上贴上粉红色指甲。另外还黏了假睫毛，扑上更多粉、腮红，最后上口红和其他化妆品。费用八千克朗，没得找。

她拿莫妮卡·萧尔斯的信用卡付款，并出示萧尔斯持有的英国护照。

1 巫师与恶魔狂欢的节日，即每年的四月三十日。

下一站是同一条街上的卡蜜儿时装店。一小时后，她穿着黑色靴子，沙色裙子搭配同款衬衫、黑色紧身裤和及腰短外套，头戴贝雷帽走出店门。每一件都是昂贵的设计师商品，她让店员为她挑选搭配。此外，她还买了一个独家经销的手提皮箱和一个新秀丽牌的小行李箱。最后再戴上低调的耳环和一条样式简单的金项链，颇有画龙点睛之效。信用卡消费金额又增加四万四千克朗。

莎兰德有生以来第一次拥有令她屏息的胸部曲线——当她在全身镜中瞥见自己的身影时。那胸部就和萧尔斯的身份一样是造假的，乳胶材质，在哥本哈根变装者经常光顾的店里购得。

她已作好作战准备。

九点一过，她走到两条街外的豪华饭店齐莫塔，以萧尔斯的名义订房。她给了搬行李箱（里头装着她的旅行袋）的服务生一笔可观的小费。那是一间小套房，每晚两万两千克朗，她只住一晚。独自一人时，她到处看了看。房里可以看到令人目眩神迷的苏黎世湖，但她丝毫不感兴趣。不过，她倒是花了将近五分钟照镜子。她看到一个完全陌生的人，戴着金色短假发的波霸萧尔斯，脸上的妆恐怕比莎兰德一整个月用的还要多。看起来……很不一样。

九点半，她在饭店吧台吃早餐：两杯咖啡配一个果酱贝果，费用两百一十克朗。*这些人是不是脑袋有问题呀？*

快十点的时候，萧尔斯放下咖啡杯，打开手机，拨打号码连接夏威夷的调制解调器。响三声后，连接讯号开始响起，调制解调器连接成功。接着萧尔斯在手机上输入六位数的密码，并传出简讯指示启动莎兰德专为此目的所写的程序。

程序在檀香山某匿名网页上启动了，而该网页服务器地址表面上是在大学校园内。程序很简单，只有一个功能，就是送出指令启动另一个服务器上的另一个程序；这另一个服务器的地址是荷兰一个提供因特网服务的非常普通的商业公司，至于该程序的功能则是搜寻温纳斯壮的镜像硬盘驱动，进而操控那个能显示他在全球各地将近三千个银行账户内容的程序。

其中只有一个账户值得注意，莎兰德发现温纳斯壮每星期都会查看那个账户好几次。如果他打开电脑看那个档案，一切都不会有异样。该程序会根据过去六个月来账户的正常波动，显示出预期中的细微变动。假如接下来的四十八小时内，温纳斯壮进入账户进行付款或转账动作，程序也会尽责地报告动作已完成。事实上，这个改变只会发生在荷兰的镜像硬盘驱动中。

萧尔斯在听见四个短音，证实程序已启动后，关上了手机。

她离开齐莫塔饭店，走到对街的豪瑟万通银行，她已经和经理华格纳先生约好十点见面。她提早了三分钟到，便利用等候时间站在监视器前，让机器拍下她走进供私人秘密咨询的办公室区的画面。

“我想请你帮我转几笔钱。”她操牛津腔英语。打开手提箱时，不小心弄掉了齐莫塔饭店的笔，华格纳经理礼貌地为她捡起。她露出淘气的笑容，然后在桌上的便条本上写下一个账户号码。

华格纳经理将她归类为被宠坏的千金小姐，也可能是某大亨的情妇。

“在开曼群岛的克罗南菲尔德银行有几个户头，利用连续清算代号就能自动转账。”她说。

“萧尔斯小姐，所有必要的清算代号您想必都有吧？”经理问道。

“那是当然！”她回答时口音浓重，德语能力显然只有小学程度。

她开始念起几组十六位数的号码，完全没有参考任何文件。华格纳发觉这得花掉整个上午的时间，不过为了百分之四的交易手续费，他已准备牺牲午餐，并对萧尔斯小姐重新评价。

中午十二点刚过她才走出豪瑟万通银行，比预计的时间略晚一些，接着便走回齐莫塔饭店。她刻意到柜台露个脸之后才上楼进房，换下买来的衣服。她保留着乳胶乳房，但取下短假发换上奈瑟的及肩金发。她同时穿上较为熟悉的服装：细高跟靴、黑色长裤、简单的衬衫和在斯德哥尔摩的马朗斯伯登服饰店买的高级黑皮夹克。她打量着镜中的自己：丝毫不邋遢，但已不再是女富豪的模样。奈瑟离开房间前，整理了一些债券，放进一个薄薄的活页夹中。

一点五分，比预期略晚几分钟，她走进与豪瑟万通银行相距约七十英尺的朵夫曼银行。奈瑟已事先与哈索曼先生约好。她为自己的迟到道歉，说的是一口带有挪威腔的完美德语。

“请您不必介意。”哈索曼先生说：“有什么需要我效劳的呢？”

“我想开户。我有一些私人债券要转换。”

奈瑟说着将活页夹放到他面前。

哈索曼查看着内容，起先很快速，接着放慢速度。只见他扬起一边的眉毛，露出礼貌性的微笑。

她开了五个能透过网络操控的编号账户，所有人似乎是直布罗陀一家匿名的邮政信箱公司。那是她用借款当中的五万克朗，请当地一名中介替她开设的。她将五十张债券换成现金，存入这些户头。每张债券价值相当于一百万克朗。

她在朵夫曼银行的作业时间也比预期更长，因此现在落后行程更多了，不可能赶在银行关门前完成最后的交易。于是，奈瑟回到马特霍恩饭店，在里面晃了一小时以证明自己出现过。但她因为头痛，想早点上床，于是到服务台买了一些阿司匹林，并要求早上八点的电话闹铃，随后便回房了。

这时已接近下午五点，欧洲所有银行都关门了，但北美与南美的银行还在营业。她启动笔记本电脑，通过手机连上网络，花了一个小时将她稍早在朵夫曼银行开的编号账户全部清空。

她将钱分散，用来支付世界各地许许多多虚设公司的发票金额。奇怪的是，手续完成后，钱竟然又汇回开曼群岛的克罗南菲尔德银行，不过这次汇入的户头已经不是稍早汇出的户头。

奈瑟认为这第一阶段十分安全，几乎无法追踪。她从该户头付了一笔钱：将近一百万克朗的金额汇入了与她皮夹中某张信用卡相连的账户。账户所有人是登记在直布罗陀的“黄蜂”企业。

几分钟后，一名留着金色俏丽短发的女孩从马特霍恩饭店酒吧的侧门离开。萧尔斯走到齐莫塔饭店，礼貌地向柜台人员点头致意，随后搭电梯回房。

在房里，她慢条斯理换上萧尔斯的战斗装，补了补妆，并在刺青上再涂了一层肤色乳液，然后到楼下餐厅点了一道好吃得不得了的鱼料理。她另外又点了一瓶高级葡萄酒——虽然从未听说过，却要价一千两百克朗——喝了一杯后，毫不吝惜地留下剩余的酒转往饭店酒吧。她留下离谱的小费，肯定让员工注意到她了。

她任由一个喝醉酒的意大利年轻人勾搭她好一会儿，他好像有个贵族姓氏，只是她懒得记那么多。他们俩共喝了两瓶香槟，她却几乎只喝了一杯。

十一点左右，这个酒醉的追求者向她靠过来，还大胆捏她的胸部。她将他的手放到桌上，内心窃喜，他似乎并未察觉自己捏到的是乳胶。有时候他们过于喧哗，还引起其他客人不悦。就在午夜前，萧尔斯发现一名搬行李的服务生不断盯着他们看，她便扶着她的意大利男友回他的房间。

他进浴室时，她倒了最后一杯酒，接着打开一张纸，将里头压碎的安眠药倒入。和她干杯后不到一分钟，他便整个人缩成一团，倒在床上不省人事。她替他解开领带，脱下鞋子，盖上被毯，然后将酒瓶擦干净，到浴室把酒杯也擦拭干净后，才回到自己房间。

萧尔斯六点时在自己房中用早餐，七点之前退房。在离开房间前，她花了五分钟擦掉门把、衣橱、厕所、电话与她所碰触过的其他物品上的指纹。

八点半左右，就在电话闹铃响过之后，奈瑟退了马特霍恩饭店的房间，搭上出租车，将行李寄放在火车站的储物柜中。接下来的几小时内，她去了九家民营银行，存放一部分开曼群岛的私人债券。到了下午三点，她已将百分之十左右的债券转换成现金，存入三十个编号账户。剩余的债券则包起来，放进银行保险箱里。

奈瑟还需要造访苏黎世几个地方，但不用急在一时。

当天下午四点半，奈瑟搭出租车到机场后，进入女子化妆间，将萧尔斯的护照剪成碎片，丢进马桶冲掉。信用卡也一样剪掉，分置于五个垃圾桶，剪刀也不例外。九一一事件发生之后，行李箱里最好不要有任何尖锐物品引起注意。

奈瑟搭乘德航 GD 八九〇班机前往奥斯陆，再转搭机场巴士到奥斯陆火车站，然后进入女子化妆间整理衣物。她将属于萧尔斯这个角色的物品——短假发和设计师服饰——放入三个塑料袋，分别丢到车站内三个不同的垃圾桶里；空的新秀丽行李箱放到未上锁的储物柜里；金项链和耳环是可以追踪到的设计师饰品，因此，消失在车站外街边的排水沟里。

经过片刻焦虑而迟疑的挣扎后，奈瑟决定留下那对假的乳胶乳房。

这时，她所剩时间已经不多了，便到麦当劳吃了个汉堡暂时充饥，同时将豪华皮箱内的东西移到她的行李袋中，离开时空皮箱就留在桌下。她在路边摊买了一杯拿铁咖啡后，随即去赶搭前往斯德哥尔摩的夜车，刚好赶在车门关闭前上车。她订了一个私人卧铺。

当她锁上卧铺门时，可以感觉到这两天以来一直高涨的肾上腺素终于恢复正常。她打开窗户，不顾禁烟的规定。列车驶离奥斯陆之际，她就站在那儿啜饮着咖啡。

她将清单检查了一遍，确认没有遗漏任何细节。过了一会儿，她皱起眉头摸索夹克口袋，取出齐莫塔饭店的赠笔，端详几分钟后扔出了窗外。

十五分钟过后，她爬上床很快入睡了。

尾声　最后审核

十一月二十七日星期四至十二月三十日星期二

《千禧年》对于温纳斯壮的特别报道整整占了四十六页的篇幅，在十一月最后一个星期像定时炸弹似的爆炸了。主要内容由布隆维斯特与爱莉卡共同署名。最初几个小时，媒体根本不知如何处理这篇独家新闻。就在一年前，类似的报道让布隆维斯特吃上诽谤官司被判刑，似乎也导致他被《千禧年》解雇。因此，一般认为他的可信度很低。如今同一份杂志又刊出同一名记者的文章，而且比前一篇为他惹来莫大麻烦的文章提出更严重的指控，其中有些部分甚至荒谬到违反一般人的常识。瑞典媒体全都静观其变，充满不信任。

但当晚 TV4 的“SHE”节目率先针对布隆维斯特的指控重点，播出十一分钟的摘要报道。几天前，爱莉卡已经和主持人吃过饭，并预先提供了独家消息。

TV4 的报道抢先了国营新闻频道一步，后者直到九点新闻才赶搭顺风车。这时候，TT 通讯社也已发出第一篇新闻稿，标题起得十分谨慎：《遭判刑的记者指控资本家犯重罪》。报道内容改写自电视新闻，但由于 TT 提及此议题，使得保守的日报与十几家较大规模的地方报纸如火如荼展开行动，趁着报纸付印前重新编排头版。在此之前，各报社或多或少决定忽略《千禧年》的说法。

自由派的日报以社论形式评论《千禧年》的独家报道，那是在中午过后不久由总编辑亲自执笔写的。后来，总编辑去参加一个晚宴时，TV4 开始播报新闻。秘书不断地打电话告诉他，布隆维斯特的说法“也许有些内幕”，他却置之不理，还用后来成为经典的名言反驳道：“胡说，要是真有什么，我们的财经记者老早就发现了。”于是，自由派总编辑的社论成了全国唯一猛烈抨击《千禧年》说法的媒体言论。社论中的用词包含了诸如：*私人宿怨、以犯罪态度草率报道，并*

要求采取措施严惩那些无端指控良民的违法乱纪者。但这也是该总编辑在随之而来的辩论中唯一的贡献。

当天晚上，《千禧年》编辑部全员出动。根据原订计划，只有爱莉卡和新任执行编辑艾瑞森需要坐镇办公室接电话。但是到了晚上十点，所有员工都在办公室，另外还有四名昔日员工与六个固定的自由撰稿人在场。半夜十二点，克里斯特开了一瓶香槟，就在此时，一名旧识送来某晚报的一份预排稿，以十六页的篇幅探讨温纳斯壮事件，标题为：《金融界黑道》。第二天晚报出炉时，媒体立刻爆发一阵前所未见的狂热。

艾瑞森的结论是：她在《千禧年》将会工作得很愉快。

接下来一个星期，由于警方开始调查证券欺诈行为，检察官被召集到一块，瑞典股市出现了恐慌性卖压。出刊两天后，商业部长针对“温纳斯壮事件”发表声明。

然而，这波狂热并不意味着媒体对《千禧年》的报道照单全收，毫无批评——因为他们披露的事着实太严重了。但和前一次不同的是，这回《千禧年》能够提出令人信服的举证：温纳斯壮本人的电子邮件及其电脑内容的复印件，其中包括在开曼群岛与其他二十几国的银行秘密资产的资产负债表、秘密协定，还有其他一些比较谨慎的不当获利者绝不可能存留在硬盘中的大错误。不久态势便很明朗了，假如《千禧年》的主张到了上诉法院仍站得住脚——所有人也都认为此案迟早会进入上诉法院——这显然是自一九三二年克罗伊格垮台[1]后，在瑞典金融界破灭的最大泡沫。“温纳斯壮事件”使得哥达银行的混乱问题与“信托人”投资公司的欺诈案全都相形失色。他的欺诈行为规模实在太大，谁也不敢预测违反了多少条法规。

这是瑞典新闻界第一次在报道金融新闻时，使用“有组织的犯

1 瑞典“火柴大王”克罗伊格（Kreuger）于一九三二年因破产而自杀之后，对世界各地投资人与公司造成重大冲击。

罪”、“黑道”与“盗匪王国”等字眼。温纳斯壮和他那些年轻的证券经纪人、合伙人与穿着阿玛尼西装的律师，全都成了一群不良分子。

媒体刚开始发烧的前几天，布隆维斯特躲得不见踪影。他不回电子邮件，打电话也不接。《千禧年》便由爱莉卡全权代表发言，当她接受瑞典全国性的媒体与重要的地方报纸，以及后来愈来愈多的海外媒体访问时，口气就像只满足得呼噜呼噜叫的猫。每当被问及《千禧年》如何获得那许多私人与内部文件时，她总是以不能泄漏消息来源作为答复。

当有人问到前一年揭发温纳斯壮的报道何以出那么大纰漏时，她回答得更加含糊。她绝不说谎，但或许并不完全实话实说。私底下，不面对麦克风时，她会说出一些令人猜不透的话语，几经拼凑便可能让人骤下结论，也因此生出一个谣言，而且很快染上传奇色彩：据说布隆维斯特在法庭上不作任何辩护，并甘愿入狱服刑，缴纳大笔罚金，是因为他若提出证据，必然会暴露消息来源的身份。有人拿他与那些宁可坐牢也不泄漏消息来源的美国媒体典范相提并论，甚至以荒唐无比的谄媚字眼将他形容为英雄，令他十分尴尬。但现在不是澄清误会的时候。

有一点倒是所有人都认同：提出证明文件的一定是温纳斯壮最信任的人之一。于是大家又开始讨论“深喉咙”的身份：感到不满的同事、律师，甚至温纳斯壮染上毒瘾的女儿，以及其他家人，都被列入可能人选。不过布隆维斯特和爱莉卡对此均未发表意见。

爱莉卡愉快地微笑着，因为当媒体发烧的第三天，某晚报注销“《千禧年》的复仇”的标题时，她就知道他们赢了。这篇文章以逢迎的口吻描述该杂志社与其员工，还附上了一张爱莉卡特别好看的照片，并封她为“调查报道之后”。这种事特别容易博得娱乐新闻版面，还有人提到新闻大奖。

《千禧年》第一回合火力齐发后的第五天，布隆维斯特的新书《黑道银行家》便在书店上架了。书是在九月与十月间那段焦躁狂热的日子里在沙港撰写的，接着，又在十分仓促且极机密的情况下送交摩根戈瓦的霍尔维格斯瑞克拉姆印刷厂付梓。这是《千禧年》以自己的名称出版的第一本书，献词十分奇怪：给莎莉，谢谢她让我了解高尔夫球运动的好处。

很厚的一本书，平装本厚达六百零八页。第一次印刷的两千本几乎注定是要赔钱，却在几天内便销售一空，于是，爱莉卡又加印了一万本。

书评家们认为，布隆维斯特这回确实是铆足全劲，因为书中公布了大量的资料出处。就这方面而言，他们说得没错。书中有三分之二是附录，而且全是复制自温纳斯壮电脑中的档案数据。就在书出版的同一时间，《千禧年》也将温纳斯壮的电脑内容当成研究数据，以可下载的 PDF 档案形式放到杂志社网站上。

布隆维斯特不寻常的缺席，其实是他和爱莉卡商量出来的媒体策略之一。全国每家报纸都在找他，直到书上市后，他才接受 TV4 的“SHE”节目独家专访，后者又再次抢先国营电视台。不过，提出的问题却毫无阿谀奉承的味道。

布隆维斯特看自己上节目的录像时，特别喜欢其中一段对话。访问过程现场直播，当时，斯德哥尔摩股市正不断下杀，少数金融界的小毛头还威胁要跳窗自杀。因此，主持人问他面对瑞典经济即将崩盘的事实，《千禧年》该负什么样的责任。

“认为瑞典经济面临崩盘的想法其实很荒谬。”布隆维斯特回答。

TV4“SHE”节目的主持人似乎感到困惑。他给的并非她预期的答案模式，她只得临场发挥。接下来的问题正如布隆维斯特所预料的。“这是瑞典股市有史以来最大的单日跌幅，你却认为那是荒谬的想法？”

“有两件事要区分清楚：瑞典经济和瑞典股市。瑞典经济指的是这个国家每天生产的物品与提供的服务的总和，其中包括爱立信的电话、沃尔沃的汽车、斯凯食品公司的鸡肉，以及从基律纳到舍夫德的运输。这些才是瑞典经济，而且它的盛衰与一星期前一模一样。”

他稍作停顿，喝了口水，让听者有时间沉淀。

“而股市则是迥然不同，既无经济也无产品与服务，有的只是一群人的幻想，每小时每小时地去决定某某公司大概价值几十亿之类的。这与现实或瑞典经济毫无关联。”

“你的意思是说，即使股市暴跌也无所谓？”

“对，完全无所谓。”布隆维斯特的声音疲惫而无奈，听起来有如某种神谕。接下来一年内，他这番话将会不断被引述。接着，他又继续说道：

“这只是代表一群大投机客将他们的持股从瑞典公司转移到德国公司，因此，有骨气的记者就应该抓出这些金融之狼，谴责他们的背叛，因为正是他们有系统地，甚至是刻意地破坏瑞典经济，以满足他们客户的利益考虑。”

紧接着，TV4 的“SHE”节目又犯了错，提出的问题再度正中布隆维斯特下怀。

“那么你认为媒体没有任何责任吗？”

“当然有，媒体责任重大。至少这二十年来，有非常多财经记者不仅回避用放大镜检视温纳斯壮，甚至还发表愚蠢的、偶像崇拜的人物特写帮助他建立声誉。如果他们能做好分内的工作，也不会走到今天这个局面。”

布隆维斯特的现身可说是个转折点。爱莉卡事后回想更加深信，尽管一星期以来《千禧年》已经上遍各大媒体头版，却是直到布隆维斯特上电视，冷静地为自己辩护之后，瑞典媒体才承认他的报道内容确实站得住脚。他的态度为这篇报道订定了方向。

专访过后，温纳斯壮事件不知不觉便从财经新闻部移到刑事记者的桌上。过去，一般刑事记者极少也或许从未写过财经犯罪的报道，除非事涉俄国黑社会或南斯拉夫香烟走私犯。刑事记者通常不会去调查复杂的股市交易。某家晚报甚至将布隆维斯特的话照单全收，以四大版面描述证券经纪商中几个最重要的玩家正在买进德国证券。报道下的标题是：《出卖国家》。所有的经纪商都受邀发表意见，却个个都婉拒了。不过当日的股票交易量大减，有些经纪人想展现激进的爱国人士模样，便开始逆向操作。布隆维斯特不禁放声大笑。

或许压力着实太大，以至于一些穿着深色西装、表情严肃的人全都面露忧色，打破由瑞典财经界最核心人士所组成的小圈子里最重要的原则——针对某位同行发表意见。转眼间，退休的企业领袖与银行总裁全都上电视回答问题，试图设立停损点。每个人都发觉事态严重，此时必须尽快与温纳斯壮集团保持距离，并处理掉手中持有的所有股票。温纳斯壮（他们几乎异口同声地说）其实并非真正的企业家，他们的“小圈子”从未真正接纳过他。有人指出他只不过是个来自诺兰地区的劳工阶级男孩，或许因为事业成功而昏了头。有人形容他的行为是“个人的悲剧”，还有人发现自己其实已经怀疑温纳斯壮多年，因为他太爱夸耀又喜欢装模作样。

后续几个星期中，《千禧年》的证据资料经过仔细检验，抽丝剥茧又重新拼凑后，证实由可疑公司组成的温纳斯壮王国与国际黑道核心有所关联，从非法武器买卖，为南美毒枭洗钱，到纽约的卖淫都有他一份，甚至间接涉及墨西哥的儿童性交易。温纳斯壮旗下某家登记在塞浦路斯的公司，由于被揭发企图在乌克兰黑市购买浓缩铀而引起轩然大波。温纳斯壮那些数不尽的可疑邮政信箱公司似乎无所不在，每冒出一个总与可疑的业务脱不了干系。

爱莉卡认为此书是布隆维斯特最好的著作。虽然笔调不一致，有些地方遣词用字也颇为拙劣——实在没有时间润稿——但书中洋溢着一股读者绝不可能忽视的愤怒情绪。

偶然间，布隆维斯特在“磨坊”酒吧前面遇见昔日对手——前财经记者博格，当时他和爱莉卡、克里斯特正要带着杂志社其他员工去庆祝圣露西亚节[1]，由公司出钱让大伙尽情喝个够。博格的女伴看起来

---

1 每年的十二月十三日，是瑞典一年当中黑夜最长的一天，当天大家会一起狂欢，期盼黑夜过去，光明到来。

和莎兰德年纪相仿，已经喝得烂醉。

布隆维斯特明显表露出对博格的厌恶。爱莉卡连忙挽起布隆维斯特的手臂带他走进酒吧，阻止他展现男子气概的架势。

布隆维斯特暗下决心，一有机会就让莎兰德调查一下博格。纯粹做做样子。

在整个媒体风暴期间，主角温纳斯壮大多时候都避不见面。《千禧年》出刊当天，这个企业家在一个完全无关的记者会上被迫对该篇文章发表看法。他声称文中的指控毫无根据，引用的证据资料也是伪造的。他并提醒所有人，就在一年前，这位记者才被判诽谤罪。

在此之后，便全由温纳斯壮的律师来回答媒体的问题。布隆维斯特的书上市两天后，开始不断有人谣传温纳斯壮已经离开瑞典。晚报还用了“逃离”的字眼。第二个星期，调查证券欺诈的警方试图联系温纳斯壮，却怎么也找不到人。十二月中，警方证实对温纳斯壮正式展开追捕，并且在新年前一天透过国际刑警组织发出全面通缉令。就在同一天，温纳斯壮的一名顾问在阿兰达机场登机前往伦敦时被捕。几星期后，有个瑞典游客自称看见温纳斯壮在巴巴多斯的首都布里奇顿坐上一辆出租车。为了证明自己所言属实，该游客还拿出一张远距离拍摄的照片，里头有个戴太阳眼镜、穿着敞开的白衬衫与淡色宽松长裤的白人。此人的身份无法确认，但晚报联系了特约记者，最终仍未能追踪到这个逃亡的亿万富翁。

六个月后，追捕行动终止。后来，温纳斯壮被人发现陈尸于西班牙马贝拉的公寓内，他一直以维克多·弗莱明的名字居住于当地。他的头部遭到近距离射击三枪。根据西班牙警方陈述，他们猜测他是因为撞见歹徒行窃而遭杀害。

莎兰德对于温纳斯壮的死并不讶异。她有充分的理由怀疑他的死因可能与他无法领取开曼群岛某家银行的钱，而又需要这笔钱偿还哥伦比亚的部分债务有关。若有人请莎兰德协助追踪温纳斯壮，她几乎可以说出他每天的行踪。她通过网络跟随他飞越十几个国家，并从他的电子邮件中发觉他愈来愈绝望。就连布隆维斯特也想不到这个昔日的亿万富翁、今日的逃犯，竟愚蠢到随身携带那台已遭彻底入侵的电脑。

过了六个月，莎兰德已厌倦了追踪温纳斯壮，如今唯一的问题就是她本身应该涉入多深。温纳斯壮无疑是个超级大杂碎，但却不是她的敌人，她不想卷入其中与他作对。她可以向布隆维斯特提供情报，但他很可能只会刊登一篇报道。她可以向警方提供情报，但极有可能让温纳斯壮闻风再次逃逸，何况原则上，她不和警察打交道。

然而，还有其他的债要清。她想到的是曾怀过身孕，又被人将头强压入浴缸水中的女服务员。

温纳斯壮的尸体被发现前四天，她下定了决心。她打开手机，拨电话给迈阿密的一名律师，对方似乎是温纳斯壮极力想躲避的人之一。电话是秘书接的，她请她传达一个隐晦的讯息。姓氏温纳斯壮，和一个位于马贝拉的地址。如此而已。

电视上正在报道温纳斯壮惨死的消息，她看到一半便关上电视，然后去煮咖啡，给自己做了一个肝酱黄瓜三明治。

爱莉卡和克里斯特忙着准备一年一度的圣诞活动，而布隆维斯特则坐在爱莉卡的椅子上，边喝圣诞甜酒，边在一旁观看。所有的员工和许多固定的自由撰稿人都会收到圣诞礼物——今年的礼物是印有新的千禧年出版社标志的肩背包。包完礼物后，他们坐下来写了两百张左右的卡片并贴上邮票，准备寄给印刷公司、摄影师与媒体同行。

布隆维斯特抗拒了好长时间的诱惑，终于还是忍不住，拿起最后一张卡片，写道：圣诞快乐，新年快乐。谢谢你这一年来的杰出表现。

他签了名，收件人是简恩·达曼，由《财经杂志》编辑部转交。

当晚布隆维斯特回到家时，看见一张邮包通知单。他第二天早上去领取，到了办公室才打开。包裹里有一片防蚊药膏和一瓶赖默斯霍尔默白兰地，还有张卡片写道："如果你没有其他计划，仲夏节前夕我会停泊在阿鲁尔马岛。”署名是罗伯·林柏。

依照惯例，《千禧年》办公室会从圣诞节前一个星期一直休息到新年假期，但今年的情况却不同。人数不多的员工承受着巨大压力，每天都还有记者从世界各地打电话进来。圣诞夜前一天，布隆维斯特几乎是无意间在《金融时报》上看到一篇文章，概述为了仔细审查温纳斯壮王国的瓦解而仓促组建的国际银行委员会的调查结果。文章指出，委员会推测温纳斯壮很可能在事情曝光的前一刻就获知消息。

他在开曼群岛克罗南菲尔德银行的账户里原本有两亿六千万美元（约合瑞典克朗二十五亿），却在《千禧年》刊登报道的前一天清空了。

这笔钱分散到许多账户，而且只有温纳斯壮本人可以提领，但他无须亲自到银行，只要出示一连串清算代号便可将钱转到全世界任何银行。钱已经转到瑞士，并由一名女性同伙转换成不记名私人债券。所有的清算代号都是连号。

欧洲刑警组织已经对该名女性展开追捕，她使用的是偷来的英国护照，持有人姓名为莫妮卡·萧尔斯，据说住的是苏黎世最豪华的饭店之一，出手十分阔绰。监视器拍下了一张十分清楚的照片，照片中的女人身材矮小，留着金色俏丽短发，嘴唇宽厚，胸部丰满，穿戴着时髦的设计师服饰与黄金首饰。

布隆维斯特研究着相片，起先只是迅速一瞥，接着愈看愈感到可疑。几秒钟后，他从桌子抽屉摸出放大镜，试图从报上的图片分辨出脸部特征的细节。

最后，他放下报纸，呆坐了几分钟说不出话来，接着却开始歇斯底里地大笑，克里斯特还从门边探出头来看看是怎么回事。

圣诞前一天的早上，布隆维斯特到阿斯塔去看前妻莫妮卡和女儿佩妮拉，顺便交换礼物。佩妮拉得到她想要的电脑，是布隆维斯特和莫妮卡合买的。布隆维斯特的礼物有莫妮卡送的领带和女儿送的欧克·爱华生的推理小说。这次和去年不同，他们全都因为媒体对《千禧年》的高度关注而兴致高昂。他们一块吃午餐。布隆维斯特偷偷瞟了佩妮拉一眼，自从她到赫德史塔找他之后，他们便未再见面。他这才发觉自己没有找她母亲谈论关于她对谢莱夫特奥那个教派的狂热。他不能告诉她们，正因为女儿对《圣经》的深厚知识，才让他找到有关海莉失踪的正确线索。从那时起，他便未曾与女儿交谈过。

他不是个好父亲。

午餐过后，他与女儿亲吻道别，然后到斯鲁森见莎兰德。他们一块去了沙港。《千禧年》炸弹引爆后，他们便很少见面。他们直到夜深了才抵达，并在此度过了圣诞假期。

布隆维斯特一如往常是个令人愉快的伴侣，但莎兰德有种不安的感觉，因为当她拿出一张十二万克朗的支票还他钱时，他用很奇怪的眼神看着她。

他们一块散步到特洛维尔再走回来（莎兰德认为是浪费时间），到一家旅馆吃圣诞晚餐，然后回小屋点起炉火，播放猫王的CD，随后便沉浸在平凡而熟练的性爱之中。偶尔仰头喘息时，莎兰德会试着分析自己的感觉。

将布隆维斯特当情夫，她没有问题。他们在肉体上显然是互相吸引，而且他从未试图指导她。

她的问题是无法解释自己对他的感觉。早在青春期之前，她就从未降低戒心让另一个人如此靠近她。老实说，他有一种可以穿透她的防护网、引诱她谈论私人事务与情感的能力，这点很令人气恼。尽管她能理性地忽视他大多数的问题，却也会谈论自己，若换成另一个人，她是绝对不可能这么做，即使以死胁迫也不可能。因此，她感到恐惧，仿佛全身赤裸，受他的意志左右。

与此同时，当她低头看着他睡着的模样，听着他的鼾声时，又觉得自己这辈子从未如此信任另一个人类。她可以百分之百肯定，布隆维斯特绝不会利用对她的了解来伤害她。这不是他的本性。

他们唯一没有讨论过的就是他们之间的关系。她不敢开口，布隆维斯特也从未提及。

第二天早上某一刻，她忽然有了可怕的领悟。她不知道事情如何发生的，也不知道该如何应付。这是她生平第一次坠入情网。

他年龄大她将近两倍并不令她困扰。而此时他是瑞典最有新闻价值的人物，照片甚至上了《新闻周刊》封面，这也不令她困扰——反正只是一出肥皂剧。不过布隆维斯特并非她的色情幻想或白日梦，总得有个结果。他们不可能在一起。他怎么会需要她？或许他和她在一起只是为了消磨时间，一面等候某个人生不像该死的鼠窝的人。

她忽然体会到，当你的心膨胀欲裂时，那就是爱。

当天上午，布隆维斯特醒得很晚，她已煮好咖啡，并买回了早餐面包。他坐到餐桌旁加入她，却立刻发觉她的态度有些不同——变得比较拘谨了。他问她是否出了什么事，她只是露出淡淡的、无法理解的神情。

圣诞节后的第一天，布隆维斯特搭火车上赫德史塔。弗洛德到车站接他时，他穿了最暖和的衣服和够保暖的冬鞋，前者以平淡的口气恭贺他在媒体上的风光。这是自八月以来，他第一次造访赫德史塔，而距离他的首次造访几乎已经整整一年了。他们礼貌寒暄，但也有许多未说出口的话，令布隆维斯特觉得不舒坦。

一切都准备妥当，与弗洛德要处理的事只花了几分钟。弗洛德提议将钱存进一个便利的外国账户，但布隆维斯特坚持要当成正常、合法的费用付给公司。

“我无法接受其他任何付款方式。”由于弗洛德仍想说服他，他便冷淡回应道。

这趟来不纯粹是为了钱。当初他和莎兰德仓促离开海泽比，因此，他的衣服、书籍和一些私人物品仍留在小屋。

范耶尔大病过后依然虚弱，但已回到家中，请了一名看护照顾。看护不许他走太远的路，或爬楼梯，或谈论任何可能令他情绪激动的话题。假期里，他也微染风寒，因此被迫卧床休养。

“不仅如此，她还很贵呢！”范耶尔抱怨道。

布隆维斯特知道老人付得起这些钱——想想他这辈子交了多少税。范耶尔起先赌气地看着他，接着便放声大笑。

“唉呀，这些钱你完全得之无愧。我就知道。”

“老实告诉你，我自己也没想到能破解。”

“我可不想谢你。”范耶尔说。

“我也没打算让你谢我。我只是来告诉你，我想我的工作完成了。”

范耶尔嘟起嘴唇，说道：“你还没做完呢！”

“我知道。”

“你还没写范耶尔家族史，这是当初说好的。”

“我知道。我不写了。事实上是没法写，我没法在写家族史的时候，独缺过去几十年来最重要的事件。我怎能一边写着马丁当总裁那段时期，一边假装不知道他的地下室有些什么？而且若是写出来，就一定会再次毁掉海莉的人生。”

“我了解你的难处，也很感激你作出的决定。”

“恭喜了，你终于成功收买我。我要销毁我所有的笔记和我们之间的对话录音。”

“我并不认为你被收买了。”范耶尔说。

“我觉得我是，实际上也算是吧！”

“你必须在记者与普通人的角色间作选择，我永远无法封你的口。我敢说，如果你发现海莉有些许牵连，或者认为我是个白痴，你就会揭发我们。”

布隆维斯特没有搭腔。

“我们将来龙去脉告诉了西西莉亚。弗洛德和我很快就会走了，海莉会需要一点家族的力量。西西莉亚将在董事会上扮演积极的角色。从现在起，她将和海莉共同负责公司事务。”

“她反应如何？”

“她受到极大震撼，所以出国了一阵子。我甚至担心她不回来了。”

“但她回来了。”

“马丁是家族里极少数真正和西西莉亚处得来的人之一，发现他的真面目令她难以承受。如今她也了解你为这个家族做了什么。”

布隆维斯特耸耸肩，不以为意。

“谢谢你，麦可。”范耶尔说。

“还有，我不能写家族史也是因为我再也受不了范耶尔家族了。你倒是说说看，再次当上总裁感觉如何？”

“这只是暂时的，不过……真希望我年轻一点。我每天只工作三小时。所有会议都在这个房里进行，要是有人捣蛋，弗洛德就会再次出面当我的打手。”

“那些年轻主管肯定吓得发抖。我花了不少时间才明白弗洛德不只是负责财务咨询的老好人，也负责替你解决问题。”

“没错。但是所有决定都是和海莉一起作出的，她才是在办公室跑腿的人。”

“她情况怎么样？”

“她继承了哥哥和母亲的股份，掌握了公司百分之三十三的股权。”

“这样够吗？”

“不知道。毕耶想要刁难她，亚历山大发现自己有机会发挥影响力，便与毕耶结盟。我哥哥哈洛德得了癌症，将不久于人世。剩下的人当中只有他是较大股东，握有百分之七的股份，将来会由他的孩子继承。西西莉亚和阿妮塔都会站在海莉这边。”

“那么你们总共便能掌握多少，百分之四十五。”

“以前家族里从未有过这种投票结盟方式，将会有许多持有一两个百分比的股东投票反对我们。二月的时候，海莉将会接下我的总裁职位。”

“她不会快乐的。”

“是的，但这是必要的。我们必须吸收一些新的合伙人和新的血液。我们也有机会和她在澳大利亚的公司合作。有很多可能性。”

“海莉现在在哪里？”

“很不巧，她人在伦敦。不过，她也很想见你。”

“如果她接替你的位子，一月董事会议上我们就能碰面了。”

“我知道。”

“我想，她知道除了爱莉卡之外，我绝不会向任何人提起六十年代发生的事，而我认为爱莉卡也没有必要知道。”

“她确实知道这点，因为，麦可，你是个有道德感的人。”

“不过也请你告诉她，从现在起，她做的每件事都可能上杂志。范耶尔集团不可能不受监督。”

“我会警告她。”

布隆维斯特见范耶尔开始打瞌睡，便告辞离去。他将所有物品装进两个行李箱。最后一次关上小屋的门时，他停顿了一下，随后走到西西莉亚住处敲门。她不在家。他拿出口袋笔记本，撕下一页，写道：*祝你一切都好。请原谅我。麦可。*然后将纸条放进信箱。马丁的厨房窗口，亮着一盏电动圣诞蜡烛。

他搭上最后一班列车回斯德哥尔摩。

假期间，莎兰德与全世界隔绝，不接电话也没开电脑，却花了两天时间洗衣服、刷地板、打扫公寓。放了一年的比萨盒和报纸全都捆起来，搬到楼下。她总共拖出去六个黑色垃圾袋和二十个装满报纸的纸袋，感觉好像下定决心过新生活。她打算买栋新公寓——如果找到合适的地方的话——但在此之前，旧住处将会焕然一新，成为她记忆中最干净亮眼的一次。

接下来，她像瘫痪似的坐着沉思。她从来没有如此渴望过，渴望布隆维斯特来按门铃……然后呢？将她高举起来，拥在怀中？热情地将她带进房间，扯掉她的衣服？不，她真的只希望有他作伴。她想听到他说喜欢这样的她，说她是他的世界与生命中特殊的人。她希望他对她表达一些爱意，而不只是友谊与同事情谊。*我疯了*，她心想。

她对自己没信心。布隆维斯特的世界里全是有正当职业的人，有规律生活与许多成人特色的人。他的朋友会做事，会上电视，还会拟新闻标题。*你怎么会需要我？*莎兰德最大的恐惧就是怕别人嘲笑她的感情，这种恐惧感已经巨大而深沉到近乎病态。突然间，她小心翼翼建构起来的自信心似乎就此崩解。

就在这个时候，她作出决定。她耗了几个小时才鼓起必要的勇气，但她非得去见他，将自己的感觉告诉他不可。

其他一切都令她无法容忍。

她需要找个借口去敲他的门。她还没送他圣诞礼物，但她知道要买什么。她在旧货商店看过一些有立体图案的五十年代金属广告招牌，其中一个呈现的是猫王背着吉他，还有一个卡通气球上面写着：心碎旅馆[1]。她不懂室内装潢，但就连她都看得出这块招牌摆在沙港小屋内再合适不过。原价七百八十克朗，她根据原则杀价杀到七百。她请店家包装后，夹在腋下，便往他位于贝尔曼路的住处走去。

到了霍恩斯路，她无意间瞥向"咖啡吧"，正好瞧见布隆维斯特和爱莉卡一前一后走出来。他不知说了什么，她开怀大笑，还伸手搂住他的腰，亲亲他的脸颊。他们转进布兰契尔卡路，朝贝尔曼路方向前进。两人的肢体语言毫无误解的空间——他们心里想什么已非常明显。

痛楚来得又急又猛，莎兰德顿时停下脚步无法动弹。她想要随后追上去，用金属招牌的尖锐边缘将爱莉卡的头切成两半。思绪在她内心不断旋转，但她没有行动。*分析后果*。最后她冷静下来。

"莎兰德，你这个可怜的笨蛋！"她大声喊出。

她转过身往刚刚整理得一尘不染的家走去。经过辛肯斯达姆路时，天空开始飘雪。她随手将猫王丢进了垃圾桶。

---

1 Heartbreak Hotel，猫王在一九五六年的招牌歌曲。